IHR
STUMMER
SCHREI

WEITERE TITEL VON ANGELA MARSONS

IN DEUTSCHER SPRACHE

DETECTIVE-KIM-STONE-SERIE

Ihr stummer Schrei

Gnadenloses Spiel

Die gestohlenen Mädchen

IN ENGLISCHER SPRACHE

Silent Scream

Evil Games

Lost Girls

Play Dead

Blood Lines

Dead Souls

Broken Bones

Dying Truth

Fatal Promise

Dead Memories

Child's Play

Killing Mind

Deadly Cry

Twisted Lies

Stolen Ones

Six Graves

Angela MARSONS

IHR STUMMER SCHREI

Übersetzt von Elvira Willems

bookouture

Dieses Buch ist meiner Partnerin Julie Forrest gewidmet, die nie den Glauben an mich verlor und nicht zuließ, dass ich meinen Traum aufgab.

PROLOG

Rowley Regis, Black Country, 2004

Fünf Gestalten bildeten ein Pentagramm um einen frischen Erdhügel. Sie allein wussten, dass es ein Grab war.

Unter Schnee und Eis die gefrorene Erde aufzugraben war gewesen, als wollte man Stein behauen, doch sie hatten sich abgewechselt. Alle.

Eine Grube für einen Erwachsenen hätte länger gedauert.

Von Hand zu Hand war die Schaufel gewandert. Einige hatten zögerlich zugepackt, vorsichtig. Andere selbstbewusster. Niemand hatte sich geweigert und niemand ein Wort gesprochen.

Sie wussten, dass ein unschuldiges Leben geraubt worden war, doch sie hatten einen Pakt geschlossen. Ihre Geheimnisse würden begraben sein.

Fünf Köpfe neigten sich zum Boden, auf dem schon frisches Eis glitzerte.

Als die ersten Schneeflocken auf das Grab fielen, fuhr ein Schauder durch die Gruppe.

Die fünf Gestalten wandten sich ab, ihre Fußabdrücke zeichneten einen Stern in den frischen Schnee.

Es war vollbracht.

EINS

Teresa Wyatt hatte das unerklärliche Gefühl, dass diese Nacht ihre letzte sein würde.

Sie schaltete den Fernseher aus, und im Haus wurde es still. Doch es war nicht die gewohnte Stille, die sich jeden Abend herabsenkte, wenn sie und ihr Haus langsam zur Ruhe kamen und die Schlafenszeit heranrückte.

Sie wusste nicht recht, was sie von den Spätnachrichten noch erwartet hatte. Es war bereits in den Lokalnachrichten gewesen. Vielleicht hatte sie auf ein Wunder gehofft, einen Aufschub in letzter Minute.

Seit dem allerersten Antrag vor zwei Jahren fühlte sie sich wie eine Gefängnisinsassin im Todestrakt. In Abständen kamen die Wachmänner und führten sie zum elektrischen Stuhl, und dann brachte das Schicksal sie zurück in ihre sichere Zelle. Doch diesmal war es endgültig. Es würde keine weiteren Einwände geben, keine weiteren Verzögerungen.

Hatten die anderen die Nachrichten gesehen? Hatten sie dasselbe Gefühl wie sie? Gestanden sie sich ein, dass ihr vorherrschendes Gefühl nicht Reue war, sondern Selbsterhaltungstrieb?

Wäre sie ein netterer Mensch gewesen, wäre tief unter ihrer Sorge um sich selbst ein wenig Gewissen begraben gewesen. Doch da war nichts.

Hätte sie nicht mitgemacht, sie wäre ruiniert gewesen, redete sie sich ein. Der Name Teresa Wyatt wäre nur noch mit Abscheu ausgesprochen worden statt mit dem Respekt, den sie jetzt genoss.

Teresa hatte keinen Zweifel, dass die Beschwerde ernst genommen worden wäre. Die Quelle war zwar nicht unbedingt vertrauenswürdig gewesen, aber glaubwürdig. Doch sie war für immer zum Schweigen gebracht worden – und das würde sie niemals bereuen.

Dennoch hatte in den Jahren seit Crestwood beim Anblick eines ähnlichen Gangs, einer ähnlichen Haarfarbe oder Neigung des Kopfes ab und zu ihr Magen gekrampft.

Teresa stand auf und versuchte, die Melancholie abzuschütteln, die wie ein Schatten über ihr lag. Sie ging in die Küche und räumte den Teller und das Weinglas in die Geschirrspülmaschine.

Kein Hund, der noch rausmusste, und keine Katze, die reinwollte. Nur die gewohnte abendliche Überprüfung, ob alle Türen fest verschlossen und verriegelt waren.

Wieder überkam sie ein Gefühl, dass das völlig sinnlos war, dass nichts die Vergangenheit abhalten konnte. Sie schob den Gedanken beiseite. Es gab nichts zu fürchten. Sie hatten einen Pakt geschlossen, und der hat zehn Jahre lang gehalten. Sie fünf allein kannten die Wahrheit.

Sie war zu nervös, um gleich einzuschlafen, doch sie hatte für sieben Uhr eine Versammlung des Lehrkörpers einberufen, zu der sie unmöglich zu spät kommen konnte.

Also ging sie ins Bad, drehte das Wasser auf und gab großzügig Lavendel-Schaumbad hinein. Der Duft verbreitete sich augenblicklich im Raum. Nach dem Glas Wein sollte ein schönes langes Bad eigentlich ausreichen, um in den Schlaf zu finden.

Als sie in die Wanne stieg, lagen der Morgenmantel und ihr Satinpyjama ordentlich gefaltet auf dem Wäschekorb.

Sie schloss die Augen und überließ sich ganz dem warmen Wasser. Sie lächelte in sich hinein, die Nervosität wich allmählich. Vielleicht war sie nur ein bisschen überempfindlich.

Teresa hatte das Gefühl, dass ihr Leben in zwei Abschnitte geteilt war. Zum einen die siebenunddreißig Jahre V. C., wie sie ihr Leben vor Crestwood nannte. Verzauberte Jahre. Sie war Single gewesen und ehrgeizig und hatte ihre eigenen Entscheidungen getroffen. Sie hatte niemandem Rechenschaft ablegen müssen.

Doch die Jahre seither waren anders. Ein Schatten der Angst folgte ihr bei jedem Schritt, bestimmte ihre Handlungen und beeinflusste ihre Entscheidungen.

Irgendwo hatte sie gelesen, das Gewissen wäre nicht mehr als die Angst, erwischt zu werden. Und sie war ehrlich genug, um zuzugeben, dass das auf sie absolut zutraf.

Doch ihr gemeinsames Geheimnis war sicher. Es musste so sein.

Plötzlich hörte sie, wie eine Glasscheibe zu Bruch ging. Doch das Geräusch drang nicht von weit weg an ihr Ohr. Es kam von ihrer Küchentür.

Teresa lag vollkommen reglos und spitzte die Ohren. Das Bersten der Scheibe hatte sicher sonst niemanden aufgeschreckt. Das nächste Einfamilienhaus stand sechzig Meter die Straße hoch, hinter einer sechs Meter hohen Zypressenhecke verborgen. Um sie herum verdichtete sich die Stille des Hauses. Die Ruhe, die dem lauten Klirren folgte, hatte etwas Bedrohliches.

Vielleicht war es bloß ein Akt sinnloser Zerstörungswut.

Vielleicht hatten ein paar Schüler von Saint Joseph's ihre Adresse herausbekommen. Bei Gott, sie hoffte es.

Das Blut rauschte donnernd durch ihre Adern und pochte in ihren Schläfen. Sie schluckte, um das taube Gefühl in den Ohren zu vertreiben.

Ihr Körper reagierte auf den vagen Eindruck, nicht mehr allein im Haus zu sein. Sie richtete sich in eine sitzende Position auf. Laut schwappte das Badewasser um sie herum. Ihre Hand fand auf dem glatten Wannenrand keinen Halt, und sie rutschte mit der rechten Seite wieder ins Wasser.

Ein Knarren am Fuß der Treppe machte jede Hoffnung auf sinnlose Zerstörungswut zunichte.

Teresa wusste, dass sie keine Zeit mehr hatte. In einem Paralleluniversum reagierten ihre Muskeln auf die herannahende Bedrohung, doch in dieser Welt hier legte das Unausweichliche ihren Körper ebenso lahm wie ihren Geist. Sie wusste, dass sie sich nirgendwo verstecken konnte.

Beim Knarren der Treppenstufen schloss sie kurz die Augen und zwang sich, ganz ruhig zu verharren. Die Konfrontation mit den Ängsten, die sie schon so lange quälten, hatte auch etwas Befreiendes.

Als sie spürte, wie von der Tür her kühle Luft ins Bad wehte, schlug sie die Augen auf.

Eine Gestalt trat ein, schwarz und gesichtslos wie ein Schatten. Arbeitshose, dickes schwarzes Fleece, darüber ein langer Mantel. Eine wollene Sturmhaube über dem Gesicht. Aber warum ich? Teresas Gedanken rasten. Ich bin gewiss nicht das schwächste Glied.

Sie schüttelte den Kopf. »Ich habe nichts verraten.« Ihre Worte waren kaum hörbar. Alle Sinne fuhren herunter, während ihr Körper sich schon auf den Tod einstellte.

Die schwarze Gestalt machte zwei Schritte auf sie zu. Vergeblich suchte Teresa nach einem Hinweis. Dabei konnte es doch nur einer von den anderen vieren sein.

Teresa spürte, dass zwischen ihren Beinen Urin in das duftende Badewasser rann. Ihr Körper verriet sie.

»Ich schwöre ... ich habe nichts ...«

Ihre Worte verloren sich, als sie erneut versuchte, ihren Oberkörper in eine aufrechte Position zu hieven. Von dem schäumenden Badezusatz war die Wanne glitschig.

Sie atmete in kurzen, raspelnden Stößen, während sie fieberhaft überlegte, wie sie am besten um ihr Leben flehen sollte. Nein, sie wollte nicht sterben. Es war nicht die Zeit. Sie war noch nicht so weit. Sie hatte noch viel vor.

Plötzlich hatte sie das Bild vor Augen, wie Wasser in ihre Lungenflügel drang und sie füllte wie Partyballons.

Flehentlich streckte sie die Hände aus und fand endlich ihre Stimme wieder. »Bitte ... bitte ... nicht ... ich will nicht sterben.«

Die Gestalt beugte sich über die Badewanne und legte ihr eine behandschuhte Hand auf jede Brust. Teresa spürte, wie sie mit viel Kraft unter Wasser gedrückt wurde, und kämpfte dagegen an. Sie musste sich unbedingt erklären, doch die Hände drückten mit immer mehr Kraft. Wieder versuchte sie sich aus ihrer hilflosen Position aufzusetzen, doch es war hoffnungslos. Schwerkraft und brutale Gewalt machten jeden Versuch, sich zur Wehr zu setzen, zunichte.

Als das Wasser ihr Gesicht rahmte, öffnete sie den Mund, und ein leiser Schluchzer entfuhr ihren Lippen. Sie versuchte es ein allerletztes Mal. »Ich schwöre ...«

Die Worte wurden abrupt abgeschnitten, und Teresa sah, wie Luftbläschen aus ihrer Nase drangen und an die Wasseroberfläche stiegen. Die Haare schwammen ihr ums Gesicht.

Die Gestalt waberte oberhalb des Wassers.

Teresas Körper reagierte jetzt auf den Sauerstoffmangel, und sie versuchte, die aufsteigende Panik zu bezwingen. Sie fuchtelte mit den Armen, und eine Hand rutschte kurz von ihrem Brustbein ab. Es gelang ihr, den Kopf aus dem Wasser zu heben und von Nahem einen Blick in die kalten, stechenden Augen zu erhaschen. Als sie erkannte, wer es war, verschlug es ihr ganz den Atem.

Die kurzen Sekunden der Verwirrung reichten ihrem Angreifer, um nachzufassen, und schon wurde sie wieder von zwei Händen unter Wasser gedrückt und dort festgehalten.

Teresas Kopf war voller Unglaube, selbst als ihr Bewusstsein schwand.

Ihre Mitverschwörer konnten sich beim besten Willen nicht vorstellen, wen sie zu fürchten hatten.

ZWEI

Kim Stone ging um die Kawasaki Ninja herum, um die Lautstärke ihres iPods zu regulieren. Die Lautsprecher tanzten zu den Klängen des Sommers aus Vivaldis *Vier Jahreszeiten*, die jetzt auf ihre Lieblingsstelle zusteuerten, das Finale, das Gewitter.

Sie legte die Ratsche auf die Werkbank, wischte sich an einem Lappen die Hände ab und richtete den Blick auf die Triumph Thunderbird, die sie seit sieben Monaten restaurierte. Warum war sie heute Abend nicht recht bei der Sache?

Sie schaute auf ihre Uhr. Kurz vor elf. Ihr Team würde um diese Zeit wahrscheinlich aus dem Dog wanken. Sie rührte zwar keinen Alkohol an, doch wenn sie das Gefühl hatte, sie hatte es verdient, begleitete sie ihre Leute auch in den Pub.

Sie griff wieder zu der Ratsche und ließ sich auf dem Kniepolster nieder, das neben der Triumph lag.

Für sie gab es heute keinen Grund zum Feiern.

Das entsetzte Gesicht von Laura Yates schwebte ihr vor Augen, als sie in die Eingeweide des Motorrads langte und das hintere Ende der Kurbelwelle ertastete. Sie setzte die Nuss auf die Mutter und ratschte los.

Drei Schuldsprüche wegen Vergewaltigung würden Terence Hunt sehr lange in den Bau schicken.

»Aber nicht lange genug«, sagte Kim zu sich selbst.

Denn es gab ein viertes Opfer.

Sie zog noch einmal an der Ratsche, doch die Mutter wollte sich einfach nicht festdrehen lassen. Lager, Zahnrad, Sicherungsscheibe und Rotor hatte sie bereits zusammengesetzt. Die Mutter war das letzte Puzzlestück, und das verdammte Ding ließ sich einfach nicht gegen die Sicherungsscheibe anziehen.

Kim starrte auf die Mutter und beschwor sie stumm, sich endlich vom Fleck zu rühren, in ihrem eigenen Interesse. Immer noch nichts. Sie konzentrierte ihre ganze Wut auf den Hebel der Ratsche und drückte noch einmal mit aller Kraft. Das Gewinde brach, und die Mutter drehte frei.

»Verdammt!«, fuhr sie auf und schleuderte das Werkzeug durch die Garage.

Zitternd hatte Laura Yates im Zeugenstand von ihrem Martyrium berichtet: Sie war hinter eine Kirche gezerrt und zweieinhalb Stunden lang vergewaltigt worden. Die Anwesenden im Gerichtssaal hatten mit eigenen Augen gesehen, wie schwer ihr das Hinsetzen fiel. Drei Monate nach der Vergewaltigung.

Die Neunzehnjährige hatte auf der Besuchergalerie gesessen, als die Schuldsprüche verlesen wurden. Und als ihr Fall dran war, fielen die zwei Worte, die ihr Leben für immer verändern würden.

Nicht schuldig.

Und warum? Nur weil die junge Frau Alkohol getrunken hatte, zwei Drinks. Vergesst die elf Stiche, die vom Rücken eine Spur über den Körper nach vorn zogen, die gebrochene Rippe und das blaue Auge. Sie muss scharf darauf gewesen sein, schließlich hatte sie an dem Abend zwei verdammte Drinks gehabt.

Kim merkte, dass ihre Hände vor Wut angefangen hatten

zu zittern.

Ihr Team fand, drei von vier wäre gar nicht schlecht. Das war es auch nicht. Aber es war nicht gut genug. Nicht für Kim.

Sie bückte sich, um den Schaden am Motorrad zu begutachten. Es hatte fast sechs Wochen gedauert, um diese verdammten Schrauben aufzutreiben.

Sie senkte die Nuss in Position und drehte sie noch einmal mit Daumen und Zeigefinger, da fing ihr Handy an zu klingeln. Sie ließ die Mutter fallen und sprang auf. Ein Anruf so kurz vor Mitternacht verhieß nichts Gutes.

»DI Stone.«

»Wir haben eine Leiche, Madam.«

Natürlich. Was hätte es auch sonst sein sollen?

»Wo?«

»Hagley Road, Stourbridge.«

Kim kannte die Gegend an der Grenze zum Nachbarrevier West Mercia. »Sollen wir DS Bryant anrufen, Madam?«

Kim zuckte zusammen. Sie fand es schrecklich, mit Madam angesprochen zu werden. Mit vierunddreißig fühlte sie sich dafür einfach noch nicht alt genug.

Vor ihrem geistigen Auge sah sie, wie ihr Kollege vor dem Dog in ein Taxi stolperte.

»Nein, ich glaube, das mache ich allein«, sagte sie und beendete das Gespräch.

Kim schaltete den iPod aus und verharrte zwei Sekunden. Sie wusste, dass sie Laura Yates' vorwurfsvollen Blick abschütteln musste – ob real oder eingebildet, sie hatte ihn gesehen. Und er wollte ihr nicht aus dem Kopf.

Sie wusste, dass das Rechtssystem, an das sie glaubte, gegenüber jemandem versagt hatte, den es doch eigentlich schützen sollte. Sie hatte Laura Yates überredet, ihr und dem System, das sie repräsentierte, zu vertrauen, und Kim wurde das Gefühl nicht los, dass Laura im Stich gelassen worden war. Und zwar von dem System *und* von ihr.

DREI

Vier Minuten nachdem sie den Anruf erhalten hatte, lenkte Kim den zehn Jahre alten Golf GTI aus der Einfahrt, den sie nur fuhr, wenn die Straßen vereist waren oder es aufgrund der Uhrzeit unsozial wäre, den donnernden Motor der Ninja anzuwerfen.

Die zerrissene, mit Öl, Schmierfett und Staub verdreckte Jeans hatte sie durch eine schwarze Leinenhose und ein schlichtes weißes T-Shirt ersetzt, und ihre Füße steckten jetzt in schwarzen Lacklederstiefeln mit flachen Absätzen. Ihr kurzes schwarzes Haar erforderte wenig Aufwand. Einmal rasch mit den Fingern durch, und fertig war sie.

Ihr Klient würde sich nicht daran stören.

Sie kurvte zum Ende der Straße. Das Fahrgefühl des Autos war ihr fremd. Es war zwar klein, doch Kim musste sich extrem auf den Abstand zu den geparkten Fahrzeugen konzentrieren. Das ganze Blech um sie herum kam ihr recht sperrig vor.

Gut anderthalb Kilometer vor dem Ziel fand der Brandgeruch den Weg durch die Lüftung ins Wageninnere. Je näher sie kam, desto stärker wurde er. Aus achthundert Metern Entfernung konnte sie eine schräg aufsteigende Rauchsäule erkennen, die über die Clent Hills zog. Ein paar Hundert Meter weiter, und Kim wusste, dass sie direkt darauf zusteuerte. Als zweitgrößte Einheit nach der Metropolitan Police war die West Midlands Police für fast 2,6 Millionen Bürger zuständig.

Das Black Country im Norden und Westen von Birmingham hatte sich im viktorianischen Zeitalter zu einer der am stärksten industrialisierten Regionen des Landes entwickelt. Der Name stammte von den überirdisch auftretenden Kohlevorkommen, die das Erdreich in weiten Teilen schwarz färbten. Die neunzig Meter dicke Schicht aus Erz und Kohle war die mächtigste in ganz Großbritannien.

Jetzt waren die Arbeitslosenraten in der Gegend die dritthöchsten im ganzen Land. Die Kleinkriminalität nahm stetig zu, genau wie antisoziales Verhalten.

Der Tatort lag direkt an der Hauptstraße, die Stourbridge und Hagley miteinander verband – eine Ecke, in der normalerweise nicht viele Gesetzesverstöße zu verzeichnen waren. Die Häuser nah an der Straße waren neue, großzügige Einfamilienheime mit blendend weißen römischen Säulen und bleiverglasten Fenstern. Ein Stück weiter die Straße runter lagen die Häuser weiter auseinander und waren beträchtlich älter.

Kim fuhr bis vor die Absperrung und parkte zwischen zwei Feuerwehrfahrzeugen. Wortlos hielt sie dem Beamten, der den Zugang bewachte, ihren Dienstausweis hin. Er nickte und hob das Absperrband, damit sie sich drunter durch ducken konnte.

»Was ist passiert?«, fragte sie den ersten Feuerwehrmann, dem sie über den Weg lief.

Er zeigte auf die Überreste der ersten Zypresse am Rand des Grundstücks. »Das Feuer hat da angefangen und ist von einem Baum zum nächsten übergesprungen, bevor wir hier waren.«

Kim bemerkte, dass von den dreizehn Zypressen, die die Grundstücksgrenze markierten, nur die beiden dicht am Haus nichts abbekommen hatten.

»Sie haben die Leiche gefunden?«

Er zeigte auf einen Feuerwehrmann, der auf dem Boden saß und mit einem Polizisten sprach. »Fast alle Nachbarn waren draußen, um sich das Spektakel anzusehen, aber dieses Haus blieb dunkel. Die Nachbarn versicherten uns, dass der schwarze Range Rover der Besitzerin gehörte und dass sie allein lebte.«

Kim nickte und ging zu dem Feuerwehrmann, der auf dem Boden saß. Er war blass, und sie sah, dass seine rechte Hand leicht zitterte. Eine Leiche zu finden war kein Vergnügen, egal wie gut man ausgebildet war.

»Haben Sie im Haus etwas angefasst?«, fragte sie.

Er überlegte eine Sekunde und schüttelte den Kopf. »Die Badezimmertür stand offen, aber ich bin nicht reingegangen.«

An der Haustür blieb Kim stehen, um sich aus dem Pappkarton links davon blaue Plastiküberzüge für ihre Schuhe zu fischen.

Sie ging, zwei Stufen auf einmal nehmend, die Treppe hinauf und betrat das Badezimmer. Augenblicklich fiel ihr Blick auf Keats, den Rechtsmediziner, eine zwergenhafte Gestalt mit vollkommen kahlem Schädel, betont durch einen Schnauzer und einen Bart, der unterm Kinn spitz zulief. Er hatte die Ehre gehabt, sie vor acht Jahren durch ihre erste Autopsie zu leiten.

»Hey, Detective«, sagte er und schaute an ihr vorbei. »Wo ist Bryant?«

»Himmel noch mal, wir sind doch nicht an der Hüfte zusammengewachsen.«

»Nein, aber Sie sind wie ein chinesisches Gericht. Schweinefleisch süßsauer ... aber ohne Bryant sind Sie nur sauer ...«

»Was glauben Sie, wie sehr ich nachts um diese Zeit zu Späßen aufgelegt bin?«

»Ihr Sinn für Humor ist, wenn ich ehrlich bin, auch sonst nicht besonders ausgeprägt.«

Oh, das hätte sie ihm zu gern heimgezahlt. Wenn sie

gewollt hätte, hätte sie eine Bemerkung darüber fallen lassen können, dass die Bügelfalten in seiner schwarzen Hose nicht ganz gerade waren. Sie könnte ihn auch darauf hinweisen, dass sein Hemdkragen ein wenig abgewetzt war. Sie könnte sogar den kleinen Blutfleck hinten auf seinem Mantel erwähnen. Doch im Augenblick lag ein nackter Leichnam zwischen ihnen und verlangte ihre volle Aufmerksamkeit.

Langsam, um nicht auf den nassen Fliesen auszurutschen, näherte sich Kim der Badewanne.

Die Leiche der Frau war teils untergetaucht. Ihre Augen standen offen, und ihr blond gefärbtes Haar fächerte sich im Wasser auf und rahmte ihr Gesicht.

Der tote Körper schwamm, und die Brustwarzen ragten aus dem Wasser.

Kim schätzte die Frau auf Mitte bis Ende vierzig, aber sie hatte sich gut gehalten. Ihre Oberarme waren gebräunt, doch schlaffes Fleisch hing im Wasser. Die Zehennägel waren in einem hellen Pink lackiert und ihre Beine glatt rasiert.

Das viele Wasser auf dem Boden deutete darauf hin, dass die Frau um ihr Leben gekämpft hatte.

Kim hörte Schritte die Treppe heraufdonnern.

»Detective Inspector Stone, was für eine nette Überraschung.«

Kim stöhnte, als sie die Stimme erkannte und die vor Sarkasmus triefenden Worte hörte.

»Detective Inspector Wharton, das Vergnügen ist ganz auf meiner Seite.«

Die beiden hatten ein paarmal zusammengearbeitet, und Kim hatte nie ein Hehl aus ihrer Geringschätzung gemacht. Er war Berufsbeamter, und er hatte es einzig und allein darauf angelegt, so schnell wie möglich die Karriereleiter zu erklimmen. Die Aufklärung eines Falles interessierte ihn nicht, er hatte nur die Lorbeeren im Blick, die er dabei erringen konnte.

Entsprechend demütigend hatte er es aufgenommen, als sie

vor ihm zur DI aufgestiegen war. Ihre frühe Beförderung hatte ihn veranlasst, sich zum Revier West Mercia versetzen zu lassen – eine kleinere Einheit, wo die Konkurrenz nicht so groß war.

»Was machen Sie hier? Ich denke, Sie werden feststellen, dass der Fall in die Zuständigkeit von West Mercia fällt.«

»Und ich denke, Sie werden feststellen, dass der Tatort direkt auf der Grenze liegt und ich zuerst davon erfahren habe.«

Unbewusst war sie vor die Badewanne getreten, um das Opfer davor zu schützen, dass noch mehr neugierige Blicke über den nackten Körper strichen.

»Das ist mein Fall, Stone.«

Kim verschränkte die Arme. »Ich weiche nicht vom Fleck, Tom.« Sie neigte den Kopf. »Wir könnten natürlich zusammen ermitteln. Ich war zuerst hier, also obliegt mir die Leitung.«

Sein schmales, hündisches Gesicht lief knallrot an. Er würde sich ihr erst unterordnen, wenn er sich eigenhändig mit einem rostigen Löffel die Augäpfel rausgeschält hatte.

Sie musterte ihn von Kopf bis Fuß. »Und meine erste Anweisung wäre die, den Tatort nur in entsprechender Schutzkleidung zu betreten.«

Er senkte den Blick auf ihre Füße und dann auf seine eigenen, ungeschützten Schuhe. Blinder Eifer schadet nur, dachte sie bei sich.

Sie senkte die Stimme. »Machen Sie das hier nicht zu einem Weitpisswettbewerb, Tom.«

Er bedachte sie mit einem verächtlichen Blick, drehte sich um und stürmte aus dem Bad.

Kim wandte sich wieder der Leiche zu.

»Den würden Sie eh gewinnen«, sagte Keats leise.

»Wie bitte?«

Seine Augen funkelten vor Vergnügen. »Den Pisswettbewerb.«

Kim nickte. Das sowieso.

»Können wir sie schon rausholen?«

»Nur noch zwei Nahaufnahmen vom Brustbein.«

Während er sprach, richtete ein Kriminaltechniker eine Kamera mit einem Objektiv so lang wie ein Auspuff auf die Brust der Frau.

Kim beugte sich vor und entdeckte zwei Prellungen über den Brüsten.

»Runtergedrückt?«

»Ich glaube schon. Erste Untersuchungen haben keine weiteren Verletzungen ergeben. Nach der Autopsie kann ich Ihnen mehr sagen.«

»Eine vage Einschätzung, wie lange es her ist?«

Kim konnte nichts entdecken, was auf eine Lebertemperaturmessung hindeutete, also hatte er die Körpertemperatur wohl rektal gemessen, bevor sie gekommen war.

Sie wusste, dass die Körpertemperatur in der ersten Stunde um anderthalb Grad Celsius sank. Normalerweise fiel sie danach jede Stunde um weitere ein bis anderthalb Grad. Sie wusste auch, dass dieser Wert von vielen anderen Faktoren mitbestimmt wurde. Nicht zuletzt davon, dass das Opfer nackt war und in mittlerweile abgekühltem Badewasser lag.

Er zuckte die Achseln. »Genauere Berechnungen führe ich später durch, aber ich würde sagen, nicht mehr als etwa zwei Stunden.«

»Wann können Sie …«

»Ich habe eine Sechsundneunzigjährige, die verschied, nachdem sie in ihrem Lehnstuhl eingeschlafen war, und einen sechsundzwanzigjährigen Mann, der noch die Nadel im Arm hat.«

»Also nichts Dringendes?«

Er schaute auf seine Uhr. »Mittag?«

»Acht«, hielt sie dagegen.

»Zehn und keine Minute früher«, brummte er. »Ich bin ein Mensch und muss ab und zu auch schlafen.«

»Perfekt«, sagte sie. Es war genau die Zeit, die sie im Sinn gehabt hatte. So hatte sie vorher noch die Gelegenheit, ihr Team zu briefen und jemanden zu beauftragen, an der Obduktion teilzunehmen.

Wieder waren auf der Treppe Schritte zu hören. Unter mühsamem Schnaufen kam jemand hoch.

»Sergeant Travis«, sagte sie, ohne sich umzudrehen. »Wie steht's?«

»Die Kollegen durchkämmen die Gegend. Der Beamte, der zuerst am Tatort war, hat ein paar Nachbarn zusammengetrommelt, aber die haben erst etwas mitbekommen, als die Feuerwehr angerückt ist. Der Notruf kam von einem Autofahrer, der hier durchfuhr.«

Kim drehte sich um und nickte. Der Beamte, der als Erster hier gewesen war, hatte gute Arbeit geleistet, indem er den Tatort für die Kriminaltechniker gesichert und potenzielle Zeugen befragt hatte, doch die Häuser standen ein Stück von der Straße weg und weit auseinander. Nicht gerade ein Mekka für neugierige Nachbarn.

»Fahren Sie fort«, sagte sie.

»Ins Haus gekommen ist der Täter durch eine eingeschlagene Glasscheibe in der Hintertür, und der Feuerwehrmann hat ausgesagt, dass die Haustür unverschlossen war.«

»Hmmm … interessant.«

Sie nickte zum Dank und ging die Treppe hinunter.

Ein Kriminaltechniker nahm den Flur unter die Lupe, ein anderer suchte die Hintertür nach Fingerabdrücken ab. Auf dem Frühstückstresen stand eine Designerhandtasche. Kim hatte keine Ahnung, was die goldene Schließe mit dem Monogramm bedeutete. Sie benutzte keine Handtaschen, aber das Ding sah teuer aus.

Ein dritter Techniker kam aus dem Esszimmer nebenan. Mit einem Nicken wies er auf die Tasche. »Nichts entwendet. Kreditkarten und Bargeld unberührt.«

Mit einem Nicken verließ Kim das Haus. In der Tür

befreite sie sich von den Schuhüberzügen und stopfte sie in den dafür vorgesehenen Karton. Sämtliche Schutzkleidung würde später vom Tatort entfernt und auf Spuren untersucht werden.

Sie trat unter der Absperrung durch. Die Besatzung eines Löschfahrzeugs hielt noch Wache, um sicherzugehen, dass der Brand wirklich bezwungen war. Feuer war klug, und ein einziges unbemerktes Stück glühender Asche konnte das ganze Gelände in Minuten in Flammen aufgehen lassen.

Sie blieb am Auto stehen und ließ den Blick über die Szene schweifen.

Teresa Wyatt hatte allein gelebt. Nichts schien gestohlen oder auch nur angefasst worden zu sein.

Der Mörder hätte den Tatort in dem sicheren Wissen, dass man die Leiche frühestens am nächsten Morgen entdecken würde, unbemerkt verlassen können, doch er hatte einen Brand gelegt, um die Aufmerksamkeit der Polizei auf die Tat zu lenken.

Jetzt musste Kim nur noch herausfinden, warum.

VIER

Um halb acht parkte Kim die Ninja vor dem Polizeirevier in Halesowen, ganz in der Nähe der Ringstraße, die die Kleinstadt umfuhr. Das Revier lag nur einen Steinwurf vom Amtsgericht entfernt; im Alltag praktisch, nur leider unvorteilhaft für die Spesenabrechnung.

Das dreistöckige Gebäude war so düster und abweisend wie andere Verwaltungsgebäude, die steuerzahlende Bürger eigentlich um Verzeihung hätten bitten müssen.

Sie steuerte ihren Arbeitsplatz an, ohne nach links oder rechts zu grüßen und ohne gegrüßt zu werden. Kim wusste, dass sie in dem Ruf stand, kalt, gefühllos und unbeholfen im Umgang mit Menschen zu sein. Was zur Folge hatte, dass niemand ihr mit banalem Small Talk kam. Doch dagegen hatte sie nichts einzuwenden.

Wie gewohnt war sie die Erste im Gemeinschaftsbüro ihres Teams, und so warf sie die Kaffeemaschine an. Im Raum standen vier Schreibtische, jeweils zwei einander gegenüber. Auf allen Tischen befanden sich ein Computerbildschirm und ein Sortiment wahllos zusammengestellter Ablagekörbe.

Drei Tische gehörten festen Kollegen, doch der vierte war

leer, denn die Abteilung war vor ein paar Monaten verkleinert worden. Normalerweise hockte sie lieber an diesem Tisch als an ihrem eigenen.

Das »Büro«, an dem Kims Name stand, wurde allgemein als »Glaskasten« bezeichnet. Es war nicht mehr als ein Bereich in der vorderen rechten Ecke des Raums, der mit Gipskarton und Fenstern abgetrennt war.

Sie nutzte es nur für eine gelegentliche »individuelle Verhaltensanweisung«, auch bekannt als der gute alte Anschiss.

»Morgen, Guv«, rief Detective Constable Wood beim Hereinkommen und setzte sich auf ihren Stuhl. Stacey war zwar die Tochter englisch-nigerianischer Eltern, doch sie hatte noch nie einen Fuß außerhalb des Vereinigten Königreiches gesetzt. Ihr dichtes schwarzes Haar war nach der Entfernung der letzten Haarverlängerung extrem kurz geschnitten, was ausgezeichnet zu ihrer glatten karamellfarbenen Haut passte.

Staceys Arbeitsplatz war organisiert und aufgeräumt. Alles, was sich nicht in den beschrifteten Ablagekörben befand, lag in ordentlichen Stapeln am Rand des Schreibtischs.

Detective Sergeant Bryant folgte ihr auf dem Fuß. Er warf einen Blick in den Glaskasten und murmelte ein »Morgen, Guv«. Seine ein Meter dreiundachtzig große Gestalt war makellos, als hätte seine Mutter ihn für die Sonntagsschule angezogen.

Das Jackett landete augenblicklich auf der Rückenlehne seines Stuhls. Am Ende des Tages würde seine Krawatte ein paar Etagen tiefer hängen, der oberste Hemdenknopf würde offen stehen und die Ärmel seines Hemds würden bis knapp unter die Ellbogen aufgerollt sein.

Er blickte auf ihren Schreibtisch und suchte nach Spuren eines Kaffeebechers. Als er sah, dass sie schon Kaffee hatte, schenkte er sich den Becher mit der Aufschrift »Weltbester Taxifahrer« voll, ein Geschenk seiner neunzehnjährigen Tochter.

Seine Ablage folgte keinem nachvollziehbaren System, doch Kim hatte noch nie nach einem Dokument gefragt und es nicht innerhalb von wenigen Sekunden in den Händen gehalten. Auf seinem Schreibtisch stand ein gerahmtes Bild von seiner Frau und ihm am Tag ihrer Silberhochzeit. In der Geldbörse hatte er ein Foto seiner Tochter.

Auf DS Kevin Dawsons Schreibtisch, dem dritten Mitglied ihres Teams, stand kein Foto. Hätte er ein Foto des Menschen hinstellen wollen, für den er die größte Zuneigung empfand, hätte er den ganzen Tag in sein eigenes Ebenbild geblickt.

»Tut mir leid, dass ich zu spät bin, Guv«, rief Dawson, als er sich gegenüber von Wood auf seinen Platz setzte. Damit war ihr Team vollzählig.

Offiziell war er gar nicht zu spät. Die Schicht fing erst um acht Uhr an, doch Kim hatte sie gern alle früh für die Einsatzbesprechung da, besonders in der Anfangsphase eines neuen Falls. Kim hielt nichts von Dienstplänen, und wer das tat, hielt sich in ihrem Team nicht lange.

»Hey, Stacey, bringst du mir jetzt mal einen Kaffee, oder was?«, fragte Dawson und checkte sein Handy.

»Klar, Kev, wie hättest du ihn denn gern: Milch, zwei Stück Zucker und dann mit Schwung in den Schritt?«, erwiderte sie freundlich in ihrem starken Black-Country-Akzent.

»Stace, möchtest du vielleicht einen Kaffee?«, fragte er, obwohl er genau wusste, dass sie das Zeug nicht anrührte, und stand auf. »Du musst doch müde sein, nachdem du die ganze Nacht gegen Magier und Hexen gekämpft hast.« Die Spöttelei war eine Anspielung auf Staceys Leidenschaft für World of Warcraft.

»Wenn du's genau wissen willst, Kev, eine Hohepriesterin hat mir mächtige Zauberkräfte verliehen, mit denen ich einen erwachsenen Mann in einen tobenden Idioten verwandeln kann – aber es sieht so aus, als wär mir bei dir schon einer zuvorgekommen.«

Dawson hielt sich den Bauch und tat, als würde er sich totlachen.

»Guv«, rief Bryant über die Schulter, »die Kids benehmen sich schon wieder daneben.« Er wandte sich den beiden zu und drohte mit dem Finger. »Wartet nur, bis Mutti heimkommt.«

Kim verdrehte die Augen und setzte sich an den leeren Schreibtisch. Sie wollte anfangen. »Okay, Bryant, verteilen Sie die Zeugenaussagen. Kev, an die Tafel.«

Dawson nahm den Marker und trat an die Weißwandtafel, die die ganze rückwärtige Wand einnahm.

Während Bryant die Unterlagen austeilte, ging sie die Vorfälle am Morgen durch.

»Unser Opfer ist Teresa Wyatt, siebenundvierzig Jahre alt, äußerst angesehene Direktorin einer Privatschule für Jungen in Stourbridge. Unverheiratet, keine Kinder. Lebte behaglich, wenn auch nicht luxuriös, und hatte, soweit wir wissen, keine Feinde.«

Kev notierte die Fakten mit Spiegelstrichen unter der Überschrift »Opfer«.

Bryants Telefon klingelte. Er sagte wenig, bevor er den Hörer wieder auflegte und in Kims Richtung nickte. »Woody möchte Sie sehen.«

Sie ignorierte ihn. »Kev, eine zweite Überschrift: ›Tat‹. Kein Tatwerkzeug, kein Raub, bis jetzt weder Spuren noch Hinweise. Nächste Überschrift: ›Motiv‹. Normalerweise wird jemand ermordet, weil er etwas getan hat, etwas tut oder etwas tun will. Soweit wir wissen, war unser Opfer in keinerlei gefährliche Aktivitäten verwickelt.«

»Ähm ... Guv, der DCI möchte Sie sehen.«

Kim trank noch einen Schluck ihres frisch eingeschenkten Kaffees. »Vertrauen Sie mir, Bryant, er mag mich lieber, wenn ich vorher genug Kaffee hatte. Kev, die Autopsie ist um zehn. Stace, finden Sie so viel wie möglich über unser Opfer heraus.

Bryant, rufen Sie die Schule an und sagen Sie Bescheid, dass wir kommen.«

»Guv ...«

Kim trank ihren Becher leer. »Schon gut, Mutti. Ich gehe ja schon.«

Sie nahm die Treppe, zwei Stufen auf einmal, in den dritten Stock und klopfte leise, bevor sie eintrat.

DCI Woodward war ein korpulenter Mann Mitte fünfzig. Seiner karibischen Abstammung verdankte er die glatte braune Haut, die sich über seinen haarlosen Schädel spannte. Seine schwarze Hose und sein weißes Hemd waren makellos, die Falten saßen alle akkurat am rechten Platz. Die Lesebrille auf seiner Nasenspitze konnte die müden Augen dahinter nicht verbergen.

Während er mit einer Hand den Telefonhörer ans Ohr hielt, winkte er sie mit der anderen herein und zeigte auf einen Stuhl, von dem aus sie einen guten Blick auf den Glasschrank mit seiner Modellautosammlung hatte. Auf dem unteren Brett befanden sich eine Reihe klassischer britischer Modelle, doch auf dem oberen Brett entfaltete sich eine Geschichte der Polizeifahrzeuge im Wandel der Zeit. Da stand ein MG TC aus den Vierzigern, ein Ford Anglia, eine Black Maria und ein Jaguar JX40, der den Ehrenplatz in der Mitte einnahm.

Rechts von der Vitrine, fest an der Wand angeschraubt, ein Foto von Woody, wie er Tony Blair die Hand schüttelte. Und rechts davon eine Aufnahme seines ältesten Sohnes, Patrick, in Galauniform, kurz bevor er nach Afghanistan geschickt worden war. Diese Uniform hatte er auch getragen, als man ihn fünfzehn Monate später beerdigte.

Woody beendete das Telefongespräch und griff sofort nach dem Anti-Stress-Ball, der an der Schreibtischkante lag. Die rechte Hand knetete die Masse und löste sich wieder. Kim war schon aufgefallen, dass er das Ding oft benutzte, wenn sie in der Nähe war.

»Was haben wir bisher?«

»Sehr wenig, Sir. Wir waren gerade mitten in der ersten Einsatzbesprechung, als Sie mich zu sich gerufen haben.«

Seine Fingerknöchel wurden weiß um den Ball, doch er ging über den Seitenhieb hinweg.

Ihr Blick wanderte rechts an seinem Ohr vorbei zu seinem derzeitigen Projekt auf dem Fensterbrett, einem Rolls-Royce Phantom, dessen Konstruktion seit Tagen keine Fortschritte machte.

»Sie hatten eine Auseinandersetzung mit Detective Inspector Wharton?«

Die Buschtrommeln hatten es also schon weitergeleitet. »Wir haben über der Leiche ein paar Höflichkeiten ausgetauscht.«

Irgendetwas an dem Modell sah nicht ganz richtig aus. Irgendwie kam ihr der Achsstand viel zu lang vor.

Er drückte den Ball noch fester. »Sein DCI hat sich bei mir gemeldet. Sie haben eine formale Beschwerde gegen Sie eingereicht, und sie wollen den Fall.«

Kim verdrehte die Augen. Konnte das Frettchen seine Kämpfe nicht selbst ausfechten?

Es juckte sie in den Fingern, den Rolls-Royce hochzuheben und den Fehler zu korrigieren, doch sie beherrschte sich.

Sie ließ den Blick weiterwandern und sah ihrem Chef in die Augen. »Aber sie kriegen ihn nicht, oder, Sir?«

Er erwiderte ihren Blick eine ganze Minute lang. »Nein, Stone, sie kriegen ihn nicht. Trotzdem macht sich eine formale Beschwerde nicht gut in Ihrer Akte, und wenn ich ehrlich bin, dann habe ich es allmählich satt, dass sich dauernd jemand über Sie beschwert.« Er nahm den Ball in die linke Hand. »Also, ich bin neugierig, mit wem Sie sich für diesen Fall zusammentun.«

Kim kam sich vor wie ein Kind, das man aufgefordert hat, sich eine neue beste Freundin auszusuchen. In ihrem letzten

Jahresbericht hatte es nur einen Bereich gegeben, wo es noch Verbesserungspotenzial gab – ihren Umgang mit Menschen.

»Habe ich die Wahl?«

»Wen würden Sie denn wählen?«

»Bryant.«

Um seine Lippen spielte die Andeutung eines Lächelns. »Ja, dann haben Sie die Wahl.«

Also habe ich keine Wahl, dachte sie. Bryant bedeutete Schadensbegrenzung, und wenn die Kollegen aus dem benachbarten Revier ihr im Nacken saßen, wollte Woody kein Risiko eingehen. Dann wollte er sie unter der Aufsicht eines verantwortungsbewussten Erwachsenen wissen.

Sie war kurz davor gewesen, ihrem Chef einen kleinen Tipp zu geben, der ihn davor bewahrt hätte, stundenlang die Hinterachse des Rolls auseinanderzunehmen, doch unter diesen Umständen überlegte sie es sich rasch anders.

»Sonst noch etwas, Sir?«

Woody legte den Anti-Stress-Ball zurück und nahm die Brille ab. »Halten Sie mich auf dem Laufenden.«

»Selbstverständlich.«

»Oh, und Stone …«

An der Tür drehte sie sich um. »Gönnen Sie Ihrem Team ab und zu ein bisschen Schlaf. Die laden sich nicht alle über USB-Kabel auf wie Sie.«

Kim verließ sein Büro und überlegte, wie lange Woody wohl gebraucht hatte, um sich diese kleine Perle einfallen zu lassen.

FÜNF

Kim folgte Courtney, der Schulsekretärin, durch die Flure von Saint Joseph's zum Büro des kommissarischen Schulleiters. Von hinten staunte Kim darüber, wie die Frau es fertigbrachte, sich auf Zehn-Zentimeter-Absätzen so flink zu bewegen.

Bryant seufzte, als sie an einem Klassenzimmer nach dem anderen vorbeikamen. »Waren das nicht die schönsten Tage Ihres Lebens?«

»Nein.«

Im zweiten Stock bogen sie in einen langen Flur und wurden in ein Büro geführt. Ein verblichenes Rechteck auf der Tür zeigte an, dass das Namensschild bereits abgeschraubt worden war.

Der Mann hinter dem Schreibtisch stand auf. Sein Anzug war teuer, seine Krawatte aus himmelblauer Seide. Das einheitliche Schwarz seiner Haare ließ vermuten, dass sie kürzlich gefärbt worden waren.

Er reichte Kim über den Schreibtisch hinweg die Hand. Sie wandte sich ab und betrachtete, was an den Wänden hing. Sämtliche Urkunden waren schon zusammen mit allem anderen, was an Teresa Wyatt erinnerte, entfernt worden.

Bryant nahm die ausgestreckte Hand und schüttelte sie. »Danke, dass Sie unserer Bitte nachgekommen sind, Mr Whitehouse.«

»Sie sind, wenn ich es richtig verstehe, der *stellvertretende* Schulleiter«, bemerkte Kim.

Er nickte und setzte sich hin. »Ich habe die kommissarische Schulleitung übernommen, und wenn ich Ihnen bei Ihren Ermittlungen irgendwie behilflich sein kann ...«

»Oh, davon gehe ich aus«, fiel Kim ihm ins Wort. Sein Betragen hatte etwas Unaufrichtiges. Zu auswendig gelernt. Und dann die Tatsache, dass er so eilig in Teresa Wyatts Büro gezogen und sämtliche Spuren ihrer Existenz getilgt hatte. Das war, gelinde gesagt, geschmacklos. Die Frau war noch keine zwölf Stunden tot. Seinen Lebenslauf hatte er vermutlich auch schon aktualisiert.

»Wir brauchen eine Liste des ganzen Kollegiums. Bitte sorgen Sie dafür, dass sie in alphabetischer Reihenfolge für ein Gespräch mit uns zur Verfügung stehen.«

Er schob den Kiefer vor, was ahnen ließ, dass er nicht besonders gern Anweisungen entgegennahm. Kurz überlegte Kim, ob ihm das mit allen Frauen so erging oder nur mit ihr.

Er senkte den Blick. »Selbstverständlich. Ich werde Courtney bitten, das augenblicklich für Sie einzurichten. Ich habe den Flur runter einen Raum vorbereiten lassen, der Ihren Anforderungen für die Durchführung der Befragungen mehr als genügen wird.«

Kim sah sich um und schüttelte den Kopf. »Nein, ich denke, wir kommen hier ganz gut zurecht.«

Er öffnete den Mund, um etwas zu erwidern, doch seine guten Manieren hinderten ihn daran, seinen Anspruch auf das Büro gegen sie durchzusetzen.

Whitehouse packte ein paar Sachen vom Schreibtisch zusammen und ging zur Tür. »Courtney ist jeden Augenblick bei Ihnen.«

Als die Tür sich hinter dem stellvertretenden Schulleiter schloss, kicherte Bryant.

»Was?« Sie nahm hinter dem Schreibtisch Platz.

»Nichts, Guv.«

Er ging zu einem Stuhl seitlich des Schreibtischs und setzte sich.

Kim betrachtete die Position des dritten Stuhls für die Befragten. »Ziehen Sie den noch ein Stückchen nach hinten.«

Bryant rückte den Stuhl ein Stück näher zur Tür. Wo der Befragte sich selbst überlassen war. Wo es nichts gab, um sich aufzustützen oder anzulehnen. Jetzt konnte Kim die Körpersprache ihres Gegenübers gut beobachten.

Es klopfte leise an die Tür. »Herein«, riefen sie gleichzeitig.

Courtney trat mit einem Blatt Papier und einem Lächeln ein, das so breit war, dass es schier ihr Gesicht zu sprengen drohte. So, so, Mr Whitehouse erfreute sich also allgemein keiner großen Beliebtheit.

»Draußen wartet Mr Addlington, wenn Sie so weit sind.«

Kim nickte. »Führen Sie ihn bitte herein.«

»Kann ich Ihnen sonst noch etwas bringen? Kaffee, Tee?«

»Auf jeden Fall. Kaffee für uns beide.«

Courtney eilte zur Tür und hatte schon die Klinke in der Hand, als es Kim wieder einfiel. »Danke, Courtney.«

Courtney nickte und hielt dem ersten Befragten die Tür auf.

SECHS

Um Viertel nach drei am Nachmittag – nach zwölf identischen Gesprächen – schlug Kim mit dem Kopf auf den Tisch. Das Rumsen, mit dem ihr Schädel auf das Holz traf, hatte etwas zutiefst Befriedigendes.

»Ich weiß, was Sie meinen, Guv«, sagte Bryant. »Sieht aus, als hätten wir eine waschechte Heilige im Leichenschauhaus.«

Er holte ein Päckchen Hustenbonbons aus seiner Tasche. Wenn Kim richtig gezählt hatte, war es das fünfte heute.

Vor zwei Jahren hatte ein Arzt ihm nach einer Lungenentzündung geraten, die dreißig Zigaretten am Tag sein zu lassen. Um den hartnäckigen Husten loszuwerden, hatte Bryant unablässig Hustenbonbons eingeworfen. Das Rauchen hatte er aufgegeben, doch die Hustenbonbons waren ihm erhalten geblieben.

»Sie sollten die Dinger da wirklich reduzieren.«

»Nicht ausgerechnet an einem Tag wie heute, Guv.«

Wie ein eingefleischter Raucher gönnte er sich ein paar mehr, wenn er gestresst war oder sich langweilte.

»Wer ist als Nächstes dran?«

Bryant zog die Liste zurate. »Joanna Wade, Englisch.«

Kim verdrehte die Augen, da ging auch schon die Tür auf, und herein trat eine Frau in einer maßgeschneiderten schwarzen Hose und einer fliederfarbenen Seidenbluse. Ihr langes blondes Haar war zu einem Pferdeschwanz gebunden, der ihren starken, eckigen Kiefer hervorhob. Sie trug nur wenig Make-up.

Sie setzte sich, ohne ihnen die Hand zu schütteln, und schlug den rechten Fuß über den linken. Die Hände landeten ordentlich in ihrem Schoß.

»Wir werden Ihre Zeit nicht lange in Anspruch nehmen, Mrs Wade«, ergriff Kim das Wort. »Wir müssen Ihnen nur ein paar Fragen stellen.«

»Ms«

»Verzeihung?«

»Ms, Detective, nicht Mrs, aber nennen Sie mich bitte Joanna.«

Die Stimme war tief und kontrolliert, und sie sprach mit einem leichten nördlichen Einschlag.

»Vielen Dank, Ms Wade. Wie lange haben Sie Direktorin Wyatt gekannt?«

Die Lehrerin lächelte. »Sie hat mich vor fast drei Jahren eingestellt.«

»Wie war die Arbeitsbeziehung zwischen Ihnen beiden?«

Ms Wade richtete den Blick auf Kim und neigte ganz leicht den Kopf. »Wirklich, Detective, kein Vorspiel?«

Kim erwiderte ihren Blick, ohne auf die Anzüglichkeit einzugehen.

»Beantworten Sie bitte die Frage?«

»Selbstverständlich. Wir hatten ein angemessenes Arbeitsverhältnis. Nicht ohne Auf und Ab, wie das, finde ich, zwischen den meisten Frauen so ist. Teresa war eine äußerst fokussierte Direktorin, unnachgiebig in ihren Ansichten und Überzeugungen.«

»Inwiefern?«

»Unterrichtsmethoden haben sich seit Teresas Zeiten im Klassenzimmer weiterentwickelt. Oft ist Kreativität gefordert, um Wissen in junge, fruchtbare Köpfe zu bringen. Wir haben alle versucht, uns an eine sich wandelnde Kultur anzupassen, doch Teresa hielt fest, und wer etwas anderes versuchte, wurde entsprechend zurechtgewiesen.«

Während Joanna Wade sprach, schätzte Kim ihre Körpersprache als offen und aufrichtig ein. Ihr fiel auch auf, dass die Frau den Blick kein einziges Mal auf Bryant gerichtet hatte.

»Können Sie mir ein Beispiel nennen?«

»Vor zwei Monaten hat ein Schüler einen Aufsatz eingereicht, dessen Text zur Hälfte aus Abkürzungen bestand, die im Allgemeinen bei SMS oder auf Facebook benutzt werden. Da habe ich alle dreiundzwanzig Schülerinnen und Schüler zu ihren Schließfächern geschickt, um ihre Handys zu holen. Dann bestand ich darauf, dass sie sich zehn Minuten lang gegenseitig SMS schreiben und zwar in grammatikalisch korrektem Englisch, einschließlich der richtigen Satzzeichen. Das kam ihnen vollkommen schräg vor, aber sie haben kapiert, worum es mir ging.«

»Und das wäre?«

»Dass die Methoden der Kommunikation nicht beliebig übertragbar sind. So etwas ist seither nicht mehr vorgekommen.«

»Und Teresa war nicht begeistert?«

Ms Wade schüttelte den Kopf. »Nicht im Geringsten. Sie war der Meinung, der betreffende Junge hätte zum Nachsitzen verdonnert werden müssen. Das hätte die Botschaft sehr viel deutlicher rübergebracht. Ich habe gewagt, ihr zu widersprechen, was einen Vermerk über Insubordination in meiner Personalakte zur Folge hatte.«

»Das entspricht aber nicht dem Bild, das uns die anderen Mitglieder des Lehrkörpers vermittelt haben, Ms Wade.«

Die Frau zuckte die Achseln. »Ich kann für niemand

anderen sprechen, aber ich würde sagen, dass manche hier aufgegeben haben. Ihre Methoden, um die jungen Menschen zu erreichen, funktionieren nicht mehr, und sie sitzen noch die Zeit bis zur Pensionierung ab. Sie sind damit zufrieden, einfallslos und langweilig zu sein. Ich nicht.« Wieder neigte sie den Kopf zur Seite, und ein kleines Lächeln umspielte ihre Mundwinkel. »Teenagern heute beizubringen, die Schönheit und Finesse der englischen Sprache anzuerkennen, ist eine wahre Herausforderung. Aber ich glaube fest daran, dass man nie vor einer Herausforderung zurückschrecken sollte. Finden Sie nicht, Detective?«

Bryant hustete.

Kim setzte ein kleines Lächeln auf. Das Selbstbewusstsein der Frau und das offene Gespräch mit ihr waren ein Hauch frischer Wind nach zwölf identischen Aussagen. Dass sie so offenkundig mit ihr flirtete, fand sie amüsant.

Kim lehnte sich zurück. »Was können Sie mir über die Frau Teresa Wyatt erzählen?«

»Möchten Sie von mir Linientreue und die Darbietung des politisch korrekten Epitaphs auf die kürzlich Verstorbene, oder soll ich offen sprechen?«

»Wir wüssten Ihre Ehrlichkeit sehr zu schätzen.«

Ms Wade stellte die Füße nebeneinander. »Als Schuldirektorin war Teresa engagiert und fokussiert. Als Frau war sie, wie ich fand, sehr egoistisch. Wie Sie auf ihrem Schreibtisch sehen, gibt es keine Fotos von etwas oder jemandem, der, die oder das ihr wichtig gewesen wäre. Sie hielt nichts davon, die Mitglieder des Lehrkörpers bis acht oder neun Uhr in der Schule festzuhalten. Einen Großteil ihrer Freizeit hat sie in Spas verbracht, beim Shoppen von Designerklamotten und mit dem Buchen teurer Urlaubsreisen.«

Bryant machte sich Notizen.

»Gibt es noch etwas, was Ihrer Meinung nach hilfreich für unsere Ermittlungen sein könnte?«

Die Frau schüttelte den Kopf.

»Vielen Dank, dass Sie uns Ihre Zeit zur Verfügung gestellt haben, Ms Wade.«

Sie beugte sich vor. »Wenn Sie ein Alibi möchten, Detective, ich war im Liberty Gym und habe meine Yoga-Positionen geübt. Ausgezeichnet für die Elastizität der Muskeln. Und falls Sie Interesse haben, ich bin da jeden Donnerstagabend.«

Kim begegnete ihrem Blick. Die klaren blauen Augen funkelten herausfordernd. Sie schlenderte auf den Schreibtisch zu und hielt ihr eine Visitenkarte hin.

Kim hatte keine Wahl, als die Hand danach auszustrecken. Die Frau legte ihr die Karte in die Hand und machte aus dem Kontakt ein Händeschütteln. Ihre Berührung war kühl und fest. Ihre Finger verharrten noch in der Luft, als Kim ihre Hand zurückzog.

»Hier ist meine Nummer. Rufen Sie ruhig an, wenn ich Ihnen noch irgendwie behilflich sein kann.«

»Vielen Dank, Ms Wade, Sie haben uns sehr geholfen.«

»Himmel, Guv«, sagte Bryant, sobald die Tür zu war. »Um diese Signale zu lesen, braucht man ja wohl kein Handbuch.«

Kim hob abwehrend die Hände. »Entweder man hat's, oder man hat's nicht.«

Sie steckte die Visitenkarte in ihre Jackentasche. »Noch jemand?«

»Nein, sie war die Letzte.«

Sie standen auf. »Das war's dann für heute. Fahren Sie nach Hause, und ruhen Sie sich aus«, sagte Kim.

Sie hatte das Gefühl, sie würden es brauchen.

SIEBEN

»Okay, Leute, ich hoffe, Sie haben alle ein bisschen Ruhe gefunden und Ihren Lieben daheim zum Abschied einen Kuss gegeben.«

»Schon verstanden, Privatleben ist auf absehbare Zeit gestrichen«, stöhnte Dawson. »Was für Stacey keine Rolle spielt, aber wir anderen haben auch noch ein richtiges Leben.«

Kim ignorierte ihn. Fürs Erste. »Die da oben hätten den Fall gern Ende der Woche aufgeklärt.«

Dawson seufzte. »Und wenn unser Mörder das Memo nicht gekriegt hat, Guv?«, fragte er und checkte sein Handy.

»Dann verhafte ich am nächsten Freitag Sie, und vertrauen Sie mir, ich sorg schon dafür, dass die Gründe hieb- und stichfest sind.«

Dawson lachte.

Sie blieb ernst. »Gehen Sie mir weiter so auf den Wecker, Kev, und es ist kein Witz. Also, was hat die Autopsie ergeben?«

Er holte sein Notizbuch hervor. »Lunge voll Wasser, eindeutig ertrunken. Zwei blaue Flecke direkt oberhalb der Brüste. Keine Anzeichen für sexuelle Gewalt, aber schwer zu sagen.«

»Sonst noch etwas?«

»Ja, sie hatte zum Abendessen Chicken Korma.«

»Toll, damit knacken wir den Fall.«

Dawson zuckte die Schultern. »Ist nicht viel bei rausgekommen, Guv.«

»Bryant?«

Er schob ein paar Zettel hin und her, doch Kim wusste, dass sämtliche Informationen längst in seinem Kopf waren.

»Die Gegend wurde gestern noch einmal gründlich unter die Lupe genommen, aber von den Nachbarn hat keiner was gehört oder gesehen. Zwei kannten sie zwar vom Sehen, aber es scheint, als wäre sie nicht der Typ gewesen, der sich gern mal auf einen Kaffee trifft. Also eher ungesellig.«

»Na also, da hätten wir doch ein Motiv: Ermordet wegen fehlendem Gemeinschaftsgeist.«

»Es sind schon Menschen für weniger ermordet worden, Guv«, erwiderte Bryant. Sie musste ihm recht geben. Vor drei Monaten hatten sie im Fall der Ermordung eines Krankenpflegers ermittelt, der sein Leben wegen zwei Dosen Bier und dem Wechselgeld in seiner Hosentasche lassen musste.

»Sonst noch etwas?«

Bryant nahm ein weiteres Blatt zur Hand. »Noch nichts von der Kriminaltechnik. Fußabdrücke gibt es offensichtlich keine, und mit der Auswertung der Fasern wurde gerade erst begonnen.«

Kim kam das Locard'sche Prinzip in den Sinn, eine Theorie, die besagt, dass jeder Täter etwas an den Tatort mitbringt und etwas von dort mitnimmt. Das konnte alles Mögliche sein, von einem Haar bis hin zu einer simplen Faser. Die Kunst bestand darin, es zu finden. Und bei einem Tatort, an dem acht Feuerwehrmänner herumgetrampelt waren und das Badezimmer unter Wasser gestanden hatte, würden sich Spuren nicht freiwillig per Handzeichen bemerkbar machen.

»Fingerabdrücke?«

Bryant schüttelte den Kopf. »Und wir wissen ja, dass das Tatwerkzeug aus zwei Händen bestand, also werden wir es kaum irgendwo hinter einem Strauch finden.«

»Also, Guv, bei *CSI* ist das ganz anders«, warf Stacey ein. »Auf ihrem Handy ist auch nichts. Alle eingehenden und ausgehenden Anrufe sind entweder zur Schule oder zu örtlichen Restaurants. Ihr Telefonverzeichnis ist nicht besonders lang.«

»Keine Freunde oder Familienangehörigen?«

»Zumindest keine, mit denen sie Kontakt gehalten hat. Ich habe die Anrufliste ihres Festnetzanschlusses angefordert, und ihr Laptop ist unterwegs. Vielleicht ist da was drauf.«

Kim schnaubte. »Es sind also sechsunddreißig Stunden vergangen, und wir haben nichts. Wir wissen nichts über diese Frau.«

Bryant stand auf. »Geben Sie mir eine Minute, Guv.« Damit verließ er den Raum.

Sie verdrehte die Augen. »Also gut, während Bryant sich die Nase pudert, fassen wir kurz zusammen.« Sie richtete den Blick auf die Tafel, die kaum mehr Informationen enthielt als am Tag zuvor.

»Wir haben es mit einer Frau Ende vierzig zu tun, die ehrgeizig war und hart gearbeitet hat. Sie war weder ausgesprochen gesellig noch besonders beliebt. Sie hat allein gelebt und hatte keine Haustiere und keinen Kontakt zur Familie. Sie war nicht in irgendwelche illegalen Aktivitäten verwickelt und scheint keinerlei Hobbys oder Interessen nachgegangen zu sein.«

»Das kann man so nicht sagen«, warf Bryant ein und setzte sich wieder. »Anscheinend hat sie sich sehr für eine archäologische Ausgrabung irgendwo in Rowley Regis interessiert, für die gerade die Genehmigung erteilt wurde.«

»Und woher wissen Sie das?«

»Ich habe eben mit Courtney gesprochen.«

»Courtney?«

»Die Courtney, die uns gestern den ganzen Tag mit Kaffee versorgt hat. Ich habe sie gefragt, ob unser Opfer in den letzten paar Wochen mit jemand anderem telefoniert hat. Und siehe da, sie hatte Courtney gebeten, ihr die Nummer eines gewissen Professor Milton am Worcester College zu besorgen.«

»Darüber habe ich etwas in den Lokalnachrichten gesehen«, warf Stacey ein. »Der Professor versucht seit Ewigkeiten, eine Grabungsgenehmigung für ein Grundstück zu erhalten. Seit es im Kinderheim gebrannt hat, ist die angrenzende Fläche nur ein Stück Brachland, doch es geht das Gerücht, dort lägen Münzen vergraben. Er kämpft seit zwei Jahren gegen Einwände, und diese Woche hat er die endgültige Grabungsgenehmigung bekommen. Wegen der langen gerichtlichen Auseinandersetzung war es sogar in den Hauptnachrichten.«

Endlich spürte Kim, dass sich ein aufgeregtes Kribbeln breitmachte. Interesse an etwas, was in der Gegend vonstattenging, an den Tag zu legen war noch kein eindeutiger Beweis für irgendetwas, aber es war mehr, als sie vor zehn Minuten gehabt hatten.

»Okay, Sie beide graben weiter. Sorry für das Wortspiel. Bryant, werfen Sie das Batmobil an.«

Dawson seufzte schwer.

Kim schnappte sich ihre Jacke und blieb an Dawsons Tisch stehen. »Stacey, müssen Sie nicht auf die Toilette?«

»Nein, Guv, mir geht's gut ...«

»Stacey, verlassen Sie das Büro.«

Takt und Diplomatie konnten nur von jemandem erfunden worden sein, dem Zeit im Überfluss zur Verfügung gestanden hatte.

»Kev, legen Sie bitte kurz das Telefon auf, und hören Sie mir zu. Ich weiß, dass Sie es im Augenblick nicht leicht haben, aber das haben Sie wirklich ganz allein sich selbst zu verdanken. Wenn Sie es geschafft hätten, Ihren Schwanz noch zwei

Wochen in der Hose zu lassen, würden Sie jetzt glücklich mit Ihrer Freundin und Ihrer neugeborenen Tochter zusammenleben, statt im Gästezimmer Ihrer Mutter zu campieren.«

Kim wusste, dass sie mit den Mitgliedern ihres Teams nicht gerade zimperlich umging. Aber es kostete sie schon genug Mühe, sich in der Öffentlichkeit freundlich zu geben.

»Es war ein dummer Fehler bei einem Junggesellenabschied, und ich war sturzbetrunken ...«

»Kev, nichts für ungut, aber das ist Ihr Problem, nicht meins. Wenn Sie nicht aufhören, wie ein kleines Mädchen zu schmollen, sooft Sie nicht Ihren Willen kriegen, dann ist der Tisch da drüben bald nicht mehr der einzige, der verwaist ist. Haben wir uns verstanden?«

Sie sah ihn eindringlich an. Er schluckte und nickte.

Ohne ein weiteres Wort verließ Kim das Büro und eilte die Treppe hinunter.

Dawson war ein guter Polizist, aber im Augenblick bewegte er sich auf verdammt dünnem Eis.

ACHT

Zum zweiten Mal in zwei Tagen schritt Kim durch die Aura naiver Erwartung, die in Bildungseinrichtungen immer in der Luft lag.

Bryant eilte zum Empfangstresen der Universität, während sie sich etwas abseits hielt. Rechter Hand lachten ein paar Männer über etwas auf einem Handy. Einer von ihnen drehte sich zu ihr um. Sein Blick wanderte über ihren Körper und verharrte auf ihren Brüsten. Er neigte den Kopf und lächelte.

Sie tat es ihm nach und richtete den Blick auf seine hautenge Jeans, das T-Shirt mit V-Ausschnitt und die Frisur im Stil von Justin Bieber. Dann begegnete sie seinem Blick und erwiderte sein Lächeln. »Keine Chance, Süßer.«

Augenblicklich wandte er sich wieder der Gruppe zu und betete, dass seine Freunde die Aktion nicht mitbekommen hatten.

»Irgendwas stimmt hier nicht«, sagte Bryant. »Die Empfangsdame hat mich ganz komisch angesehen, als ich gesagt habe, ich möchte den Professor sprechen. Es kommt jemand, aber ich glaube nicht, dass es er ist.«

Plötzlich teilte sich die Gruppe wie das Rote Meer, und

eine Frau in zehn Zentimeter hohen Absätzen schritt hindurch. Sie war relativ klein, aber sie bewegte sich wie ein Geschoss, das für nichts und niemanden seine Bahn verlangsamte. Ihr durchdringender Blick streifte durch das Foyer und blieb bei ihnen beiden hängen.

»Mist, Kopf einziehen«, sagte Bryant, als sie direkt auf sie zusteuerte.

»Detectives?«, sagte sie und reichte ihnen die Hand.

Apfelblütenduft bestürmte Kims Nase. Dichte graue Locken klebten eng am Kopf der Frau, und auf ihrer Nase saß eine Brille mit ausladenden Schnörkeln am Rand.

Bryant schüttelte ihr die Hand. Kim nicht. »Und Sie sind?«

»Mrs Pearson, Professor Miltons Sekretärin.«

Der Professor war wohl zu beschäftigt, um selbst zu kommen. Wenn sie von seiner Sekretärin nichts erfuhren, würden sie darauf bestehen müssen.

»Können wir Ihnen ein paar Fragen nach einem Projekt stellen, an dem Professor Milton gerade arbeitet?«, fragte Bryant.

»Wenn's schnell geht«, antwortete sie. Sie bot ihnen nicht an, woanders hinzugehen, wo sie unter sich waren. Diese Frau würde ihnen definitiv nicht viel Zeit opfern.

»Der Professor interessiert sich für eine archäologische Ausgrabung?«

Mrs Pearson nickte. »Ja, die Grabungsgenehmigung wurde vor ein paar Tagen erteilt.«

»Wonach genau sucht er?«, fragte Bryant.

»Nach kostbaren Münzen, Detective.«

Kim zog eine Augenbraue hoch. »Auf einem Stück Brachland am Stadtrand von Rowley Regis?«

Mrs Pearson seufzte, als hätte sie es mit einem Kleinkind zu tun, das sich verlaufen hatte. »Sie haben, wie es aussieht, keine Ahnung vom reichen historischen Erbe unserer unmittelbaren

Umgebung. Haben Sie noch nie etwas vom Schatz von Staffordshire gehört?«

Kim sah Bryant an. Sie schüttelten beide den Kopf.

Mrs Pearson gab sich keine Mühe, ihre Geringschätzung zu verbergen. Menschen außerhalb der akademischen Welt waren eindeutig Philister.

»Auf einem Feld in Lichfield wurde vor ein paar Jahren einer der bedeutendsten Funde unserer Zeit gemacht. Über dreieinhalbtausend Objekte aus Gold. Geschätzter Wert über drei Millionen Pfund. Erst kürzlich wurde in Stoke on Trent ein Schatz aus Silberdenaren entdeckt, die auf das Jahr einunddreißig vor Christus datieren.«

Kim war fasziniert. »Wer bekommt das Geld?«

»Nehmen wir zum Beispiel den letzten Fund in Bredon Hill, Worcestershire, wo ein Mann mit einem Metalldetektor auf einem Acker römisches Gold gefunden hat, darunter auch Münzen. Er und der Bauer haben jeder über anderthalb Millionen bekommen.«

»Wie kommt der Professor darauf, in Rowley könnte etwas sein?«

Mrs Pearson hob die Augenbrauen. »Örtliche Legenden, Mythen über eine Schlacht, die in der Gegend geschlagen wurde.«

»Hat er kürzlich einen Anruf von einer Frau namens Teresa Wyatt erhalten?«

Die Frau überlegte einen Augenblick. »Ja, ich glaube schon. Sie hat ein paarmal angerufen und darauf bestanden, mit Professor Milton persönlich zu sprechen. Ich glaube, er hat sie irgendwann spätnachmittags mal zurückgerufen.«

Okay, das reichte Kim. Hier war irgendetwas, und sie war nicht mehr damit zufrieden, mit dem Äffchen zu sprechen. Sie brauchte den Leierkastenmann, damit er ihr den Inhalt dieser Unterredung wiedergab.

»Vielen Dank für Ihre Hilfe, Mrs Pearson, aber auch wenn

der Professor sehr beschäftigt ist, müssen wir sofort mit ihm sprechen.«

Mrs Pearson wirkte verdutzt und dann verärgert. »Jetzt habe ich eine Frage an Sie, Detective. Reden Sie nicht miteinander?«

»Verzeihung?«, warf Bryant ein.

»Also, Sie sind offensichtlich nicht von der Vermisstenstelle, sonst wüssten Sie Bescheid.«

»Worüber, Mrs Pearson?«

Sie räusperte sich und verschränkte die Arme vor der Brust. »Dass seit achtundvierzig Stunden weder jemand Professor Milton gesehen noch gesprochen hat.«

NEUN

Nicola Adamson schloss die Augen ob der bösen Vorahnung, die sie überkam, als sie den Schlüssel in das Schloss ihrer Penthousewohnung steckte. Sie gab sich alle Mühe, leise zu sein, doch das Drehen des Schlüssels im Schloss hallte laut durch den Flur, wie die meisten Geräusche um halb drei in der Nacht.

Myra Downs in Apartment 4C riss bestimmt jede Sekunde die Tür auf, um zu sehen, wer so einen Lärm machte. Nicola hätte schwören können, dass die pensionierte Buchhalterin an die Wohnungstür gelehnt schlief.

Wie erwartet hörte sie das vertraute Schaben, mit dem am Fuß der Tür ihrer Nachbarin der Riegel aufgeschoben wurde, doch es gelang ihr, rasch in ihrer Wohnung zu verschwinden, ehe sie von dem Ein-Frau-Nachbarschafts-Wachkommando entdeckt wurde.

Noch bevor sie den Lichtschalter umgelegt hatte, spürte Nicola die Veränderung in ihrer Wohnung. Sie war übernommen worden, jemand war hier eingedrungen. Es war immer noch ihre Wohnung, doch sie würde sie teilen müssen. Wieder einmal.

Sie zog die Schuhe aus und ging leise durchs Wohnzimmer in die Küche. Trotz des Besuchers im Gästezimmer versuchte sie, ihre Gewohnheiten beizubehalten, ihre Routine, ihr Leben.

Sie holte sich eine Lasagne aus dem Kühlschrank und tat sie in die Mikrowelle. Von der Arbeit bekam sie immer Hunger, und dies war ihre Routine – etwas zu essen warm machen, während sie duschte, danach einen Happen essen und ein Glas Rotwein trinken und dann zu Bett gehen.

Dass sie ihre Wohnung teilen musste, änderte daran nichts. Trotzdem schlich sie auf Zehenspitzen ins Bad. Sie war nicht in der Stimmung für eine dramatische Auseinandersetzung.

Im Bad seufzte Nicola erleichtert auf. Jede Tür, die sie hinter sich schloss, war eine geschlagene und gewonnene Schlacht. Sie stellte sich vor, in einem Computerspiel zu sein, in dem es darum ginge, einen Raum nach dem anderen zu sichern, während man dem Feind davonlief.

Das ist nicht fair, schalt sie sich, als sie ihre Kleider auf einen Haufen neben der bodengleichen Dusche fallen ließ. Sie musste die Wassertemperatur verstellen, was sie ärgerte. Bis vor einer Woche war eine Regulierung nicht nötig gewesen. Das Thermostat war genau da gewesen, wo sie es eingestellt hatte.

Sie schloss die Augen und hob das Gesicht zum dampfenden Wasser. Das nadelfeine Prasseln auf der Haut tat gut. Sie wandte sich von dem Sprühregen ab und legte den Kopf in den Nacken. Innerhalb weniger Sekunden war ihr langes blondes Haar nass. Sie griff hinter sich in das Metallregal, doch es war leer. Verdammt, die Shampooflasche war schon wieder auf den Boden gestellt worden.

Sie bückte sich und nahm sie. Sie drückte so kräftig zu, dass sich ein ganzer Schwall Shampoo auf die Glasabtrennung ergoss. Wieder schluckte sie ihre Verärgerung herunter. So schwer dürfte es doch nicht sein, die Wohnung zu teilen, aber, verdammt, das war es. Ihr ganzes Leben lang hatte sie alles teilen müssen.

Sie spürte die Anspannung in ihren Schultern. Heute Abend war für sie kein guter Abend gewesen.

Sie arbeitete schon fünf Jahre im Roxburgh, seit ihrem zwanzigsten Geburtstag, und sie liebte die Arbeit. Es scherte sie nicht, dass die Leute ihren Job zwielichtig oder entwürdigend fanden. Sie tanzte für ihr Leben gern, zeigte gern ihren Körper her, und Männer bezahlten viel Geld, um ihr dabei zuzusehen. Sie strippte nicht, und Anfassen war tabu. So ein Club war das nicht.

Es gab andere Clubs in der Innenstadt von Birmingham, und unter den vielen Tänzerinnen dort gab es keine, die nicht gern im Roxburgh gearbeitet hätte. Für Nicola war es der einzige Club, in dem sie je arbeiten würde. Aber sie wollte das Tanzen aufgeben, wenn sie dreißig wurde, um sich anderen Interessen zu widmen. Ihr Sparkonto half ihr bei diesem Plan.

In den letzten fünf Jahren hatte sie sich zur beliebtesten Tänzerin im Etablissement gemausert. Im Durchschnitt erhielt sie jede Nacht drei Anforderungen für private Tänze, was bei zweihundert Pfund pro Tanz nicht zu verachten war.

Sie wusste, dass sie für einige Feministinnen die Antichristin war, doch für die hatte sie nur den Stinkefinger. Frauenbefreiung hieß für sie das Recht zu wählen, und ihre Wahl war auf das Tanzen gefallen. Nicht weil sie eine durchgeknallte Cracksüchtige war und das Geld brauchte, sondern weil sie es gern tat.

Schon als Kind hatte sie gern getanzt. Und sie bemühte sich um die Individualität, die Einzigartigkeit, die sie aus der Masse heraushob und dafür sorgte, dass die Leute sie wahrnahmen.

Doch heute Abend war sie unzufrieden gewesen mit ihrer Darbietung. Ihre Kunden hatten sich nicht beschwert; der Champagner war in Strömen geflossen, und ihr letzter Kunde hatte zwei Flaschen Dom Perignon gekauft, was ihren Chef zu einem sehr glücklichen Mann gemacht hatte.

Doch Nicola wusste es. Sie wusste, dass sie heute Abend

mit den Gedanken nicht ganz bei der Sache gewesen war. Sie hatte die absolute Unterwerfung ihres Selbst, ihres Kopfes und ihres Körpers, unter die Darbietung nicht gespürt, die für sie den Unterschied zwischen Beste Schauspielerin und Beste Nebendarstellerin ausmachte.

Sie wusch sich die Pflegespülung aus den Haaren und trat aus der Dusche, rubbelte sich ab und schlüpfte in den Bademantel. Sie genoss das Gefühl des warmen Stoffs auf der Haut, verknotete den Gürtel um die Taille und verließ das Bad.

Und verharrte mitten in der Bewegung. Einen Moment lang hatte sie es vergessen. Nur für einen Wimpernschlag.

»Beth«, flüsterte sie.

»Wer sonst?«

Nicola ging in die Küche. »Tut mir leid, wenn ich dich geweckt habe«, sagte sie und nahm die Lasagne aus der Mikrowelle. Sie holte zwei Teller und teilte das Essen.

Einen Teller stellte sie auf ihren Platz, den anderen gegenüber.

»Hab kein Hunger«, sagte Beth.

Nicola hatte Mühe, bei Beths breitem Black-Country-Akzent nicht zusammenzuzucken. Sie selbst hatte hart daran gearbeitet, ihn abzulegen. Als Kinder hatten sie beide so gesprochen, doch Beth hatte sich nicht bemüht, daran etwas zu ändern.

»Hast du heute schon etwas gegessen?«, fragte Nicola und schalt sich im Stillen. Würde sie es sich je abgewöhnen, die ältere Zwillingsschwester zu sein? Nur für ein paar Minuten?

»Willst mich nich hierhaben, oder?«

Nicola senkte den Blick auf die Nudeln. Plötzlich hatte sie keinen Appetit mehr. Die Direktheit der Frage ihrer Schwester überraschte sie nicht, und Lügen war sinnlos. Beth kannte sie fast so gut wie sie sich selbst.

»Es ist nicht, als wollte ich dich nicht hierhaben, es ist nur so lange her.«

»Und wem seine Schuld is das, Schwesterchen?«

Nicola schluckte und trug ihren Teller zur Spüle. Sie wagte nicht, ihre Schwester anzusehen, denn sie ertrug die Vorwürfe und den Schmerz in ihren Augen nicht.

»Hast du morgen schon was vor?«, fragte sie, um das Gespräch auf etwas weniger explosives Terrain zu lenken.

»Klar. Arbeitest du morgen Abend wieder?«

Nicola sagte nichts. Es war offensichtlich, dass Beth ihren Lebensstil missbilligte.

»Warum erniedrigst du dich so?«

»Ich liebe meine Arbeit«, verteidigte Nicola sich. Sie fand es schrecklich, dass ihre Stimme dabei um eine Oktave anstieg.

»Aber dein Soziologiestudium. Alles für die Katz.«

»Ich habe wenigstens einen Abschluss«, pfefferte Nicola zurück und bedauerte es augenblicklich. Das Schweigen zwischen ihnen war geladen.

»Na, den Traum hast du mir doch gestohlen, oder?«

Nicola wusste, dass Beth ihr die Schuld dafür gab, dass sie sich fremd geworden waren, doch sie brachte es nicht über sich, sie nach dem Warum zu fragen.

Nicola richtete den Blick in die Spüle und klammerte sich an die Arbeitsplatte. »Warum bist du gekommen?«

Beth seufzte schwer. »Wo soll ich denn sonst hin?«

Nicola nickte stumm, und die Spannung in der Luft zwischen ihnen legte sich.

»Es fängt alles wieder von vorn an, was?«, fragte Beth leise.

Nicola hörte die Verletzlichkeit in der Stimme ihrer Schwester, und es zerriss ihr schier das Herz. Manche Bindungen ließen sich einfach nicht lösen. Der schmutzige Teller verschwamm vor ihren Augen, und die Jahre ohne ihre Schwester senkten sich schwer auf sie herab.

»Und wie willst du mich diesmal beschützen, große Schwester?«

Nicola wischte sich über die Augen, drehte sich um und

streckte die Hand nach ihrer Zwillingsschwester aus, doch die Schlafzimmertür war schon ins Schloss gefallen.

Die Lasagne auf dem zweiten Teller schob Nicola in den Mülleimer, und dann sagte sie leise in Richtung Gästezimmer: »Beth, was auch immer der Grund dafür ist, dass du mich so hasst, es tut mir leid. Sehr, sehr leid.«

ZEHN

Um sieben Uhr früh stand Kim vor dem Grabstein und wickelte sich fest in ihre Lederjacke. Hier oben auf dem Rowley Hill, wo der Friedhof lag, pfiff ihr der Wind um die Ohren. Es war Samstag, und am Samstag nahm sie sich Zeit für die Familie, neuer Fall hin oder her.

An den Grabsteinen fanden sich noch die Überreste der Weihnachtsgeschenke, die von den mit ihren Schuldgefühlen Lebenden hinterlassen worden waren; Kränze, von denen nur noch skelettähnliche Äste übrig waren, und verwelkte, von Wind und Wetter zerzauste Weihnachtssterne. Eine Frostschicht glitzerte auf dem roten Granit.

Von dem Augenblick an, in dem ihr Blick auf das einfache Holzkreuz gefallen war, das die Stelle markierte, hatte sie von dem Geld für ihre zwei Jobs so viel gespart, wie sie abknapsen konnte, um den Stein zu kaufen. Zwei Tage nach ihrem achtzehnten Geburtstag war er aufgestellt worden.

Kim betrachtete die wenigen goldenen Buchstaben. Mehr hatte sie sich damals nicht leisten können: nur ein Name und zwei Daten. Wie immer rührte sie der Abstand zwischen den zwei Jahreszahlen, kaum mehr als ein Blinzeln.

Sie drückte einen Kuss auf ihre Fingerspitzen und berührte damit den kalten Stein. »Gute Nacht, süßer Mikey, schlaf gut.« In ihren Augen brannten Tränen, doch sie kämpfte sie nieder. Es waren exakt die Worte, die sie zu ihm gesagt hatte, bevor seinem zarten, geschundenen Körper der letzte Atemhauch entwichen war.

Kim verstaute die Erinnerung wieder sicher in der Kiste und setzte den Helm auf. Sie schob die Kawasaki Ninja zum Tor, denn es wäre ihr respektlos vorgekommen, den 1400er-Motor des Motorrads auf dem Friedhof anzuwerfen. Einen Meter hinter dem Ausgang brachte sie die Maschine auf Touren.

Am Fuß des Hügels bog sie in ein Industriegebiet, das mit »Zu vermieten«-Schildern gepflastert war – ein deutliches Zeugnis für den Niedergang der Gegend und verlassen genug, um den Anruf von hier zu tätigen.

Kim hielt und holte ihr Handy heraus. Dieses Gespräch würde sie auf keinen Fall irgendwo in der Nähe von Mikeys Grab führen. Sie würde nicht zulassen, dass seine letzte Ruhestätte vom Bösen beschmutzt wurde. Sie musste ihn schützen, selbst jetzt noch.

Beim dritten Klingeln hob jemand ab.

»Schwester Taylor bitte.«

Die Leitung war ein paar Sekunden lang tot, dann hörte sie die vertraute Stimme.

»Hi, Lily, hier ist Kim Stone.«

»Hallo, Kim«, sagte die Schwester in freundlichem Tonfall, »wie schön, von Ihnen zu hören. Ich dachte mir schon, dass Sie heute anrufen.«

Das sagte die Schwester jedes Mal, und doch blieb es immer gleich. Kim machte diesen Anruf seit sechzehn Jahren am Zwölften jeden Monats.

»Wie geht es ihr?«

»Sie hatte ein ruhiges Weihnachtsfest, und der Chor, der

hier war, schien ihr gefallen zu haben ...«

»Irgendwelche Gewalttätigkeiten?«

»Nein, in letzter Zeit nicht. Ihre Medikation ist stabil.«

»Sonst noch etwas?«

»Gestern hat sie nach Ihnen gefragt. Obwohl sie kein Zeitgefühl hat, ist es fast, als wüsste sie, wann Sie anrufen.« Die Schwester unterbrach sich. »Also, falls Sie je herkommen ...«

»Danke, dass Sie sich Zeit für mich genommen haben, Lily.«

Kim hatte sie nie besucht und würde sie auch nie besuchen. Ihre Mutter war in der psychiatrischen Klinik Grantley, seit Kim sechs Jahre alt war, und dort gehörte sie auch hin.

»Ich sag ihr, dass Sie angerufen haben.«

Kim bedankte sich noch einmal bei ihr und trennte die Verbindung. Die Krankenschwester begriff Kims monatliche Anrufe als fürsorgliche Nachfragen um das Wohlergehen ihrer Mutter, und Kim hatte sie in dieser Auffassung nie korrigiert.

Sie allein wusste, dass sie nur dort anrief, um sich zu vergewissern, dass dieses mörderische, bösartige Miststück weiterhin sicher hinter Schloss und Riegel war.

ELF

»Was gibt es Neues, Leute? Kev, was wissen wir von der Vermisstenstelle?«

»Professor Milton ist gerade zum dritten Mal geschieden worden. Es ist ein bisschen wie bei Simon Cowell: Seine Ex haben alle nur Gutes über ihn zu sagen. Keine eigenen Kinder, aber Stiefvater von fünf. Keinerlei Feindseligkeiten weit und breit.«

»Seit wann wird er vermisst?«

»Am Mittwoch wurde er zum letzten Mal gesehen. Seine Sekretärin hat Alarm geschlagen, als er am Donnerstagmorgen nicht aufgetaucht ist. Er hat sich auch bei niemandem aus der Familie gemeldet, was anscheinend sehr ungewöhnlich ist.«

»Deutet irgendetwas darauf hin, dass er so etwas schon einmal gemacht hat?«

Dawson schüttelte den Kopf. »Wenn man die Exfrauen so reden hört, könnte man meinen, er wäre eine Reinkarnation von Gandhi, von sanftem Wesen und die Freundlichkeit in Person.« Kev zog seine Notizen zurate. »Die letzte Ex hat am Dienstagnachmittag mit ihm gesprochen, da war er wohl ganz aufgeregt, dass er endlich die Grabungsgenehmigung erhalten hat.«

»Darum habe ich mich gekümmert, Guv«, warf Stacey ein. »Den ursprünglichen Antrag hat Professor Milton vor zwei Jahren gestellt. Es gab über zwanzig Einwände gegen das Projekt, aus Gründen des Umweltschutzes sowie aus politischen und aus kulturellen Gründen. Weiter bin ich noch nicht.«

»Bleiben Sie dran, Stace. Bryant, wissen wir, wann genau unser Opfer mit dem Professor gesprochen hat?«

Bryant hielt ihr ein Blatt Papier hin. »Courtney hat mir das Telefonverzeichnis geschickt. Sie haben am Mittwoch gegen halb sechs zwölf Minuten lang telefoniert.«

Kim verschränkte die Arme. »Okay, wir haben bisher also nur die Tatsache, dass unser Opfer am Mittwochnachmittag ein kurzes Gespräch mit einem Professor geführt hat, und jetzt ist sie tot und er wird vermisst.«

Es klopfte an der Tür, und ein Constable trat ein.

»Was?«, fuhr sie auf. Sie konnte es nicht ausstehen, bei der Fallbesprechung gestört zu werden.

»Madam, ich habe einen Gentleman am Empfangstresen, der mit Ihnen sprechen möchte.«

Kim sah ihn an, als hätte er den Verstand verloren.

»Ich weiß, Madam, aber er besteht darauf, nur mit Ihnen zu sprechen. Er sagt, er ist Professor ...«

Kim war schon von ihrem Stuhl aufgesprungen. »Bryant, Sie kommen mit«, sagte sie und blieb an der Tür stehen. »Stace, finden Sie so viel wie möglich über dieses Stück Brachland heraus.«

Sie eilte hinaus und nahm die Treppe. Bryant folgte ihr.

Am Empfang stand ein Mann mit grauem Vollbart und drahtigem Haarschopf.

»Professor Milton?«

Nur kurz unterbrach er das Kneten seiner Finger, um ihr

die Hand zu reichen. Kim nahm sie kurz und gab sie ihm schnell wieder zurück.

»Bitte, kommen Sie hier entlang.«

Kim führte ihn den Flur hinunter ins Vernehmungszimmer 1.

»Bryant, rufen Sie die Kollegen von der Vermisstenstelle an, damit sie keine weitere Zeit vergeuden. Können wir Ihnen etwas bringen, Professor Milton?«

»Ja, einen Tee mit Zucker bitte.«

Bryant nickte und schloss die Tür.

»Ziemlich viele Menschen haben sich Sorgen um Sie gemacht, Professor.«

Es sollte nicht wie ein Rüffel klingen, doch sie hasste es, wenn die Polizei ihre Zeit vergeudete. Die Ressourcen waren knapp genug.

Er nickte zum Zeichen, dass er verstanden hatte. »Es tut mir leid, Detective. Ich wusste nicht, was ich machen sollte. Ich habe erst vor ein paar Stunden mit Mrs Pearson gesprochen, und sie hat mir von Ihrem Besuch erzählt. Sie hat gesagt, ich könnte Ihnen vertrauen.«

Kim war überrascht, dass die alte Xanthippe sich so über sie geäußert hatte.

»Wo waren Sie?« Es war nicht die Frage, die ihr am dringendsten unter den Nägeln brannte, doch wenn Bryant dabei gewesen wäre, hätte er auf behutsames Vorgehen gedrängt. Der Mann war sichtlich am Zittern, und seine Hände hafteten wie magnetisch angezogen aneinander.

»In Barmouth, in einem Bed and Breakfast. Ich musste einfach weg.«

»Aber am Mittwoch waren Sie doch ganz euphorisch. Das hat Mrs Pearson uns erzählt.«

Er nickte.

Bryant kam wieder herein, drei Styroporbecher in den

Händen. Er stellte sie ab und schob einen Becher dem Professor hin.

»Sie haben an dem Tag«, fuhr Kim fort, »mit einer Frau namens Teresa Wyatt gesprochen?«

Professor Milton war verdutzt. »Ja, Mrs Pearson hat erwähnt, dass Sie nach ihr gefragt haben, aber ich bin mir nicht sicher, ob das mit dem in Zusammenhang steht, was mir später passiert ist.«

Kim hatte keine Ahnung, was *ihm* später passiert war, doch sie wusste, dass Teresa Wyatt danach den Tod gefunden hatte.

»Können Sie uns sagen, warum Teresa Wyatt Sie angerufen hat?«

»Selbstverständlich. Sie hat gefragt, ob ich bei dem Projekt ehrenamtliche Helfer brauchen könnte.«

»Und was haben Sie geantwortet?«

Er schüttelte den Kopf. »Nein, ich nehme nur Helfer, die mindestens ein Jahr an der Uni abgeschlossen haben. Ms Wyatt hat Interesse für die Archäologie an den Tag gelegt, doch sie hatte keinerlei Erfahrung in dem Bereich und könnte auch gewiss keine mehr erwerben, bevor wir Ende Februar mit den Grabungen anfangen.«

Kim empfand einen Dämpfer. Diese Spur würde ihnen nicht helfen, den Mörder zu finden. Das Telefonat der beiden war eine harmlose Unterredung gewesen.

»Sonst noch etwas?«, fragte Bryant.

Der Professor machte eine Pause. »Sie hat gefragt, wo wir denn mit dem Graben anfangen würden, was ich im Zusammenhang mit unserem Gespräch doch ein wenig merkwürdig fand.«

Ja, dachte Kim, das ist allerdings ein wenig sonderbar. »Und was ist dann später passiert?«, fragte sie eingedenk seiner Bemerkung.

Professor Milton schluckte. »Ich bin von der Arbeit nach

Hause gekommen, und da hat Tess mich nicht wie sonst immer begrüßt.«

Kim sah Bryant an. Hatte Dawson nicht gesagt, der Professor sei alleinstehend?

»Normalerweise schläft sie in der Küche neben ihrer Wasserschüssel, aber sobald ich den Schlüssel ins Schloss stecke, kommt sie angelaufen und wedelt mit dem Schwanz.«

Ah, dachte Kim, so ist das also.

»Aber am Mittwoch nicht. Ich hab nach ihr gerufen und bin in die Küche gegangen, aber sie kam nicht. Ich fand sie neben ihrer Decke.« Er schluckte. »Sie lag zuckend am Boden. Ihre Augen waren glasig und stier, und im ersten Augenblick habe ich die Nachricht nicht mal gesehen. Ich hab sie nur hochgenommen und bin so schnell wie möglich mit ihr zum Tierarzt gefahren, aber es war zu spät. Als ich dort ankam, war sie schon tot.« Er wischte sich über das rechte Auge.

Kim machte den Mund auf, um nach der Notiz zu fragen, doch Bryant schnitt ihr das Wort ab.

»Das tut mir sehr leid, Professor. War sie krank?«

Professor Milton schüttelte den Kopf. »Nein. Sie war erst vier Jahre alt. Der Tierarzt musste sie gar nicht untersuchen. Er konnte das Frostschutzmittel an ihrem Maul riechen. Anscheinend lieben Hunde es, weil es süß schmeckt. Die Chemikalie war in ihre Wasserschüssel geschüttet worden, und sie hatte alles getrunken.«

»Sie haben von einer Notiz gesprochen?«, hakte Bryant sanft nach.

Seine Augen wurden rot. »Ja, der Scheißkerl hatte sie ihr ans Ohr getackert.«

Kim zuckte zusammen. »Wissen Sie noch, was darauf stand?«

Er langte in seine Jacke. »Ich hab sie hier. Der Tierarzt hat sie losgemacht.«

Kim nahm den Zettel. Forensische Spuren ließen sich

daran inzwischen eh nicht mehr finden. Der Professor hatte ihn in der Hand gehabt und der Tierarzt ebenfalls. Sie faltete ihn auseinander und legte ihn auf den Tisch. In einfachen schwarzen Buchstaben stand da:

STOPPEN SIE DIE AUSGRABUNG ODER EHEFRAU NUMMER 3 IST ALS NÄCHSTE DRAN.

»Ich bin nicht mal zurück nach Hause gefahren. Ich schäme mich, es zuzugeben, aber ich hatte Angst. Und die habe ich immer noch. Wer macht so etwas, Detective?« Der Professor trank seinen letzten Schluck Tee. »Ich habe keine Ahnung, wo ich hinsoll.«

»Wie wäre es mit Mrs Pearson?«, schlug Kim vor. Sie hatte ihren Gesichtsausdruck gesehen, als sie von dem Professor gesprochen hatte. Diese kleine Bulldogge würde niemanden an ihn ranlassen.

Kim stand auf und nahm den Zettel, während Bryant dem Mann die Hand schüttelte und ihm anbot, ihn zu fahren, wohin er wollte.

Mit dem Zettel in der Hand ging Kim zurück ins Büro. Sie hatte das dringende Gefühl, dass irgendwo da draußen ein riesiges Wespennest hing und man ihr gerade die Mittel in die Hand gedrückt hatte, um es auszuräuchern.

»Okay, Kev, ich glaube, wir brauchen frischen Kaffee. Stace, was haben Sie über das Stück Brachland herausgefunden?«

»Es ist knapp einen halben Hektar groß und befindet sich direkt neben dem Krematorium von Rowley. Es liegt an der Spitze einer Sozialwohnungssiedlung, die Mitte der Fünfziger erbaut wurde. Vor dem Siedlungsbau war dort ein Stahlwerk.«

Bryant trat ein, das Handy am Ohr. »Vielen Dank, Courtney. Sie haben uns sehr geholfen.«

»Was?«, fragte Bryant, als sechs neugierige Augen ihn ansahen.

»Courtney?«, fragte Kim. »Ist da was, was ich Ihrer Frau stecken sollte?«

Bryant schmunzelte und zog seine Anzugjacke aus. »Ich bin ein glücklich verheirateter Mann, Guv. Das hat meine Frau gesagt. Außerdem pflegt Courtney gerade Joanna, der Englischlehrerin, die Sie neulich angemacht hat, ihr gebrochenes Herz.«

Dawson drehte sich mit großen Augen um. »Ehrlich, Guv?«

»Ganz ruhig, Junge.« Sie wandte sich an Bryant. »Warum der Anruf?«

Bryant zog eine Augenbraue hoch. »Gemäß Ihrer Theorie, dass jemand ermordet wird, weil er etwas getan hat, etwas tut oder etwas tun will, habe ich Courtney gefragt, ob sie Zugang zu Teresa Wyatts Lebenslauf hat. Sie faxt ihn uns.«

»Setzen Sie die junge Frau auf unsere Weihnachtskartenliste. Sie erspart uns ein Vermögen für richterliche Anordnungen.«

Kim wandte sich wieder Stacey zu und versuchte, sich das Stück Brachland vor Augen zu führen. »Warten Sie mal, meinen Sie das Stück Land direkt neben dem Krematorium? Das, wo immer der Jahrmarkt stattfindet?«

Stacey drehte sich zu ihrem Computerbildschirm und zeigte auf ein Bild von Google Earth. »Sehen Sie, an der Straßenecke ist ein Areal eingezäunt, aber abgesehen davon ist es nur ein Stück Brachland.«

Jetzt spielten Kims Eingeweide verrückt. Sämtliche Sinne, die sie besaß, waren in höchster Alarmbereitschaft.

»Stace, sehen Sie unter dem Namen Crestwood nach, und kramen Sie mir alles zusammen, was Sie finden. Ich muss ein paar Anrufe erledigen.«

Kim atmete tief durch und setzte sich an ihren Schreibtisch. Ein paar Puzzlestücke fanden sich gerade an der richtigen Stelle ein. Und zum ersten Mal im Leben hoffte sie, dass sie sich täuschte.

ZWÖLF

Tom Curtis drehte sich im Bett um, weg vom Fenster. Nach seiner Achtstundenschicht im Pflegeheim hatte er normalerweise keine Probleme, bei Tageslicht zu schlafen. Die Arbeit war kräftezehrend: dicke alte Menschen hochhieven, sie zu Bett bringen, ihnen den Sabber abtupfen und den Arsch wischen.

Zwei interne Untersuchungen hatte er gerade noch abwenden können, doch er hatte den Verdacht, bei dieser dritten könnte es Probleme geben. Martha Browns Tochter kam zwar nur einmal die Woche zu Besuch, doch der blaue Fleck entging ihr bestimmt nicht.

Seine Kollegen hatten darüber hinweggesehen. Es war nicht zu vermeiden, dass einem ab und zu der Geduldsfaden riss. Da er der einzige Mann im Team war, musste er, wenn er zur Nachtschicht erschien, oft feststellen, dass die körperlich anstrengenderen Arbeiten noch nicht gemacht waren. Doch er konnte sich nicht beschweren. Wenn er auf seinem Gesundheitsfragebogen ehrlich gewesen wäre, hätte er gar keinen Job.

Dabei war es gar nicht sein Gewissen, das ihn wach hielt. Er empfand nichts für die alten Leute, die unter seiner Obhut standen, und wenn ihre Verwandten sich beschwerten, sollten sie sie verdammt noch mal doch nach Hause holen und ihnen die verkackten Ärsche selbst abwischen.

Nein, es war das Klingeln seines Handys, das ihn wach hielt. Er hatte es zwar ausgeschaltet, doch in seinem Kopf klingelte es munter weiter. Er drehte sich auf den Rücken, froh, dass seine Frau und seine Tochter schon aus dem Haus waren. Heute würde wieder ein düsterer Tag werden.

Die letzten zwei Jahre, sieben Monate und neunzehn Tage waren immer wieder von finsteren Tagen durchsetzt gewesen, an denen der Wunsch zu trinken schier übermächtig war. An solchen Tagen war sein Leben es nicht wert, nüchtern zu bleiben.

Beim Abschluss der Kochschule hätte er sich nicht vorstellen können, dass seine Zukunft darin bestehen würde, alten Menschen die Windeln zu wechseln. Er hatte nicht damit gerechnet, dass sich einmal schlaffe, alte Haut um seinen Hals legen würde, wenn er Greise aus dem Bett hob. Er hatte nicht davon geträumt, Menschen zu füttern, die schon von Leichenstarre gezeichnet waren, bevor sie ihren letzten Atemzug getan hatten.

Mit dreiundzwanzig hatte er seinen ersten Herzinfarkt bekommen, und das hatte seiner Karriere in der Gastronomie ein jähes Ende bereitet. Lange Arbeitszeiten und stressige Arbeitsbedingungen waren einem langen Leben nicht zuträglich, wenn man eine Herzschwäche hatte.

An einem Tag hatte er noch in einem französischen Restaurant in Birmingham Haute Cuisine auf den Tisch gebracht, und schon am nächsten Tag hatte er für einen Haufen wertloser Kids Truthahnburger und tiefgefrorene Fritten zubereitet.

Jahrelang hatte er seine Sucht vor seiner Frau versteckt und sich zu einem Meister des Lügens und Betrügens entwickelt. Doch eines Tages war er mit einem zweiten Herzinfarkt zusammengebrochen, und seine Lügen waren aufgeflogen, als der Arzt ihm klargemacht hatte, dass das nächste Besäufnis wohl sein letztes sein würde. Von dem Tag an hatte er keinen Tropfen Alkohol mehr angerührt.

Er tastete auf dem Nachttisch nach dem Handy und schaltete es ein. Es fing sofort an zu klingeln. Er wies den Anruf ab, was die Zahl der verpassten Anrufe in den letzten drei Tagen auf siebenundfünfzig erhöhte. Er kannte die Nummer nicht, und auf dem Display erschien kein Name, doch Tom wusste, wer ihn zu erreichen versuchte.

Der Anrufer hätte seine Zeit sinnvoller damit verbracht, Teresa anzurufen. Wie es aussah, hatte sie sich irgendwo verplappert und es nun mit dem Leben bezahlt.

Er hatte den Verdacht, dass die Erteilung der Grabungsgenehmigung sie alle nervös gemacht hatte, doch auf Kontrollanrufe konnte er gut verzichten. Er hatte ihre verdammten Geheimnisse gut gehütet, genau wie sie seines. Sie hatten einen Pakt geschlossen. Er wusste, dass die anderen ihn als das schwächste Glied in ihrer Kette betrachteten, doch er war nicht schwach geworden.

Dabei hatte es Momente gegeben, besonders an den düsteren Tagen, in denen er versucht gewesen war, sich alles von der Seele zu reden, sich von dem Gift zu befreien. Dieser Impuls war mit Alkohol leichter zum Schweigen zu bringen gewesen.

In Gedanken kehrte er, wie jeden Tag, zurück in die Vergangenheit. Verdammt, er hätte Nein sagen sollen. Er hätte den anderen die Stirn bieten und Nein sagen sollen. Sein eigenes Vergehen kam ihm so trivial vor im Vergleich zu den Konsequenzen dessen, dass er Ja gesagt hatte.

Einmal hatte er sich an der Mauer draußen vor dem Polizeirevier Old Hill wiedergefunden. Dreieinhalb Stunden hatte er dort herumgelungert und versucht, sein Gewissen am Schwanz zu packen. Er stand auf, setzte sich, er ging auf und ab und setzte sich wieder. Er weinte und stand auf. Und dann ging er weg.

Wenn er stark genug gewesen wäre, die Wahrheit zu sagen, hätte er darüber womöglich seine Frau verloren. Wenn sie jemals von seiner Beteiligung an den Vorfällen erführe, wäre sie als Frau und als Mutter angewidert von seinem Tun. Und das Schlimmste war, dass Tom es ihr nicht verübeln konnte.

Er schlug die Decke um. Es hatte keinen Sinn, schlafen zu wollen. Er war hellwach. Er ging nach unten. Er brauchte Kaffee, je stärker, desto besser.

Er ging in die Küche und blieb wie angewurzelt vor dem Esstisch stehen.

Dort stand eine Flasche Johnnie Walker Blue, daran ein Zettel.

Allein beim Anblick der goldbraunen Flüssigkeit wurde sein Mund staubtrocken. Die Flasche kostete mehr als hundert Pfund. Das war einer der besten Blends aus Malt- und Grain-Whiskys, der Mercedes unter den Blended Whiskys. Sein Körper reagierte. Ihm war wie am frühen Weihnachtsmorgen. Er riss den Blick los und griff nach dem Zettel.

WIR KÖNNEN ES AUF DEINE ART ERLEDIGEN ODER AUF MEINE, ABER ERLEDIGT WIRD ES. VIEL SPASS.

Er ließ sich auf den Stuhl sacken, seinen besten Freund – und größten Feind – fest im Blick.

Es war klar, was der Absender wollte. Er wollte, dass er starb. Zu der Angst gesellte sich ein Gefühl der Erleichterung, hatte er doch immer gewusst, dass der Tag der Abrechnung kommen würde, ob in diesem Leben oder im nächsten.

Tom öffnete die Flasche, und der Whiskyduft stieg ihm augenblicklich in die Nase. Er wusste, dass er sterben würde, wenn er das Zeug trank. Nicht von einem Schluck – aber er war Alkoholiker, so etwas wie einen Schluck gab's bei ihm nicht.

Wenn er einen Schluck trank, würde er die ganze Flasche leer machen, und das würde seinen Tod bedeuten.

Wenn er diesen Weg wählte, musste niemand anders leiden. Seine Frau würde denken, er wäre einfach schwach geworden. Sie würde in Sicherheit sein, und mit ein wenig Glück würde sie nie erfahren, was er getan hatte. Und seine Tochter brauchte es auch nicht zu erfahren.

Er hob die Flasche langsam an die Lippen und nahm den ersten Schluck. Er verharrte nur eine Sekunde, bevor er sie erneut ansetzte. Diesmal setzte er sie erst ab, als das Brennen in seiner Brust unerträglich wurde.

Die Wirkung war unmittelbar. Nach mehr als zwei Jahren war sein Körper keinen Alkohol mehr gewöhnt, und er brannte sich den Weg durch seine Adern direkt ins Hirn.

Er nahm noch einen Schluck und lächelte. Es gab schlimmere Todesarten.

Er trank weiter und kicherte. Nie wieder alte Leute baden. Nie wieder schmutzige Windeln wechseln. Nie wieder Sabber abwischen.

Er hob die Flasche an die Lippen und leerte sie nun bis zur Hälfte. Sein Körper stand in Flammen, und er war euphorisch. Es war, als würde man seiner Lieblingsfußballmannschaft zusehen, wie sie den Gegner plattmachte.

Nie mehr verbergen, was er getan hatte. Keine Angst mehr. Er tat das Richtige.

Tränen liefen über seine Wangen. Innerlich war Tom glücklich, er hatte Frieden, doch sein Körper war ein alter Verräter.

Die Flasche verharrte an seinen Lippen, und sein Blick ruhte auf einem Foto seine Tochter, wie sie an ihrem sechsten Geburtstag im Dudley Zoo die Ziegen fütterte. Er kniff die Augen zusammen. An das Stirnrunzeln und ihren fragenden Blick konnte er sich gar nicht erinnern.

»Schätzchen, es tut mir leid«, sagte er zu dem Foto. »Es war nur ein Mal, ich schwöre es.«

Ihre Miene war unverändert. »*Ganz sicher?*«

Er schloss die Lider vor dem Vorwurf, doch ihr Gesicht schwebte ihm noch vor Augen.

»Okay, vielleicht öfter als ein Mal, aber es war nicht meine Schuld, Schatz. Sie hat mich dazu gebracht. Sie hat mich verführt. Verlockt. Ich konnte nicht anders. Es war nicht meine Schuld.«

»*Aber du warst doch der Erwachsene?*«

Tom hielt die Augen geschlossen gegen die Abscheu seiner Tochter, die auf ihn einstürmte. Eine Träne zwängte sich zwischen seinen Lidern hindurch und rollte ihm über das Gesicht.

»Bitte, versteh doch, sie war viel reifer als fünfzehn. Sie war clever und manipulativ, und ich hab einfach nachgegeben. Es war nicht meine Schuld. Sie hat mich verführt, und ich konnte mich nicht wehren.«

»*Sie war ein Kind.*«

Tom zog an seinen Haaren, um den Schmerz zu lindern. »Ich weiß, ich weiß, aber sie war kein Kind. Sie war ein überzeugendes Mädchen, das wusste, wie es kriegt, was es will.«

»*Aber was du dann gemacht hast, war unverzeihlich. Daddy, ich hasse dich.*«

Jetzt schrie sein ganzer Körper auf. Er würde sein schönes kleines Mädchen nie wiedersehen. Er würde nicht miterleben, wie Amy zu einer jungen Dame heranwuchs, und auch nicht da sein, um sie vor Jungen zu beschützen. Er würde nie wieder ihre weichen Wangen küssen oder ihre kleine Hand in der seinen spüren.

Er ließ den Kopf hängen, und die Tränen tropften auf seine Oberschenkel. Sein verschwommener Blick wanderte zu seinen Füßen und verharrte auf den Pantoffeln, die Amy ihm zum

Vatertag geschenkt hatte. Sie waren mit dem Gesicht von Homer Simpson bestickt, seiner Lieblingszeichentrickfigur.

Nein, gellte es durch seinen Kopf. Es musste einen anderen Weg geben. Er wollte nicht sterben. Er wollte seine Familie nicht verlieren. Er musste die anderen dazu bringen, dass sie ihn verstanden.

Vielleicht konnte er zur Polizei gehen und gestehen, was er getan hatte. Er war ja schließlich nicht allein gewesen. Er war nicht einmal einer gewesen, der Entscheidungen getroffen hatte. Er hatte nur mitgemacht, weil er jung gewesen war und Angst gehabt hatte. Er war schwach und dumm gewesen, aber er war, verflucht noch mal, kein Mörder.

Natürlich würde er bestraft werden, aber das wäre es wert, seine Tochter aufwachsen zu sehen.

Tom wischte die Tränen weg und konzentrierte den Blick auf die Flasche. Sie war nicht mal mehr halb voll. O Gott, er betete, dass es nicht zu spät war.

In dem Moment, als er die Flasche zurück auf den Tisch stellte, wurde sein Kopf an den Haaren nach hinten gerissen.

Die Flasche fiel zu Boden, während Tom noch zu begreifen versuchte, was mit ihm passierte. Er spürte eine kalte Metallspitze unter dem linken Ohr, einen Unterarm am Hals und wollte sich umdrehen, doch die Spitze der Klinge durchstieß seine Haut.

Er sah, wie eine behandschuhte Hand unter seinem Kinn von links nach rechts fuhr.

Und das war das Letzte, was er sah.

DREIZEHN

Nach dem dritten Anruf legte Kim den Hörer auf. Sie hoffte, dass sie sich täuschte und gerade einigen sehr wichtigen Menschen ihre kostbare Zeit stahl. Wenn sie sich täuschte, würde sie nur zu gerne einen Anschiss von Woody entgegennehmen. In dieser Sache würde sie keine Befriedigung daraus ziehen, den richtigen Riecher zu haben.

Jemand wollte verhindern, dass diese Brachfläche umgegraben wurde.

»Was haben Sie, Stace?«, fragte Kim und hockte sich auf die Kante des freien Schreibtisches.

»Ich hoffe, Sie sitzen bequem, Guv. Das Gebäude, das noch steht, ist Teil einer größeren Einrichtung, die in den Vierzigerjahren als Pflegeheim für durch Traumata psychisch gestörte Soldaten gebaut wurde, die aus dem Krieg zurückkehrten.

Die Verwundeten wurden auf verschiedene Krankenhäuser in der Umgebung verteilt, doch die schlimmsten Fälle von psychischen Beeinträchtigungen schickte man nach Crestwood. Im Grunde war es eine geschlossene Einrichtung für Soldaten, die nie wieder zurück in die Gesellschaft konnten. Wir reden hier von Tötungsmaschinen, die keinen Knopf zum

Ausschalten haben. Ende der Siebziger hatten die rund fünfunddreißig Bewohner entweder Selbstmord begangen oder waren eines natürlichen Todes gestorben. Die Einrichtung wurde in der Folge als Besserungsanstalt genutzt.«

Kim zuckte zusammen. Dieser altmodische Begriff weckte alle möglichen Assoziationen. »Fahren Sie fort.«

»Aus den Achtzigerjahren gibt es ein paar wahre Horrorgeschichten über Missbrauch und sexuelle Belästigung. Es gab eine Untersuchung, die aber nicht zu einer Anklage führte. Anfang der Neunziger wurde die Einrichtung in ein Kinderheim für Mädchen umgewandelt, stand aber immer noch in dem Ruf, gestörte Teenager zu beherbergen. Aufgrund von Budgetkürzungen und baulichen Mängeln wurde die Einrichtung bis zur Jahrtausendwende stufenweise verkleinert, und 2004 gab es einen Brand, nach dem sie dann ganz geschlossen wurde.«

»Wurde dabei jemand verletzt?«

Stacey schüttelte den Kopf. »Ich habe keine Schlagzeilen gefunden, die darauf hindeuten würden.«

»Okay, Kev, Stace, stellen Sie mir eine Liste des Personals zusammen. Ich will sehen ...«

Das Faxgerät fing an zu rattern, und Kim verstummte.

Sie wussten alle, was es war und was darin stehen würde.

Bryant holte das Dokument heraus und überflog es rasch. Er trat an Staceys Schreibtisch und reichte ihr den Lebenslauf von Teresa Wyatt. »Bitte schön, Leute, ich glaube, da haben wir die Erste.«

Sie tauschten nur Blicke aus, während ihnen dämmerte, was das bedeuten konnte. Niemand sprach ein Wort.

Und dann klingelte das Telefon.

VIERZEHN

»Himmel, Guv, langsam. Das ist keine Kawasaki Goldwing.«

»Gut zu wissen, denn so was gibt es gar nicht.«

»Sie wissen aber schon, dass wir zu spät sind, um ihn zu retten?«

Kim bremste, als sie sich einer gelben Ampel näherten, doch dann überlegte sie es sich anders und schoss über die Kreuzung an der Pedmore Road. Sie fädelte sich auf der vierspurigen Straße, die am Merry-Hill-Einkaufszentrum vorbeiführte, zwischen den Autos durch.

»Hat das Ding keine Sirene?«

»Ach, Bryant, entspannen Sie sich. Ich bringe uns schon nicht um.« Sie warf ihm von der Seite einen Blick zu. »Sie sollten sich mehr Sorgen um die Schnittwunde an Ihrem linken Arm machen.« Sie hatte die Verletzung während der Fallbesprechung durch den Stoff seines Hemdsärmels bemerkt.

»Nur ein Kratzer.«

»Rugby gestern Abend?«

Er nickte.

»Wird Zeit, dass Sie das aufgeben. Entweder sind Sie zu alt

für das Spiel oder zu langsam. So oder so kriegen Sie ständig Blessuren ab.«

»Danke, Guv.«

»Und die Verletzungen werden immer schlimmer, also wird es wohl langsam Zeit, es an den Nagel zu hängen.«

An der nächsten Ampel war sie gezwungen anzuhalten. Bryant löste die linke Hand vom Haltegriff über der Tür und lockerte die Finger.

»Das geht nicht, Guv. Rugby ist mein Yang.«

»Ihr was?«

»Mein Yang, Guv. Mein Ausgleich. Die Frau hat mich genötigt, jede Woche mit ihr zum Tanzkurs zu gehen. Und das Rugby brauche ich für die innere Balance.«

»Sie schweben also übers Tanzparkett, und dann umarmen Sie andere behaarte Männer, um innerlich wieder ins Gleichgewicht zu kommen?«

»Das nennt man Gedränge, Guv.«

»Ich urteile nicht, ehrlich.« Sie sah ihn an und versuchte, ihr Lächeln zu unterdrücken. »Was ich ehrlich nicht verstehe, ist, warum um alles in der Welt Sie mir das freiwillig erzählen. Sie müssten doch wissen, dass das ein Fehler ist?«

Er lehnte den Kopf an den Sitz, schloss die Augen und stöhnte. »Ja, das dämmert mir allmählich auch.« Er sah sie von der Seite an. »Das bleibt doch unter uns, Guv, oder?«

Sie schüttelte den Kopf. »Ich verspreche nichts, was ich nicht halten kann«, erwiderte sie wahrheitsgemäß.

»Also, wen haben Sie vorhin angerufen?«, wechselte er das Thema.

»Professor Milton.«

»Wozu?«

»Nur um sicherzugehen, dass er gut bei Mrs Pearson angekommen ist.«

»Blödsinn«, sagte Bryant hustend.

Als die Autos wieder anfuhren, hängte sie sich an die Stoßstange des Wagens vor ihnen. Er bremste, und sie ebenfalls, als drei Spuren sich zu zweien verengten. Bryant klammerte sich wieder an den Haltegriff.

»Und was wissen wir bisher?«

»Mann, Ende dreißig. Durchschnittene Kehle. Möglicherweise Selbstmord, vielleicht aber auch ein Unfall.«

Kim verdrehte die Augen. Ein gewisses Maß an schwarzem Humor war nötig, um sich seine Gesundheit zu erhalten, aber manchmal ...

»Und jetzt?«, fragte sie Bryant.

»Biegen Sie hinter der Schule links ab, von da müssten wir es eigentlich schon sehen.«

Kim bretterte mit quietschenden Reifen um die Ecke, und Bryant knallte gegen die Beifahrertür. Sie fuhr den Hügel hinauf und zog an der Absperrung die Handbremse an.

Durch eine verglaste Veranda ging es direkt ins Wohnzimmer, wo eine Polizistin auf dem Sofa saß und eine verstörte Frau tröstete. Kim ging weiter in den offenen Essbereich mit Küche.

»Allmächtiger«, flüsterte sie.

»Nein, das ist nur ein Gerücht«, antwortete Keats.

Der Mann saß noch auf dem Küchenstuhl. Seine Glieder waren schlaff wie die einer Stoffpuppe. Sein Kopf hing nach hinten, der Hinterkopf ruhte fast zwischen den Schulterblättern. Kim wurde augenblicklich an einen Comic erinnert. Es sah aus, als wäre es anatomisch gar nicht möglich.

Die Gesetze der Physik schrieben vor, dass er eigentlich zu Boden hätte fallen müssen, doch der Kopf hing so weit über die Stuhllehne, dass er den leblosen Körper wie ein Haken dort verankerte.

Die klaffende Wunde entblößte gelbes, fettes Gewebe, das von einer Klinge durchtrennt worden war. Das Blut war bis an die gegenüberliegende Wand gespritzt und seine Brust hinuntergelaufen, wo es ein makabres Lätzchen malte. Sein T-Shirt und seine Jogginghose waren rot durchtränkt, und der Gestank nach Eisen haute sie fast um.

»Allmächtiger«, sagte Bryant von hinten.

Keats schüttelte den Kopf. »Einer von Ihnen sollte den Texter rausschmeißen.«

Kim ignorierte ihn, während sie sich die Szene genau einprägte. Sie stand über der Leiche und schaute nach unten. Die Augen des Toten waren weit aufgerissen. Sein ganzes Gesicht sprach von dem Entsetzlichen, das er durchlebt hatte.

Sie sah die leere Whiskyflasche am Boden. »Alkohol? Um diese Zeit?«

»Ich glaube, die halbe Flasche hat er intus, die andere Hälfte ist in den Teppich gesickert. Eine verdammte Verschwendung. Johnnie Walker Blue kostet über hundert Piepen die Flasche.«

»Bryant, gehen Sie ...«

»Bin schon unterwegs.«

Bryant drehte sich um und ging zurück ins Wohnzimmer. Er konnte wesentlich besser mit verstörten Frauen umgehen als Kim. In ihrer Gegenwart weinten sie oft noch mehr.

Sie trat um den Toten herum und betrachte die Szene von allen Seiten. In der unmittelbaren Umgebung war nichts durcheinander, einen Kampf schien es also nicht gegeben zu haben.

Ein Mann in weißem Schutzanzug stand in ihrer Nähe herum.

»Detective, Keegan hier ist zu höflich, um Sie zu bitten, zur Seite zu gehen, aber ich nicht«, sagte Keats. »Treten Sie zurück, damit er seine Arbeit machen kann.«

Kim warf Keats einen Blick zu, verzog sich jedoch in eine Ecke. Mit Freude nahm sie zur Kenntnis, dass der Saum seines rechten Hosenbeins herunterhing, doch verdammt, sie besaß doch wohl einen Hauch von Anstand, sich eine entsprechende Bemerkung zu verkneifen.

Keegan machte Digitalfotos und holte dann eine Einwegkamera heraus und wiederholte das Ganze.

»Seine Geldbörse liegt oben, es war also kein Raub«, sagte Keats und trat zu ihr.

Das wusste Kim bereits.

»Was für ein Messer?«

»Ich würde sagen, ein Küchenmesser mit Plastikgriff, achtzehn Zentimeter lange Klinge, mit der normalerweise Brot geschnitten wird.«

»Ziemlich ausführliche Beschreibung für eine vorläufige Untersuchung.«

Er zuckte die Achseln. »Könnte auch das blutbesudelte Ding sein, das in der Spüle liegt.«

»Er wurde mit seinem eigenen verdammten Brotmesser umgebracht?«

»Detective, ich möchte mich ungern zu früh festlegen, aber ...«, er senkte die Stimme und beugte sich vor, »... ich würde doch die Vermutung wagen, dass man hier von Fremdeinwirkung ausgehen kann.«

Kim verdrehte die Augen. Heute waren wohl alle gut drauf.

»Wie hat sich der Täter Zugang verschafft?«

»Die Terrassentür stand offen, damit die Katze rein und raus kann.«

»Schön zu sehen, dass die ›Kampagne für ein sicheres Zuhause‹ so erfolgreich war.«

Kim ging zur Terrassentür. Draußen stand ein Kriminaltechniker und trug Fingerabdruckpulver auf den Knauf auf. Sie nahm den Bereich vor der Tür genau unter die Lupe. Ihr Blick fixierte eine Stelle, und sie ging in die Hocke.

Sie betrachtete den Garten hinter dem Haus, eine Mischung aus Kies und Steinplatten. Ein ordentlicher Zaun säumte die Grundstücksgrenze.

»Keats, wer von den Leuten hier war neulich Abend auch bei Teresa Wyatt dabei?«

Er sah sich unter den Kriminaltechnikern um. »Nur ich.«

Also nur sie beide.

»Haben Sie an dem Tag dieselben Schuhe getragen?«

»Detective, mein Schuhwerk …«

»Keats, beantworten Sie einfach nur meine Frage.«

Er unterbrach sich für ein paar Sekunden und bewegte sich auf sie zu. »Nein.«

Sie selbst auch nicht.

»Sehen Sie«, sagte sie und zeigte auf etwas, was kaum länger war als zweieinhalb Zentimeter.

Keats kniff die Augen zusammen. »Leyland-Zypresse«, bemerkte er.

Ihre Blicke begegneten sich, als ihnen bewusst wurde, was ihre Entdeckung bedeutete.

»Die Sache mit dem Whisky gibt Rätsel auf, Guv«, sagte Bryant, der neben ihr auftauchte. »Der Typ war trockener Alkoholiker. Seit ungefähr zwei Jahren keinen Tropfen mehr. Seine Frau sagt, die Flasche wäre heute Morgen nicht im Haus gewesen, und er hätte das Haus niemals in diesen Klamotten verlassen. Außerdem hat er noch genauso viel Geld im Geldbeutel wie zu dem Zeitpunkt, als sie das Haus verließ. Sie überprüft seine Ausgaben noch immer.«

Kim stand auf und holte aus der Tasche des Kriminaltechnikers eine Tatort-Nummerntafel. »Warum bringt der Mörder Whisky mit?«

Bryant zuckte die Schulter. »Keine Ahnung, aber das Opfer hatte eine Herzschwäche, also hätte der Whisky ihn vermutlich ohnehin umgebracht.«

Das verstand Kim nicht. Der Mörder hatte eine Flasche Alkohol mitgebracht, weil er irgendwoher wusste, dass die für Tom Curtis wahrscheinlich tödlich wäre, aber dann hatte er ihn trotzdem noch so gut wie enthauptet. Das ergab doch keinen Sinn.

»Unser Killer hätte die Flasche abgeben und das Haus verlassen können, aber das hat ihm nicht gereicht. Warum?«

»Der Irre wollte eine Botschaft übermitteln?«, schlug Bryant vor.

»Entweder wusste der Täter von seiner Herzerkrankung, war aber auf einen persönlichen Touch aus, oder der Alkohol war nur Mittel zum Zweck, um ihn so weit außer Gefecht zu setzen, dass sein Job leichter war.«

Bryant schüttelte den Kopf.

Kims Handy klingelte. »Stone.«

»Guv, wie lautet der vollständige Name Ihres Opfers?«

»Tom Curtis ... Warum?«, fragte sie, als sie Dawsons atemlosen Tonfall hörte. In Erwartung dessen, was sie gleich hören würde, drehte sich ihr der Magen um.

»Sie werden es nicht glauben, aber vor zehn Jahren hatten die im Kinderheim Crestwood einen Koch, der Tom Curtis hieß.«

FÜNFZEHN

»Danke, dass Sie mich ans Steuer gelassen haben, Guv. Noch so eine Achterbahnfahrt hätte ich nervlich nicht durchgestanden.«

»Ja, aber wir sind hier nicht bei *Miss Daisy und ihr Chauffeur*. Ich wäre schon gern vor nächstem Wochenende wieder auf dem Revier.«

Bryant fuhr in Richtung Halesowen, und Kim holte ihr Handy heraus. Sie wählte erneut die Nummer, die sie schon einmal angerufen hatte.

»Professor Milton ...hier ist noch mal Kim Stone ... Hallo. Wegen unseres Gespräches vorhin, ist alles an Ort und Stelle?«

»Ich habe ein paar Anrufe getätigt, meine Liebe, und ich denke, ich kann Ihrer Bitte nachkommen.«

»Das weiß ich sehr zu schätzen, aber wie es aussieht, haben wir jetzt einen zweiten Toten, der irgendwie mit dem ersten Fall zusammenhängt, und die Sache hat äußerste Eile.«

Sie hörte, wie er nach Luft schnappte. »Wird sofort erledigt, Detective.«

Sie bedankte sich und beendete das Gespräch.

»Was war das denn?«

»Kümmern Sie sich nicht darum, fahren Sie einfach.«

Als Bryant auf den Parkplatz bog, hatte Kim schon auf dem Revier angerufen und um ein kurzes Treffen mit Woody gebeten, also eilte sie direkt in den dritten Stock.

Sie klopfte an Woodys Tür und trat ein, eine Sekunde bevor er sie hereinbitten konnte.

»Stone, ich hoffe, Sie haben da was. Ich war mitten ...«

»Sir, der Fall Teresa Wyatt ist sehr viel komplizierter, als wir ursprünglich gedacht haben.«

»Wie das?«

Kim atmete tief durch. »An dem Tag, an dem sie ermordet wurde, hat unser erstes Opfer einen Professor Milton angerufen, der gerade die Genehmigung erhalten hatte, auf einem Stück Brachland in Rowley Regis Ausgrabungen durchzuführen. Zuerst hatte sie ihn gefragt, ob sie an dem Projekt mitarbeiten könne, und als er das ablehnte, hatte sie sich eindringlich danach erkundigt, wo er graben wolle.«

»Warum ist das Stück Land so bedeutsam?«

»Es ist das Gelände des ehemaligen Kinderheims.«

»Neben dem Krematorium?«

Kim nickte. »Sowohl Teresa Wyatt als auch Tom Curtis haben zum Personal gehört. In den wenigen Tagen seit er die Ausgrabungsgenehmigung erhalten hat, hat der Professor Drohungen erhalten, und sein Hund wurde umgebracht. Und zwei ehemalige Angestellte von Crestwood wurden ermordet.«

Woody blickte auf einen Fleck an der Wand hinter ihr. Er las schon die Schlagzeilen.

»Da will jemand verhindern, dass auf diesem Grundstück gegraben wird, Sir.«

»Stone, das müssen Sie behutsam angehen. Da ist sehr viel Politik mit im Spiel.«

»Die entsprechende Ausrüstung ist morgen auf dem Grundstück.«

Er schob den Kiefer vor. »Stone, Sie wissen, dass das unmöglich ist. Vorher ist noch allerhand zu tun.«

»Bei allem gebotenen Respekt, Sir, das ist Ihre Sache, nicht meine. So wie dieser Fall Fahrt aufnimmt, können wir es uns nicht leisten, so lange zu warten.«

Er dachte einen Augenblick über ihre Worte nach. »Ich will, dass Sie morgen früh gleich vor Ort sind, aber es wird nicht gegraben, nicht eine Schaufel wird in die Erde gestoßen, bevor Sie grünes Licht von mir haben.«

Kim schwieg.

»Haben wir uns verstanden, Stone?«

»Selbstverständlich, Sir. Wie Sie es sagen.«

Sie stand auf und verließ das Büro.

SECHZEHN

Bethany Adamson fluchte ob des plötzlichen Lärms in dem stillen Flur. Das Eisengitter zwischen dem Aufzug und dem gefliesten Boden schepperte unter ihrem Gehstock. Sie ging den Gang hinunter und kramte nach den Wohnungsschlüsseln. Mit einer Hand versuchte sie, den Schlüssel für die Wohnungstür zu ertasten. Der ganze Schlüsselbund fiel zu Boden, Metall schlug auf Metall. Fluchend bückte sie sich, um ihn aufzuheben. Von ihrem Knie schoss der Schmerz in den Oberschenkel. Ihre Hand schloss sich um den Schlüsselbund, doch schon hörte sie, wie an der Tür der alten Kuh der Riegel zurückgeschoben wurde.

Als Beth sich aufrichtete, spürte sie den warmen Luftzug aus der offenen Tür der Nachbarwohnung.

»Ist hier draußen alles in Ordnung?«, fragte die Nachbarin.

In der Frage lag keinerlei Besorgnis, nur der Anflug einer Rüge. Myra Downs war in ihren pelzverbrämten Pantoffeln etwa einen Meter fünfzig groß. Die nackte Haut ihrer Füße war schuppig und trocken. Beth dankte Gott, dass die Frau einen langen Morgenmantel trug. Die fleischigen Arme hatte sie vor den üppigen Brüsten verschränkt, die wie Hundeohren schlaff nach unten hingen. Ihr faltiges Gesicht war vor Verdruss ganz zerknittert.

Beth sah ihr in die Augen. Nicola hatte vielleicht Angst vor der alten Kuh, sie nicht.

»Nein, Mrs Downs, ich wurd bloß eben von drei Kerlen vergewaltigt und ausgeraubt, aber danke, dass Sie fragen.«

Die Frau prustete. »Es gibt Leute, die versuchen zu schlafen.«

»Ihre Chancen wär'n größer, wenn Sie nich an der Wohnungstür lehnen würden.«

Die Frau verzog das Gesicht wie eine Bulldogge, die eine Wespe zerkaut.

»Wissen Sie, bevor Sie hier eingezogen sind, war dieses Stockwerk ein absolut anständiger Ort, und jetzt, mit dem ganzen Streit und dem Lärm zu jeder Tages- und Nachtzeit ...«

»Mrs Downs. Es ist halb elf, und mir ist der Schlüsselbund runtergefallen. Jetzt krieg'n Se sich mal wieder ein.«

Die Frau lief knallrot an. »Also ... also ... wie lange werden Sie bleiben?«

Ah, noch eine Hausbewohnerin, die sie hier nicht haben wollte. Ihr Pech.

»Wahrscheinlich eine ganze Weile. Nic will mich in den Mietvertrag aufnehmen.«

Es war die Lüge wert, das Entsetzen im Gesicht der Frau zu sehen. »O nein, nein. Ich spreche mit Ihrer Schwester über ...«

Die neugierige alte Schachtel ging ihr allmählich auf den Wecker.

»Was zum Teufel ha'm Sie eigentlich für'n Problem?«

»Lärm mitten in der Nacht ist für eine alleinstehende Frau beängstigend, junge Dame.«

»Wer sollte denn bei Ihnen reinkommen? Bei drei Schlössern und einem Zahlencode.« Beth betrachtete sie von oben bis unten. »Und wenn ich ehrlich bin, glaub ich nich, dass Sie viel zu fürchten ha'm.«

Mrs Downs trat von der Tür weg. »Mit Ihnen ist ja nicht zu reden. Ich werde mit Nicola sprechen. Sie ist sehr viel netter als Sie.«

Erzähl mir was, was ich noch nicht weiß, dachte Beth.

Sie starrte die alte Frau nieder, bis diese schließlich die Tür schloss. Ein kleines Lächeln verzog ihre Lippen. Der kleine Schlagabtausch hatte ihr den Abend durchaus versüßt.

Beth ließ die Schlüssel noch ein wenig klimpern, bevor sie endlich in die Wohnung ging.

Sie legte den Gehstock auf das Sofa, setzte sich und rieb sich das Knie. Die Kälte war mörderisch. Sie langte nach den Pantoffeln, die vor der Couch standen. Das bordeauxrote Oberleder war weich und glatt, der Pelz luxuriös und warm. Sie zog die flachen Stiefel aus und schob die Füße in die teuren Pantoffel. Es waren nicht ihre, aber Nicola würde es nichts ausmachen. Sie hatten immer alles geteilt. Das machten Zwillinge so.

Sie stand auf und schüttelte den Schmerz aus dem Knie. Leise klopfte sie an Nicolas Tür. Keine Antwort. Was hatte sie denn erwartet? Natürlich war ihre Schwester, das Flittchen, nicht zu Hause. Sie war in diesem Club, wo sie tanzte und ihren Körper für Geld zur Schau stellte.

Sie öffnete die Tür und trat ein, und wie jedes Mal verschlug ihr der Anblick den Atem. Es war das Zimmer, von dem sie als Kinder immer geträumt hatten, wenn sie in Crestwood nebeneinander im Bett lagen.

Ihre beiden Betten sollten passende rosafarbene Decken und Kissen haben. Ein Baldachin würde über ihnen thronen, von wunderschönen Spitzenbändern gerafft. Sie träumten von einem verzauberten Schrank wie in Narnia. Regale würden sich unter Stofftieren und Schneekugeln biegen. Um die Kopfenden der Betten wären Lichterketten drapiert. Das Schlafzimmer, das sie sich ausgemalt hatten, war verzaubert und hell und voller Sachen, die ihnen gehörten, und beim Einschlafen würden sie Schatten an die Wand werfen.

Beth trat weiter ins Zimmer hinein. Ihre Hand strich über den Kaminsims und verharrte auf dem braunen Teddybär am Ende. Sie öffnete die Tür zu dem begehbaren Schrank und trat ein.

Nicolas Kleider, Wäsche und Schuhe waren nach Farben sortiert, gefaltet und gestapelt. Zwei Schubladen enthielten nur Schmuck. In einer waren die teuren, empfindlichen Stücke, die in ihren Originalschatullen verwahrt wurden. Beth entdeckte eine von Cartier und zwei von De Beers. Die zweite Schublade beherbergte auffälligere, schwerere Stücke, die Nicola, wie Beth vermutete, bei der Arbeit trug. Rasch schloss sie die Schublade und ging weiter. Sie wollte sich ihre Schwester nicht bei der Arbeit vorstellen.

Eine Frisierkommode trennte die Kleiderstange vom Schuhregal. Der Spiegel wurde von einem einzelnen Kabel mit klaren Birnchen gerahmt.

Beth kehrte ins Schlafzimmer zurück und setzte sich auf das Himmelbett. Das Zimmer war einer Prinzessin würdig, genau wie sie es geplant hatten. Es war der Ort, an dem sie sich geschworen hatten, für immer und immer und ewig zusammen zu leben.

Es war das Zimmer, von dem sie geträumt hatten. Außer dass es hier nur ein Bett gab.

Ein Bett für die Schwester, die alles hatte.

Doch was Nicola besaß, ärgerte Beth nicht auch nur annähernd so sehr wie die Tatsache, dass ihre Schwester sich weigerte einzugestehen, was sie getan hatte.

Ihr jämmerliches Leugnen ihrer gemeinsamen Vergangenheit brachte Beth mit jedem Tag, der verging, mehr auf die Palme. Das war mit keiner Entschuldigung je wieder wettzumachen. Nicolas Tun hatte ihre Chancen auf ein gemeinsames Leben zunichtegemacht, und doch beharrte sie darauf, nicht zu wissen, worum es ging.

Ich weiß nicht, warum du mich hasst. Ich weiß nicht, was ich getan habe. Ich weiß nicht, womit ich dich so verletzt habe. Und so weiter und so fort, ein einziges Leugnen.

Doch sosehr Nicola äußerlich auch protestierte, Beth spürte die Wahrheit in ihrem Herzen.

Irgendwo tief innen drin wusste sie es.

SIEBZEHN

»Himmel, Bryant, halten Sie jetzt mal still?«

Er trat von einem Fuß auf den anderen. Die Temperaturen waren über Nacht auf drei Grad unter null gefallen, und der Boden war noch so vereist, dass die Kälte durch die Schuhsohlen in die Knochen drang.

Er pustete warmen Atem in seine Hände. »Für die von uns, die nicht aus Titan sind, ist es so kalt, dass einem Messingaffen die Eier abfrieren würden.«

»Seien Sie ein Mann«, entgegnete Kim und trat an den Rand des Grundstücks.

Das Gelände selbst war ungefähr so groß wie ein Fußballfeld. Es stieg sanft zu einer Reihe von Bäumen an, die die nördliche Spitze des Grundstücks vor der Sozialwohnungssiedlung verbarg. Im Westen trennte eine Straße das Grundstück vom Rowley-Regis-Krematorium. An der Straße am südlichen Rand, hinter einer Bushaltestelle und einer Straßenlaterne, befanden sich die Überreste eines größeren Gebäudes. Die obere Etage spähte über die Reihenhäuser auf der anderen Straßenseite. Ein knapp zwei Meter hoher Zaun bildete eine ordentliche

Eingrenzung um das Gebäude und schützte das Erdgeschoss vor Einblicken.

Kim schaute nach Westen und schüttelte den Kopf. Wie tröstlich für die Kinder, die verlassen, missbraucht und vernachlässigt worden waren, dass sie aus dem Fenster auf ein Gräberfeld schauen konnten.

Manchmal widerte die Gefühllosigkeit des Systems sie an. Dabei war es doch nur ein leer stehendes Gebäude, alles andere brauchte sie nicht zu interessieren.

Sie seufzte und warf Mikeys Grab in Gedanken einen Kuss zu. Ein Vorhang aus Nebel trennte sie mittlerweile vom Friedhof und allem, was mehr als sechzig Meter von ihnen entfernt lag.

Ein Volvo Kombi fuhr auf einen unbefestigten Streifen Erde am oberen Rand des Grundstücks. Kim ging hinüber, als Professor Milton und zwei Männer ausstiegen.

»Freut mich, Sie wiederzusehen, Detective.«

Kim bemerkte eine beachtliche Veränderung im Betragen des Professors seit dem Vortag. Seine Wangen waren rosig, und seine Augen strahlten. Sein Gang war federnd und zielstrebig. Wenn eine Nacht in der Obhut von Mrs Pearson das bewirkt hatte, sollte Kim vielleicht auch mal erwägen, bei ihr einzuchecken.

Bryant trat zu ihnen, und der Professor wandte sich an seine Begleiter. »Dies sind Darren Brown und Carl Newton, freiwillige Helfer, die mich bei der Ausgrabung unterstützen werden. Sie bedienen die Geräte.«

Nachdem der Professor so einen Aufwand betrieben hatte, fühlte Kim sich verpflichtet, ihm reinen Wein einzuschenken.

»Ihnen ist klar, dass ich nur so ein Gefühl habe, Professor? Kann sein, dass da gar nichts ist.«

Sein Blick war ernst und seine Stimme leise. »Aber was, wenn doch, Detective? Ich will seit zwei Jahren auf diesem

Stück Brachland graben, und jemand hat sein Äußerstes versucht, um es zu verhindern. Ich würde gern wissen, warum.«

Kim war froh, dass er sie verstand.

Ein Vauxhall Astra hielt neben dem Wagen des Professors, und ein beleibter Mann in den Fünfzigern stieg aus, gefolgt von einer großen, rothaarigen Frau, die Kim auf Ende zwanzig schätzte.

»David, danke, dass Sie gekommen sind«, sagte Kim.

»Ich wüsste nicht, dass ich groß die Wahl gehabt hätte, Detective.« Er deutete ein Lächeln an.

»Professor Milton, ich würde Ihnen gern Doktor Matthews vorstellen.«

Die beiden Männer reichten einander die Hand.

Kim hatte Doktor David Matthews an der University of Glamorgan kennengelernt, die sich mit der Cardiff University und der South Wales Police zu einem im Vereinigten König-reich einmaligen Verbund zusammengeschlossen hatte, der unter der Bezeichnung Universities Police Science Institute agierte und sich der Forschung und Lehre in polizeirelevanten Themenfeldern widmete.

Doktor Matthews war Berater des Glamorgan Centre for Police Sciences und war in dieser Funktion bei der Einrichtung des Crime Scene Investigation House an der Universität behilf-lich gewesen.

Kim hatte vor zwei Jahren dort an einem Lehrgang teilge-nommen und aufgrund ihrer Erfahrungen an Tatorten einige Vorschläge für die Verbesserung des Szenariotrainings gemacht. Am Ende war sie übers Wochenende geblieben.

»Kim, darf ich Ihnen Cerys Hughes vorstellen? Sie ist Archäologin und hat zudem gerade einen Abschluss in Krimi-naltechnik gemacht.«

Kim nickte in ihre Richtung. »Okay, es ist wichtig, dass Sie beide verstehen, dass wir hier noch keine Erlaubnis haben. Mein Chef arbeitet noch an den Formalitäten, also dürfen wir keine einzige Schaufel in die Erde stoßen, bis die Papiere da sind. Wenn Sie den Verdacht haben, dass irgendwo etwas sein könnte, sagen Sie mir Bescheid.«

David Matthews trat vor. »Wir opfern Ihnen drei Stunden für dieses Spielchen; wenn wir bis dahin nichts entdecken, sind wir wieder weg.«

Drei Stunden seiner Zeit für zwei Tage von ihrer. Ja, das war doch fair.

»Cerys und ich fangen am oberen Rand des Grundstücks an«, fuhr er fort, »mit der Bodenanalyse.«

Kim nickte Cerys noch einmal zu. Das feuerrote Haar war zu einem glatten Bubikopf geschnitten, der bis knapp unters Kinn reichte. Ihre hellblauen Augen waren durchdringend. Nicht im konventionellen Sinne hübsch, hatte sie doch ein faszinierendes Gesicht, das Aufmerksamkeit auf sich zog.

Die Frau grüßte stumm zurück, ohne zu lächeln, und folgte David, der sich zum oberen Rand des Geländes aufmachte.

Ein weißer Escort-Lieferwagen fuhr auf den letzten freien Platz auf dem unbefestigten Streifen Erde. Eine Frau öffnete die Hecktüren, und zum Vorschein kamen ein dampfender Kaffeespender und in Alufolie eingewickelte Päckchen.

Bryant lachte auf. »Hat meine Fantasie die gerade heraufbeschworen?«

»Nein, die sind echt. Sorgen Sie dafür, dass alle was Warmes zu trinken und ein Specksandwich bekommen, bevor sie anfangen«, wies Kim ihn an.

Bryant lächelte. »Wissen Sie, Guv, manchmal ...«

Den Rest hörte sie nicht, denn sie war schon auf dem Weg den Hügel hinunter zu dem verlassenen Gebäude.

Sie schritt die ganze Länge des Zauns ab, doch es gab keinen Durchlass. Die Vorderseite des Gebäudes wies zur Straße und den Häusern gegenüber. Zu viele neugierige Augen. Sie ging auf die Rückseite und suchte dort nach einem Einlass.

Der Zaun war kein einfacher Lattenzaun mit einander überlappenden Latten. Die einzelnen Zaunelemente bestanden aus stabilen Brettern, wie sie normalerweise für Paletten benutzt wurden. Sie waren dicht an dicht waagerecht festgenagelt, bündig mit denen darüber und darunter. Nur hier und da drang ein wenig Licht durch schmale Schlitze.

Als sie an einem der hohen Holzpfosten ruckelte, ließ er sich vor- und zurückbewegen, am unteren Ende war er bereits morsch.

»Kommen Sie bloß nicht auf dumme Gedanken, Guv«, sagte Bryant und reichte ihr etwas Heißes zu trinken. Sie nahm den Becher mit der linken Hand und arbeitete sich von einem Pfosten zum nächsten vor. Die nächsten zwei waren fest, doch der vierte schaukelte vor und zurück.

»Wie haben Sie Doktor Matthews hergekriegt? Haben Sie ihn genötigt?«

»Definieren Sie genötigt«, sagte sie und rüttelte am nächsten Zaunpfosten.

»Besser nicht. Von wegen glaubwürdige Bestreitbarkeit und so weiter.«

»Es kann nicht schaden, einen forensischen Archäologen vor Ort zu haben.«

»Selbstverständlich nicht, außer dass wir zurzeit keinerlei Befugnis haben, irgendjemanden anzuweisen, irgendetwas zu tun.«

Kim zuckte die Achseln.

»Und wenn da nichts ist?«

»Dann gehen wir alle nach Hause und trinken Tee. Aber wenn da etwas ist, haben wir einen Vorsprung. Doktor Matthews ist qualifiziert ...«

»Ich weiß, ich weiß. Er hat mir gerade seine sämtlichen akademischen Errungenschaften aufgezählt, aber Woody hat gesagt, es wird nichts angefasst, bis die Papiere da sind.«

»Jetzt sind Sie aber pedantisch.«

»Ich versuche nur, Ihren Arsch zu retten, Guv.«

»Meinem Hintern geht's gut. Sie sollten sich mehr Sorgen um Ihren eigenen machen, wenn Sie vorhaben, das zweite Specksandwich, das in Ihrer Tasche steckt, auch noch zu essen.«

»Woher wissen Sie das?«

Kim schüttelte den Kopf. Weil er ihr eins mitgebracht hatte, obwohl er wusste, dass sie es wahrscheinlich nicht anrühren würde. Sie trat vom Zaun zurück und trank ihren Kaffee aus. »Also, viel wichtiger ist doch: Soll ich drüber oder durch?«

Bryant stöhnte. »Wie wäre es mit einem weiten Bogen drum herum?«

»Das ist keine Option.«

»Wir haben nicht die Befugnis, das Gebäude zu betreten.«

»Entweder helfen Sie mir, oder Sie lassen mich in Ruhe. Ihre Wahl.«

Sie stellte ihren leeren Becher auf den Boden, und Bryant seufzte.

»Wenn Sie durchgehen, können demnächst die Kids hier rein und raus.«

»Dann also drüber«, meinte Kim und steuerte auf die Mitte zwischen den beiden stabilen Pfosten zu. Sie trat gegen ein Brett in Höhe ihres Oberschenkels. Es splitterte. Sie trat noch einmal zu, und das Brett brach in der Mitte durch. Dann schob sie die kaputten Teile nach innen, um das stabile Brett darunter als Tritt zu nutzen.

In einer flüssigen Bewegung stellte sie die Spitze ihres linken Stiefels auf das Brett und drückte sich von Bryants Schulter hoch. Sie packte den stabilen Pfosten links, warf das rechte Bein über den Zaun und trat auf der anderen Seite in die Lücke. Während sie so rittlings auf dem Zaun hockte, nahm sie sich einen Augenblick, um das Gleichgewicht zu finden, bevor sie auch das linke Bein herüberschwang. Hinterrücks sprang sie hinunter und ging weich in die Knie, um den Sprung abzufangen.

Das Gras um das Gebäude war hoch und voller Brennnesseln. Kim bahnte sich den Weg zu dem einzigen geborstenen Fenster, das sie im Erdgeschoss entdecken konnte. Der hohe Zaun hatte den unteren Fenstern Schutz geboten, doch im oberen Stockwerk waren die Scheiben alle eingeworfen.

Sie entdeckte eine Mülltonne aus Weißblech, nahm den Deckel ab und schlug die gesprungene Scheibe damit ein.

»Was zum Teufel machen Sie da?«, rief Bryant.

Ohne auf ihn zu achten, schlug sie noch ein paar Scherben heraus, nahm dann die Mülltonne, drehte sie um und stieg hinauf. Vorsichtig schob sie sich durch das kaputte Fenster auf eine Resopal-Arbeitsplatte, die die ganze Länge der Wand entlanglief, nur von einer Doppelspüle unterbrochen.

Sie ließ den Blick über die vom Brand gezeichneten Wände der Küche schweifen. Kim hatte gelesen, dass das Feuer hier seinen Ursprung genommen hatte. Am schwärzesten waren die Wände um die Tür, die in den Flur führte. Spinnennetze schmückten wie Vorhänge sämtliche Ecken des Raums.

Irgendwo im Gebäude hörte sie Wasser tropfen. Die Wasserversorgung war sicher am Haupthahn abgestellt. Vermutlich drang durch ein beim Brand beschädigtes Dach, das seit Jahren den Elementen ausgesetzt war, Regenwasser ein.

Als sie in die Tür trat, sah sie, dass der Flur die ganze Länge des Gebäudes entlanglief und es in zwei Hälften teilte. Rechter Hand waren die Wände in einem gebrochenen Weiß gestrichen. Hier und da war ein Staubfilm zu sehen, doch diese Seite war vom Feuer verschont worden.

Zur Linken waren die Holzbalken, die die obere Etage trugen, freigelegt, sie waren rußgeschwärzt. Die Türrahmen waren versengt, und an den Wänden war die Farbe nur in einigen Flecken weit unten noch intakt. Zwischen den Balken hingen lose Drähte und Kabel herunter.

Schutt und herabgefallene Deckenplatten türmten sich im Flur auf dem Boden. Der Schaden schien zum Ende des Flurs hin schlimmer zu werden.

Kim ging zurück in die Küche und betrachtete noch einmal die Brandspuren. Die Wandschränke in der Nähe der Tür waren marmoriert und wiesen das für angesengtes Holz typische Muster auf. Die Türen des Kühlschranks und des Gefrierschranks hingen verbogen in den Angeln, doch der Bereich um den sechsflammigen Herd herum lag nur unter einer dünnen Rußschicht.

Sie öffnete die Tür des Wandschranks direkt neben dem Herd. Mäusekot kullerte auf das Kochfeld. Innen an die Tür war ein A4-Zettel getackert. Die Schrift war noch zu lesen. Links untereinander die Namen der Mädchen, rechts die für die Woche zugeteilten Aufgaben.

Kim hielt einen Augenblick inne. Sie hob die Hand und strich über die ersten paar Namen. Sie war eines dieser Mädchen gewesen – nicht an diesem Ort und nicht zu dieser Zeit, doch tief in ihrem Unterbewusstsein kannte sie jedes einzelne Mädchen auf der Liste. Sie kannte ihre Einsamkeit, ihren Schmerz und ihre Wut.

Plötzlich wurde Kim von einer Erinnerung an Pflegefamilie Nummer fünf überfallen. In dem kleinen Gästezimmer im hinteren Teil des Hauses hatte sie die ganze Nacht das leise Gurren aus dem Nachbarhaus gehört. Wenn die Brieftauben freigelassen wurden, hatte sie ihnen immer hinterhergesehen und sich gewünscht, sie würden wegfliegen und ihrer Gefangenschaft entfliehen, um für immer frei zu sein. Doch das taten sie nicht.

Orte wie Crestwood waren genauso. Gelegentlich wurden die Vögel freigelassen, doch sie schienen immer zurückzufliegen. Ähnlich wie bei der Entlassung aus dem Gefängnis war auch der Abschied aus dem Kinderheim von Hoffnung und vielen guten Wünschen begleitet, aber er war niemals endgültig.

Das Heulen einer Sirene in der Ferne riss sie aus ihren Gedanken. Sie kletterte auf die Arbeitsplatte, schob sich durch das Fenster auf die Mülltonne und sprang von da hinunter.

Sie trug die Tonne gerade zum Zaun, da erstarben die Sirene und der Motor des Wagens.

»Morgen, Kelvin, warum mit Blaulicht?«, rief Bryant.

Kim verdrehte die Augen und lehnte sich an den Zaun.

»Wir haben eine Meldung reingekriegt, dass im Gebäude jemand gesehen wurde.«

Großartig, die Polizei war wegen ihr hier.

Bryant kicherte. »Nein, das bin nur ich. Ich seh mich ein bisschen um. Hab 'nen Scheißjob erwischt heute, muss auf die verdammten Grabungsleute aufpassen, und ich war nur neugierig, was hier dahinter ist.«

»Aber Sie waren nicht im Gebäude?«, fragte der Wachtmeister misstrauisch.

»Nein, Kumpel, für wie blöd halten Sie mich denn?«

»Alles klar, Detective. Dann lass ich Sie mal.«

Der Wachtmeister ging zurück zu seinem Wagen, doch Kim hörte, wie er noch einmal ein paar Schritte zurückkam. »Hat Ihre Chefin Ihnen den Scheißjob aufgebrummt, Detective?«, fragte er.

»Wer sonst?«

»Ich muss ja sagen, Sir, da ist Ihnen das Beileid der Kollegen gewiss, dass Sie mit der harten Nuss arbeiten müssen.«

Bryant kicherte. »Wissen Sie, wenn sie Sie hören würde, würde sie Ihnen vermutlich zustimmen.«

»Aber sie ist schon ein bisschen unterkühlt, oder?«

Kim nickte hinter dem Zaun. Ja, damit konnte sie leben.

»Ach, so schlimm, wie Sie glauben, ist sie gar nicht.«

Kim hätte fast geknurrt. O doch, das war sie.

»Erst vor ein paar Tagen hat sie gesagt, es wäre nett, wenn

die Streifenpolizisten ab und zu mal ein wenig mit ihr plaudern würden.«

Sie würde Bryant umbringen. Langsam und genüsslich.

»Kein Problem, Sir. Ich behalt's im Hinterkopf.«

Im Weggehen informierte der Wachtmeister die Notrufzentrale, dass auf dem Gelände alles in Ordnung war.

»Sie Scheißkerl«, fauchte Kim durch den Zaun.

»Huch. Tut mir leid, Guv. Wusste gar nicht, dass Sie da sind ... und zuhören.«

Kim stellte sich auf den Mülleimer und verließ das Gelände auf demselben Weg, wie sie es betreten hatte.

Sie landete auf den Füßen, doch sie stieß gegen Bryant und schubste ihn zur Seite.

»Oh, tut mir leid.«

»Auf der Skala der ehrlichen Entschuldigungen würde ich das bei minus sieben einordnen.«

»Detectives«, sagte Professor Milton, der hinter ihnen auftauchte. »Wir sind so weit, dass wir anfangen können.«

Bryant begegnete ihrem Blick und hielt ihn fest, während der Professor sich umdrehte und davonging. »Und, haben Sie bei Ihrer illegalen Untersuchungsmission irgendetwas herausgefunden?«

»Der Brand hat, im Gegensatz zu dem, was in dem schriftlichen Bericht steht, definitiv nicht in der Küche angefangen.«

ACHTZEHN

Sie holten den Professor ein, als der sich Ernie und Bert näherte, wie sie seine beiden Helfer insgeheim getauft hatte.

»Doktor Matthews hat eine erste Bodenanalyse durchgeführt und festgestellt, dass das Gelände zum großen Teil aus Lehm besteht«, erläuterte er.

Keine große Überraschung im Black Country.

»Solche Bedingungen beeinträchtigen das Bodenradar, wir fangen also mit einem Magnetometer an.«

»Okay«, sagte Bryant.

Der Professor achtete gar nicht auf Kims Kollegen und sprach weiter mit ihr, als hätte sie Ahnung von der Materie. Kim stellte die fachliche Kompetenz anderer selten infrage. Sie vertraute darauf, dass die Leute ihre Arbeit gut machten, und erwartete umgekehrt das Gleiche.

»Das Magnetometer misst mit Sensoren den Gradient des magnetischen Feldes. Unterschiedliche Materialien können dabei zu Störungen führen, und dieses spezielle Gerät kann Unregelmäßigkeiten aufspüren, die durch zerfallene organische Stoffe entstehen oder dadurch, dass die Erde umgegraben wurde.«

Ernie kam auf sie zu, Bert hinter ihm. Kim fand, er sah aus wie eine Gestalt aus *Terminator*. Über seiner Schulter lag ein schwarzer Gurt, an dem ein zirka ein Meter achtzig langer Metallstab befestigt war, den er auf Hüfthöhe waagerecht hielt. Vorne dran war ein zweiter Stab so befestigt, dass die beiden Stäbe zusammen ein riesiges T bildeten. An den Spitzen des kleineren Stabs befanden sich Sensoren. Schwarze Kabel führten zu der Steuerung, die um seine Hüfte geschnallt war, und an seinem Rücken war eine schwarze Segeltuchtasche befestigt.

»Wir fangen am unteren Rand an und arbeiten in geraden Linien. Ähnlich wie beim Rasenmähen.«

Kim nickte, und die drei gingen davon.

Doktor Matthews und seine Assistentin hatten sich in das warme Auto verzogen.

»Kommen Sie klar mit dieser Sache, Guv?«, fragte Bryant.

»Wieso sollte ich nicht?«, fuhr sie auf.

»Na ja, Sie wissen schon ...«

»Nein, weiß ich nicht, und sollten Sie das Bedürfnis haben, meine Tauglichkeit infrage zu stellen, dann gehen Sie zu meinem Chef.«

»Guv, das würde ich nie tun. Ich habe aus Sorge gefragt.«

»Mir geht's hervorragend, und jetzt lassen Sie es gut sein.«

Sie sprach nie über ihre Vergangenheit, doch Bryant wusste, dass sie eine Zeit lang unter der Fürsorge des Jugendamtes gestanden hatte. Er wusste auch, wie es ihr dort ergangen war. Er wusste, dass ihre Mutter unter paranoider Schizophrenie litt. Doch er wusste nicht, wozu das geführt hatte. Er wusste, dass sie einmal einen Zwillingsbruder gehabt hatte, aber er wusste nicht, wie er gestorben war. Nur ein einziger Mensch wusste alles über ihre Vergangenheit, und sie würde verdammt noch mal dafür sorgen, dass das auch so bliebe.

Das Telefon in ihrer Tasche klingelte. Es war Woody.

»Sir?«, sagte sie erwartungsvoll.

»Ich warte noch. Ich wollte nur sichergehen, dass Sie nicht vergessen haben, was wir besprochen haben.«

»Natürlich nicht, Sir.«

»Denn wenn Sie gegen meine Anweisungen handeln ...«

»Sir, bitte, Sie können mir vertrauen.«

Bryant schüttelte den Kopf.

»Wenn ich in den nächsten zwei Stunden nicht die Genehmigung habe, bedanken Sie sich bei Professor Milton und schicken Sie ihn nach Hause.«

»Ja, Sir«, sagte sie. Gott sei Dank wusste er nichts von Doktor Matthews.

»Ich weiß, dass es frustrierend ist, herumzustehen und nichts zu tun, aber wir müssen uns an die Dienstvorschriften halten.«

»Das verstehe ich, Sir. Bryant ist hier, und er würde gern seine Besorgnis über etwas zum Ausdruck bringen, was den Fall angeht.«

Sie hielt ihm das Handy hin. Bryant feuerte einen tödlichen Blick auf sie ab und ging weg.

»Oh, doch nicht. Wie es aussieht, habe ich da etwas missverstanden.«

»Tz, tz«, machte Woody am anderen Ende der Leitung und legte auf.

Sie tippte Dawsons Nummer ein. Er hob beim zweiten Klingeln ab. »Was haben wir?«

»Im Moment noch nicht viel, Guv.«

»Haben Sie die Namen der anderen Angestellten?«

»Noch nicht. Die örtlichen Behörden sind nicht so entgegenkommend wie Courtney. Wir arbeiten uns gerade durch sämtliche Zeitungsberichte, in denen Crestwood erwähnt wird, und schauen, ob wir da etwas finden. Das Beste, was wir bisher haben, ist ein Pfarrer Wilks, der eine Spendenwanderung auf die Three Peaks gemacht hat, um Geld für einen Tagesausflug für die Mädchen zu sammeln.«

»Okay, Kev, geben Sie mir Stacey.«

»Morgen, Guv.«

»Stace, Sie müssen mir eine Liste der Mädchen zusammenstellen, die hier waren, als das Gebäude abbrannte.«

Selbst wenn sie nichts fanden, mussten sie trotzdem mit ehemaligen Bewohnern der Einrichtung sprechen, um zu sehen, wo die Verbindung zwischen Teresa Wyatt und Tom Curtis war.

Stacey sagte, sie werde sich sofort dransetzen, und beendete das Gespräch.

Kim sah zu den Jungs hinüber. Sie waren etwa zwölf Meter mit dem Magnetometer vorgerückt, doch jetzt waren sie an einer Stelle stehen geblieben und überprüften die Ausrüstung.

Ihr Blick wanderte an den Rand des Grundstücks, wo Bryant mit dem Rücken zu ihr stehen geblieben war. Sie fühlte sich ungewohnt mies, dass sie ihn so angefahren hatte. Sie wusste, dass er nur aus Sorge um ihr Wohlergehen gefragt hatte, doch sie konnte nicht besonders gut damit umgehen, wenn jemand nett war.

»Hey, haben Sie noch das Specksandwich?«, fragte sie und stupste ihn am Arm.

»Ja. Wollen Sie's?«

»Nein, werfen Sie's in den Mülleimer da. Ihr Cholesterinspiegel verkraftet das nicht.«

Sobald die Worte über ihre Lippen waren, wurde ihr bewusst, dass sie auch selbst nicht gut im Nettsein war.

»Haben Sie mit meiner Frau gesprochen?«

Kim lächelte. Sie hatte tatsächlich vor zwei Tagen eine SMS bekommen.

Sie hörte etwas und drehte sich um. Der Professor kam mit gerötetem Gesicht und aufgeregter Miene eiligen Schrittes auf sie zu.

»Detective, der Apparat zeigt interessante Ergebnisse. Ich glaube, wir haben etwas.«

Bryant suchte ihren Blick. »Noch haben wir kein grünes Licht, Guv.«

Sie sah ihn eine ganze Minute lang an. Wenn auf diesem Stück Brachland menschliche Überreste vergraben waren, würden sie keine Sekunde länger als nötig in der Erde verbleiben.

Sie nickte dem Professor zu. »Fangen Sie an zu graben.«

NEUNZEHN

»Bei allem gebührenden Respekt, Guv, aber sind Sie jetzt vollkommen verrückt geworden?«

»Stört Sie etwas, Bryant?«

»Nur die Tatsache, dass Sie darüber Ihren Job verlieren könnten.«

Sie hob die Schultern. »Es ist mein Job.«

»Ja, aber manchmal sollten Sie einfach mal innehalten und eine Minute nachdenken.«

»Ich sag Ihnen was. Sie bleiben da stehen und denken für mich nach, während ich weiter meiner Arbeit nachgehe.«

Sie kehrte ihm den Rücken zu und ging zu dem Professor. Doktor Matthews kam über das Grundstück gefegt, als wäre er von einem Katapult abgeschossen worden.

»Detective, ich kann das nicht erlauben. Was zum Teufel machen Sie da?«

»Meinen Job.«

»Es ist erst Ihr Job, wenn Sie grünes Licht zum Ausgraben haben.«

»Wer hat denn etwas von Ausgraben gesagt? Wir buddeln nur ein bisschen.«

Alle Parteien hatten sich versammelt, und sie starrten zu siebt auf das Gerät.

»Sie könnten die ganze Ermittlung in Gefahr bringen, wenn Sie voreilig handeln.«

»Doktor, sollten wir tatsächlich auf menschliche Überreste stoßen, halte ich mich unverzüglich an das Protokoll, doch im Augenblick haben wir nicht mehr als eine Unregelmäßigkeit. Soweit wir wissen, könnte es auch bloß ein toter Hund sein.« Augenblicklich ging ihr auf, was sie da gesagt hatte. »Tut mir leid, Professor.«

»Das hier ist ein potenzieller Tatort«, hielt Matthews dagegen.

»Der inzwischen von jedem selbst ernannten Schatzsucher mit einem Metalldetektor hätte umgegraben werden können, und in dem Fall hätte sich niemand an irgendein Protokoll gehalten.«

Das war ihre Logik, und an die würde sie sich halten.

Als Matthews begriff, dass sie sich nicht davon abbringen ließ, wurden seine Lippen zu einem harten Strich. Sein Blick schweifte über den Kreis der Umstehenden und kehrte zu ihr zurück. »Ihre Impulsivität gefährdet die Karrieren all dieser Menschen.«

Kim nickte zum Zeichen, dass sie verstanden hatte. Sie wandte sich an Ernie und Bert. »Geben Sie mir die Schaufel.«

Ernie und Bert sahen den Professor an, der den Blick wiederum auf sie richtete.

»Gütiger Himmel«, knurrte sie und schnappte sich die Schaufel. »Doktor Matthews, bitte tun Sie sich keinen Zwang an, und gehen Sie zurück ins Auto, bis wir grünes Licht haben. Sie Übrigen können machen, was Sie wollen.«

Sie hob den Arm und stieß den Spaten in den Boden. Mit dem rechten Fuß trieb sie ihn so weit hinein, wie es ging. Sie hob die Erde aus und legte sie zur Linken ab. Wieder schwang sie die Schaufel.

Doktor Matthews schnaubte und wandte sich ab. »Ich kann das nicht mit ansehen. Kommen Sie, Cerys.«

»Gleich, Doktor«, sagte sie, ohne ihn anzusehen. Sie begegnete Kims Blick. »Ich möchte nur ein bisschen zugucken.«

Der Arzt zögerte, doch dann schüttelte er den Kopf und ging zurück zum Auto.

Kim schenkte der Kriminaltechnikerin zum Dank ein Lächeln. Ihre Anwesenheit bot ihr einen gewissen Schutz, und das wusste sie.

Sie stieß die Schaufel in die Erde und wiederholte das Ganze. Der Boden war hart, und es würde lange dauern, aber es war besser, als herumzustehen und nichts zu tun.

»Ach, in Gottes Namen, was soll's«, sagte Bryant und nahm sich die zweite Schaufel.

Er stellte sich ihr in einem Abstand von knapp zwei Metern gegenüber und stieß die Schaufel in die Erde.

Der Professor sah aus, als hätte er Schmerzen. Er schüttelte den Kopf. »Nein, nein, nein. Also, *wenn* Sie das schon machen, dann machen Sie es wenigstens richtig.«

Die nächsten zwei Stunden wechselten sie und Bryant sich mit Ernie und Bert beim Graben ab und folgten dabei den Anweisungen von Cerys und Professor Milton.

Cerys war immer wieder um sie herumgelaufen und hatte die Daten des Magnetometers ausgelesen. Sie hatte ihnen gesagt, wo sie als Nächstes graben und wie tief sie dabei gehen sollten.

Jetzt beugte sie sich vor, um zu sehen, wo Kim gerade grub. »Detectives, ich glaube, sie sollten jetzt aufhören. Professor, können Sie mir Ihre Tasche mit den Feinwerkzeugen reichen?«

Kim stieg aus der Grube, die inzwischen einen Meter achtzig breit, zwei Meter vierzig lang und knapp einen halben Meter tief war. Sie wollte sich den Staub abklopfen, doch die Bröckchen aus feuchtem Schlamm und Lehm waren an ihren Hosenbeinen bis zum Knie hoch festgetrocknet.

Cerys und Professor Milton berieten sich über den Daten und zeigten« auf verschiedene Bereiche in der Grube. Die Jungs betraten die Grube mit spitzen Kellen und Stuckateureisen und machten sich nach Cerys' Anweisungen an die Arbeit.

Bryant trat neben Kim. »Mit Ihnen wird's nie langweilig, was?«

»So haben Sie wenigstens das Specksandwich von heute Morgen verbrannt.«

»Und noch ein bisschen mehr.«

Ihr Magen fing an zu grummeln. Die halbe Scheibe Toast, die sie um halb sieben gegessen hatte, war längst aufgebraucht.

»Es ist kurz vor zwei. Nicht mehr viel Tageslicht übrig«, bemerkte Bryant.

Ernie oder Bert bedeutete Cerys, in die Grube zu kommen. Sie kniete sich hin und befreite mit etwas, was aussah wie ein überdimensionierter Rougepinsel, einen bestimmten Bereich vom Staub. Kim bemerkte, dass es ihr völlig egal war, dass ihre hellblaue Jeans nun mit Schmutz und Dreck verkrustet war.

Sie bürstete ein zweites Mal und hielt inne. »Okay, wer keine forensische Ausbildung hat, muss die Grube jetzt verlassen. Sofort.«

Cerys blieb allein darin zurück. Sie wandte sich um und blickte zu Kim. »Wir sind hier auf Knochen gestoßen, Detective, und falls es sich nicht um ein äußerst seltenes Exemplar mit fünf Fingern handelte, ist es kein toter Hund.«

Ein paar Sekunden lang sagte niemand etwas, während sie alle darüber nachdachten, was diese Entdeckung bedeutete.

Dann bretterten zwei Streifenwagen auf den Kies, als hätten die soeben entdeckten Knochen eine Art Sirenengeheul ausgestoßen, und Kims Handy fing an zu klingeln.

Es war Woody. Gott sei Dank.

»Stone, kommen Sie sofort aufs Revier, und bringen Sie Bryant mit«, bellte er.

»Sir, ich muss Sie davon in Kenntnis setzen ...«

»Was Sie zu sagen haben, kann warten, bis Sie hier sind!«

»Aber im Boden sind Knochen, Sir.«

»Und ich habe Sie bereits angewiesen, sofort hierher zurückzukommen. Wenn das länger dauert als fünfzehn Minuten, dann brauchen Sie gar nicht mehr zu erscheinen.«

Die Leitung war tot. Sie wandte sich an Bryant. »Ich glaube, er weiß Bescheid.«

Bryant verdrehte die Augen.

»Fahren Sie. Wir sehen uns dort.«

Bryant nickte und ging zu seinem Wagen.

Kim wandte sich an die anderen. »Hören Sie, vielen Dank für Ihre Hilfe. Falls jemand fragt, Bryant hat hier keinen Finger gerührt, okay?«

Alle nickten.

Kim rannte zu ihrem Motorrad und zog Helm und Handschuhe an. Sie fuhr vom Grundstück und wappnete sich, für die Sache geradezustehen.

ZWANZIG

Irgendetwas an ihr fesselt mich.

Um sie herum herrscht rege Aktivität: Sirenen, Fahrzeuge, Bewegung, und doch folgt mein Blick ihr auf Schritt und Tritt. Sie hebt sich von der Menge ab. Eine dreidimensionale Gestalt in einem zweidimensionalen Film.

Sie ist von einer ungestümen Energie erfüllt. Als würde sie von einem Teufel angetrieben. Diese Energie ist dunkel, und sie fasziniert mich.

Selbst in der Menge ist sie allein. Selbst wenn sie still steht, bewegt sie sich. Eine Hand wird zur Faust geballt oder ein Fuß tippt im Rhythmus eines Geistes, der niemals ruht.

Obwohl ich sie vorher noch nie gesehen habe, kenne ich sie. Ich kenne ihre Intelligenz, ihre Ruhelosigkeit und das natürliche Misstrauen in ihrem Blick. Sie hat einen Sinn, der den meisten verborgen bleibt. Er ist undefinierbar und ohne Namen, doch er ist gestimmt auf alles um sie herum. Und das habe ich schon einmal gesehen.

Ach, Caitlin. Liebe, süße, anbetungswürdige Caitlin ...

Viel zu früh ist sie fort. Ein Film ohne Star. Mein Interesse schwindet, doch ich bleibe, wo ich bin, für einen Moment ganz in meinen Gedanken verloren.

Was war zuerst da, das Huhn oder das Ei? Oft habe ich mich das gefragt. Habe ich nichts gefühlt, als meine Mutter mich zurückwies, oder wies sie mich zurück, weil ich nichts fühlte?

Über diese Frage hat schon so mancher Gelehrte gegrübelt. Wird ein Psychopath geboren oder gemacht? Sie haben darauf genauso wenig eine Antwort wie ich.

Es gab eine Zeit, da habe ich dagegen angekämpft und sogar versucht, es zu verstehen, doch das ist lange her.

Meine Reise begann mit einem Fisch. Einem stinknormalen anonymen Goldfisch, den mein Vater auf einem Jahrmarkt gewonnen hatte. Ich trug ihn nach Hause. Er lebte zwei Tage in einem Goldfischglas, und dann starb er.

Meine Schwester war untröstlich. Ich nicht. Sie betrauerte seinen Tod, doch ich fühlte nichts. Ich wollte, was sie hatte. Ich wollte ihren Schmerz, ich wollte ihre Trauer. Ich wollte fühlen.

Dann ein kleines Kätzchen. Sein Fell war weich und warm. Es sollte unser Kätzchen sein, aber es liebte sie mehr. Es wehrte sich gar nicht richtig, als ich ihm das Mäulchen zuhielt. Nach seinem letzten Atemzug wartete ich ab, aber mich überkam noch immer nichts.

Die Kinder in der Schule hatten alle Hunde, und ich wollte auch einen. Aber er sollte mir ganz allein gehören. Ich fütterte ihn, ich ging mit ihm spazieren, und er wohnte in meinem Zimmer. Diesmal war ich voller Hoffnung, doch das Knacken seines Halses tat mir nicht weh. Es befeuerte nur meine Neugier. Mein Bedürfnis zu erfahren, wie weit ich gehen konnte.

Der Tod dieser drei Geschöpfe führte zu einem Haustierverbot. Das schränkte die Möglichkeiten weiterer Forschungen ein, bis mir aufging, dass der ultimative Test die ganze Zeit direkt vor meiner Nase gewesen war.

Alle sagten, sie wäre süß, anbetungswürdig, engelsgleich, vollkommen. Das war also mein Ziel. Ich wusste, dass sie ohne

Lockmittel nicht mit zum Teich kommen würde. Sie hatte so einen gewissen Blick. Sie sah Dinge, die andere nicht sahen.

Also erzählte ich ihr, dort wären Häschen, eine Hasenmami mit ihren Kleinen. Ich zeigte auf den Strauch direkt am Rand des Teiches. Sie spähte hinein. Hatte mir den Rücken zugekehrt. Ich drückte ihr Gesicht nach unten und setzte mich rittlings in ihren Nacken. Sie hustete und spuckte, und dann lag sie still.

Oh, Caitlin, Caitlin, Caitlin. Du hast mir ein Geschenk gemacht.

Als ich von ihrem kleinen Körper herabstieg, hatte ich endlich die Antwort. Mein Zustand war kein Fluch, sondern ein Segen. Das Opfer meiner Schwester erlöste mich. Seit dem Tag war ich frei, mir zu nehmen, was ich will, und zu zerstören, was ich nicht will, ohne durch Schuld oder Reue eingeschränkt zu werden.

Da ist kein Mitgefühl, wie ein fehlendes Glied. Es kann weder ersetzt noch transplantiert werden, und das würde ich auch gar nicht wollen. Mitgefühl ist eine Fessel, die gewöhnliche Sterbliche an die Moral und an einen ethischen Code kettet. Doch ich muss keinem Code folgen.

Also, was war zuerst da, das Huhn oder das Ei? Die Antwort lautet: Es ist mir vollkommen gleichgültig.

Als das Dröhnen des Motorrads leiser wird, wende ich mich ab und gehe davon.

Sie wäre ein würdiger Gegner.

Sie wird unterwegs Entdeckungen machen, die sie genau dahin führen werden, wo ich sie haben will.

Die Geheimnisse von Crestwood wird sie aufdecken, doch meines niemals.

EINUNDZWANZIG

Trotz seines Vorsprungs bog Kim einen Augenblick vor Bryant auf den Parkplatz. Er hielt neben ihr.

»Gehen Sie sich sauber machen. Ich gehe schon mal hoch zu Woody.« Sie machte sich auf den Weg zum Eingang.

»Ich treffe sehr gern meine eigenen Entscheidungen, also lassen ...«, hielt Bryant dagegen.

»Ich habe sieben Minuten, um in sein Büro zu kommen, also beeilen Sie sich.«

Sie liefen zusammen die Treppen hoch und betraten ihr Büro.

Dawson machte große Augen. »Himmel, das sieht ja aus, als hätten Sie beide an einer Schlammschlacht teilgenommen.« Er kicherte. »Das hätte ich gern gesehen. Ich hätte auf Sie gesetzt, Guv.«

Bryant setzte sich. »Zum Teufel, Dawson, jeder, der ein bisschen Verstand besitzt, würde auf sie wetten.«

»Es sind Knochen gefunden worden«, sagte Kim, zog ihre Jacke aus und fuhr sich mit den Fingern durch die Haare. »Bryant bringt Sie auf den aktuellen Stand.«

Sie eilte zur Tür.

»Guv«, sagte Bryant und hielt sie auf, »sagen Sie ihm die Wahrheit.«

»Selbstverständlich«, erwiderte sie und eilte zur Treppe.

Nach ihrer Schätzung hatte sie noch anderthalb Minuten, als sie an seine Tür klopfte. Sie wartete, bis er sie hereinrief, und trat erst dann ein. Es wäre nicht hilfreich, ihren Chef noch weiter gegen sich aufzubringen.

Sie machte die vier Schritte zum Stuhl und bemerkte, dass der Anti-Stress-Ball unbeachtet auf dem Tisch liegen blieb. Okay, jetzt steckte sie ernsthaft in Schwierigkeiten.

»Was zum Teufel erlauben Sie sich, Stone?«

»Ähm ... könnten Sie das etwas konkreter fassen?« Sie wollte sich ungern für das Falsche entschuldigen.

»Spielen Sie keine Spielchen mit mir. Ihre und Bryants Mätzchen könnten die Ermittlungen ernsthaft in Gefahr ...«

»Bryant hat damit nichts zu tun, Sir. Er hat nur zugesehen.«

Woody starrte sie wütend an. »Ich habe jemanden, der ihn in der Grube gesehen hat.«

»Und ich habe vier Personen, die direkt an der Grube standen und bezeugen können, dass er nicht drin war.«

»Und was würde Bryant sagen?«

Kim schluckte. Die Antwort darauf kannten sie beide.

»Sir, es tut mir leid, was ich gemacht habe. Ich weiß, dass es falsch war, und ich möchte mich ...«

»Ersparen Sie mir Ihre Reden. Mir wird übel davon, und Ihnen nützen sie nichts.«

Er hatte recht. Es tat Kim kein bisschen leid. »Woher wissen Sie es?«

»Das geht Sie nichts an, aber Doktor Matthews hat ...«

»Ja, ich hätte wissen müssen, dass er ...«

»... absolut recht daran getan, mich anzurufen«, übertönte Woody sie. »Was zum Teufel haben Sie sich dabei gedacht?«

»Sir, ich konnte nicht länger warten. Mein Bauchgefühl hat mir gesagt, dass da unten ein Toter ist, und die Vorstellung, abzuwarten, bis der ganze bürokratische Kram endlich durch war, erschien mir einfach lächerlich.«

»Lächerlich oder nicht, es gibt gute Gründe, uns an bestimmte Verfahrensweisen zu halten, nicht zuletzt, um unser Vorgehen vor Gericht jederzeit rechtfertigen zu können. Sie täten gut daran, nicht zu vergessen, dass meine Anweisungen nicht optional sind.«

»Verstehe.«

Er seufzte schwer. »Das Einzige, was Ihnen für den Augenblick die Haut rettet, ist die Tatsache, dass Sie recht hatten und dass sich jetzt alles darauf konzentrieren wird, den Schaden zu begrenzen.«

Kim nickte.

»Trotzdem bin ich im Augenblick nicht mehr davon überzeugt, dass Sie die Richtige sind, um diese Ermittlungen zu leiten.«

Sie beugte sich vor. »Aber Sir, Sie können nicht ...«

»O doch, das kann ich sehr wohl, und ich erwäge ernsthaft, Ihnen diesen Fall zu entziehen.«

Kim schloss für eine Sekunde den Mund. Ihre nächsten Worte waren entscheidend. Sie beschloss, vollkommen ehrlich zu sein.

»Sir«, sagte sie mit leiser Stimme, »Sie kennen meine Akte. Sie wissen um meine Vergangenheit, also muss Ihnen auch klar sein, dass es keinen Besseren für die Leitung dieses Falles gibt.«

»Mag ja sein, aber ich muss mich darauf verlassen können, dass meine Leute meinen Anweisungen folgen. Wenn die Knochen, die heute gefunden wurden, die eines Kindes sind, das sich in der Obhut einer Fürsorgeeinrichtung befand, dann wird der Fall in den Medien einschlagen wie eine Bombe. Viele Menschen werden versuchen, sich davon zu distanzieren, und ich werde niemandem ein juristisches Schlupfloch bieten, nur weil einer von meinen Leuten Mist gebaut hat.«

Kim wusste, dass er recht hatte. Doch sie wusste auch, dass sie die Richtige für diese Aufgabe war.

»Ich schlage vor, dass Sie und Bryant nach Hause gehen und sich sauber machen. Morgen früh erfahren Sie, wie ich mich entschieden habe.«

Kim wusste, wann sie entlassen war. Sie konnte sich glücklich schätzen, dass sie kein Disziplinarverfahren am Hals hatte.

»Wissen Sie, Kim ...«, sagte er, als sie an der Tür war. Verdammt, sie hasste es, wenn Woody sie beim Vornamen nannte.

Sie drehte sich um.

Er setzte die Brille ab und blickte ihr in die Augen. »Irgendwann einmal wird Ihr Bauchgefühl Sie täuschen. Dann werden Sie die Konsequenzen tragen müssen, und das haben Sie sich dann ganz allein zuzuschreiben. Aber Sie sollten an Ihre Leute denken. Ihr Team hat großen Respekt vor Ihnen und folgt Ihnen blind, um Sie zu schützen und Ihre Anerkennung zu gewinnen.«

Kim schluckte. Sie wusste, dass er besonders von einem Mitglied ihres Teams sprach.

»Und wenn der Tag kommt, da Ihre leichtsinnigen Aktionen die Karriere oder sogar das Leben Ihrer Leute gefährden, dann werden Sie sich nicht vor mir oder vor der Polizei verantworten müssen.«

Kim spürte Übelkeit aufsteigen, die nichts mit einem leeren Magen zu tun hatte. Und als sie die Tür hinter sich schloss, wünschte sie sich beinahe ein Disziplinarverfahren.

Das musste sie Woody lassen, er wusste, wo er zuschlagen musste, damit es richtig wehtat.

ZWEIUNDZWANZIG

Es klingelte an der Tür, und Kim fragte nicht einmal, wer da war, bevor sie die Sicherheitskette löste. Es war Bryant, und er hatte was vom Chinesen mitgebracht.

»Die Chow-mein-Fee ist da!«

»Sie können nur bleiben, wenn Sie Krabbenchips dabeihaben.« Das war kein Scherz.

Bryant zog seine Jacke aus. Darunter trug er ein Polohemd und Jeans. »Gefällt mir, was Sie aus dem Haus gemacht haben.«

Kim ignorierte seine Bemerkung. Er sagte das jedes Mal, wenn er kam. Auf andere wirkte ihr Haus unpersönlich und kahl. Doch sie interessierte sich nicht für individuellen Zierrat. Wenn sie umziehen wollte, brauchte sie nicht mehr als ein Dutzend Mülltüten und zwei Stunden Zeit, dann war sie so weit. Ihre Jahre im Jugendfürsorgesystem waren da ein guter Lehrmeister gewesen.

Sie verteilte die Nudeln mit Rindfleisch und den gebratenen Reis mit Ei auf zwei Teller – zwei Drittel für Bryant, ein Drittel für sie – und reichte ihm seine Portion. Er setzte sich auf das eine Sofa und sie auf das andere.

Sie schob sich eine Gabel voll Essen in den Mund und versuchte, die Enttäuschung auszublenden. Essen war in der Theorie immer viel aufregender als in Wirklichkeit. Im Mund verwandelte es sich in eine Kraftstoffquelle, in Energie. Sie aß noch ein paar Gabeln und stellte den Teller dann ab.

»Himmel, ganz langsam, Sie haben ja fast einen hohlen Zahn gefüllt.«

»Ich hab genug.«

»Neben Ihnen wirkt jeder Spatz wie ein Gierschlund. Sie müssen mehr essen, Guv.«

Kim warf ihm einen kurzen Blick zu. Hier bei ihr zu Hause war sie nicht Detective Inspector und er war ihr nicht unterstellt. Er war nur Bryant – ein Freund, falls man das so nennen konnte.

Er verdrehte die Augen. »Ja, tut mir leid.«

»Und lassen Sie es gut sein mit dem Theater. Ich bin ein großes Mädchen.«

Sie ging mit ihrem Teller in die Küche und setzte eine frische Kanne Kaffee auf.

»Also, ich bin ein gut aussehender, umgänglicher Mann, und ich bringe Ihnen etwas zu essen nach Hause, was Sie nicht essen. Erinnern Sie mich noch mal daran, was ich davon habe.«

»Meine umwerfende Gesellschaft«, erwiderte sie trocken. An Selbstbewusstsein mangelte es ihr nicht.

Bryant lachte. »Hm ... Das lasse ich mal unkommentiert so stehen, denn jetzt sind Sie vielleicht Kim, aber irgendwann sind Sie wieder Guv.« Er aß seinen Teller leer und trug ihn dann in die Küche. »Nein, ich hatte etwas anderes im Sinn.«

»Und das wäre?«

»Eine Verabredung.«

»Mit Ihnen?«

Er schnaubte. »Das hätten Sie wohl gern.«

Kim lachte laut.

»Wissen Sie, das klingt toll. Das sollten Sie öfter machen.«

Kim wusste, was kam. »Die Antwort lautet Nein.«

»Sie wissen nicht mal, mit wem.«

»O doch«, widersprach sie und verzog übertrieben das Gesicht. Beim Verlassen des Reviers hatte sie einen kurzen Blick auf Peter Grant erhascht. Er war Staatsanwalt beim Crown Prosecution Service, sodass sich ihre Pfade ab und zu kreuzten, doch seit ihrer Trennung war sie jedem persönlichen Gespräch aus dem Weg gegangen.

Bryant seufzte. »Kommen Sie, Kim. Geben Sie ihm eine Chance. Er ist unglücklich ohne Sie. Und Sie sind ohne ihn noch unglücklicher.«

Kim überlegte und antwortete wahrheitsgemäß: »Nein, bin ich nicht.«

»Er liebt Sie.«

Kim zuckte die Achseln.

»Und Sie waren anders, als Sie beide zusammen waren. Ich würde nicht unbedingt glücklich sagen, aber erträglicher.«

»Glücklicher bin ich jetzt.«

»Das glaube ich Ihnen nicht.«

Kim schenkte zwei Tassen Kaffee ein, und sie gingen zurück ins Wohnzimmer.

»Ich bin mir sicher, dass es ihm leidtut, wenn er etwas falsch gemacht hat.«

Das bezweifelte Kim, denn in Wirklichkeit hatte Peter nichts falsch gemacht. Es war sie. Es war immer sie.

»Bryant, wie lange waren Peter und ich zusammen?«

»Fast ein Jahr.«

»Und was glauben Sie, wie oft er über Nacht bei mir geblieben ist?«

»Das eine oder andere Mal.«

»Ja, und wollen Sie wissen, was zum letzten großen Streit geführt hat?«

»Wenn Sie es mir erzählen möchten.«

»Nur damit Sie mich in Ruhe lassen. Ich habe Schluss

gemacht, weil er eines Morgens seine Zahnbürste nicht mitgenommen hat.«

»Wollen Sie mich auf den Arm nehmen?«

Kim schüttelte den Kopf und dachte an den Tag, an dem sie, nachdem er zur Arbeit gegangen war, ins Bad gekommen war und entdeckt hatte, dass sie dort lag, neben ihrer. Kein Tatort hatte ihr je solches Entsetzen bereitet wie dieser Anblick.

»Da ist mir klar geworden, dass ich, wenn ich nicht mal bereit bin, ein Zahnputzglas zu teilen, auch nicht bereit bin, sehr vieles andere zu teilen.«

»Aber das hätten Sie doch sicher klären können.«

»Mein Gott, wir sind hier doch nicht bei *Herzblatt*. Manchen Menschen ist es vorherbestimmt, ihren Seelengefährten zu finden und glücklich zu werden. Und manchen nicht. So einfach ist es.«

»Ich wünsche mir nur, Sie hätten jemanden in Ihrem Leben, der Sie glücklich macht.«

»Glauben Sie, es würde das Arbeiten mit mir leichter machen?«, fragte Kim und signalisierte damit, dass das Gespräch beendet war.

Er hatte kapiert. »Verdammt, wenn es so einfach wäre, würde ich selbst hier einziehen.«

»Also gut, aber achten Sie darauf, nicht die Zahnbürste dazulassen.«

»Nein, ich bringe nur das Glas mit, in das ich nachts meine Zähne lege.«

»Ehrlich, Schluss jetzt.«

Bryant trank seinen Kaffee aus. »Also gut, das reicht an Vorgeplänkel. Wir wissen beide, warum ich hier bin. Zeigen Sie es mir oder nicht?«

»Nun ...«

»Sie haben mich jetzt wirklich lange genug auf die Folter gespannt.«

Sie sprang auf und ging in Richtung Garage. Bryant war keine zwei Schritte hinter ihr.

Sie nahm ihren Schatz von der Werkbank und drehte sich zu ihm um. Behutsam schlug sie den Baumwollkissenbezug zurück, der ihn vor den Temperaturen schützte.

Staunend betrachtete Bryant den Motorradtank. »Original?«

»Ja.«

»Eine wahre Schönheit. Wo haben Sie ihn her?«

»eBay.«

»Darf ich?«

Kim reichte ihn ihm. Sechs Wochen lang hatte sie das Internet nach dem 1951er-Modell durchforstet. Viel leichter zu finden waren Teile für das 1953er-Modell und später. Aber leicht hatte sie noch nie interessiert.

Bryant streichelte die Gummikniepolster auf beiden Seiten des Tanks und schüttelte den Kopf. »Wunderschön.«

»Das reicht, her damit.«

Bryant gab ihn ihr zurück und ging langsam um das Motorrad herum. »Hat Marlon Brando nicht so eine in *Der Wilde* gefahren?«

Kim sprang hoch und setzte sich auf die Werkbank. Sie schüttelte den Kopf. »Das war neunzehnhundertfünfzig.«

»Werden Sie die je fahren?«

Sie nickte. Die Triumph Thunderbird war ihre Therapie. Die Ninja war blitzschnell, eine Herausforderung. Sie zu fahren befriedigte ein tiefes Bedürfnis, doch die Thunderbird war eine Schönheit. Allein in ihrer Nähe zu sein versetzte sie zurück in die drei kurzen Jahre ihres Lebens, in denen sie etwas empfunden hatte, was man annähernd als Zufriedenheit bezeichnen konnte. Auch wenn es nur eine Episode gewesen war.

Das Läuten des Telefons riss sie aus ihren Gedanken. Sie sprang von der Werkbank und ging in der Küche an ihr Handy.

»Zum Teufel, nein«, flüsterte sie, als sie die Nummer sah, und schoss schon durch die Haustür auf die Straße. Erst zwei Häuser weiter nahm sie den Anruf entgegen. Ihr Zuhause sollte nicht beschmutzt werden.

»Kim Stone.«

»Ähm ... Miss Stone, ich rufe wegen eines Vorfalls mit Ihrer Mutter an. Sie ...«

»Und Sie sind?«

»Oh, entschuldigen Sie bitte. Ich bin Laura Wilson, Nachtschwester in der Psychiatrischen Klinik Grantley. Ich fürchte, es ist etwas vorgefallen.«

Kim schüttelte verwirrt den Kopf. »Warum rufen Sie mich an?«

Kurzes Schweigen. »Ähm ... weil Sie hier als die im Notfall zu benachrichtigende Person stehen.«

»Steht das so in den Akten?«

»Ja.«

»Ist sie tot?«

»Gütiger Himmel, nein. Sie hat nur plötzlich eine Abneigung gegen ...«

»Sie hätten die Akte genauer studieren sollen, Miss Wilson, denn dann hätten Sie herausgefunden, dass es nur eine einzige Situation gibt, in der ich von Ihnen benachrichtigt werden möchte, und Sie haben mir bereits bestätigt, dass diese Situation nicht eingetreten ist.«

»Es tut mir schrecklich leid. Ich hatte ja keine Ahnung. Bitte, entschuldigen Sie.«

Kim hörte das Zittern in der Stimme der Frau und fühlte sich augenblicklich schlecht, weil sie so schroff reagierte.

»Okay, was hat sie denn gemacht?«

»Heute Morgen war sie überzeugt, eine Schwesternschülerin wäre eingeschleust worden, um sie zu vergiften. Für eine Frau, die auf die sechzig zugeht, ist sie recht flott. Sie hat sich auf die junge Frau gestürzt und sie zu Boden geworfen.«

»Geht es ihr gut?«

»Ja. Wir haben die Medikation leicht erhöht und ...«

»Nein, ich meine die Schwester.«

»Sie hat sich natürlich sehr erschrocken, aber inzwischen hat sie sich wieder gefangen. Das gehört zu unserem Beruf einfach dazu.«

Ja, ganz normal beim Umgang mit jemandem, der unter paranoider Schizophrenie litt.

Kim wollte das Gespräch beenden. »Ist sonst noch etwas?«

»Nein, das ist alles.«

»Danke für Ihren Anruf, aber ich wäre Ihnen dankbar, wenn Sie einen weiteren Vermerk in die Akte machen würden bezüglich meiner Anweisungen.«

»Selbstverständlich, Miss Stone, und entschuldigen Sie bitte noch einmal mein Versehen.«

Kim trennte die Verbindung, lehnte sich an den Laternenpfosten und versuchte, alle Gedanken an ihre Mutter aus ihrem Kopf zu verbannen. Wenn sie sich mit dieser Frau befasste, dann nur zu ihren Bedingungen. Und das war einmal im Monat zu einem Zeitpunkt und an einem Ort ihrer Wahl. Unter ihrer Kontrolle.

Sie ließ sämtliche Gedanken an ihre Mutter auf der Straße zurück und zog die Haustür energisch hinter sich ins Schloss. Sie würde nicht zulassen, dass der Einfluss ihrer Mutter sich auf ihren Zufluchtsort ausdehnte.

Sie nahm frische Becher aus dem Schrank und schenkte für Bryant und sich noch einmal Kaffee ein. Er sagte nichts, als sie wieder in die Garage kam, als wäre es das Natürlichste auf der Welt, dass sie aus ihrem eigenen Haus floh, um einen Anruf entgegenzunehmen.

Sie hockte sich wieder auf die Werkbank und nahm den Tank auf den Schoß. Dann schnappte sie sich eine Drahtbürste von ähnlicher Größe und Form wie eine Zahnbürste und rieb behutsam über einen Rostfleck auf der rechten Seite. Braune Rostbröckchen landeten auf ihrer Jeans.

»Das geht doch sicher auch irgendwie schneller?«

»Ach, Bryant, nur ein Mann kann sich Gedanken um Geschwindigkeit machen.«

Entspanntes Schweigen senkte sich herab, während sie arbeitete.

»Er lässt Ihnen den Fall, wissen Sie«, sagte Bryant leise.

Kim schüttelte den Kopf. Sie war sich da nicht so sicher. »Ich weiß nicht, Bryant. Woody hat recht, wenn er sagt, dass man mir nicht vertrauen kann. Er weiß, dass ich ungeachtet aller Versprechungen manchmal an einen Punkt gelange, an dem ich einfach nicht anders kann.«

»Und genau deswegen lässt er Ihnen den Fall.«

Sie sah ihn an.

»Er weiß, wie Sie arbeiten, und Sie sind immer noch dabei. Sie haben kein Disziplinarverfahren in Ihrer Akte ... was, wenn Sie es genau wissen wollen, mehr als schockierend ist. Er weiß, dass Sie Ergebnisse erzielen und erst Ruhe geben, wenn Sie einen Fall gelöst haben, besonders diesen.«

Kim sagte nichts. Dieser Fall berührte sie persönlich, und Woody hatte womöglich das Gefühl, das könnte eher schaden als nützen.

»Und es gibt noch einen Grund, warum er Ihnen den Fall nicht entzieht.«

»Der da wäre?«

»Weil er ein verdammter Idiot wäre, wenn er das tun würde, und Sie wissen so gut wie ich, dass Woody kein Idiot ist.«

Kim seufzte schwer und legte den Tank zur Seite. Sie hoffte ehrlich, dass ihr Kollege und Freund recht hatte.

DREIUNDZWANZIG

Nicola Adamson spulte den Nachrichtenbeitrag zurück und sah ihn sich noch einmal an.

Ein großer, kräftiger Schwarzer namens Woodward bestätigte den Fund menschlicher Überreste auf dem Gelände des ehemaligen Kinderheims Crestwood. Seiner kurzen Aussage folgte einer Luftaufnahme des Ortes, den sie einst ihr Zuhause genannt hatte.

Nicola empfand augenblicklich Erleichterung. Endlich würden sie die Geheimnisse dieses gottverlassenen Ortes aufdecken.

Doch dann kam die Angst. Wie würde Beth die Nachricht aufnehmen? Nicola wusste, dass ihre Schwester sich ihr gegenüber nicht öffnen und mit ihr reden würde. Als Kinder waren sie sich sehr nah gewesen; sie hatten ja nur einander gehabt. Alles hatten sie miteinander geteilt. Nicola konnte sich einfach nicht erinnern, wann sich das geändert hatte.

Nach Crestwood hatten sie sich auseinandergelebt. Vor vier Jahren, als Nicola mit Drüsenfieber daniedergelegen hatte, war Beth zurückgekommen, doch kaum war Nicola von der Intensivstation runter, war Beth auch schon wieder verschwunden.

Vor einer Woche war sie dann wiedergekommen, und auch wenn es nicht immer ganz einfach war, ihre Wohnung zu teilen, war Nicola doch froh, ihre Schwester bei sich zu haben. Eine leise Stimme im Hinterkopf aber stellte die Frage: Wie lange?

Wenn Beth weg war, hatte Nicola immer das Gefühl, ein Teil von ihr fehlte. Doch wenn sie da war, war Nicola ängstlicher, machte sich immer Sorgen, wie Beth reagieren könnte.

Ihre Schwester war irgendwie verändert. Etwas Fremdes hatte sich in ihre Persönlichkeit geschlichen, eine Kälte, die ihren Zügen etwas Gemeines gab, eine Ungeduld mit dem Rest der Welt. Nicola hatte das Gefühl, dass ihre Schwester an nichts mehr Freude hatte.

Sie sah nach dem Essen im Ofen. Sie hatte Beths Lieblingsgericht gekocht, Hähnchennuggets und Kroketten mit einem Klecks Ketchup. Nicola lächelte. Schon seltsam, dass sie da nie rausgewachsen war.

Trotz ihrer Unterschiede wollte Nicola eine engere Beziehung zu Beth schmieden. Sie wollte verstehen, was sie so entzweit hatte.

Vielleicht konnten sie in ihren Schlafanzügen zusammensitzen und sich einen Film ansehen, während sie das Teenageressen aßen, das vielleicht den Weg in Beths Erinnerungen fand.

Zusammen zu wohnen war nicht ideal, doch Nicola nahm die kleinen Ärgernisse gern in Kauf, wenn Beth nur wieder ein Teil ihres Lebens war.

Sie würde alles in ihrer Macht Stehende tun, damit sie blieb.

VIERUNDZWANZIG

Nach einer vierzigminütigen Unterredung mit Woody eilte Kim ins Büro. Drei Augenpaare blickten ihr erwartungsvoll entgegen.

»Ich leite weiterhin den Fall.«

Ein kollektiver Seufzer stieg auf.

»Der forensische Osteoarchäologe hat bestätigt, dass es menschliche Knochen sind, die aus unserer heutigen Zeit stammen, also ist das Stück Brachland jetzt offiziell ein Tatort. Cerys ist dort geblieben, sie hat die Leitung über die archäologischen Arbeiten, und wir erwarten in Kürze einen forensischen Anthropologen aus Dundee.«

An der Universität Dundee war das Centre for Anatomy and Human Identification angesiedelt, das seit Jahren das Studium der forensischen Anthropologie anbot. Das Institut wurde regelmäßig aus dem In- und Ausland hinzugezogen, wenn es um knifflige Identifikationen ging.

Woody hatte seine Beziehungen spielen lassen, um ganz sicher zu stellen, dass an der Qualifikation derer, die womöglich in den Zeugenstand mussten, nicht zu rütteln war.

»Wie weit sind wir mit den Mitarbeitern von Crestwood?«

Dawson nahm ein Blatt Papier zur Hand. »Nachdem ich die Teilzeitkräfte, die zum Teil nur vorübergehend dort waren, ausgesiebt hatte, blieben nur vier weitere Mitarbeiterinnen und Mitarbeiter übrig, die zu der Zeit des Brands dort gearbeitet haben. Wie wir wissen, war Teresa Wyatt die stellvertretende Geschäftsführerin, und Tom Curtis war der Koch. Den Posten des Geschäftsführers hatte ein Typ namens Richard Croft inne. Sie hatten eine Haushälterin namens Mary Andrews und zwei Nachtwachen, die auch Hausmeisterfunktionen übernahmen, Mädchen für alles sozusagen. Mary Andrews konnte ich in einem Pflegeheim in Timbertree ausfindig machen ...«

»Richard Croft ... Heißt so nicht der konservative Abgeordnete von Bromsgrove?«, unterbrach Kim ihn. Sie hätte schwören können, kürzlich einen Artikel darüber gelesen zu haben, dass Croft gerade eine Fahrradtour gemacht hatte, um Spenden für wohltätige Zwecke zu sammeln.

»Eindeutig derselbe Name, doch ich habe noch keine Verbindung ...«

»Lassen Sie das Stace machen«, wies Kim ihn an.

Dawsons mürrisches Gesicht entging ihr nicht.

»Stacey, wie weit sind Sie mit den Namen der Mädchen?«

»Bis jetzt habe ich ungefähr sieben, die meisten über Facebook.«

Kim verdrehte die Augen.

»Es gibt kaum Akten aus Crestwood und noch weniger Menschen, die über den Ort reden wollen. Wenn ich es richtig verstehe, dann waren die jüngeren Mädchen bereits in Pflegefamilien oder anderen Kinderheimen in der Umgebung untergebracht worden. Sechs oder sieben waren zurück zu Familienmitgliedern gekommen, sodass zur Zeit des Brands noch etwa zehn Mädchen dort waren.«

»Das herauszufinden muss ein verdammt hartes Stück Arbeit gewesen sein.«

Stacey grinste. »Für Normalsterbliche vielleicht.«

Kim lächelte. Stacey liebte Herausforderungen, und das war gut.

»Also, Bryant, machen Sie das Auto startklar.«

Bryant schnappte sich seine Jacke und verließ das Büro. Kim ging in ihren Glaskasten und setzte sich, um ihre Motorradstiefel auszuziehen. Dabei hörte sie im Büro ein Gespräch mit an.

»Hast du es mit Blumen probiert?«, fragte Stacey.

»Ja«, antwortete Dawson.

»Schokolade?«

»Ja.«

»Schmuck?«

Keine Antwort.

»Machst du Witze? Du hast ihr keinen Schmuck gekauft? Oh, Kev, nichts sagt so schön ›Es tut mir leid, dass ich ein unmoralisches Arschloch bin‹ wie eine funkelndes, teures Collier.«

»Mach den Abgang, Stace, was weißt du schon?«

»Ich weiß es, Casanova, weil ich eine Frau bin.«

Kim lächelte, während sie den rechten Schnürsenkel band.

»Ja, aber dein Liebesleben in der Welt der Kobolde zählt nicht. Ich brauche den Rat einer Frau, die mit Männern ausgeht. Also mit echten.«

Das Gespräch endete, als Kim wieder ins Büro trat. »Stace, Sie kümmern sich jetzt um die Mitarbeiter *und* die ehemaligen Bewohnerinnen.«

Dawson wirkte verdutzt.

»Holen Sie Ihren Mantel, Sie kommen mit mir.«

Er nahm sein Jackett von der Rückenlehne des Stuhls.

»Sie sollten auch Ihren Mantel holen, denn Sie bleiben am Tatort bei den Kriminaltechnikern.«

Er strahlte übers ganze Gesicht. »Im Ernst, Guv?«

Kim nickte. »Ich muss jederzeit wissen, was los ist. Ich will, dass Sie die ohne Ende nerven. Stellen Sie unablässig Fragen, laufen Sie den Leuten hinterher, belauschen Sie Gespräche.

Und in dem Augenblick, da Sie etwas Neues erfahren, sagen Sie mir Bescheid.«

»Mach ich, Guv«, sagte er eifrig.

Er folgte ihr nach unten zum Wagen. Sie stieg vorn ein und er hinten.

»Anschnallen, Kinder«, sagte Bryant und fuhr vom Parkplatz.

Kim warf im Rückspiegel einen Blick auf Dawsons erwartungsvolles, aufgeregtes Gesicht und wandte sich dann ab, um aus dem Fenster zu blicken.

Selbst jemand, der überhaupt nicht mit Menschen konnte, machte es nach den Gesetzen der Wahrscheinlichkeit ab und zu unweigerlich richtig.

FÜNFUNDZWANZIG

Die Brachfläche, die sie am Tag zuvor verlassen hatte, sah jetzt aus wie eine kleine ummauerte Stadt. Um den Rand des Grundstücks herum war ein Metallzaun aufgestellt worden mit einem Eingang am oberen und einem am unteren Ende, jeweils von zwei Polizisten bewacht. Andere Beamte patrouillierten am Zaun entlang, immer in Sichtweite der Kollegen. Kim war zufrieden, dass die Grundstücksgrenzen gut gesichert waren.

Am oberen Ende war für die Presse ein Bereich abgetrennt worden, doch sie sah, dass die Journalisten sich bereits am Zaun entlangbewegten. Zwei weiße Zelte waren aufgebaut worden, eines über der Grube und ein zweites, um die Ausrüstung darin zu verstauen.

Kim betrat das erste Zelt. Sie war nicht auf den Anblick des Skeletts in der Grube gefasst gewesen – zumindest nicht auf die Wirkung, die es auf sie haben würde. Sie war schon an vielen Tatorten gewesen und hatte Leichen in sämtlichen Stadien der Verwesung gesehen, doch dies hier waren nur Knochen. Solange noch Gewebe vorhanden war, hatte man das Gefühl, dass da noch etwas war, was man der Familie zurückgeben konnte, etwas von der Person, was man beerdigen und betrauern konnte. Doch bloße Knochen wirkten anonym, nichtssagend – wie das Fundament eines Gebäudes, doch ohne die Architektur, die es einzigartig machte. Kim erkannte, dass ihr der Gedanke nicht im Geringsten behagte.

Und sie war schockiert, wie wenig Platz das Skelett einnahm.

»Keine Kleider?«, fragte Kim, als die forensische Archäologin neben sie trat.

»Guten Morgen, Detective«, sagte Cerys.

Jep, diesen Teil vergaß sie immer.

»Um Ihre Frage zu beantworten: Das bedeutet nicht, dass es keine Kleider gab. Nur dass sie jetzt nicht mehr da sind. Verschiedene Materialien zersetzen sich unterschiedlich schnell. Kommt darauf an, wie lange sie im Boden sind. Baumwolle kann sich in rund zehn Jahren auflösen, Wolle dagegen kann sich über Jahrzehnte erhalten.« Cerys wandte sich ihr zu. »Ich war mir nicht ganz sicher, ob ich Sie wiedersehen würde.«

Sie traten beide ein Stück zurück, während Kriminaltechniker Fotos aus sämtlichen Blickwinkeln machten. Neben den Knochen stand eine gelbe Nummerntafel.

»Wir hatten gestern nicht viel Zeit zu reden«, sagte Kim.

Cerys schob sich eine Strähne, die sich gelöst hatte, hinters Ohr. »Ich habe Sie nicht für den gesprächigen Typ gehalten, aber okay … Ich bin neunundzwanzig Jahre alt, Single und kinderlos. Meine Lieblingsfarbe ist Gelb. Ich habe eine Schwäche für Chips mit Brathähnchengeschmack, und wenn ich nicht stricke, bin ich bei der Landwehr aktiv.« Cerys verharrte. »Okay, das mit dem Stricken war gelogen.«

»Alles gut zu wissen, aber danach habe ich gar nicht gefragt.«

»Dann stellen Sie die Frage, die Sie stellen wollen, Detective.«

»Wie qualifiziert sind Sie für diesen Job?«, fragte Kim, ohne mit der Wimper zu zucken.

Cerys versuchte, ein Lächeln zu verbergen, doch ihre Augen strahlten. »Mein Studium der Archäologie habe ich vor acht Jahren in Oxford abgeschlossen. Dann bin ich vier Jahre lang zu verschiedenen archäologischen Projekten gereist, hauptsächlich in Westafrika, bin nach Hause gekommen, wo ich meinen Abschluss in Kriminaltechnik gemacht habe und seit nunmehr zwei Jahren versuche, mich in einer männerdominierten Arena zu behaupten. Kommt Ihnen das irgendwie bekannt vor, Detective Inspector?«

Kim lachte laut und reichte ihr die Hand. »Freut mich sehr, Sie an Bord zu haben.«

»Danke. Also, die Knochen sind freigelegt worden, und ich warte auf den Anthropologen, um mit ihm die Bergung zu besprechen. Ich muss sicher sein, dass wir weder zu tief noch zu flach gehen.«

Kim sah sie verständnislos an.

»Tut mir leid. Wir müssen äußerst sorgfältig vorgehen, damit wir weder zu viel noch zu wenig wegnehmen. Es gibt kein Zurück.«

Kims Miene blieb unverändert.

Cerys überlegte einen Augenblick. »Okay, stellen Sie sich den Boden als Backsteinmauer vor. Jede Reihe Steine in der Mauer ist ein Zeitabschnitt. Wenn wir zu viel Boden wegnehmen, laufen wir Gefahr, auf Schichten zu stoßen, die vor dem Mord abgelagert wurden und uns unter Umständen falsche Informationen liefern.«

Kim nickte zum Zeichen, dass sie verstanden hatte.

»Sobald die Knochen geborgen sind, machen wir uns daran, die Erde zu sieben.«

»Ah, Detective, hier ist jemand, den ich Ihnen vorstellen möchte.«

Die vertraute Stimme von Keats, ihrem Lieblingsrechtsmediziner, drang an Kims Ohr.

»Detective Inspector Kim Stone, dies ist Doktor Daniel Bate, der forensische Anthropologe aus Dundee. Er wird mich für die Dauer dieser Ermittlungen sowohl hier als auch in meinem Labor unterstützen.«

Der Mann, der Kim die Hand reichte, war einige Zentimeter größer als sie und hatte den Körperbau eines Sportlers. Sein Kinn war kräftig, sein Haar schwarz. Überraschend grüne Augen bildeten einen interessanten Kontrast zu seinen dunklen Zügen.

Dann wurden der Neue und Cerys einander vorgestellt. Sein Händedruck war stark und fest.

Doktor Bate ging sofort um die Grube herum, und Kim nahm sich einen Augenblick, um ihn zu beobachten. Er sah nicht aus wie ein Wissenschaftler. Sein Körperbau deutete eher auf einen Beruf, der im Freien ausgeübt wurde und körperlichen Einsatz erforderte. Vermutlich trugen auch die Jeans und das Sweatshirt, das er anhatte, zu diesem Eindruck bei.

»Also«, sagte Keats. »Damit haben wir hier die Person, die die Spuren entdeckt, die Person, die die Spuren erklärt, und die Person, die alles zusammenbringt und uns einen Mörder präsentiert.«

Kim sagte nichts darauf und trat zu Doktor Bate. »Können Sie uns nach der ersten Inaugenscheinnahme schon irgendetwas sagen?«

Er rieb sich das Kinn. »Ja, ich kann eindeutig bestätigen, dass in der Grube Knochen sind.«

Kim seufzte. »Also, das sehe ich auch, Doktor Bate.«

»Ich verstehe ja, dass Sie schnelle Antworten brauchen, aber ich habe die Knochen noch nicht angefasst, und ich werde keinerlei Vermutungen äußern, solange ich das nicht getan habe.«

»Ein Verwandter von Ihnen?«, fragte sie Keats.

Keats lachte. »Ich wusste doch, dass Sie beide gut miteinander klarkommen würden.«

Sie wandte sich wieder an den Doktor. »Irgendetwas können Sie doch sicher schon sagen?«

»Okay, ich kann sagen, dass diese arme Seele seit mindestens fünf Jahren da unten liegt. Die Leiche eines durchschnittlichen Erwachsenen zersetzt sich in zehn bis zwölf Jahren; jüngere Menschen in der Hälfte der Zeit.

Während des ersten Stadiums der Zersetzung, der Autolyse, wird das Körpergewebe durch nach dem Tod freigesetzte Enzyme zersetzt. Im zweiten Stadium, der Putrefaktion, geht das weiche Körpergewebe durch Mikroorganismen in Fäulnis über. Und schließlich wird alles weiche Körpergewebe in Flüssigkeit und Gas verwandelt.«

»Werden Sie oft auf Partys eingeladen, Doc?«, fragte Kim.

Er lachte laut. »Tut mir leid, Detective. Ich bin erst vor Kurzem von der Body Farm in Knoxville, Tennessee zurückgekommen, wo Leichen unterschiedlichsten Bedingungen ausgesetzt werden, um ...«

»Sexus?«, fragte sie.

»Sex? Nur wenn Sie mich vorher zum Abendessen einladen, Detective.«

»Kein bisschen witzig. Irgendeine Idee?«

Er schüttelte den Kopf.

Sie verdrehte die Augen. »Sagen Sie jetzt nicht, Sie hatten noch nicht die Gelegenheit, die Leiche im Labor zu untersuchen.«

»Ich fürchte, das nützt auch nicht viel. Wenn wir es mit einer oder einem Jugendlichen zu tun haben, haben die Veränderungen, die die Geschlechter unterscheiden, noch nicht stattgefunden. Wenn unser Opfer älter als sechzehn war, haben wir aufgrund der Entwicklung des Beckens vielleicht eine Chance, aber wenn das Opfer jünger war, wird kaum ein Wissenschaftler allein anhand der Knochen eine Geschlechtsbestimmung wagen.«

»Das deutet an, dass es andere Möglichkeiten gibt?«

»Es gibt Techniken, die mittels Zahn-DNA eine Bestimmung der X- und Y-Chromosomen vornehmen können, doch das ist sowohl teuer als auch langwierig. Es ist viel leichter, das Alter eines Kindes oder Jugendlichen zu bestimmen als das Geschlecht. Dabei helfen uns Knochenwachstum und -entwicklung, Zahnentwicklung und der Grad der Verknöcherung der inneren Schädelnähte. Im Laufe des Tages bekommen Sie eine Altersschätzung.«

»Erste Einschätzung?«, hakte sie nach.

Bate wandte sich ihr zu und sah sie an. Sein Blick war intensiv und herausfordernd. »Tag, Uhrzeit und Ort, wenn Sie den Mörder verhaften?«

Kim blieb ungerührt. »Professor Bloom in der Bibliothek am Donnerstag, den achtzehnten, um elf Uhr. Und auch wenn Sie nicht danach gefragt haben: Er wird den Kerzenleuchter in der Hand halten.«

»Ich bin Wissenschaftler, ich stelle keine Vermutungen an.«

»Aber Sie können doch sicher ...«

»Keats«, rief er über ihren Kopf, »bitte retten Sie mich aus diesem Verhör, bevor ich noch die Lindbergh-Entführung gestehe.«

Kim fand, dass sein breiter schottischer Akzent nicht zu dem Black-Country-Einschlag passte, der überall auf der Grabungsstelle zu hören war. Wenn sie die Augen schloss, klang er fast wie Sean Connery. Fast.

»Ich wusste, dass Sie beide sich großartig verstehen würden«, meinte Keats mit einem breiten Grinsen. »Daniel, die Kisten sind gerade gekommen.«

Kim ging ans Ende der Grube, während sich weitere Kriminaltechniker mit durchsichtigen Plastikboxen näherten. Sie hatte keine Ahnung mehr, welche Leute zu welchem Team gehörten, und sie war froh, dass Dawson vor Ort blieb und nicht sie. Wenn sie noch länger mit dem querköpfigen Doktor zu tun hatte, bestand die Gefahr, dass eine zweite verbuddelte Leiche auf *ihr* Konto ging.

»Haben Sie da drüben einen neuen Freund gewonnen?«, fragte Bryant.

»O ja, ein lustiger Geselle, der Kerl.«

»Der typische Wissenschaftler?«

»Ja, und das habe ich ihm auch gesagt.«

»Oh. Ich wette, er war begeistert.«

»Schwer zu sagen.«

Bryant schmunzelte. »Sie sind wohl kaum qualifiziert, die emotionalen Reaktionen anderer Menschen einzuschätzen, was, Guv?«

»Bryant, fahren Sie ...«

»Nein, nein, nein«, fuhr Doktor Bate auf und trat in die Grube. Seine Stimme war laut und gebieterisch. Alle hielten abrupt in dem inne, was sie gerade taten.

Er kniete sich in die Grube neben den Mann, der am Schädel gearbeitet hatte. Cerys trat ebenfalls hinein und hockte sich neben den Doktor.

Niemand sprach, während die beiden sich leise berieten. Schließlich drehte sich Bate um und sah Kim direkt an.

»Detective, ich habe doch was für Sie.«

Kim trat näher. Sie hielt die Luft an. Dann sprang sie in die Grube. »Schießen Sie los.«

»Sehen Sie die Knochen hier?«

Sie nickte.

»Auf die Brustwirbelsäule folgt die Halswirbelsäule, die aus sieben Wirbeln besteht. Der oberste ist C_1, der Atlas oder Kopfträger, der nächste ist C_2, Epistropheus.«

Sein Finger zeigte den Hals hinunter auf die anderen Halswirbel von drei bis sieben. Zwischen dem dritten und dem vierten sah Kim einen deutlichen Bruch. Instinktiv fuhr sie sich mit der rechten Hand in den Nacken. Sie fragte sich, wie zum Teufel er das von da oben gesehen hatte.

»Sprechen Sie es aus, Doc.«

»Ich kann Ihnen ohne den Hauch eines Zweifels sagen, dass diese arme Seele enthauptet wurde.«

SECHSUNDZWANZIG

Kim verließ die Grube. »Kommen Sie, Bryant. Wir müssen loslegen.«

Sie warf einen Blick auf den Toyota Pick-up, der nur Doktor Daniel Bate gehören konnte. Über dem Hinterrad war eine Beule erkennbar, und er war von oben bis unten mit Schlamm bespritzt.

Kim machte einen Satz nach hinten. »Gütiger Himmel, was ist das?«

»Ähm ... das nennt man Hund, Guv.«

Kim betrachtete das Fellgesicht genauer, das im Fenster an der Rückbank aufgetaucht war. Sie runzelte die Stirn. »Bryant, bin ich das oder ...«

»Nein, Guv, es scheint, als hätte er nur ein Auge.«

»Jagen Sie bitte meinem Hund keine Angst ein, Detective.« Daniel Bate schloss zu ihnen auf. »Ich versichere Ihnen, sie weiß nichts.«

Kim drehte sich zu ihrem Kollegen um. »Sehen Sie, Bryant, Hunde übernehmen tatsächlich den Charakter ihrer Besitzer.«

»Wissen Sie, Detective, nach einem Weckanruf um vier

Uhr morgens und einer dreieinhalbstündigen Fahrt sind Sie eindeutig nicht das, was der Doktor empfohlen hat.«

»Ist sie blind?«, fragte Kim, als er die Wagentür öffnete. Der Hund sprang heraus und setzte sich.

Bate befestigte eine Leine an ihrem roten Halsband und schüttelte den Kopf. »Mit dem rechten Auge sieht sie perfekt.«

Kim schätzte, dass der Hund ein Weißer Schäferhund war. Sie trat vor und bot der Hundenase ihre Hand an. »Beißt sie?«

»Nur arrogante Detectives.«

Kim verdrehte die Augen und streichelte der Hündin den Kopf. Ihr Fell war weich und warm.

Etwas kapierte sie nicht ganz. Wenn er mit dem Auto gekommen war, hätte er eigentlich für die fünfhundertsechzig Kilometer von Dundee viel länger brauchen müssen als ein paar Stunden. »Was macht der Hund hier?«

»Wir haben nach meinem letzten Fall ein paar Tage Urlaub gemacht, und ich habe gerade in Cheddar Kletterstellen erkundet, als ich einen Anruf von meinem Chef erhielt. Ich war am nächsten dran.«

In seiner Stimme schwang nicht die geringste Verärgerung mit. So ein Anruf war bei diesem Job etwas ganz Normales.

Kim hatte geistesabwesend aufgehört, der Hündin den Kopf zu streicheln, und spürte, wie die warme Nase ihre rechte Hand stupste.

»Hey, schauen Sie, Detective«, sagte Daniel Bate mit einem Funkeln in den Augen. »Wenigstens eine, die Sie mag.«

In diesem Augenblick klingelte Kims Handy, und sie verkniff sich eine unflätige Retourkutsche.

Sie nahm den Anruf entgegen, und Daniel drehte sich um und ging mit dem Hund am oberen Rand des Grundstückes entlang.

»Was gibt's, Stace?«

»Wo sind Sie?«

»Ich will gerade von dem Grundstück wegfahren. Warum?«

»Schauen Sie rauf oder runter?«

»Wie bitte?«

»Ich habe William Payne gefunden, eine der Nachtwachen.«

»Geben Sie mir die Adresse.«

»Richten Sie den Blick den Hügel runter. Da müssten Sie sieben Häuser in einer Reihe sehen. Es ist genau das in der Mitte. Vor und hinter dem Haus komplett gepflastert.«

Kim hatte sich schon auf den Weg gemacht. »Woher zum Teufel wissen Sie das?«

»Google Earth, Guv.«

Kopfschüttelnd trennte Kim die Verbindung. Manchmal jagte Stacey ihr beinahe Angst ein.

»Was haben Sie gesagt, wohin Sie gehen?«, rief Bryant, als sie auf das hüfthohe Tor zumarschierte, das auf William Paynes Grundstück führte.

»Unseren ersten Zeugen befragen.«

»Hier?«, fragte er und schloss zu ihr auf.

Der Vorgarten war eine gruselige Wüste aus grauen Betonplatten. Der Weg unterschied sich nur dadurch, dass er zu einer Rampe anstieg, die vor der Haustür endete.

Nach dem zweiten Klopfen öffnete ihnen ein großer Mann mit schlohweißem Haar die Tür.

»William Payne?«

Er nickte.

Bryant holte seinen Dienstausweis heraus. »Können wir reinkommen?«

Er machte keine Anstalten, zur Seite zu treten, und runzelte die Stirn. »Das verstehe ich nicht. Es war doch gestern schon ein Polizist hier, der alles aufgenommen hat.«

Kim schaute zu Bryant, bevor sie das Wort ergriff. Sie hatte keinen anderen Beamten zu dieser Adresse geschickt. »Mr Payne, wir sind im Zusammenhang mit Ermittlungen zu Crestwood hier.«

Seine Züge hellten sich auf. »Oh, natürlich. Kommen Sie bitte herein.«

Er trat zur Seite, und Kim nahm sich eine Sekunde, um ihn neugierig zu betrachten. Seine Haare ließen ihn sehr viel älter wirken, als sein Gesicht andeutete, das eher zu einem Mann Anfang bis Mitte vierzig passte. Es war, als würden zwei vollkommen voneinander getrennte Alterungsprozesse ablaufen.

»Bitte seien Sie leise, meine Tochter schläft.« Seine Stimme war tief und angenehm und ohne jeden Black-Country-Einschlag. »Kommen Sie durch«, flüsterte er.

Er führte sie in ein Zimmer, das die ganze Länge des Hauses einnahm. Der vordere Bereich war das Wohnzimmer, und hinten stand ein Esstisch vor einer Terrassentür, die in den kleinen Hinterhof führte. Dort ließ ein akkurates Gitternetz aus Pflastersteinen keinen Platz für Rasen oder Sträucher.

Hinter sich hörte Kim ein Geräusch, ein leises rhythmisches Klopfen. Es kam von einer Apparatur, die Atemzüge zu überwachen schien. Angeschlossen an die Apparatur war ein schlafendes Mädchen, das Kim auf ungefähr fünfzehn schätzte. Der Rollstuhl war ein überdimensioniertes Ding, an dem an einer Seite eine Infusionsflasche hing. Um die linke Armlehne war das Halsband eines Notfallsenders gewickelt. Der rote Notfallknopf löste direkt bei der Notrufzentrale einen Alarm aus. Normalerweise bekamen Schwerbehinderte so etwas. Er war keine zwei Zentimeter von der linken Hand des Mädchens platziert worden, und Kim erkannte, dass er ihr kaum von Nutzen wäre, wenn sie ihn um den Hals hängen hätte.

Der Flanellschlafanzug mit Betty-Boop-Muster konnte kaum verbergen, wie abgezehrt ihr Körper war.

»Meine Tochter Lucy«, sagte William Payne, der neben sie getreten war. Er beugte sich vor und schob dem Mädchen behutsam eine blonde Strähne hinters Ohr. »Nehmen Sie bitte Platz.« Er führte sie zu dem kleinen Tisch. Im Hintergrund war leise der Jingle einer Fernsehshow zu hören.

»Kann ich Ihnen einen Kaffee anbieten?«

Sie nickten beide, und William Payne ging in die Küche, die kaum größer war als eine Nische neben dem Wohnbereich.

Er legte drei Metalluntersetzer auf den Tisch, bevor er drei Porzellanbecher brachte.

Der Duft war köstlich, und Kim trank sofort einen Schluck. »Colombian Gold?«, fragte sie.

Er lächelte. »Mein einziges Laster, Detective. Ich trinke nicht und ich rauche nicht. Ich habe kein schnelles Auto und jage keinen schnellen Frauen hinterher. Ich genieße nur gern eine gute Tasse Kaffee.«

Kim nickte und trank noch einen Schluck. Bryant kippte ihn runter wie Instantkaffee vom Discounter.

»Mr Payne, dürfen wir fragen ...« Bryant verstummte, als Kim ihm unter dem Tisch gegen das Bein stieß. Sie würde hier die Führung übernehmen.

»Dürfen wir Sie fragen, was Lucy fehlt?«

Er lächelte. »Selbstverständlich. Ich spreche immer gern über mein kleines Mädchen. Lucy ist fünfzehn, sie ist mit Muskeldystrophie auf die Welt gekommen.«

Er richtete den Blick auf seine Tochter und ließ ihn dort verharren, was Kim die Gelegenheit gab, ihn offen zu betrachten.

»Uns war recht früh klar, dass irgendetwas nicht stimmte. Sie fing sehr spät an zu laufen und kam nie über das unbeholfene, tapsige Stadium hinaus.«

Kim sah sich um. »Ist Lucys Mutter hier?«

William wandte sich ihr wieder zu. In seinem Blick lag echte Überraschung. »Verzeihung. Ich vergesse tatsächlich oft, dass Lucy je eine Mutter hatte. Wir zwei sind schon so lange allein.«

»Verstehe«, sagte Kim und beugte sich vor.

»Lucys Mutter war kein schlechter Mensch, aber sie hatte bestimmte Erwartungen, und ein Kind mit Behinderungen passte nicht zu ihrem Lebensentwurf.« Er hatte die Stimme noch weiter gesenkt, sie war kaum mehr als ein Flüstern. »Verstehen Sie mich nicht falsch. Ich bin mir sicher, dass alle Eltern sich ein gesundes Kind wünschen. Normalerweise gehört zum Traum vom Leben nicht die Rundumversorgung eines Erwachsenen, der niemals in der Lage sein wird, für sich selbst zu sorgen. Entschuldigen Sie mich bitte einen Augenblick.«

Er nahm ein Papiertaschentuch und wischte seiner Tochter die Spucke ab, die ihr über das Kinn lief. »Tut mir leid. Jedenfalls hat Alison sich anfangs große Mühe gegeben, solange es bestimmte Bereiche der Normalität gab, an denen sie sich festhalten konnte, doch die Krankheit schritt fort, und irgendwann wurde es ihr zu viel. Am Ende konnte sie Lucy gar nicht mehr ansehen und hatte sie monatelang nicht mehr angefasst. Wir waren uns einig, dass es das Beste sei, wenn sie ginge. Das war vor dreizehn Jahren, und seither haben wir nichts mehr von ihr gehört oder gesehen.«

Er brachte seinen Bericht sachlich vor, doch Kim hörte den Schmerz in seiner Stimme. Sie hätte an seiner Stelle nicht so viel Nachsicht für Lucys Mutter aufgebracht.

»Deswegen haben Sie die Nachtschicht in Crestwood übernommen?«

Payne nickte. »Davor war ich Landschaftsarchitekt, aber in diesem Job konnte ich nicht arbeiten und mich gleichzeitig um Lucy kümmern. Nachts in Crestwood zu arbeiten hieß, dass ich tagsüber für Lucy da sein konnte. Abends ist oft meine Nachbarin rübergekommen und hat bei Lucy gesessen.«

»Keine zweite Mrs Payne?«, fragte Bryant.

William schüttelte den Kopf. »Nein, mein Ehegelöbnis war fürs Leben gedacht. Scheidung mag vor dem Gesetz möglich sein, aber nicht vor Gott.«

Vermutlich wäre es ihm auch schwergefallen, eine Frau kennenzulernen, selbst wenn er gewollt hätte. Nur wenige Menschen waren bereit, sich um ein behindertes Kind zu kümmern, das nicht das eigene war. Aus der Ecke kam ein Gurgeln, und William sprang sofort auf und trat zu seiner Tochter.

»Guten Morgen, Schatz. Gut geschlafen? Möchtest du was trinken?«

Kim sah keine Bewegung, doch zwischen Vater und Tochter fand offensichtlich eine Kommunikation statt, denn William zog einen Schlauch heran und steckte ihn ihr zwischen die Lippen. Lucys rechter Zeigefinger berührte einen Knopf an der Armlehne des Stuhls. Eine Einheit Flüssigkeit floss durch den Schlauch in ihren Mund.

»Möchtest du Musik hören? Ein Hörbuch?« Er lächelte. »Willst du ein Stück herankommen?«

Nun ging Kim auf, dass sie durch Blinzeln kommunizierte.

Als William den Stuhl näher heranschob, war Kim bestürzt, wie bleich die glatte Haut des Mädchens war und wie direkt ihr Blick. Wie bitter es war, ein perfekt funktionierendes Gehirn in einem nutzlosen Körper zu haben. Ein grausameres Schicksal war kaum vorstellbar.

»Lucy sitzt gern am Fenster, damit sie rausgucken kann. Sie war hingerissen, wie viel gestern los war.«

»Mr Payne, Sie haben gesagt ...«, lenkte Kim ihn behutsam zu ihrem Gespräch zurück.

»Ja, natürlich. Die Arbeit in Crestwood war leicht. Ich musste nur darauf achten, dass das Gebäude nachts abgeschlossen war, damit die Mädchen nicht einfach abhauen konnten und niemand reinkam. Mir oblag die Überprüfung der Rauchmelder, und ab und zu musste ich mal eine Arbeit zu Ende bringen, die tagsüber nicht fertig geworden war. Für mich war das ideal, und ich war enttäuscht, als es ein Ende fand.«

»Der Brand?«

Er nickte. »Die Einrichtung sollte ja eh geschlossen werden, aber ich hatte noch auf ein paar Monate gehofft.«

»Haben Sie in der betreffenden Nacht gearbeitet?«

»Nein, es war Arthurs Schicht, aber ich hörte den Alarm, sobald er losging. Mein Schlafzimmer geht nach vorn raus.«

»Was haben Sie gemacht?«

»Ich habe nach Lucy gesehen und bin dann über die Straße gelaufen. Arthur hatte die meisten Mädchen schon rausgeholt, aber er hustete stark, also bin ich reingelaufen und habe noch mal überall nachgesehen, um ganz sicherzugehen, dass keine vergessen wurde. Miss Wyatt und Tom Curtis kamen als Erste, und es gab ein großes Durcheinander. Jeder schrieb Listen, um sicherzugehen, dass alle Mädchen erfasst wurden. Aber die Sanitäter nahmen Mädchen wegen kleinerer Schnittwunden und Rauchvergiftungen mit ins Krankenhaus, ohne jemandem Bescheid zu sagen. Ich wollte helfen, aber ich schien alles nur noch schlimmer zu machen. Als die anderen Mitarbeiter dann kamen, bin ich gegangen.«

»Wann war das etwa?«

»Ich würde sagen, gegen halb zwei.«

»Ist man der Brandursache auf den Grund gekommen?«

»Das weiß ich nicht. Ich weiß nicht mal, ob so genau danach gesucht wurde. Niemand war ernsthaft verletzt worden, und die Einrichtung wurde eh abgewickelt.«

»Sie wissen, dass sowohl Teresa Wyatt als auch Tom Curtis ermordet worden sind?«

William stand auf und ging zu seiner Tochter. »Schatz, ich denke, es ist Zeit für ein bisschen Musik, was?«

Kim hatte nicht den Eindruck, ein Blinzeln als Antwort zu sehen, doch William setzte ihr den Kopfhörer auf und schaltete das Gerät ein.

»Ihr Hörvermögen ist perfekt, Detective. Eine normale Fünfzehnjährige würde man bitten, den Raum zu verlassen. Das ist unsere Lösung.«

Kim hätte sich in den Hintern treten können. Ohne es überhaupt zu bemerken, hatte sie Lucy wegen ihrer Behinderung behandelt, als wäre sie unsichtbar.

Diesen Fehler würde sie nicht noch einmal machen.

»Was können Sie uns über die beiden Opfer sagen?«

»Nicht viel. Von den Kollegen, die tagsüber arbeiteten, habe ich nicht viel mitbekommen. Manchmal blieb Mary, die Haushälterin, bis ich kam, um mir ein bisschen Klatsch zu erzählen.«

»Welche Art Klatsch?«

»Meistens ging es um Auseinandersetzungen zwischen Miss Wyatt und Mr Croft. Mary hatte gemeint, es war ein Machtkampf.«

»Fällt Ihnen jemand ein, der einem der Mädchen etwas hätte antun können?«

William wurde sichtlich blass und schaute dann zum Fenster. »Sie können doch nicht denken, dass jemand ... Sie denken wirklich, die menschlichen Überreste in der Erde gehören zu einem der Mädchen aus Crestwood?«

»Wir habe es noch nicht ausgeschlossen.«

»Es tut mir leid, aber ich glaube wirklich nicht, dass ich Ihnen da weiterhelfen kann.«

Abrupt stand William auf. Seine Miene hatte sich verändert. Er sprach immer noch leise, doch er fand wohl, es wurde allmählich Zeit, dass sie sich verabschiedeten.

Bryant blieb unbeirrt. »Was war mit den Mädchen? Haben sie viel Ärger gemacht?«

William entfernte sich von ihnen. »Eigentlich nicht. Es gab ein paar Rebellische, aber im Großen und Ganzen waren es gute Kinder.«

»Was meinen Sie mit rebellisch?«, hakte Bryant nach.

»Ach, ganz normale Sachen.«

Es war eindeutig, dass William Payne wollte, dass sie gingen, und Kim dämmerte allmählich, warum.

»Welche ...«

»Bryant, wir sind fertig«, sagte Kim und stand auf.

William sah sie dankbar an.

»Aber wenn ich Sie noch rasch fragen könnte ...«, ergriff Bryant erneut das Wort.

»Ich habe gesagt, wir sind fertig«, fauchte sie.

Bryant klappte seinen Notizblock zu und stand auf.

Kim ging an William vorbei. »Haben Sie vielen Dank, Mr Payne. Wir halten Sie nicht länger auf.«

Sie ging zu Lucy und berührte die linke Hand des Mädchens leicht. »Auf Wiedersehen, Lucy. Hat mich sehr gefreut, dich kennenzulernen.«

An der Tür drehte Kim sich um. »Mr Payne, wenn ich Sie noch eine letzte Minute beanspruchen dürfte: Was dachten Sie ursprünglich, warum wir hier wären?«

»Bei uns gab es vorletzte Nacht einen Einbruchsversuch. Es ist nichts abhandengekommen, aber ich habe trotzdem die Polizei gerufen.«

Kim lächelte zum Dank, als er die Tür hinter ihnen schloss.

Draußen vor dem Tor drehte Bryant sich zu ihr um. »Was war das denn? Ist Ihnen nicht aufgefallen, wie er sich veränderte, als wir ihn nach den Mädchen gefragt haben? Er hat uns gar nicht schnell genug aus dem Haus gekriegt.«

»Es ist nicht das, was Sie denken, Bryant.«

Kim ging über die Straße, drehte sich um und ließ den Blick über das Haus schweifen. Von den sieben Häusern war es das einzige, an dem deutlich sichtbar an der Vorderseite eine Alarmanlage angebracht war. Eine Lampe mit Bewegungsmelder war direkt auf das Tor gerichtet. Einen identischen Bewegungsmelder hatte sie hinter dem Haus gesehen, dazu einen fast zwei Meter hohen Zaun mit Katzenspikes obendrauf.

Einbrecher machten es sich nicht extra schwer, indem sie sich ausgerechnet das schwierigste Objekt aus einer Häuserzeile herauspickten. Und Kim glaubte nicht an Zufälle.

Bryant schnaubte verärgert. »Sie wissen doch überhaupt nicht, was ich denke, weil Sie mir nicht die Gelegenheit gegeben haben, es herauszufinden. Er war nervös, Guv.«

Kim schüttelte den Kopf und machte sich auf den Weg den Hügel hinauf.

Sie kam an Daniel Bate vorbei, der mit seinem Hund auf dem Weg zurück zum Auto war.

»Hey, Detective, Sie können einfach nicht wegbleiben, was?«

»Stimmt, Doc, kann ich einfach nicht«, sagte sie, ohne ihre Schritte zu verlangsamen.

»Guv, was zum Teufel ist los?«, fragte Bryant sie, als sie am Auto waren. »Normalerweise gehen Sie keiner Herausforderung aus dem Weg. Der Typ war nervös wie der Teufel, und Sie haben es einfach dabei belassen.«

»Ja.«

»Er hat uns so gut wie vor die Tür gesetzt!«

»Ja, Bryant, hat er.« Sie drehte sich um und bedachte ihn über das Dach des Wagens mit einem zornigen Blick. »Weil er seiner fünfzehnjährigen Tochter die Windel wechseln musste.«

SIEBENUNDZWANZIG

Das Pflegeheim war ein Musterbeispiel an Symmetrie. Im Foyer befand sich auf beiden Seiten eine Glasluke. Rechter Hand lag dahinter ein kleines, leeres Büro und zu Kims Linker ein Raum mit zwei Tischen, in dem eine Frau in einem schwarzen T-Shirt saß. Die Pförtnerin.

Die Frau blickte sie durch die Glasscheibe an und sagte etwas. Kim vermutete, dass sie gefragt hatte, wie sie ihnen behilflich sein konnte.

»Könnten wir mit einer Ihrer Patientinnen sprechen?«

Die Frau zeigte auf ihre Ohren, sie verstand sie nicht. Kim zeigte auf die Schiebetüren, doch die Frau schüttelte den Kopf und formte mit ihren Lippen das Wort »Notausgang«.

Für einen Augenblick hatte Kim das Gefühl, sie wären in einer Art Dekontaminierungsschleuse gefangen. Sie zeigte auf eine Tür, die weiter ins Gebäude hineinführte.

Mit einem Nicken wies die Frau auf ein aufgeschlagenes Buch auf einem Sims rechts vom Fenster. Sie tat, als schriebe sie etwas. Vermutlich war das die Order, sich im Besucherbuch einzutragen.

Sie leisteten der Anweisung Folge und warteten auf den Summer.

Als sie das Heim betraten, erkannte Kim sofort, dass es zwei Gruppen gab. Links waren die körperlich fitteren Bewohner. Einige bewegten sich mit Rollatoren durch den Bereich, andere beugten sich aus ihren Ohrensesseln und unterhielten sich. Ein Moderator des Frühstückfernsehens laberte irgendwo über Geldanlagen. Ein paar Bewohner hatten sich umgedreht und schauten in ihre Richtung – neue Gesichter.

Von rechts war kaum etwas zu hören. Eine Krankenschwester schob einen Stationswagen herum und verteilte Medikamente. Niemand sah in ihre Richtung.

Die Frau hinter der Glasscheibe trat aus dem Büro. Knapp über der linken Brust trug sie ein Schild, auf dem »Cath« stand.

»Wie kann ich Ihnen helfen?«

»Wir möchten mit einer Bewohnerin sprechen, Mary Andrews.«

Caths Hände fuhren an ihren Hals. »Sind Sie Familienangehörige?«

»Detectives«, antwortete Bryant. Er redete weiter, doch angesichts der Reaktion der Frau stieg in Kims Bauch Beklemmung auf. Sie kamen zu spät.

»Es tut mir leid, aber Mary Andrews ist vor zehn Tagen gestorben.«

Also bevor das alles angefangen hat, dachte Kim im ersten Moment. Aber vielleicht war es auch der Anfang von allem.

»Danke«, sagte Bryant. »Dann nehmen wir Kontakt zum amtlichen Leichenbeschauer auf.«

»Wozu?«, fragte Cath.

»Wegen der Todesursache«, erklärte Bryant.

Kim hatte sich schon abgewandt und drückte gegen die Tür, doch die war verschlossen.

»Mary Andrews wurde nicht obduziert. Sie hatte Bauchspeicheldrüsenkrebs, Endstadium, also war ihr Tod keine große Überraschung. Es gab keinen Grund, ihrer Familie so etwas Qualvolles zuzumuten, daher wurde sie freigegeben. Hickton's.«

Kim musste nicht fragen. Jeder kannte das Bestattungsinstitut in Cradley Heath, das seit 1909 die Ortsansässigen unter die Erde brachte.

»Hatte Mary Andrews an jenem Tag Besuch?«

»Wir haben sechsundfünfzig Bewohner in unserer Einrichtung, Sie werden mir nachsehen, wenn ich mich nicht daran erinnere.«

Kim hörte die Feindseligkeit, beachtete sie aber nicht weiter. »Haben Sie etwas dagegen, wenn wir im Besucherbuch nachschlagen?«

Cath überlegte eine Sekunde und schüttelte dann den Kopf. Sie drückte einen grünen Knopf, der die Türen freigab, und Kim ging zurück ins Foyer.

Sie blätterte die Seiten zurück, während Bryant mit dem Fuß die Tür aufhielt.

»Sir, Sie müssen die Türen zugehen lassen, sonst wird ein Alarm ausgelöst.«

Gehörig zurechtgewiesen, trat Bryant ins Foyer.

»Was ist los mit Ihnen, haben Sie etwas gegen alte Leute?«, fragte Kim, der Bryants Miene nicht entgangen war.

»Nein, aber es ist einfach deprimierend.«

»Was?«, fragte Kim und blätterte noch ein paar Seiten zurück.

»Zu wissen, dass das die letzte Station ist. Solange man da draußen in der großen weiten Welt ist, ist immer noch alles möglich, aber sobald man mal in so eine Einrichtung gezogen ist, weiß man, dass man irgendwann mit den Füßen voran ausziehen wird.«

»Hm ... Fröhlicher Gedanke. Hier ist es«, sagte sie und zeigte auf die Seite. »Zwölf Uhr fünfzehn am Zehnten. Ein

Besucher hat sich mit einem vollkommen unleserlichen Namen eingetragen, um Mary Andrews zu besuchen.«

Bryant zeigte in die rechte obere Ecke des Foyers.

Kim drehte sich um und klopfte dann an die Glasscheibe. Cath blickte sie finster an. Kim zeigte auf die Eingangstüren. Der Summer ertönte.

»Wir brauchen die Aufzeichnungen Ihrer Überwachungskameras.«

Cath sah aus, als wollte sie widersprechen, doch dann räusperte sie sich nur laut. »Hier entlang.«

Sie folgten ihr durch das Büro in einen Raum dahinter.

»Da sind sie«, sagte sie, schloss die Tür hinter ihnen und überließ sie sich selbst.

Eigentlich konnte man die Kammer kaum einen Raum nennen. Es gab einen kleinen Tisch mit einem alten Fernseher und ein paar Fernbedienungen. Daneben grummelte ein einsamer Videorekorder vor sich hin.

»Auf Digitalaufnahmen zu hoffen war wohl zu viel verlangt«, stöhnte Bryant.

»Ja, gute alte Videobänder. Bitte sagen Sie mir, dass sie etikettiert sind.«

Kim setzte sich auf den einzigen Stuhl, während Bryant die Regale mit den VHS-Kassetten unter die Lupe nahm.

»Für den entsprechenden Tag gibt es nur zwei Kassetten. Eine für tagsüber und eine für nachts. Sie werden wohl nur alle zwölf Stunden gewechselt.«

»Zeitraffer?«

»Ich fürchte, ja«, sagte er und nahm die Kassette. Als Beweismittel waren Echtzeitaufnahmen brauchbarer, denn sie erfassten alles. Bei Zeitrafferaufnahmen wurde nur alle paar Sekunden ein Bild festgehalten, was einen Ablauf abgehackter Bewegungen erzeugte.

Kim steckte die Videokassette in das Gerät. Der Bildschirm

erwachte zum Leben. Sie spulte das Band bis ungefähr zur richtigen Uhrzeit vor.

Dann starrte sie auf den Bildschirm. »Sehen Sie, was ich sehe?«

»Das Ding ist ja total abgenudelt. Mist, man kann ja überhaupt nichts erkennen.«

Kim lehnte sich auf dem Stuhl zurück. »Wie oft wurden diese Bänder überspielt?«

»So wie das aussieht, viele Hundert Mal.«

Normalerweise wurden Videokassetten nach zwölf Aufnahmezyklen ausgetauscht, um genau das zu verhindern, was jetzt auf dem Bildschirm zu sehen war.

Kim beobachtete weiter, wie schemenhafte Gestalten das Foyer betraten und verließen. »Gütiger Himmel, das könnte auch ich sein.«

Bryant sah sie ernst an. »Sind Sie das, Guv?«

Kim lehnte sich zurück und öffnete die Tür. »Cath«, rief sie. »Hätten Sie mal 'ne Minute?«

Cath tauchte in der Tür auf. »Ehrlich, Detective, es ist nicht nötig ...«

»Wir nehmen diese Kassette mit.«

Cath zuckte die Achseln. »Okay.«

»Haben Sie ein Formular, das wir Ihnen abzeichnen können?«

»Was denn für ein Formular?«

Kim verdrehte die Augen. »Bryant.«

Er riss eine Seite aus seinem Notizbuch, hielt die Nummer auf der Videokassette, ihre Namen und das Polizeirevier fest und zeichnete es ab.

Die Frau nahm das Blatt, obwohl sie offensichtlich nicht recht wusste, was sie damit sollte.

»Cath, Ihnen ist doch klar, dass das System hier so gut wie nutzlos ist?«

Sie sah Kim an, als wäre sie geistig minderbemittelt. »Es ist ein Pflegeheim, Detective, wir müssen hier nicht jeden Tag mit Mord und Totschlag, Einbruch oder Raub rechnen«, entgegnete sie triumphierend.

Kim nickte zustimmend, während Bryant seine Fingernägel inspizierte. »Sie haben recht ... aber wenn wir bessere Aufnahmen hätten, wären wir jetzt womöglich in der Lage, jemanden zu identifizieren, der für zwei, vielleicht sogar drei Morde verantwortlich ist. Auf jeden Fall wären wir näher dran, dieser Person das Handwerk zu legen, bevor sie die Gelegenheit bekommt, einen weiteren Mord zu begehen.« Sie lächelte Cath freundlich in ihr entsetztes Gesicht. »Aber haben Sie vielen Dank für Ihre hilfreiche Kooperation.«

Kim ging an der Frau vorbei und verließ das Gebäude.

»Wissen Sie, Guv, ich war ja schon immer überzeugt, dass man mehr Grund hat, sich zu fürchten, wenn Sie lächeln.«

»Bringen Sie die Kassette zu Stacey. Sie kennt vielleicht jemanden, der uns helfen kann.«

»Mach ich. Und wohin jetzt, Guv?«

Kim nahm ihm den Schlüssel aus der Hand. »Wir machen Ihre schlimmsten Albträume wahr, Bryant«, sagte sie und riss die Augen weit auf. »Wir fahren vom Pflegeheim ins Beerdigungsinstitut.«

Bryant schauderte. »Schön. Aber wenn Sie fahren, dann bitte so, dass es nicht meine letzte Fahrt ist, okay?«

ACHTUNDZWANZIG

»Ernsthaft, Guv, ich habe ja schon davon gehört, dass Anwälte Krankenwagen hinterherjagen, um die Unfallopfer als Klienten zu gewinnen, aber hinter einer verdammten Leiche herzubrettern?«

Kim schloss die Lücke zu dem vorausfahrenden Fahrzeug. »Sie haben den Bestatter gehört. Sie wurde erst vor zwei Stunden abgeholt. Wenn wir rechtzeitig da sind, können wir die Zeremonie unterbrechen und eine Obduktion anordnen.«

»Die Familie wird begeistert sein.«

»Hören Sie auf zu quengeln.«

»Ihnen ist schon klar, dass wir zu dem Krematorium unterwegs sind, das direkt neben unserer Grabungsstelle liegt? Hatten Sie je das Gefühl, nicht vom Fleck zu kommen?«

»Sie haben ja keine Ahnung«, sagte sie und hupte, als das vorausfahrende Auto an einer kleinen Verkehrsinsel zögerte. Es bog rechts ab.

Kim bretterte die Garratts Lane hinauf und schoss über die Kanalbrücke. Bryant hüpfte in seinem Sitz. Sie nahm die vierte Ausfahrt des Kreisverkehrs direkt auf das Gelände des Krematoriums und hielt vor dem Eingang.

»Verdammt, weder Autos noch Trauernde«, bemerkte sie.

»Vielleicht sind wir zu früh. Vielleicht ist die Trauergesellschaft noch zu Hause.«

Kim sagte nichts, als sie aus dem Wagen stieg und in das Gebäude eilte. Ein junges Mädchen saß mit gesenktem Kopf auf der Mauer. Kim lief an ihr vorbei. Sie hatte eine Beerdigung zu stürmen.

Als sie die Trauerhalle betrat, durchfuhr sie ein Schaudern. Holzbänke säumten beide Seiten des Mittelgangs, der zu einem mit Vorhang abgetrennten Bereich führte. Die roten Samtvorhänge waren aufgezogen. Zu ihrer Rechten befand sich eine erhöhte Kanzel, dahinter eine Tafel mit den Nummern von Kirchenliedern.

Die Seelenlosigkeit des Ortes senkte sich auf Kim herab. Sie hatte nicht viel für Kirchen übrig, doch sie boten wenigstens ein Gleichgewicht. Dort wurden Hochzeiten und Taufen gefeiert, die einen Beginn symbolisierten und den Verlust ausglichen. Dieser Ort hier war allein dem Tod gewidmet.

»Kann ich Ihnen helfen?«, fragte eine körperlose Stimme.

Bryant zuckte zusammen. »Gütiger Gott.«

»Nicht ganz«, erwiderte der Mann, der hinter der Kanzel hervorkam. »Aber kann ich Ihnen in seiner Abwesenheit vielleicht behilflich sein?«

Man hätte ihn nicht dick nennen können, doch das schwarze Priestergewand schmeichelte seinem Träger nicht gerade. Sein Gesicht war nicht so rund, wie seine Körperform vermuten ließ. Sein grau meliertes Haar war dicht an den Seiten, doch in einem weiten Bogen über seinen Kopf ausgedünnt, wie ein viel begangener Wanderweg über eine Wiese. Kim schätzte ihn auf Mitte bis Ende fünfzig.

Er sprach mit tiefer ruhiger Stimme in einem sanften Rhythmus. Kims Pflegemutter Nummer fünf hatte eine Telefonstimme gehabt, die dem, wie sie normalerweise sprach, überhaupt nicht ähnelte. Kim fragte sich, ob der Geistliche eine besondere Gottesdienststimme hatte.

»Wir suchen die Trauergesellschaft von Mary Andrews«, sagte Bryant.

»Sind Sie Familienangehörige?«

Bryant holte sein Dienstausweis hervor.

»In dem Fall kommen Sie zu spät.«

»Verdammt. Gibt es eine Möglichkeit, die Einäscherung zu stoppen?«

Der Pfarrer sah auf seine Uhr. »Sie ist bei elfhundert Grad seit ungefähr einer Stunde da drin. Viel ist vermutlich nicht mehr übrig.«

»Mist ... Tut mir leid, Vater.«

»Ich bin Geistlicher, kein Priester, aber ich gebe Ihre Entschuldigung gern weiter.«

»Vielen Dank für Ihre Hilfe«, sagte Bryant und schob Kim in Richtung Ausgang.

»Verdammt, verdammt, verdammt«, fluchte Kim auf dem Weg zurück zum Auto.

Aus dem Augenwinkel bekam sie mit, dass das junge Mädchen immer noch allein auf der Mauer hockte. Vom Auto blickte sie noch einmal zurück. Das Mädchen war ganz offensichtlich am Zittern, doch das war nicht ihr Problem.

Sie öffnete die Wagentür und hielt inne. Es war wirklich nicht ihr Problem.

»Bin gleich wieder da«, sagte sie und schlug die Tür zu.

Kim ging zu dem Mädchen und blieb neben ihr stehen. »Hey, alles okay?«

Die Angesprochene wirkte überrascht. Sie bemühte sich um ein höfliches Gesicht und nickte.

Ihre Augen waren wunde Höhlen in einem blassen Gesicht. Ihre Füße steckten in flachen Lackschuhen mit schwarz-weißen Schnürsenkeln, und sie trug eine dicke, schwarze Strumpfhose und einen knielangen Rock. Unter einer zweireihigen Kostümjacke, die sowohl rund zwanzig Jahre aus der Mode als auch viel zu groß war, lugte eine graue Bluse hervor. Sachen, die für eine Beerdigung zusammengesucht worden waren, die aber gegen Temperaturen um die zwei Grad keinerlei Schutz boten.

Kim zuckte die Schultern und wandte sich ab. Sie hatte gefragt. Dem Mädchen fehlte nichts, sie trauerte nur. Kim konnte mit gutem Gewissen weggehen. Es war verdammt noch mal nicht ihr Problem.

»Ein naher Angehöriger?«, fragte sie dann jedoch und setzte sich auf die Mauer.

Das Mädchen nickte noch einmal. »Meine Oma.«

»Das tut mir leid«, sagte Kim. »Aber hier zu hocken hilft dir auch nicht.«

»Ich weiß, aber sie war eher wie meine Mutter.«

»Aber warum bist du noch hier?«, fragte Kim sanft.

Das Mädchen hob den Blick auf den Schornstein des Krematoriums. Dicker Rauch stieg auf und verteilte sich. »Ich will hier nicht weg, bis ... Ich will sie nicht allein lassen.«

Die Stimme des Mädchens brach, und Tränen liefen ihr über die Wangen. Kim schluckte, als ihr aufging, wen sie vor sich hatte.

»Deine Oma war Mary Andrews?«

Die Tränen des Mädchens versiegten, und sie nickte. »Ich bin Paula ... aber woher wissen Sie das?«

Kim hatte das Gefühl, dass sie dem trauernden Mädchen gegenüber nicht in die Einzelheiten gehen musste.

»Ich bin Polizistin. Ihr Name ist in Verbindung mit der Sache da drüben aufgetaucht.«

»O ja, sie hat mal in Crestwood gearbeitet. Sie war da ungefähr zwanzig Jahre lang Haushälterin.« Plötzlich lächelte Paula. »Wenn sie am Wochenende arbeiten musste, hat sie mich manchmal mitgenommen. Ich hab ihr dann geholfen, die Betten frisch zu beziehen, oder bei der Wäsche. Auch wenn ich nicht weiß, ob ich ihr wirklich eine Hilfe war. Die Mädchen haben sie geliebt, obwohl sie sich nichts gefallen ließ. Sie haben sie respektiert. Sie waren nicht frech zu ihr und haben sie oft umarmt.«

»Ich wette, ihre Kolleginnen und Kollegen haben sie auch geliebt.«

Paula lächelte. »Onkel Billy auf jeden Fall.« Mit einem Nicken wies sie zum Fuß des Hügels. »Er hat da unten gewohnt.«

Das fand Kim spannend. »Woher kennst du Billy?«

»Meine Oma hat manchmal auf seine Tochter aufgepasst, damit er einkaufen gehen konnte.« Das Mädchen lächelte und schaute hoch zum Schornstein. »Sie sollte nur bei Lucy sitzen und auf sie aufpassen, aber das konnte meine Oma nicht. Sie fand immer das eine oder andere im Haushalt zu tun, bevor er zurück war, bügeln oder ein bisschen staubsaugen. Und ich habe mit Lucy gespielt. Wenn er zurückkam, verlor er nie ein Wort darüber, was sie gemacht hatte. Sie wollte keinen Dank, sie wollte nur helfen.«

»Das klingt, als wäre deine Oma eine ganz besondere Frau gewesen«, sagte Kim und meinte es auch so.

»Nach dem Brand sind wir nicht mehr hin. Meine Oma hat gesagt, sie wären weggezogen.« Paula überlegte einen Augenblick. »Wissen Sie, nach dem Feuer wurde für meine Oma vieles anders. Sie war nie eine alte Oma, wenn Sie verstehen, was ich meine, aber nach dem Brand war sie irgendwie nicht mehr sie selbst.«

Kim überlegte, warum Mary Andrews ihre Enkelin angelogen und gesagt hatte, William Payne wäre weggezogen.

»Hast du sie je danach gefragt?«, hakte sie behutsam nach.

Ihr war klar, dass sie es ausnutzte, dass das Mädchen über seine Großmutter reden wollte. Über jemanden zu sprechen, den man vor Kurzem verloren hatte, hält ihn im Herzen und in der Erinnerung lebendig. Es erhält die Verbindung aufrecht. Kim hoffte, dass sie sich gegenseitig halfen.

Paula nickte. »Ja, einmal, aber da wurde sie richtig sauer. Ich erinnere mich noch gut, denn meine Oma war nie böse mit mir. Aber da sagte sie, ich solle diesen Ort und diese Leute nie wieder erwähnen. Und daran habe ich mich gehalten.«

Kim bemerkte, dass Paula am ganzen Körper zitterte. Sie schaukelte vor und zurück, doch immer noch kam Rauch aus dem Schornstein.

»Weißt du, jemand hat mal etwas zu mir gesagt, was ich nie vergessen werde.« Kim erinnerte sich sehr deutlich. Es war bei der Beerdigung der Pflegeeltern Nummer vier, und sie war dreizehn Jahre alt gewesen.

Das unschuldige, makellose Gesicht wandte sich ihr aufmerksam zu, hungrig nach Trost, genau wie Kim damals. Doch sie hatte es niemandem gezeigt.

»Jemand hat mir gesagt, der Körper sei nicht mehr als eine Jacke, die abgelegt wird, wenn man sie nicht mehr braucht. Deine Oma ist nicht mehr da, Paula. Die Jacke, die sie getragen hat, hat ihr Schmerzen bereitet, aber davon ist sie jetzt frei.« Kim schaute hinauf zu dem Rauch, der allmählich dünner wurde. »Und ich denke, die Jacke ist jetzt fort, und du solltest auch gehen.«

Das Mädchen stand auf. »Danke. Vielen Dank.«

Kim nickte, als Paula sich umdrehte. Worte konnten die Trauer für kurze Zeit dämpfen. Von Natur aus egoistisch, war die Trauer für die Lebenden. Ein Maß dafür, wie stark man den persönlichen Verlust empfand, und in manchen Fällen, wie Kim wusste, auch die eigene Reue.

Sie sah zu, wie das Mädchen den Hügel hinunterging. Sie hatte überlegt, Paula zu sagen, dass Lucy noch in dem Haus wohnte, doch ihre Großmutter hatte sicher ihre Gründe gehabt, sie anzulügen, und das musste Kim respektieren.

Das Klingeln ihres Handys riss sie zurück in die Gegenwart. Es war Dawson.

»Guv, wo sind Sie?«

»So nah, dass ich beinahe Ihr Aftershave riechen kann.«

Der Tag entwickelte sich allmählich zu einer miesen Folge von *Twilight Zone*.

»Gut, Guv, denn wir brauchen Sie so schnell wie möglich hier oben.«

»Was ist los?«, fragte sie und lief zu Bryant.

»Diese Magnetmaschine ist gerade ausgeflippt. Sieht so aus, als hätten wir ein zweites Opfer.«

NEUNUNDZWANZIG

Kim war zu Fuß schneller als Bryant mit dem Auto. Sie kam an Doktor Bate und Keats vorbei, die gerade Kisten in einen Lieferwagen luden.

Der Doktor wandte sich ihr zu. »Wissen Sie, Detective Inspector, bei dem Tempo muss ich eine einstweilige Verfügung in Erwägung ziehen.«

»Wie wär's mit ›Kümmern Sie sich um Ihren eigenen Mist‹?«, fragte sie, ohne anzuhalten.

»Ja, Sie hatten recht«, sagte er zu Keats.

Sie hatte keine Ahnung, womit Keats recht gehabt hatte, und es interessierte sie in Augenblick auch nicht die Bohne.

Sie steuerte auf die Gruppe einige Meter westlich des ersten Zelts zu. Was immer dort vor sich ging, war hinter dem Zelt, in dem die Ausrüstung verwahrt wurde, vor den neugierigen Blicken der Presse verborgen. Sie dankte dem Herrn für diese kleine Gnade.

»Was gibt's?«

Cerys zog sie zur Seite. »Gareth hat das restliche Gelände überprüft, nur um ganz sicherzugehen. Als er an diese Stelle kam, zeigte das Magnetometer eine zweite Anomalie an.«

»Gütiger Himmel«, sagte Kim und fuhr sich mit der Hand durch die Haare. »Könnte es sich auch um etwas anderes handeln?«

Cerys zuckte die Achseln. »Die Möglichkeit besteht immer. Aber wissen werden wir es erst, wenn wir graben. Inzwischen würde ich Ihnen gern noch etwas zeigen.«

Kim folgte Cerys in das Zelt mit der Ausrüstung. Dort waren Klapptische aufgestellt worden, auf denen kleine Plastikboxen standen. Einige waren leer, doch die meisten waren mit unterschiedlichen Mengen Erde gefüllt.

»Wir haben einige kleine Metallteile gefunden, die ich weiter untersuchen muss, aber ich dachte, das hier könnte Sie interessieren.« Cerys nahm eine der kleineren Plastikboxen, die feine Erde enthielt und etwas, was aussah wie ein *Maltesers*.

»Was ist das?«

Cerys holte es heraus und hielt es Kim vor die Augen.

Es war eine rosa Kugel mit gelben Punkten.

Kim neigte den Kopf. »Eine Perle?«

Cerys nickte.

»Wie viele haben Sie davon gefunden?«

»Sieben bis jetzt.«

»Ein Armband?«

Cerys zuckte erneut die Achseln und lächelte. »Das ist Ihre Aufgabe, Detective. Es besteht natürlich die Möglichkeit, dass sie aus vollkommen verschiedenen Kontexten stammen.«

»Verschiedenen was?«

Cerys schloss einen Moment die Augen. »Wissen Sie noch, was ich Ihnen über die Mauer erzählt habe?«

Ja, Kim erinnerte sich an etwas über Ereignisse, die sich in Schichten abspielten. »Sie meinen also, die Perlen könnten theoretisch auch gar nichts mit der Leiche zu tun haben?«

»Vielleicht.«

»Wann kann ich Fotos haben?«

»Alles, was heute geborgen wird, haben Sie morgen früh auf dem Tisch.«

Kim nickte und verließ das Zelt. Der Bereich, in dem das Gerät angeschlagen hatte, war mit gelber Sprühfarbe markiert.

Sie drehte sich um, als Cerys neben sie trat. »Warum gräbt da niemand?«

»Es ist kurz vor drei. Wir haben noch weniger als eine Stunde Tageslicht. Das reicht nicht.«

»Wollen Sie mich auf den Arm nehmen? Sie möchten sie einfach da unten liegen lassen?«

Überrascht wandte Cerys sich ihr zu. »Erstens sind wir noch nicht sicher, ob es nicht ein toter Hund ist«, sagte sie und griff auf Kims Beispiel vom Vortag zurück. »Und zweitens wäre es, falls dort weitere menschliche Knochen liegen, absolut töricht, das Geschlecht festzulegen, wo wir die ersten noch ...«

»Was ist das mit Wissenschaftlern wie Ihnen?«, schnaubte Kim. »Gibt es ein spezielles Seminar an der Uni, wo die Extraktion des freien Denkens gelehrt wird?«

»Wenn wir jetzt anfangen, den Boden aufzuwühlen, können wir die Arbeit nicht zu Ende bringen, und damit gehen wir das Risiko ein, das Erdreich Wind und Wetter auszusetzen. Dadurch können wertvolle Spuren zerstört werden.«

Kim schüttelte den Kopf. »Sie sind doch alle gleich, kleine androide Klone, die sich nur ...«

»Ich kann Ihnen versichern, dass wir nicht alle gleich sind. Gestern haben wir es auf Ihre Art gemacht, aber heute machen wir es auf meine!«

Kim sah sie zornig an.

Cerys verschränkte die Arme. »Ich verstehe Ihre Ungeduld, Detective. Ja, ich kenne sie auch, aber ich lasse mich nicht davon verleiten, Fehler zu machen. Außerdem sind meine Leute heute Morgen um vier losgefahren, um hierherzukommen. Sie müssen sich ausruhen.«

Cerys ging ein paar Schritte und kehrte dann noch einmal

zurück. »Ich verspreche Ihnen, dass sie eine weitere Nacht sicher ist.«

»Danke ... Cerys.«

»Gern geschehen ... Kim.«

Kim ging zu Bryant und Dawson und zog sie zur Seite. »Okay, die machen hier für heute Schluss. Wenn wir morgen da unten noch eine Leiche finden, ist hier bald der Teufel los. Fahren Sie nach Hause, und sehen Sie zu, dass Sie ein bisschen Ruhe finden, solange Sie noch können. Von morgen an läuft die Sache hier rund um die Uhr, also bringen Sie Ihren Familien bei, dass der Dienstplan vorerst Geschichte ist.«

»Kein Problem, Guv«, sagte Dawson strahlend. Seine Augen waren ein wenig gerötet und dunkel umrandet, doch er hatte seine Lektion gelernt.

»Okay, Bryant?«

»Wie immer, Guv.«

»Gut, Fallbesprechung um sieben. Sagen Sie bitte auch Stacey Bescheid.«

Als Kim von den beiden wegging, kochte sie innerlich. Warten war nicht gerade ihre Stärke.

DREISSIG

Kurz vor Mitternacht betrat Kim die Garage. Über die ruhige Wohnstraße dahinter hatte sich eine behagliche Stille gelegt. Sie schaltete ihren iPod ein und wählte die Nocturnes von Chopin. Die Solostücke für Klavier würden sie in die frühen Morgenstunden geleiten, bis ihr Körper nach Schlaf verlangte.

Nachdem sie den Tatort verlassen hatte, war sie aufs Revier gefahren, denn sie konnte nicht nichts tun, wenn auf dem Stück Brachland womöglich noch eine zweite Leiche in der Erde lag. Irgendwann war sie nach Hause gefahren und hatte das ganze Haus gestaubsaugt. Sie hatte die Küche geputzt und eine halbe Flasche Kraftreiniger verbraucht, um die Arbeitsplatten zu reinigen. Zwei Maschinen Wäsche waren gewaschen, getrocknet, gebügelt und im Kleiderschrank verstaut.

Als danach immer noch nervöse Energie durch ihren Körper geströmt war, hatte sie im Bad ein kaputtes Regalbrett repariert, im Wohnzimmer die Möbel umgestellt und die Abstellkammer am oberen Ende der Treppe aufgeräumt.

Wahrscheinlich war es einfach mal wieder an der Zeit sauber zu machen, dachte Kim, als sie ihren Lieblingsraum im ganzen Haus betrat.

Zu ihrer Linken stand die Ninja, rückwärts reingesetzt, bereit für ihr nächstes Abenteuer.

Einen Augenblick lang malte Kim sich aus, sich auf das Motorrad zu legen, Brust und Bauch auf dem Tank, die Oberschenkel fest um den Ledersitz, und es durch eine Reihe enger Kurven zu lenken; die Knie nur wenige Zentimeter über dem Asphalt. Um das Biest unter Kontrolle zu halten, mussten ihre Hände und Füße perfekt koordiniert zusammenarbeiteten. Das erforderte ihre ganze Konzentration und verbannte alles andere aus ihren Gedanken.

Die Ninja zu fahren war wie das Zureiten eines temperamentvollen Pferdes. Es ging um Kontrolle, die Zähmung eines Rebellen.

Bryant hatte einmal gesagt, sie hadere gern mit dem Schicksal. Das Schicksal habe bestimmt, dass sie schön sei, doch sie kämpfe dagegen an, indem sie nichts tue, um ihr Aussehen zu unterstreichen. Das Schicksal habe entschieden, dass sie nicht kochen könne, dennoch versuche sie sich Woche für Woche an einem komplizierten Gericht. Doch sie allein wusste, dass das Schicksal ihr bestimmt hatte, jung zu sterben, und auch dagegen kämpfte sie Tag für Tag an. Bis jetzt erfolgreich.

Es gab Zeiten, da jagte das Schicksal sie, um sie zu dem zu machen, was es schon mit sechs Jahren aus ihr hatte machen wollen – eine Zahl in einer Statistik. Und sie foppte es und führte es ab und zu in Versuchung, sie zu fangen, was es damals schon einmal versucht hatte.

Die Restaurierung der Triumph Thunderbird war ein Werk der Liebe, eine Hommage an zwei Menschen, die sich bemüht hatten, ihr ein Gefühl von Sicherheit zu geben, und die sie geliebt hatten. Die Thunderbird war eine emotionale Reise, Balsam für ihre Seele.

In diesem Raum lösten sich der Stress und die Herausforderungen ihres Arbeitstages aus ihren Muskeln, hier war sie entspannt und zufrieden. Hier musste sie nicht die analytische

Polizistin sein, die sämtliche Hinweise auseinanderpflückte, und auch nicht die Anführerin ihres Teams, die anleitete und drängte, um die besten Ergebnisse zu erzielen. Hier musste sie nicht ihre Fähigkeit unter Beweis stellen, eine Arbeit zu tun, die sie wirklich liebte, oder kämpfen, um die sozialen Kompetenzen vorzuspielen, an denen es ihr so bitterlich mangelte. Hier war sie glücklich.

Sie schlug die Beine unter und betrachtete die Teile, die sie in fünf Monaten mühsam zusammengesucht hatte. Die Original-Triumph-Teile aus dem Jahr 1993 würden zusammen ein Kurbelgehäuse ergeben. Jetzt musste sie nur noch herausfinden, wie.

Ein klassisches Motorrad zu restaurieren war eine ganz eigene Herausforderung, die sich aus vielen kleineren Herausforderungen zusammensetzte. Das Kurbelgehäuse war das Herz der Maschine, also machte Kim, was sie immer tat, wenn sie es mit einem Puzzle innerhalb eines Puzzles zu tun hatte: Sie ordnete ähnliche Teile in Gruppen zusammen.

Zwanzig Minuten später hatte sie die Unterlegscheiben, Dichtungen, Federn, Ventilfedern, Stößelschutzrohre und Kolben fein säuberlich sortiert und schlug die Reparaturanleitung auf, mithilfe derer sie die Aufgabe angehen wollte.

Normalerweise sprang es ihr von der Seite entgegen wie ein dreidimensionales Hologramm. Ihr Gehirn war in der Lage, den Punkt zu bestimmen, an dem sie logischerweise anfangen musste, und von da baute sie alles zusammen. Doch heute Abend war die Anleitung ein einziges Durcheinander aus Zahlen, Pfeilen und Schemen.

Auch nachdem sie zehn Minuten grimmig auf die Seite gestarrt hatte, wurde sie daraus nicht schlauer als aus den Hieroglyphen auf dem Stein von Rosette.

Verdammt, sosehr Kim auch dagegen ankämpfte, war ihr doch bewusst, wie stark dieser Fall sie mitnahm.

Sie streckte die Beine aus und lehnte sich mit dem Rücken

an die Wand. Vielleicht hing es damit zusammen, dass sie so viel Zeit in unmittelbarer Nähe von Mikeys Grab verbrachte. Sie legte jede Woche frische Blumen darauf, doch die Erinnerungen an damals, als sie sechs Jahre alt gewesen war, hatte sie gut weggesperrt. Wie bei einer Bombe, die an einen Bewegungsmelder angeschlossen war, würde es niemals einen guten Zeitpunkt geben, dieses Päckchen zu öffnen. Sämtliche Psychologen, bei denen sie gewesen war, hatten sich daran versucht, doch es war ihnen nicht gelungen. Sie hatten Kim versichert, sie müsse über das Trauma reden, damit es heilen könne, doch sie hatte sich stets geweigert. Denn sie täuschten sich.

Die ersten Jahre nach Mikeys Tod war Kim bei Psychiatern und Psychologen herumgereicht worden wie ein Rätsel, das einfach nicht zu knacken war. Rückblickend hatte sie sich oft gefragt, ob ein Set Steakmesser als Prämie ausgerufen worden war für denjenigen, der den überlebenden Zwilling des schlimmsten Falles von Vernachlässigung, den man im Black Country je erlebt hatte, knackte.

Vermutlich gab es keinen solchen Preis für den, der das Kind danach wieder zusammensetzte.

Schweigen und Aggression waren ihre besten Freunde gewesen. Kim hatte sich in ein schwieriges Kind verwandelt – und zwar mit voller Absicht. Sie hatte nicht geknuddelt, nicht geliebt und nicht verstanden werden wollen. Sie hatte keine Bindung zu Pflegeeltern, falschen Geschwistern oder bezahlten Betreuern aufbauen wollen. Sie wollte nur in Ruhe gelassen werden.

Bis zu Pflegefamilie Nummer vier.

Keith und Erica Spencer waren schon in mittleren Jahren, als sie sich als Pflegeltern engagierten. Kim war ihr erstes Pflegekind gewesen und, wie sich herausstellen sollte, auch ihr letztes.

Sie waren beide Lehrer, und sie hatten sich bewusst gegen eigene Kinder entschieden, um in jeder freien Minute auf ihren

Motorrädern durch die Welt reisen zu können. Nach dem Tod eines Freundes waren sie zu dem Schluss gekommen, es sei an der Zeit, das ständige Reisen aufzugeben, doch ihre Leidenschaft für Motorräder war geblieben.

Als sie mit zehn Jahren zu ihnen kam, hatte Kim die Stacheln aufgestellt, bereit für den gewohnten Ansturm langer, bohrender Gespräche und wohl abgewogenen Verständnisses.

Die ersten drei Monate hatte sie in ihrem Zimmer verbracht, an ihren Strategien der Abweisung gefeilt und sich gegen ihre Intervention gewappnet. Als diese ausblieb, hatte Kim sich für kurze Ausflüge nach unten gewagt, fast wie ein Tier, das schaute, ob es sicher war, sich aus der Winterruhe zu wagen. Falls die beiden überrascht waren, hatten sie es nicht gezeigt.

Bei einer dieser Erkundungsausflüge entdeckte sie Keith in der Garage bei der Restauration eines alten Motorrads. Zuerst setzte sie sich an den entferntesten Punkt und sah nur zu. Ohne sich umzudrehen, erklärte Keith ihr, was er machte. Sie zeigte keinerlei Reaktion, doch er fuhr einfach fort.

Jeden Tag rückte sie ein wenig näher an die Stelle, wo er arbeitete, bis sie schließlich mit untergeschlagenen Beinen direkt neben ihm saß. Wenn Keith in der Garage war, war sie es auch.

Mit der Zeit stellte Kim Fragen nach der Funktionsweise des Motors, denn sie wollte verstehen, wie alles zusammenpasste. Keith zeigte ihr die Schaubilder und demonstrierte es dann am realen Objekt.

Erica musste sie oft aus der Garage zerren, damit sie die neueste gastronomische Köstlichkeit aus einem der zahllosen Kochbücher, die die Küchenregale säumten, verzehrte. Voller Zuneigung verdrehte sie die Augen, wenn Kim selbst am Esstisch bei den leisen Klängen von Ericas Sammlung klassischer Musik noch weiter Fragen stellte.

Kim war etwa acht Monate bei dem Paar, als Keith sich zu

ihr umdrehte und sagte: »Okay, du hast mir oft genug dabei zugesehen, meinst du, du könntest die Mutter und die Unterlegscheibe am Auspuff festziehen?«

Er trat zur Seite und ging in die Küche, um etwas zu trinken zu holen. Bei der ersten Drehung der Mutter war Kims Leidenschaft geboren.

Vollkommen versunken kramte sie in den Einzelteilen, die auf dem Boden der Garage verstreut waren, und setzte schließlich noch ein paar Teile des Motorrads zusammen.

Als sie ein leises Kichern hörte, drehte sie sich um. Die beiden standen in der Tür und sahen ihr zu. Erica hatte Tränen in den Augen.

Keith kam herein und nahm seinen Platz neben ihr wieder ein. »Ja, ich glaube, die klugen Gene hast du von mir, Schatz«, sagte er und stupste sie in die Seite.

Sie wusste natürlich, dass das unmöglich war, doch seine Worte hatten ihr schmerzhaft die Kehle zugeschnürt bei dem Gedanken, wie glücklich Mikey und sie jetzt hätten sein können, wenn das Schicksal ihnen ein wenig freundlicher gesinnt gewesen wäre.

Zwei Wochen vor ihrem dreizehnten Geburtstag war ihre Pflegemutter mit einem heißen Kakao in ihr Schlafzimmer gekommen und hatte ihn auf ihren Nachttisch gestellt. Auf dem Weg nach draußen war sie in der Tür stehen geblieben. Ohne sich umzudrehen, hatte sie die Türklinke gepackt.

»Kim, du weißt, wie sehr wir dich lieben, nicht wahr?«

Kim hatte nichts gesagt, sondern nur fest auf Ericas Rücken geblickt.

»Wir könnten dich nicht mehr lieben, wenn du unser leibliches Kind wärst, und wir werden niemals versuchen, dich zu ändern. Wir lieben dich, wie du bist, okay?«

Kim nickte, während ihr die Worte Tränen in die Augen trieben. Ohne dass sie es gemerkt hatte, hatte dieses Paar mittleren Alters ihr Herz berührt und ihr zum ersten Mal im Leben ein stabiles Fundament geboten.

Zwei Tage danach waren Keith und Erica bei einer Massenkarambolage auf der Autobahn ums Leben gekommen.

Später erfuhr Kim, dass sie auf dem Heimweg von einem Termin bei einem auf Adoptionsrecht spezialisierten Anwalt gewesen waren.

Eine Stunde nach dem Unfall wurde Kim zusammengepackt und wieder der Obhut des Jugendamts überstellt, zurückgeschickt wie ein ungewolltes Päckchen. Bei ihrer Rückkehr gab es kein Fest, keine Fanfare. Keine Anerkennung der Tatsache, dass sie es drei Jahre lang gepackt hatte. Hier und da ein Nicken und das letzte freie Bett.

Kim wischte eine Träne fort, die entwischt und über ihre Wange gerollt war. Das war das Problem mit Reisen in die Vergangenheit. Eine glückliche Erinnerung führte unweigerlich zu Tragödie und Verlust. Der Grund, warum sie diesen Besuch nicht oft unternahm.

Der Duft der Kaffeekanne lockte aus der Küche. Sie stand auf und nahm ihren Becher mit, um ihn aufzufüllen.

Als sie den Kaffee einschenkte, wanderte ihr Blick über die riesige Sammlung Kochbücher, die ihre Küchenregale säumte.

Plötzlich kamen Worte über ihre Lippen, wenn auch einundzwanzig Jahre zu spät.

»Ich habe euch auch geliebt, Erica.«

EINUNDDREISSIG

Nicola Adamson trank einen Schluck Southern Comfort. Normalerweise rührte sie keinen Alkohol an, wenn sie arbeitete, doch heute Abend kriegte sie die Steifheit einfach nicht aus ihren Gliedern. Ihre Gelenke waren wie zementiert und ihre Muskeln verklebt.

Die Atmosphäre im Club war geladen. Eine Gruppe Schweizer war eingefallen – reichlich aufgekratzte Banker mit ziemlich viel Geld. Die Musik wummerte, und das Lachen war ansteckend. Die anderen Mädchen mischten sich eifrig unter die Gäste, ihr Lächeln ehrlich und offen. Alle Zeichen deuteten darauf hin, dass es für alle ein ergötzlicher Abend werden würde. In so einer Atmosphäre kostete die Arbeit sie überhaupt keine Mühe. Normalerweise.

Doch Nicola hatte Probleme, den Streit mit ihrer Schwester abzuschütteln. Ausgelöst durch etwas völlig Belangloses, woran sie sich nicht einmal mehr erinnern konnte, hatte er sich zu einem Riesenkrach ausgewachsen. Dass sie sich nicht geprügelt hatten, war alles gewesen.

Beth hatte, wie vorherzusehen, die Schuldkarte gespielt und aufgezählt, was Nicola alles hatte und sie nicht. Schließlich hatte Beth wutschnaubend die Wohnung verlassen und war nicht zurückgekommen, bis Nicola zur Arbeit gemusst hatte.

Beth war erwachsen und konnte gut auf sich selbst aufpassen, dennoch war und blieb Nicola die große Schwester, die Beschützerin. Trotz der Feindseligkeit zwischen ihnen machte sie sich Sorgen, sie konnte nicht anders.

»Hey, Nic, alles in Ordnung?«

Sie zuckte ein wenig zusammen. »Mir geht's gut, Lou.«

Der Clubbesitzer war ein ehemaliger Wrestler, was sich unter dem Hemd und dem Anzug, den er Abend für Abend zur Arbeit trug, nicht verbergen ließ. Es war sein Laden, er hatte ihn von Grund auf aufgebaut. Lou hatte eine Vision von einem exklusiven Club, wo attraktive Damen zum Vergnügen der Kunden tanzten. Vom ersten Tag an hatte er drei Prinzipien gehabt, die für seine Angestellten genauso galten wie für seine Kunden: nicht nackt, nicht anfassen und keine Respektlosigkeiten.

Für seine Angestellten galt noch eine vierte Regel: keine Drogen. Dass die ersten drei eingehalten wurden, darum kümmerte er sich selbst, und für die vierte gab es einen monatlichen Drogentest.

Diese Prinzipien bildeten seinen Geschäftsplan und sein Unternehmensleitbild, und er ging immer mit gutem Beispiel voran. In Lous Gegenwart hatte sich, soweit Nicola wusste, noch keine Tänzerin unbehaglich gefühlt.

»Du wirkst, als wärst du heute Abend nicht ganz du selbst, Mädchen?«

Sie überlegte kurz, ihm eine Lüge aufzutischen, doch ihr Chef kannte sie einfach zu gut. »Ich bin nur ein bisschen abgelenkt, Lou.«

»Willst du hinter der Bar arbeiten?«

Nicola schüttelte den Kopf, nickte und seufzte dann. Sie wusste selbst nicht, was sie wollte.

Er bedeutete ihr, ihm durch die Tür hinter die Bar zu folgen. Im Flur, wo es ein wenig ruhiger war, blieb er stehen.

Mary Ellen, ein ehemaliges Model aus San Diego, quetschte sich zwischen ihnen durch. Lou wartete, bis sie außer Hörweite war. »Hat es was mit deiner Schwester zu tun?«

Nicola fiel die Kinnlade runter. »Woher weißt du von Beth?«

Er sah den Flur rauf und runter. »Also, ich wollte ja nichts sagen, aber sie war heute hier.«

Nicolas Mund wurde ganz trocken. »Sie war hier?«

Lou nickte. »Hat verlangt, dass ich dich gehen lasse, damit du mit deinem Leben etwas Bedeutsameres anstellen kannst.«

»O Gott, nein«, flüsterte Nicola. Sie spürte, wie ihr die Hitze ins Gesicht stieg. Noch nie im Leben war sie so gedemütigt worden.

»Was hast du zu ihr gesagt?«

»Ich habe ihr gesagt, du wärst ein großes Mädchen und vollkommen in der Lage, deine eigenen Entscheidungen zu treffen.«

»Danke, Lou. Es tut mir schrecklich leid. Hat sie sonst noch was gesagt?«

»Ja, sie hat mir ein paar Schimpfwörter an den Kopf geworfen und mich beschuldigt, dich auszunutzen. Nichts, was ich noch nicht gehört hätte.« Er verdrehte die Augen.

Nicola lächelte. »Und du hast gesagt?«

»Ich habe mich bei ihr bedankt und sie gefragt, ob ich ihr sonst noch irgendwie helfen könne.«

Nicola lachte laut. Es tat gut und löste die Spannungen, die sich in ihrem Körper aufgebaut hatten. Trotzdem war sie verärgert, dass Beth ihre Familienangelegenheit an ihren Arbeitsplatz geschleift hatte.

»Ich bin heute Abend nicht mit dem Herzen dabei, also ist es wahrscheinlich das Beste, ich gehe nach Hause.«

Er nickte verständnisvoll. »Ich sag dir was, ich bin froh, dass ich von euch beiden dich bekommen habe, denn deine Schwester ist eine angefressene Kuh.«

»Ich weiß«, sagte Nicola leise, während sie bei sich dachte: Du hast ja keine Ahnung. Sie ging in Richtung der Garderoben am Ende des Flurs.

»Ach, und Nic ...«

Sie drehte sich um.

»Pass auf dich auf. Ich habe das Gefühl, sie ist irgendwie sauer auf dich.«

Nicola seufzte schwer.

Du hast *wirklich* keine Ahnung.

ZWEIUNDDREISSIG

»Okay, Kev, Sie zuerst«, befahl Kim.

Sie hatte ihr Team bereits über das in Kenntnis gesetzt, was am Tag zuvor am Tatort passiert war, und von der Entdeckung des Zypressenzweigs berichtet, die die beiden Fälle miteinander verband.

Cerys hatte Wort gehalten. Die Fotos waren kurz nach halb sieben im Revier eingetrudelt. Ein Luftbild des Grundstücks hing an der Weißwandtafel.

Dawson stand auf und zog eine Linie vom ersten Grab zum Rand der Karte. »Opfer Nummer eins. Obwohl es bislang noch keine offizielle Geschlechtsbestimmung gab, glauben wir anhand der Kleidung und der geborgenen Perlen, dass es die Überreste einer weiblichen Person sind, die seit schätzungsweise zehn Jahren in der Erde lagen. Die menschlichen Überreste sind inzwischen vom Fundort entfernt worden, sie sind bei Keats und Doktor Bate im Labor. Bis jetzt wissen wir mit Sicherheit, dass die Person enthauptet wurde.«

»Grausam«, bemerkte Stacey.

Dawson machte beim Reden Notizen auf der Tafel.

Es störte Kim, dass die Überschrift immer noch »Opfer 1«

lautete. Die Knochen hatten einst zu einem Menschen gehört. Sie waren von Muskeln und Haut umgeben gewesen, die vielleicht ein Muttermal trug. Ein Gesicht mit Mimik hatte dazugehört. Es waren nicht nur Knochen. Dieses Mädchen hatte lange genug in der Anonymität verbracht, und es ärgerte Kim, dass sie immer noch keinen Namen trug.

Sie erinnerte sich sehr deutlich, wie ihr die Erkenntnis gekommen war, dass Kinder im Fürsorgesystem identitätslos waren. Als sie acht Jahre alt war, hatte sie sich ins Wäschezimmer gewagt, um ein frisches Kopfkissen zu holen. Ihr Blick war an einem Blatt auf einem Klemmbrett hängen geblieben. Auf der Vorderseite wie auf den Seiten dahinter waren schematische Zeichnungen der sieben Schlafzimmer. Jedes Bett war eingezeichnet und nummeriert: Bett eins, Bett zwei, Bett drei, darunter Kästchen zum Abhaken. Sie hatte sich gefragt, warum ihr Name nicht aufgeführt war, sondern Bett 19. Rasch war ihr aufgegangen, dass es zu viel Arbeit war, die Betten mit den Namen der Mädchen zu versehen. Die, die darin lagen, wechselten häufig, doch die Betten blieben unverrückbar dort stehen.

Kim hatte sich auf einen Hocker gekniet und sich auf dem Bügelbrett abgestützt, um die Namen der Mädchen neben die ihnen zugeteilten Betten zu schreiben. Zwei Tage später hatte ein flüchtiger Blick ins Wäschezimmer ergeben, dass frische Blätter dort hingen: Bett eins, Bett zwei, Bett drei.

Ihr Platz, ihre Identität, ihr kleiner sicherer Bereich, ganz einfach ausradiert. Eine Lektion, die sie nie vergessen hatte.

Sie konzentrierte sich wieder auf Dawson, der auf die Tafel zeigte. »Hier ist der Fundort der zweiten Masse, schätzungsweise fünfzehn Meter von der ersten Stelle entfernt.« Er zog eine Linie zum Rand der Karte, markierte sie aber nur mit einem Sternchen.

Kims ganzer Körper reagierte auf seine Verwendung des Begriffs *Masse*, doch sie kämpfte es nieder. Bis jetzt war nicht erwiesen, dass dort menschliche Überreste lagen.

»Danke, Kev. Heute werden die Archäologen das ganze Gelände überprüfen, um sicherzugehen, dass es nicht noch mehr gibt.«

»Rechnen Sie mit weiteren Opfern, Guv?«

Kim atmete tief ein und zog die Augenbrauen in die Höhe. Sie hatte wirklich keine Ahnung. »Stace, sind Sie schon dazu gekommen, sich die Videokassette anzusehen?«

Stacey verdrehte die Augen. »Ja, aber da könnte auch die Originalaufnahme von *Ben Hur* drauf sein. Sie ist viele Hundert Male überspielt worden. Ich habe einen Freund, der eventuell noch was damit machen kann, aber er steht nicht auf unserer Liste zugelassener ...«

»Schicken Sie sie ihm trotzdem. Als Beweismittel ist sie ohnehin nutzlos, denn wir werden niemals nachweisen können, dass beim Tod von Mary Andrews nicht alles mit rechten Dingen zugegangen ist, aber vielleicht bringt es uns trotzdem weiter.«

Stacey nickte und machte sich eine Notiz. »Nichts Neues zu Teresa Wyatt. Ich habe mir ihren Einzelverbindungsnachweis angesehen: Es gibt keine Anrufe zu oder von ihr, die nicht nachvollzogen werden können. Die Spurensicherung hat am Tatort nichts gefunden, außer zwei Spuren von Schuhabdrücken, übereinander.«

Der Täter hatte sich also die Zeit genommen, den Tatort auf seinen ursprünglichen Abdrücken zu verlassen, um jede weitere Identifikation zu erschweren. Als wäre die Zerstörung durch die Feuerwehr nicht schon schlimm genug.

»Unser Täter ist also sowohl klug als auch ungeduldig«, bemerkte Kim.

»Warum ungeduldig?«, fragte Bryant.

»Die Brandstiftung hat die Entdeckung der Leiche von Teresa Wyatt beschleunigt, sodass sie innerhalb einer Stunde nach ihrem Tod gefunden wurde. Tom Curtis wäre wahrscheinlich gestorben, wenn er den Whisky ausgetrunken hätte, doch das hat unserem Typ nicht gereicht.«

»Wir sollen wissen, dass er sauer ist«, sinnierte Bryant.

»Er hat auf jeden Fall etwas zu sagen.«

»Also, lassen Sie uns ihn aufhalten, bevor er es noch jemandem sagt«, fügte Stacey hinzu und drückte ein paar Tasten auf ihrem Computer. »Okay, in Anknüpfung an das, was Kev herausgefunden hat, kann ich bestätigen, dass Richard Croft aus Crestwood mit großer Wahrscheinlichkeit der konservative Abgeordnete von Bromsgrove ist.«

»Verdammt«, sagte Kim. Das würde Woody ganz und gar nicht gefallen.

»Und ich habe seine Adresse sowie die des zweiten Nachtwächters.«

Der Drucker erwachte zum Leben, und Bryant schnappte sich das Blatt.

»Von einem örtlichen Allgemeinarzt habe ich auch eine Liste der letzten Mädchen in Crestwood erhalten, aber ganz ehrlich, auf Facebook bekomme ich bessere Informationen darüber, wer am Ende noch dort war.«

»Bleiben Sie dran, Stace, vielleicht hilft es uns am Ende bei der Identifikation des ersten Opfers. Vielleicht erkennt jemand die Perlen. Für uns liegt der Fokus heute auf den Mitarbeitern. Es deutet nichts darauf hin, dass die ehemaligen Bewohnerinnen in Gefahr sind. Bryant und ich haben schon mit William Payne gesprochen. Er hat eine schwerbehinderte Tochter. Hat seinen Job geliebt, hat die anderen Angestellten aber nicht besonders oft gesehen. Er war kürzlich das Opfer eines versuchten Einbruches, was mir angesichts der gut sichtbaren Alarmanlage an seinem Haus ein wenig dubios erscheint. Kev, statten Sie ihm einen Besuch ab, und sehen Sie sich die Anlage an, wenn Sie zurück zum Tatort fahren.«

Dawson nickte.

Kim stand auf. »Wissen alle, was sie zu tun haben?« Sie

ging in den Glaskasten und holte ihre Jacke. »Kommen Sie, Bryant. Wir fahren ins Labor und schauen, ob Doktor Spock noch etwas für uns hat.«

Er folgte ihr zur Tür hinaus. »Immer langsam, Guv, es ist nicht mal halb acht. Geben Sie dem Typ 'ne Chance.«

Sie atmete tief durch und öffnete die Beifahrertür.

Wer zum Teufel wusste schon, was sie heute finden würden.

DREIUNDDREISSIG

Als Kim den Sektionssaal betrat, blinzelte sie dreimal, um ihre Augen an das Licht zu gewöhnen. Die vielen Edelstahlflächen reflektierten so stark, als gingen unzählige Blitzlampen auf einmal an.

»Hier gruselt es mich immer.«

Sie wandte sich an Bryant. »Seit wann sind Sie denn so ein kleines Mädchen?«

»War ich immer schon, Guv.«

Die rechtsmedizinische Abteilung war kürzlich modernisiert worden und hatte jetzt vier getrennte Arbeitsbereiche, die angeordnet waren wie eine kleine Krankenhausstation.

In jedem Bereich waren ein Waschbecken, ein Tisch, Wandschränke und ein Tablett mit Arbeitsgerät. Viele Instrumente sahen harmlos aus und ähnelten den Scheren und Skalpellen, die bei den meisten Operationen benutzt wurden, doch andere, wie Knochenmeißel, Knochensäge und Rippenschere, wirkten eher der Fantasie von Wes Craven entsprungen.

Im Gegensatz zu den Krankenstationen waren die Bereiche hier nicht durch Vorhänge voneinander abgetrennt. Diese Patienten scherten sich nicht um falschen Anstand.

Die geborgenen Knochen waren in anatomischer Anordnung ausgelegt und sahen hier noch verlorener aus als in der Erde. Hier wurde das Skelett in einer sterilen Umgebung zur Schau gestellt, um genau unter die Lupe genommen, analysiert und studiert zu werden. Es erschien wie eine weitere zu erduldende Demütigung.

Der Tisch war lang und hatte rundherum einen Wulst, wodurch er an eine überdimensionierte Servierplatte erinnerte. Kim hatte das überwältigende Bedürfnis, die Knochen zuzudecken.

Das auf Schulterhöhe heruntergezogene Deckenlicht erinnerte sie an die Lampe beim Zahnarzt.

Doktor Bate maß gerade den rechten Oberschenkelknochen und notierte den Wert auf einem Klemmbrett.

»Da war aber schon jemand fleißig.«

»Der frühe Vogel fängt den Wurm, wie es so schön heißt. Es sei denn, man ist Entomologe, dann wäre das einfach schräg.«

Kim griff sich an die Brust. »Doc, haben Sie etwa gerade versucht, einen Witz zu reißen? Ja, das haben Sie, oder?«

Der weiße Kittel hing offen, darunter trug er eine ausgeblichene Jeans und ein grün-blau gestreiftes Rugbyshirt.

»Detective, sind Sie immer so sarkastisch?«

Sie überlegte zwei Sekunden. »Ich geb mir jedenfalls Mühe.«

Er drehte sich ganz zu ihr um. »Wie können Sie so erfolgreich sein, obwohl Sie so ungehobelt, arrogant und unausstehlich sind?«

»Hey, immer mit der Ruhe, Doc. Ich habe auch schlechte Eigenschaften. Sagen Sie es ihm, Bryant.«

»Sie hat wirklich ...«

»Also, was können Sie uns heute Morgen über das Opfer sagen?«, fiel Kim ihm ins Wort.

Der Doktor schüttelte genervt den Kopf und wandte sich

ab. »Also, erst einmal verraten die Knochen uns oft mehr über das Leben des Opfers als über seinen Tod. Wir können abschätzen, wie lange es gelebt hat, Krankheiten, alte Verletzungen, Körpergröße, Körperbau und ob es irgendwelche Deformationen hatte. Das Alter bei Eintritt des Todes hat Einfluss auf die Verwesung. Die Knochen von Kindern sind kleiner und enthalten weniger Mineralien. Umgekehrt verwest ein übergewichtiger Mensch schneller, weil die reichlich vorhandene Körpermasse Mikroorganismen und Maden als Nahrung dient.«

»Großartig, aber können Sie uns auch irgendetwas sagen, was uns bei unseren Ermittlungen weiterhilft?«

Der Doktor warf den Kopf nach hinten und lachte laut auf. »Eins muss man Ihnen lassen, Detective, konsequent sind Sie.«

Kim sagte nichts und wartete nur ab, während er eine schlichte Brille mit schwarzem Gestell aufsetzte.

»Am linken Fuß haben wir zwei gebrochene Mittelfußknochen. Eine Verletzung, die schon mal beim Fußballspielen passiert, aber das hier war keine alte Verletzung. Die Knochen weisen keine Anzeichen für Bruchheilung auf.«

»Könnte das dadurch passiert sein, dass das Opfer gegen etwas getreten hat?«, fragte Bryant.

»Könnte schon sein, aber normalerweise würde ein Mensch mit dem rechten Fuß treten, es sei denn, er hat trainiert, beide Füße gleichermaßen zu benutzen.« Er ging am Tisch entlang zum Kopf. »Den Bruch in der Halswirbelsäule habe ich Ihnen schon gezeigt. Wir wissen also, dass das Opfer zu irgendeinem Zeitpunkt enthauptet wurde. Es war ein brutaler Angriff, womöglich mit der Schaufel, mit der der Täter die Grube gegraben hat, und der Schlag, der die Knochen trennte, war nicht der erste.«

Er holte ein Vergrößerungsglas. »Wenn Sie sich C_1 und C_2 anschauen, sehen Sie, was ich meine.«

Kim trat neben ihn und beugte sich vor. Der erste Halswirbel wies einen deutlichen Grat auf.

»Sehen Sie?«

Kim nickte und bemerkte den Geruch von Minze in seinem Atem.

»Hier, halten Sie mal«, sagte er und reichte ihr das Vergrößerungsglas. Behutsam drehte er die Halswirbelknochen so, dass man von der Seite darauf schauen konnte. »Jetzt sehen Sie sich C2 an.«

Er hielt die Knochen fest, während Kim mit der Lupe die nächsten beiden Halswirbel betrachtete. Auch daran entdeckte sie einen deutlichen Grat.

Sie trat zurück. Ihr wurde übel. »Aber die Verletzung, die Sie mir gezeigt haben, war nicht seitlich am Hals.«

Der Doktor nickte, und einen Augenblick lang begegneten sich ihre Blicke, während Kim begriff, was das zu bedeuten hatte.

»Ich verstehe das nicht«, sagte Bryant und beugte sich über den Tisch, um es sich genauer anzusehen.

»Sie hat gelebt«, murmelte Kim. »Als er versucht hat, sie zu enthaupten, hat sie sich noch bewegt.«

»Kranker Scheißkerl«, flüsterte Bryant kopfschüttelnd.

»Kann die Verletzung am Fuß daher stammen, dass jemand darauf getreten ist, um das Opfer am Weglaufen zu hindern?«

Das würde erklären, warum das Opfer sich am Boden gewunden hatte, aber nicht wegkonnte.

»Das scheint mir ein logischer Schluss zu sein.«

»Passen Sie bloß auf, dass Sie sich nicht zu sehr festlegen, Doc.«

»Ich kann die Theorie nicht bestätigen, Detective, da wir kein Weichgewebe haben, aber ich kann keine andere offensichtliche Todesursache identifizieren.«

»Wie lange hat sie da unten gelegen?«

»Mindestens fünf Jahre, maximal zwölf.«

Kim verdrehte die Augen.

Bate fuhr sie an. »Also, wenn ich Ihnen Tag, Monat und Jahr nennen könnte, würde ich das tun, aber die Verwesung ist von vielen Variablen abhängig, Temperatur, Bodenbeschaffenheit, Alter, Krankheiten, Infektionen. Genau wie Sie würde ich gern jeden mit einem Foto, kompletter Krankengeschichte, Ausweispapieren und der letzten Nebenkostenabrechnung finden, aber das haben wir hier leider nicht.«

Kim ließ sich von seinem Ausbruch nicht beeindrucken. »Was genau haben wir denn, Doc?«

»Meiner fundierten Einschätzung nach haben wir die Überreste einer Jugendlichen, nicht älter als fünfzehn Jahre.«

»Fundierte Einschätzung? Ist das Wissenschaftsjargon für vermuten?«

Er schüttelte den Kopf. »Nein, das würde ich auch vor Gericht aussagen. Ich vermute, dass es eine weibliche Person ist.«

Kim war verwirrt. »Aber gestern haben Sie gesagt ...«

»Es gibt keine wissenschaftliche Begründung.«

»Wegen der Perlen?«

Er schüttelte den Kopf. »Cerys hat das hier gestern Abend noch rübergebracht.«

Er hielt eine Plastiktüte mit einem Stück Stoff hoch. Sie sah genauer hin. Es wies ein Muster auf.

»Es ist ein Teil einer Socke. Wolle zersetzt sich viel langsamer als andere Stoffe.«

»Aber ich verstehe immer noch nicht ...«

»Unter dem Mikroskop kann ich gerade so die Überreste eines rosafarbenen Schmetterlings ausmachen.«

»Das reicht mir völlig«, sagte Kim, drehte sich um und verließ den Sektionssaal.

VIERUNDDREISSIG

Ich mochte das Mädchen vom ersten Augenblick an nicht. Sie hatte etwas Bemitleidenswertes. Jämmerlich. Und sie war hässlich.

Alles an ihrem Körper war eine Nummer zu klein. Ihre Zehen drückten sich an den Schuhspitzen durch. Ihr Jeansrock zeigte ein wenig zu viel Oberschenkel. Selbst ihr Rumpf wirkte zu klein für die langen Glieder, die daraus erwuchsen.

Sie war das letzte Mädchen, von dem ich gedacht hätte, dass es mir Schwierigkeiten bereiten würde. Sie war so unbedeutend, dass ich mich kaum an ihren Namen erinnere.

Sie war nicht die Erste und auch nicht die Letzte, aber es war etwas wahrlich Befriedigendes daran, ihrem Elend ein Ende zu bereiten.

Sie war ein Mädchen, das niemals geliebt worden war und niemals geliebt werden würde. Zur Welt gebracht von einer fünfzehnjährigen Mutter in der Wohnsiedlung Hollytree, war das Schicksal recht ungnädig mit ihr umgesprungen. Vier Jahre später hatte die Mutter ein zweites Kind zur Welt gebracht und war danach abgehauen.

Sechs Jahre später lieferte der Vater sie mit einem Müllsack voller angesammelter irdischer Besitztümer in Crestwood ab. Und ließ keinen Zweifel daran, dass es keine Wochenendbesuche und keine Hoffnung auf Rückkehr gab.

Das Mädchen stand am Empfangstresen, als ihr Vater sie weggab, alt genug, um zu begreifen. Er ging davon, ohne Umarmung, Berührung oder Gruß, doch im letzten Augenblick drehte er sich um und bedachte sie mit einem Blick. Unbarmherzig.

Hoffte sie für eine kurze Minute auf Reue, auf eine Art von Erklärung, eine Rechtfertigung, die sie verstand? Hoffte sie auf das Versprechen, ihr Vater werde zurückkehren, selbst wenn es falsch war?

Er ging noch einmal zu ihr und zog sie zur Seite. »Hör zu, Mädchen, hier kommt das Einzige, was ich dir sagen kann, um dich in die richtige Richtung zu weisen: Lern fleißig, denn einen Mann wirste sowieso nich kriegen.«

Und dann war er fort.

Sie schlich um die anderen Mädchen herum wie ein Schatten, sie wollte unbedingt dazugehören. Getrieben von einem verzweifelten Hunger nach Liebe oder etwas, was wenigstens entfernt daran erinnerte.

Ihre mangelnde Erfahrung mit Zuneigung führte unweigerlich dazu, dass sie die Aufmerksamkeit, die sie von anderen Mädchen erfuhr, mit jämmerlicher Dankbarkeit und unerschütterlicher Loyalität beantwortete, die in Essens- und Geldgeschenken zum Ausdruck kam, alles, wonach ihre zwei Kumpaninnen fragten. Sie lief hinter ihnen her wie ein Hündchen, und sie ließen sie gewähren.

Wie amüsant, dass das unbedeutendste Mädchen, das je auf dieser Welt wandelte, jetzt doch bedeutsam ist. Alle suchen sie und rätseln nach Antworten, und ich bin froh, dass ich ihr dieses Geschenk gemacht habe.

»Ich weiß ein Geheimnis über Tracy«, hat sie eines Abends zu mir gesagt.

»Ich auch«, erwiderte ich.

Ich habe ihr gesagt, sie soll sich mit mir treffen, sobald die anderen schliefen. Es sei unser Geheimnis und ich hätte eine Überraschung für sie. Häschen, unten am See. Das hat noch immer funktioniert.

Um halb zwei in der Nacht habe ich gesehen, wie die Hintertür aufging. Ein heller Lichtstreifen fiel von hinten auf das schlaksige Mädchen, dessen Silhouette aussah wie aus einem Comic.

Sie trippelte auf Zehenspitzen auf mich zu. Ich lächelte in mich hinein.

Dieses Mädchen war keine große Herausforderung. Ihr verzweifelter Wunsch nach Aufmerksamkeit war abstoßend.

»Ich muss dir etwas sagen«, flüsterte sie.

»Was denn?«, fragte ich eifrig und ließ mich auf ihr Spiel ein.

»Ich glaube, Tracy ist gar nicht weggelaufen.«

»Ehrlich?« Ich gab mich überrascht. Das war mir nicht neu. Sie hatte längst jedem, der ihr nicht schnell genug entfliehen konnte, erzählt, Tracy wäre nicht weggelaufen.

Ihr dummes, komisches Gesicht war eine Maske der Beflissenheit.

»Die ist nämlich nicht so eine, und sie hat ihren iPod dagelassen. Ich habe ihn am Fußende von ihrem Bett gefunden.«

Dass sie das sagt, damit hatte ich nicht gerechnet. Verdammt. Wie hatte ich den übersehen können? Die dumme Kuh hatte ihn immer am Ohr gehabt. Er war ohne Zweifel gestohlen, ihr kostbarster Besitz.

»Was hast du damit gemacht?«, fragte ich.

»Er ist in meinem Schrank, damit ihn keiner klaut.«

»Hast du das sonst noch jemandem erzählt?«

Sie schüttelte den Kopf. »Das interessiert doch keinen. Es ist, als hätte es sie nie gegeben.«

Natürlich war es so – und genau so sollte es auch sein.

Aber jetzt war da der verdammte iPod.

Ich schenkte ihr ein breites Lächeln. »Du bist ein sehr kluges Mädchen.«

Die Dunkelheit um uns verbarg nicht die Röte, die ihr in die Wangen stieg. Sie lächelte, begierig zu gefallen, nützlich zu sein, wichtig.

»Und da ist noch was. Sie wäre nie weggelaufen, denn sie war ...«

»Scht.« Ich hob einen Finger an die Lippen und beugte mich zu ihr wie zu einer Mitverschwörerin, einer Freundin. »Du hast recht. Tracy ist nicht weggelaufen, und ich weiß sogar, wo sie ist.« Ich streckte die Hand aus. »Willst du mitkommen und sie sehen?«

Sie nahm meine Hand und nickte.

Ich führte sie über die Wiese in die hintere Ecke, den dunkelsten Bereich, weit weg vom Haus, von Bäumen geschützt. Sie ging an meiner rechten Seite.

Sie stolperte in das Loch und fiel nach hinten. Ich ließ ihre Hand los.

Im ersten Augenblick wusste sie gar nicht, wie ihr geschah, dann streckte sie abwehrend die Hand aus, als ich in das Loch trat.

Ich suchte am Rand nach meiner Schaufel, doch beim Stürzen hatte sie sie umgerissen.

Die Verzögerung gab ihr Zeit aufzustehen, doch für das, was ich vorhatte, musste sie auf dem Boden liegen. Also packte ich sie an den Haaren und riss ihren Kopf nach hinten. Ihr Gesicht war nur Zentimeter von meinem entfernt.

Ihr Atem ging mühsam und panisch. Ich hob die Schaufel in die Luft und ließ sie auf ihren Fuß niedersausen. Sie schrie nur einmal auf, bevor sie zu Boden sank und ihren Fuß packte. Der Schmerz war wohl so stark, dass sie die Augen verdrehte und kurz das Bewusstsein verlor. Ich zog ihr die Socke von dem anderen Fuß und stopfte ihn ihr tief in den Hals.

Dann zog ich so lange an ihr, bis sie längs in ihrem Grab lag, trat an die Seite und stieß die Schaufel nach unten. Ich erwischte sie seitlich am Hals. Der Schmerz brachte sie wieder zu sich. Sie wollte schreien, doch durch die Socke drang kein Laut.

Ihr Blick schoss panisch und voller Angst hin und her. Ich hob die Schaufel noch höher und stieß sie noch einmal nach unten, während sie sich in dem Loch wand. Diesmal funktionierte es besser. An meine Ohren drang das Schmatzen, mit dem die Schaufel das Gewebe durchtrennte.

Sie war eine Kämpferin. Wieder krümmte sie sich. Ich trat sie fest in den Bauch. Sie erstickte langsam an ihrem eigenen Blut. Ich trat noch einmal zu und drehte sie auf den Rücken.

Ich konzentrierte mich. Ich musste gut zielen. Noch einmal hob ich die Schaufel und zielte auf ihren Hals. Das Licht wich aus ihren Augen, doch ihre untere Hälfte zuckte noch.

Irgendwie erinnerte es mich an das Fällen eines Baumes. Der Schnitt war getan, und der nächste Schlag würde ihn vollständig umlegen.

Ich stieß die Schaufel von oben hinunter. Metall traf auf Knochen.

Dann hörte auch das Zucken auf. Plötzlich herrschte Stille.

Ich stellte den rechten Fuß auf die Schaufel, dann den linken, wie auf einen Springstock, und stieß das Blatt nach unten, bis ich spürte, dass es unter ihr in die weiche Erde drang.

Ihr Blick ließ mich nicht los, während ich sie zudeckte. Im Tod war sie beinahe hübsch.

Ich trat von dem Grab weg, das in dem Durcheinander, das die Jahrmarktsbetreiber zurückgelassen hatten, nicht weiter auffallen würde.

Das Mädchen war immer begierig gewesen zu helfen, sich nützlich zu machen, einen Zweck zu haben. Das hatte sie jetzt.

Ich trampelte das Gras fest und trat zurück.

Dann bedankte ich mich bei ihr dafür, dass sie mein Geheimnis gehütet hatte.

Endlich hatte sie doch etwas Gutes getan.

»Und, was meinen Sie?«, fragte Bryant, als sie auf dem Beifahrersitz Platz nahm.

»Wozu?«

»Zu dem Doktor und der Archäologin?«

»Klingt wie der Anfang eines schlechten Witzes.«

»Jetzt kommen Sie schon. Sie wissen, was ich meine. Glauben Sie, die …«

»Was zum Teufel ist los mit Ihnen?«, fuhr sie ihn an. »Vor einer halben Stunde haben Sie sich aufgeführt wie ein kleines Mädchen, und jetzt sind Sie zum alten Klatschweib mutiert.«

»Hey, das ›alt‹ tut weh, Guv.«

»Es wäre mir lieber, Sie würden Ihre paar Gehirnzellen auf den Fall verwenden und nicht auf das Sexleben unserer Kollegen.«

Bryant zuckte die Schultern und lenkte den Wagen in Richtung Bromsgrove. Als Nächstes würden sie Richard Croft in seinem Büro in der Innenstadt besuchen.

Während sie durch Lye fuhren, schaute Kim aus dem Fenster, unfähig, das Bild einer Fünfzehnjährigen abzuschütteln, die sich auf dem Boden wand, ihren gebrochenen Fuß umklammerte und dem tödlichen Schlag eines Schaufelblatts zu entkommen suchte. Dass die ersten beiden Stöße vermutlich Haut, Muskeln und Knorpel verletzt hatten, ohne tödlich zu sein, machte sie ganz krank.

Sie schloss die Augen und stellte sich die Angst vor, die den Körper dieses Mädchens durchströmt haben musste.

Kim blieb ganz in ihre Gedanken eingesponnen, bis sie die Randbezirke von Bromsgrove erreichten und das Gelände, auf dem ehemals die Irrenanstalt Barnsley Hall gestanden hatte.

Die 1907 eröffnete Nervenklinik für bis zu eintausendzweihundert Patienten war den größten Teil der Siebzigerjahre das Zuhause ihrer Mutter gewesen, bis sie mit dreiundzwanzig wieder entlassen worden war.

Ja, Spitzenidee, dachte Kim, als sie an der Wohnsiedlung vorbeifuhren, die nach der Schließung und dem Abriss Ende der Neunzigerjahre dort errichtet worden war.

Als 2000 schließlich auch noch der prunkvolle Wasserturm abgerissen worden war, hatte vor Ort große Trauer geherrscht. Das im gotischen Stil aus roten Backsteinen, Sandstein und Terrakottaornamenten errichtete Gebäude hatte die Einrichtung überragt. Kim persönlich war froh gewesen über den Abriss. Es war die letzte Erinnerung an eine Einrichtung, die mit schuld war am Tod ihres Bruders.

Bryant bog auf einen kleinen Parkplatz hinter einer Zoohandlung, und Kim konzentrierte sich ganz darauf, sich zusammenzureißen. Sie nahmen eine Abkürzung durch einen schmalen Durchgang zwischen zwei Läden, wo der Duft des ersten Backgangs aus Gregg's the Bakers sie begrüßte.

Bryant stöhnte.

»Kommen Sie bloß nicht auf dumme Ideen«, sagte Kim.

Sie blickte an den Gebäuden rauf und runter. »Da ist es«, sagte sie und zeigte auf eine rote Tür zwischen einem Kartenladen und einem Textildiscounter.

Direkt unter dem Namensschild war eine Gegensprechanlage. Kim drückte darauf. Eine weibliche Stimme antwortete.

»Wir möchten zu Mr Croft.«

»Tut mir leid, aber er ist im Augenblick nicht zu sprechen. Wir haben eine offene Sprechstunde ...«

»Wir ermitteln in einem Mordfall, also öffnen Sie uns bitte die Tür.«

Kim war nicht bereit, ihren polizeilichen Aufgaben über eine Wechselsprechanlage nachzukommen.

Ein leises Piepen ertönte, und Kim drückte die Tür auf. Vor ihr lag eine schmale Treppe, die in den ersten Stock führte.

Oben fand sie links und rechts eine Tür, die linke aus stabilem Holz, die rechte mit vier Glaspaneelen.

Sie drückte die rechte Tür auf.

In dem kleinen, fensterlosen Raum saß eine Frau, die Kim auf Mitte zwanzig schätzte. Ihre Haare waren so stramm nach hinten frisiert, dass Kim sehen konnte, wie die Haut an den Schläfen spannte.

Bryant zückte seinen Dienstausweis und stellte sie beide vor.

Das Büro war klein, doch es wirkte sauber und funktional. Aktenschränke säumten eine Wand. Ein Jahresplaner und zwei Urkunden schmückten die Wand gegenüber. Aus den Lautsprechern des Computers drang Radiomusik.

»Können wir mit Mr Croft sprechen?«

»Nein, ich fürchte nicht.«

Kim richtete den Blick auf die Tür auf der anderen Seite des Treppenabsatzes.

»Er ist nicht da. Er macht Hausbesuche.«

»Wie, ist er Hausarzt?«, versetzte Kim gereizt.

Was war los mit diesen Sekretärinnen, dass sie das Gefühl hatten, sie müssten Männer mittleren Alters beschützen? Gab es dafür auf dem College besondere Kurse?

»Councillor Croft verbringt viele Stunden damit, ans Haus gefesselte Wähler zu besuchen.«

Kim sah bildlich vor sich, wie er sich weigerte zu gehen, bevor sein unfreiwilliges Publikum nicht geschworen hatte, ihm seine Stimme zu geben.

»Wir versuchen, einen Mord aufzuklären, also …«

»Ich finde sicher einen passenden Termin«, sagte sie und nahm einen Kalender zur Hand und blätterte einige Seiten vor.

»Wie wäre es, wenn Sie ihn einfach anrufen und ihm sagen, dass wir hier sind? Wir warten.«

Die Frau spielte mit der Perlenkette an ihrem Hals. »Er darf nicht gestört werden, wenn er Hausbesuche macht, wenn Sie also einen …«

»Nein, ich möchte keinen verdammten Termin.«

»Wir verstehen ja, dass der Councillor ein viel beschäftigter Mann ist«, ergriff Bryant das Wort und schubste Kim sanft zur Seite. Sein Tonfall war warm und verständnisvoll. »Aber wir müssen einen Mord aufklären. Sind Sie sich wirklich sicher, dass er heute keine Zeit hat?«

Crofts Sekretärin blätterte zum aktuellen Tag zurück und schüttelte den Kopf. Bryant folgte ihrem Blick über den Kalender.

»Ich kann Sie wirklich erst am Donnerstagmorgen um …«

»Machen Sie Witze?«, fuhr Kim auf.

»Wir nehmen, was Sie haben«, ging Bryant erneut dazwischen.

»Neun Uhr fünfzehn, Detective.«

Bryant nickte und lächelte. »Vielen Dank für Ihre Hilfe.«

Damit drehte er sich um und führte Kim zur Tür hinaus. Draußen schoss sie wütend zu ihm herum.

»Donnerstagmorgen, Bryant?«

Er schüttelte den Kopf. »Natürlich nicht. In seinem Kalender steht, dass er den ganzen Nachmittag zu Hause arbeitet, und wo er wohnt, wissen wir.«

»Schön«, sagte sie zufrieden.

»Wissen Sie, Guv, Sie können Leute nicht immer einschüchtern, um zu kriegen, was Sie wollen.«

Kim war da anderer Meinung. Bis jetzt hatte es immer funktioniert.

»Haben Sie je von dem Buch *Wie man Freunde gewinnt: Die Kunst, beliebt und einflussreich zu werden* gehört?«

»Haben Sie je *Einer flog über das Kuckucksnest* gesehen? Denn die da ist eine angehende Schwester Ratched.«

Bryant lachte laut. »Ich sage nur, viele Wege führen zum Ziel.«

»Dafür habe ich ja Sie«, antwortete Kim und blieb vor einem Café stehen. »Für mich einen doppelten Latte«, sagte sie und drückte die Tür auf.

Bryant verdrehte die Augen, während sie an einem Fenstertisch Platz nahm.

Er mochte ja recht haben mit seiner Warnung, doch sie hatte noch nie die Kunst beherrscht, ihr Verhalten anzupassen, um anderen Menschen entgegenzukommen. Schon als Kind war es ihr unmöglich gewesen, sich in irgendeine Gruppe einzufügen. Sie konnte ihre Gefühle einfach nicht verbergen; ihre instinktiven Reaktionen nahmen Besitz von ihren Gesichtszügen, bevor sie die Chance hatte, diese zu kontrollieren.

»Wissen Sie, manchmal will man einfach nur eine Tasse Kaffee«, stöhnte Bryant und stellte zwei Tassen auf den Tisch. »Die haben mehr Auswahl als ein chinesischer Imbiss. Anscheinend ist das ein Americano.«

Kim schüttelte den Kopf. Ab und zu kam es ihr vor, als wäre Bryant aus einer Zeitkapsel getreten, die aus den späten Achtzigern stammte.

»Und warum waren Sie so gereizt bei Schwester Ratched drüben?«

»Wir kommen keinen Schritt voran, Bryant.«

»Ja, wir schieben die Zwiebelringe hin und her.«

»Was?«

»Für mich ist ein Fall wie ein Drei-Gänge-Menü. Der erste Teil ist wie eine Vorspeise. Man haut rein, weil man Hunger hat. Es gibt Zeugen, einen Tatort, und man schaufelt sämtliche Informationen in sich rein. Und dann kommt das Hauptgericht, sagen wir, ein gemischter Grillteller. Man muss rausfinden, was wichtig ist. Eigentlich ist zu viel Essen auf dem Teller, zu viele Informationen. Also, sollte man zuerst das ganze Fleisch essen und die Beilagen weglassen oder auf ein Würstchen verzichten, damit noch Platz für den Nachtisch ist? Die meisten Menschen werden mir zustimmen, dass der Nachtisch das Beste ist, denn der rundet eine Mahlzeit ab, und der Appetit ist befriedigt.«

»Das ist der größte Bockm…«

»Aber schauen wir doch mal, wo wir sind. Wir haben die Vorspeise gegessen, und jetzt haben wir zwei Ermittlungsrichtungen. Wir versuchen herauszufinden, welche Richtung wir nehmen sollen, um zum Nachtisch zu gelangen.«

Kim trank einen Schluck Kaffee. Bryant liebte solche Analogien, und hin und wieder ließ sie ihn gewähren.

»Also, vom Hauptgang hat man oft mehr, wenn man ihn unterbricht, um sich ein wenig zu unterhalten.«

Kim lächelte. Sie arbeiteten wirklich schon zu lange zusammen.

»Also los, spucken Sie's aus. Was sagt Ihr Bauch?«, fuhr Bryant fort.

»Wie lautete unsere erste Theorie?«

»Dass Teresa Wyatt wegen eines persönlichen Grolls umgebracht wurde.«

»Und dann?«

»Nach der Ermordung von Tom Curtis haben wir gemutmaßt, dass es jemand ist, der in Verbindung mit Crestwood steht.«

»Der Tod von Mary Andrews?«

»Hat daran eigentlich nichts geändert.«

»Die Entdeckung einer auf dem Grundstück vergrabenen Leiche?«

»Hat uns zu der Annahme geführt, dass jemand Menschen eliminiert, die in Verbrechen verwickelt waren, die vor zehn Jahren verübt wurden.«

»Zusammenfassend lautet unsere Theorie also, dass die Person, die unser junges Mädchen umgebracht hat, auch die Person ist, die die ehemaligen Mitarbeiter umbringt, um für das ursprüngliche Vergehen nicht zur Rechenschaft gezogen zu werden?«

»Natürlich«, sagte Bryant mit Nachdruck.

Und darin unterschied sich ihr Bauchgefühl eben. »Ich glaube, es war Einstein, der gesagt hat, wenn die Fakten nicht zur Theorie passen, ändere die Fakten.«

»Hä?«

»Die Person, die unser vergrabenes Opfer getötet hat, ist wohlüberlegt und methodisch vorgegangen. Sie hat mindestens einen Menschen getötet und verscharrt, ohne erwischt zu werden. Sie hat keine Spuren hinterlassen, und ohne die Beharrlichkeit von Professor Milton wäre ihre Tat unentdeckt geblieben. Dann spulen wir vor zu Tom Curtis. Die Sache wäre mit dem Alkohol erledigt gewesen, aber das hat nicht gereicht. Da war eine Botschaft, laut und deutlich, dass dieser Mann den Tod verdient hatte.«

Bryant schluckte. »Guv, jetzt sagen Sie mir nicht, dass Ihr Bauch Ihnen sagt, was ich denke, das er Ihnen sagt?«

»Und das wäre?«

»Dass wir es mit mehr als einem Täter zu tun haben?«

Kim trank einen Schluck von ihrem Latte. »Ich denke, wir brauchen einen größeren Teller.«

SECHSUNDDREISSIG

»Sind Sie sicher, dass sie hier gesagt hat?«, fragte Kim.

»Ja, das ist es, The Bull and Bladder. Berühmt, weil es das zweite Pub am Delph Run ist.«

Der Delph Run war eine Reihe von sechs Pubs, die sich über die ganze Länge der Delph Road verteilten. Bei The Corn Exchange in Quarry Bank ging es los, und es endete mit The Bell in Amblecote. Für junge Männer – und in letzter Zeit immer häufiger auch junge Frauen – war es ein beliebter Initiationsritus, sich in Horden von einem Ende zum anderen vorzuarbeiten und so viel Alkohol zu konsumieren, wie ihre jungen Körper aufnehmen konnten. Im Umkreis von drei Kilometern würde kein Mann über achtzehn, der etwas auf sich hielt, gestehen, dass er den Delph Run nicht geschafft hatte.

Bryant hatte an der Tür von Arthur Connop geklopft und war von seiner gleichgültigen Ehefrau darüber informiert worden, wo sie ihren Mann finden konnten.

The Bull and Bladder war ein senffarbenes Gebäude mit drei Mahagonifenstern.

»Um halb zwölf?«, fragte Kim. In ihren Augen war das

einer der Läden, bei denen man sich beim Rausgehen die Schuhe abtrat.

Die Eingangstür führte in einen engen dunklen Flur mit mehreren Türen. Unmittelbar links war der Nebenraum. An derselben Wand befanden sich die Türen zu den Toiletten. Sie waren aus einem ähnlich dunklen Holz wie die Fenster draußen und verliehen dem Flur etwas Klaustrophobisches.

Der Gestank nach Ale war schlimmer als der mancher Tatorte, an denen Kim schon gewesen war.

Bryant öffnete die Tür zur Bar auf der rechten Seite. Der Schankraum war kaum heller als der Flur.

An der ganzen Wand entlang verlief eine Bank. Die Polsterung war fleckig und verdreckt. Davor standen Holztische und Stühle.

Rechts in der Ecke lag eine Zeitung auf einem Tisch, daneben stand ein halbes Pint Bier.

Bryant trat an die Bar und wandte sich an eine Frau Anfang fünfzig, die mit einem fragwürdig aussehenden Küchenhandtuch Gläser polierte.

»Arthur Connop?«

Sie wies mit einem Nicken zur Tür. »Grad im Pissoir.«

In dem Augenblick ging die Tür auf, und ein Mann, nicht größer als einen Meter fünfzig, trat ein, noch mit dem Schließen des Gürtels an seiner Hose beschäftigt.

»Käsebrötchen, Maureen«, sagte er und ging zwischen ihnen hindurch. Maureen langte unter eine zerkratzte Plastikhaube, musterte ein Päckchen und legte es auf den Tresen.

»Zwei Pfund.«

»Und ein Pint Bitter.« Er schaute in ihre Richtung. »Die Bullen können sich selbst was bestellen.«

Maureen zapfte das Pint und stellte es auf den Tresen. Arthur zählte das Geld ab und legte es auf einen vergammelten Bieruntersetzer.

»Für uns nichts, vielen Dank«, sagte Bryant, und dafür war Kim ihm wahrlich dankbar.

Arthur zwängte sich zwischen den Tisch und die Bank und setzte sich.

»Was wollen Sie?«, fragte er, als sie ihm gegenüber auf Stühlen Platz nahmen.

»Haben Sie uns erwartet, Mr Connop?«

Er verdrehte ungeduldig die Augen. »Ich bin nicht blöd. Ihr habt da gebuddelt, wo ich mal als Nachtwächter gearbeitet hab. Leute, mit denen ich gearbeitet hab, wurden umgelegt, also war doch klar, dass ihr früher oder später bei mir auftaucht.«

Er wickelte das Brötchen, das die einzige Speise im Angebot zu sein schien, aus der Klarsichtfolie. Augenblicklich hatte Kim Zwiebelgestank in der Nase. Ein kleines Stück geriebener Käse fiel auf den Tisch. Arthur leckte den Zeigefinger ab, tupfte es damit auf und steckte es sich in den Mund.

Kim vermutete, dass diese Hände nach dem letzten Ausflug nicht gewaschen worden waren, und plötzlich musste sie gegen aufsteigende Übelkeit ankämpfen.

Bryant stieß unter dem Tisch ihr Knie an. Offensichtlich wollte er diese Befragung durchführen, und damit war sie mehr als einverstanden.

»Mr Connop, im Augenblick hätten wir gern ein paar Hintergrundinformationen. Könnten Sie uns dabei behilflich sein?«

»Wenn's sein muss. Aber macht zackig, und dann lasst mich in Frieden.«

Kim war versucht, ihm die Tatortfotos auf ihrem Handy zu zeigen, erinnerte sich jedoch gerade noch rechtzeitig an einen kostbaren Rat von Woody: Wenn Sie nicht freundlich sein können ... überlassen Sie es Bryant.

Connops Haut war eine Landkarte aus geplatzten Äderchen auf der typischen Blässe eines langjährigen Alkoholikers. Das Weiß seiner Augen sah aus, als hätte er die Gelbsucht.

Seine Gesichtsbehaarung war grau und mehrere Tage alt. Die Falten auf seiner Stirn entspannten sich nicht, und so tief, wie sie waren, war er wohl schon genervt auf die Welt gekommen.

Er hob das Brötchen mit beiden Händen an den Mund und kaute geräuschvoll.

Ohne Probleme mit Multitasking sprach er dabei. »Na los, fragen Sie schon, und dann verduften Sie wieder.«

Kim wandte den Blick davon ab, wie sein Mund den Bissen in eine Mischung aus zerdrücktem Käse und Brot verwandelte.

»Was können Sie uns über Teresa Wyatt erzählen?«

Mit einem Schluck Bier zwang er die Masse hinunter.

Er zog die Nase kraus. »Bisschen eingebildet und hochnäsig, aber hat sich nich eingemischt. Mit einem wie mir hat die sich nich abgegeben. Was zu tun war, stand auf der Tafel, und ich hab's erledigt.«

»Wie war Ihre Beziehung zu den Mädchen?«

»Mit denen hatte sie nich viel zu tun. Mit dem Alltag hatte sie nix am Hut. Ehrlich, für sie wär's kein Unterschied nich gewesen, wenn die Bude voller Kühe und Schafe gewesen wär. Hab gehört, sie wär leicht mal aufgebraust, aber abgesehen davon kann ich Ihnen nix sagen.«

»Und Richard Croft?«

»Blöder Wichser«, sagte er und nahm noch einen Bissen.

»Könnten Sie uns das etwas genauer erklären?«

»Nee. Wenn Sie ihn noch lebendig antreffen, wenn sie zu ihm fahr'n, wissen Sie schon, was ich mein.«

»Hatte er viel mit den Mädchen zu tun?«

»Sie machen Witze, oder? Der ist doch gar nich lange genug aus seinem Büro gekommen, um mit einer ein Wort zu wechseln. Und die wussten, dass sie ihn besser nich stören. Sein Job war das Geld und so. Hat oft von Leistenvergleich und Leistenimitatoren und so 'nem Scheiß gesprochen.«

Kim vermutete, dass er Leistungsvergleich und Leistungsindikatoren meinte, was dem Mann natürlich nichts sagte.

Arthur tippte sich an die Nase. »War immer bisschen zu gut gekleidet, der Kerl.«

»Sie meinen, er trug elegante Kleidung?«

»Ich meine, er trug lauter feine Sachen. Anzüge, Hemden, Schuhe, Krawatten. Die hat er sich nich von seinem Gehalt gekauft.«

»Mochten Sie ihn deshalb nicht?«, fragte Kim.

Arthur knurrte. »Ich hab ihn aus vielen Gründen nich gemocht, aber nich deswegen nich.« Angewidert verzog er das Gesicht. »Widerlicher Scheißkerl. Arrogant und geheimnistuerisch und ...«

»Inwiefern?«, fragte Bryant.

Arthur zuckte die Achseln. »Was weiß ich. Aber warum ein Mann zwei Computer auf seinem Schreibtisch braucht, ist mir ein Rätsel. Und den kleinen hat er immer zugeklappt, wenn ich reinkam. Keine Ahnung, warum. Ist ja nicht so, als hätt ich was davon verstanden.«

»Haben Sie Tom Curtis gekannt, den Koch von Crestwood?«

Arthur nickte, während er den letzten Bissen des Brötchens zermalmte. »Kein schlechter Kerl. Jung, sah gut aus. Er hatte mehr mit den Mädchen zu tun als alle anderen. Hat ihnen ein Sandwich gemacht, wenn sie das Abendessen verpasst hatten, und so was. Er hat es tapfer durchgestanden.«

»Was?«, fragte Kim.

»Na, in Crestwood zu arbeiten, natürlich. So war das eben. Jeder hatte seine eigenen Gründe, dort zu sein. Aber es war 'n gutes Sprungbrett, egal wohin man von da wollte. Außer Mary. Die war das Salz der Erde.«

Kim wandte sich einen Augenblick ab und dachte an die Mädchen, die unter der Fürsorge dieser Menschen gestanden hatten. Im besten Fall hatten sie von ihnen weder Wärme noch Führung noch wirkliche Obhut erfahren ... und im schlimmsten Fall war ihnen sehr viel Schlimmes angetan worden.

»Haben Sie William Payne gekannt?«, fragte Bryant.

Arthur schnaubte. »Oh, Sie meinen unseren Goldjungen?«, fragte er und lachte in sich hinein. Es war kein freundliches Lachen.

Kim wandte sich dem Mann, der ihr gegenübersaß, ganz zu und betrachtete ihn eingehend. Die Wirkung des Alkohols lockerte ihn. Sein Blick war nicht ganz fokussiert, als er mit einem weiteren Schluck sein Pint leerte.

Kim stand auf und ging zum Tresen. »Wie viele hat er schon intus?«, fragte sie Maureen.

»Einen doppelten Whisky, und das ist sein viertes Pint.«

»Ist das seine übliche Ration?«

Die Frau nickte, während sie ein Schälchen mit gesalzenen Erdnüssen für die Kundschaft füllte. Kim hätte keine davon gegessen, und wenn man ihr eine AK47 an den Kopf gehalten hätte.

Maureen drehte sich um und warf die leere Tüte in den Mülleimer. »Wenn er das Pint ausgetrunken hat, bestellt er noch eins, aber da sage ich Nein. Er beschimpft mich ein bisschen, und dann wankt er nach Hause, um zu schlafen, bevor er dann heute Abend wiederkommt.«

»Jeden Tag?«

Maureen nickte.

»Gütiger Himmel.«

»Sie brauchen kein Mitleid mit ihm zu haben, Detective. Wenn Sie was übrig haben, dann sollten Sie es seiner Frau zukommen lassen. Arthur ist ein mürrischer alter Mann, der immer das Opfer ist, solange ich ihn kenne. Er ist kein freundlicher alter Opa, und er ist immer unausstehlich, ob er betrunken ist oder nüchtern.«

Kim lächelte über die ehrlichen Worte der Frau. Als sie sich wieder setzte, war das letzte Pint halb leer.

»Ja, verdammt, Billy dies, Billy das. Alle haben sich mächtig ins Zeug gelegt für den verdammten Billy. Nur weil er eine spastische Tochter hatte.«

Kim spürte die Wut in ihrer Kehle aufsteigen. Bryant sah sie an und schüttelte den Kopf. Sie öffnete ihre zu Fäusten geballten Hände wieder. Es würde nichts bringen, ihn zu Boden zu strecken. Er würde sich nie ändern.

»Ja, klar, kümmern wir uns alle um Billy. Geben wir ihm all die leichten Arbeiten und überlassen wir den Mist Arthur. Lassen wir Billy arbeiten, wann er will, den Rest kann Arthur übernehmen. Wir hatten alle unsere verdammten Probleme, und wenn er sie in ein Heim verfrachtet hätte, hätten wir nie ...«

Kim beugte sich vor. So nah, dass sie das letzte Quäntchen Klarheit in seinen Augen heraufdämmern sah.

»Nie was, Mr Connop?«, hakte Bryant nach.

Er schüttelte den Kopf und verdrehte die Augen, doch seine Hand fand schließlich das Glas. Er hob es an die Lippen und trank es leer.

Dann hielt er es hoch. »Noch eins, Maureen?«, rief er.

»Du hast genug, Arthur.«

»Blöde Schlampe«, lallte er und donnerte das Glas auf den Tisch.

Er stand auf und wankte.

»Arthur, was wollten Sie gerade sagen?«

»Nichts. Verzieht euch, und lasst mich in Ruh. Ihr kommt zu spät.«

Kim folgte ihm nach draußen und packte ihn am Unterarm. Ihre Geduld mit diesem verbitterten alten Mann war erschöpft.

In der Nähe wurde ein Wagen angelassen, und sie erhob die Stimme.

»Sie wissen, dass in den letzten zwei Wochen drei ehemalige Mitarbeiter von Crestwood ums Leben gekommen sind. Mindestens zwei wurden ermordet, und wenn Sie uns nicht sagen, was Sie wissen, sind Sie wahrscheinlich der Nächste.«

Er fixierte sie mit einem Blick, der den Alkohol, der durch seinen Körper strömte, Lügen strafte.

»Sollen sie doch kommen. Ich wäre dankbar und erleichtert.«

Er entzog ihr seinen Arm und taumelte die Straße hinunter, dabei stieß er wie eine Flipperkugel links mit einem geparkten Auto zusammen und dann rechts mit einer Mauer.

»Das ist nicht gut, Guv. In dem Zustand sagt der uns gar nichts mehr. Vielleicht sollten wir ihn später noch mal besuchen, wenn er seinen Rausch ausgeschlafen hat.«

Kim nickte und drehte sich um. Sie gingen zurück zu ihrem Wagen, der um die Ecke parkte.

Als Kim die Autotür öffnete, drang plötzlich ein Knall an ihre Ohren, gefolgt von einem hohen Schrei und den quietschenden Reifen eines davonrasenden Wagens.

»Was zum Teufel … ?«, schrie Bryant.

Im Gegensatz zu Bryant musste Kim nicht fragen, als sie sich umdrehte und zurück zum Pub lief.

Tief drin im Bauch wusste sie es längst.

SIEBENUNDDREISSIG

Innerhalb von Sekunden war Kim bei dem bäuchlings auf der Erde liegenden Arthur Connop.

»Treten Sie zurück!«, brüllte sie.

Drei Menschen traten zur Seite, und Bryant stellte sich zwischen sie und die Gestalt am Boden.

Bevor sie die Aufmerksamkeit dem Verletzten zuwandte, wies Kim mit einem Nicken auf einen Jugendlichen auf der anderen Straßenseite, der ein Handy in ihre Richtung hielt.

Bryant lief hinüber, und die Gaffer rückten wieder näher.

»Treten Sie zurück!«, schrie sie noch einmal, während sie Connop betrachtete.

Sein linkes Bein hing in einem unnatürlichen Winkel im Rinnstein. Kim beugte sich über ihn und legte zwei Finger an seinen Hals. Es war, wie sie bereits vermutet hatte: Er war tot.

Eine junge Frau mit einem Buggy rief schon einen Krankenwagen herbei.

Bryant kehrte zurück und sah zu ihr hinunter.

»Lassen Sie sich die Namen und Adressen der Schaulustigen geben«, sagte sie und kniete sich auf den Boden, während

Bryant sich den Passanten zuwandte und versuchte, sie noch ein Stück zurückzutreiben.

Behutsam rollte Kim Arthur Connop auf den Rücken. In seinem Gesicht klebten Kiessteinchen von der Straße. Seine Augen blickten blind in den Himmel.

Sie hörte einen der Gaffer aufkeuchen, doch sie hatte keine Zeit, sich um die Empfindlichkeiten von Zuschauern zu kümmern. Es war menschlich, sich Dinge anzusehen, die einem später Albträume bereiten würden, doch ihre Priorität galt dem am Boden Liegenden.

Behutsam legte sie ihm zwei Finger unter das Kinn und überstreckte seinen Kopf nach hinten.

Der Reißverschluss seiner Strickjacke war nicht geschlossen, und sie musste nur sein Hemd aufreißen.

Den Handballen der rechten Hand platzierte sie mitten auf seiner Brust, die linke Hand legte sie auf die rechte und verschränkte die Finger. Dann drückte sie ruckartig etwa sechs Zentimeter nach unten. Sie zählte bis dreißig und hielt inne.

Jetzt wandte sie sich Arthurs Kopf zu und kniff ihm mit der linken Hand die Nase zu. Dann drückte sie die Lippen auf seine und blies ruhig und kraftvoll Luft hinein.

Sie sah, dass sich infolge der künstlichen Beatmung seine Brust hob. Sie wiederholte das Ganze und ging dann wieder zur Herzdruckmassage über.

Sie wusste, dass die Herz-Lungen-Wiederbelebung hauptsächlich dazu diente, die Gehirnfunktion aufrechtzuerhalten, bis weitere Maßnahmen ergriffen werden konnten, um die spontane Blutzirkulation und Atmung wieder in Gang zu setzen. Ihr entging nicht die Ironie der Situation, dass sie bemüht war, ein Gehirn weiter mit Sauerstoff zu versorgen, an dessen Zerstörung sein Besitzer seit Jahren systematisch arbeitete.

Irgendwo hinter ihr verstummten kreischende Polizeisirenen. Als Erstes galt es, die Straße abzuriegeln, um Beweise zu sichern. Andere Beamte würden die Befragung der Zeugen übernehmen.

Sie war sich der Aktivitäten um sie herum bewusst, doch sie konzentrierte sich ganz auf die reglose Gestalt unter ihren Händen.

Sie war eingehüllt in eine Kakofonie von Stimmen, doch eine drang schließlich zu ihr durch.

»Guv, soll ich übernehmen?«

Ohne aufzusehen, schüttelte Kim den Kopf. Kurz hielt sie in der Herzdruckmassage inne, denn sie war überzeugt, dass sie gesehen hatte, wie die Brust sich von allein gehoben hatte.

Sie schaute ganz genau hin. Sie hob sich wieder. Das Licht kehrte in Connops Augen zurück, und seinen Lippen entfuhr ein tiefes, kehliges Stöhnen.

Kim setzte sich auf die Straße, ihre Arme waren taub vor Erschöpfung.

Arthur Connop blickte sie direkt an. Sie sah, dass er sie augenblicklich erkannte. Begreifen schimmerte auf, als die Schmerzen im Körper von den Nerven zu seinem Gehirn transportiert wurden. Er stöhnte noch einmal und verzog das Gesicht zu einer Grimasse.

Kim legte eine Hand auf seine Brust. »Bleiben Sie ganz ruhig liegen, der Krankenwagen ist gleich da.«

Sein umherirrender Blick fand ihr Gesicht, als aus der Ferne eine zweite Sirene an ihre Ohren drang.

»Finger weg«, keuchte er mühsam.

Kim neigte den Kopf. »Wovon, Arthur?«

Er schluckte und schüttelte wie in Zeitlupe den Kopf. Dabei entwich ihm ein erneutes Stöhnen.

Sie hörte die näher kommenden Schritte der Sanitäter.

»Was haben Sie gesagt?«

»Finger weg«, brachte er heraus.

Sie blickte ihm in die Augen und sah, dass das Licht darin wieder schwand.

Instinktiv führte sie ihre schmerzenden Arme wieder in Richtung seiner Brust, doch da wurde sie zur Seite geschoben.

Zwei grüne Kittel versperrten ihr die Sicht. Der Mann tastete nach dem Puls und schüttelte den Kopf. Die Frau machte sich an die Herzmassage, während der Mann die Ausrüstung aus seiner Tasche holte.

Bryant fasste Kim am Arm und führte sie weg.

»Er ist in guten Händen, Guv.«

Sie blickte sich um und sah, wie der Sanitäter die Paddles des Defibrillators auf Arthur Connops Brust drückte.

Sie schüttelte den Kopf. »Nein, er ist tot.«

»Was hat er gesagt?«

»Er hat gesagt: Finger weg.«

Sie lehnte sich an eine Mauer, denn nach dem Adrenalinschub kam jetzt die Erschöpfung. »Was zum Teufel auch immer in Crestwood los war, quält diese Menschen für den Rest ihres Lebens.«

Bryant nickte. »Zeugen haben ein weißes Auto gesehen, das im Affenzahn davonfuhr. Niemand hat den Aufprall mitbekommen, aber einer schwört, es war ein Audi, ein anderer sagt, ein BMW. Kann aber auch gar nichts mit unserem Fall zu tun haben, Guv.«

Sie sah ihn an. »Bryant, er taumelt die hundert Meter jeden Tag nach Hause, ohne dass ihm je was passiert ist.«

»Sie glauben also nicht an einen simplen Unfall mit Fahrerflucht.«

»Nein, Bryant, ich glaube, unser Mörder war hier draußen und hat gewartet und besaß dann die Frechheit, es direkt vor unserer Nase zu tun.«

Er berührte sie sanft am Arm. »Kommen Sie, Sie müssen sich sauber machen, bevor wir ...«

Sie löste ihren Arm aus seinem Griff. »Wie spät ist es?«

»Kurz nach zwölf.«

»Zeit, unserem örtlichen Abgeordneten einen kleinen Freundschaftsbesuch abzustatten.«

»Aber Guv, zwei Stunden ...«

»Könnten bedeuten, dass wir zu spät kommen«, sagte sie und steuerte auf den Wagen zu. »Abgesehen von William Payne ist unser Abgeordneter der Einzige, der noch übrig ist.«

ACHTUNDDREISSIG

»Haben Sie noch welche von diesen Pfefferminzbonbons, Bryant?«, fragte Kim. Sie hatte sich mit drei Erfrischungstüchern das Gesicht, den Hals und die Hände abgewischt und sie zusammengeknüllt, doch – ob real oder eingebildet – der Bier- und Zwiebelgestank wollte einfach nicht weichen.

Er langte in das Fach in der Fahrertür und reichte ihr ein Päckchen. Sie nahm es und steckte sich ein Hustenbonbon in den Mund. Das Menthol fegte sie augenblicklich bis tief in die Lunge durch.

»Himmel. Braucht man für die einen Waffenschein?«, fragte sie, als ihr rechtes Auge aufgehört hatte zu tränen.

»Überlegen Sie, was die Alternative wäre, Guv.«

Sie lutschte kräftig und schaute aus dem Fenster. Sie näherten sich dem Stadtzentrum von Bromsgrove. Vor dem ehemaligen Armenhaus bog Bryant rechts ab.

Obwohl es von Stourbridge nur gut fünfzehn Kilometer waren, schien es, als beträte man eine andere Welt. Der Ort, der im frühen 19. Jahrhundert als Bremesgraf das erste Mal urkundlich erwähnt wurde, hatte sich um Landwirtschaft und

Nagelherstellung herum entwickelt. Standhaft konservativ, bestand die wohlhabende Landbevölkerung zum größten Teil aus weißen Briten, nur vier Prozent ethnische Minderheiten.

»Wollen Sie mich auf den Arm nehmen?«, fragte Kim, als sie von der Littleheath Lane abbogen. Die Häuser auf dieser Seite von Lickey End wechselten für mindestens siebenstellige Beträge den Besitzer. Hohe Hecken und lange Auffahrten schützten die Anwesen vor neugierigen Blicken. Bekannt als der »Banker-Gürtel«, wohnten in dem Gebiet die Manager und leitenden Angestellten mit schnellem Zugang zur M5 und zur M40. Nicht gerade die natürliche Umgebung eines Abgeordneten.

Das Auto hielt vor einem ummauerten Garten, von der Straße getrennt durch ein schmiedeeisernes Tor.

Bryant kurbelte das Fenster herunter und drückte die Taste der Gegensprechanlage. Eine verzerrte Stimme antwortete. Kim hätte nicht sagen können, ob sie männlich oder weiblich war.

»West Midlands Police«, sagte Bryant.

Es kam keine Antwort, doch ein tiefes Poltern war zu hören, und das elektronisch gesteuerte Tor verschwand nach links hinter der Mauer.

Bryant fuhr durch, sobald die Lücke groß genug war.

Die gekieste Einfahrt führte sie zu einem mit roten Backsteinen gepflasterten Hof und einem zweistöckigen Bauernhaus.

Das Gebäude war L-förmig. Dahinter sah Kim einen angebauten Garagenblock, der ihr eigenes Haus locker zum Mittagessen verschlungen hätte. Trotz des großzügig bemessenen Raums für Fahrzeuge standen zwei Autos auf einer Kiesfläche rechts des Hauses.

Eine offene, überdachte Veranda zierte das Gebäude, und in regelmäßigen Abständen standen Töpfe mit Lorbeerbäumen.

»So was gibt man sicher nicht kampflos auf, was?«, fragte Kim.

Bryant fuhr vor der Haustür vor. »Er ist Zeuge, kein Verdächtiger, Guv.«

»Selbstverständlich«, sagte sie und stieg aus dem Wagen. »Und ich werde ganz bestimmt daran denken, wenn ich ihn befrage.«

Die Tür wurde geöffnet, bevor sie sie erreichten, und vor ihnen stand ein Mann, von dem Kim annahm, dass er Richard Croft war.

Er trug eine cremefarbene Hose und ein marineblaues T-Shirt. Sein graues Haar war feucht, um seine Schultern lag ein Handtuch.

»Verzeihen Sie bitte, aber ich komme gerade aus dem Pool.«

Natürlich. Mit solchen kleinen Unannehmlichkeiten hatte sie es auch andauernd zu tun.

»Hübsche Autos«, bemerkte Kim und wies mit einem freundlichen Nicken auf einen Aston Martin DB9 und einen Porsche 911. Dazwischen war noch Platz.

Oben auf dem Gebäude entdeckte Kim zwei Überwachungskameras.

»Übertriebene Sicherheit für einen Abgeordneten?«, fragte sie und folgte Richard Croft in den Flur.

Er drehte sich um. »Ach, die Sicherheitsvorkehrungen, die sind für meine Frau.«

Er bog nach links, und sie folgten ihm durch eine doppelflügelige Glastür in einen Raum, der, wie Kim vermutete, einer der Wohnräume war. Die niedrige Decke wurde von dicken Balken getragen, die sachgerecht restauriert worden waren. Karamellfarbene Ledersofas und malvenfarbene Wände ließen den Raum hell wirken. Terrassentüren führten in eine Orangerie, die an der ganzen Länge des Hauses entlangzulaufen schien.

»Bitte, nehmen Sie Platz, während ich mich um Tee kümmere.«

»Oh, wie kultiviert«, sagte Bryant, als Richard Croft den Raum verließ. »Er macht uns Tee.«

»Ich glaube, er sagte, er werde sich um Tee *kümmern*. Ich bin mir ziemlich sicher, dass das nicht heißt, dass er ihn persönlich aufgießt.«

»Marta kommt jeden Augenblick«, sagte Richard Croft, als er das Zimmer wieder betrat. Das Handtuch war verschwunden, und das Haar war gekämmt, wodurch an den Schläfen noch mehr Grau zum Vorschein kam.

»Ihre Frau?«

Er lächelte und zeigte dabei Zähne, die eine Spur zu weiß waren. »Himmel, nein. Marta ist unsere Haushälterin. Sie wohnt bei uns und hilft Nina mit den Jungen und dem Haus.«

»Und was für ein schönes Haus, Councillor.«

»Bitte, sagen Sie Richard«, erwiderte er großmütig. »Das Haus ist ganz meiner Frau geschuldet. Sie arbeitet hart und will sich in einem behaglichen Heim erholen können.«

»Und was macht sie genau?«

»Sie ist Anwältin für Menschenrechte. Sie verteidigt das Recht von Menschen, mit denen Sie nicht unbedingt Zeit verbringen wollen.«

Kim begriff sofort. »Terroristen.«

»*Personen, denen Taten im Zusammenhang mit terroristischen Aktivitäten vorgeworfen werden*, wäre die politische korrektere Formulierung.«

Kim bemühte sich, ihre Gefühle nicht zu zeigen, doch ihre Abneigung war wohl offensichtlich.

»Jeder hat das Recht, die Grenzen der Gesetze zur Gänze auszuloten, würden Sie mir da nicht beipflichten, Detective?«

Kim sagte nichts. Sie wagte es nicht, den Mund aufzumachen. Sie glaubte fest daran, dass vor dem Gesetz alle gleich waren, und so musste sie einräumen, dass alle auch gleichermaßen das Recht hatten, sich vor dem Gesetz zu verteidigen. Also war sie seiner Meinung. Doch sie fand es schrecklich, dass sie einer Meinung mit ihm war.

Fesselnder noch als der Beruf seiner Frau war die vollkommene Abwesenheit jeglicher Mimik, wenn der Mann sprach. Crofts Stirn und obere Wangenpartie hatten sich nicht ein Mal bewegt. Für Kim hatte es etwas vollkommen Unwirkliches, sich freiwillig ein Derivat eines der am stärksten bekannten Gifte injizieren zu lassen. Bei einem Mann, der auf die fünfzig zuging, war es geradezu obszön. Sie hatte das Gefühl, nicht einem Menschen gegenüberzusitzen, sondern einer Wachsfigur.

Er zeigte auf seine Umgebung. »Nina lebt gern gut, und ich habe einfach das Glück, eine Frau zu haben, die mich sehr liebt.«

Die Bemerkung kam ihm wahrscheinlich als bescheidener Kommentar über die Lippen in der Absicht, charmant zu sein. Doch in Kims Ohren klang sie nur blasiert und selbstgefällig.

Wahrscheinlich nicht so sehr, wie du dich selbst liebst, war sie versucht zu erwidern – doch zum Glück kam in dem Augenblick eine junge, schlanke Blondine, die ebenfalls feuchtes Haar hatte, mit einem Tablett herein.

Kim tauschte einen wissenden Blick mit Bryant. Gütiger Himmel, der Typ und seine Frau hatten ja keinen Fitzel Moral im Leib.

Sie fürchtete um die zwei perfekt gekämmten Jungen auf dem Foto auf dem Backsteinkaminsims.

Sobald Marta den Raum verlassen hatte, schenkte Richard aus der Silberkanne Tee in drei kleine Tassen.

Kim entdeckte keine Milch, und ihr stieg auch kein Koffeinduft in die Nase. Sie hob die Hand, um dankend abzulehnen.

»Ich wollte schon zu Ihnen kommen und Ihnen meine

Unterstützung anbieten, aber ich hatte alle Hände voll mit meinen Wählern zu tun.«

Ja, Kim war überzeugt, dass seine Wähler energisch darauf drängten, dass er sich bei einem mittäglichen Techtelmechtel mit der Haushaltshilfe amüsierte. Selbst sein Tonfall war unaufrichtig. Sie fragte sich, ob sie ihn im Büro glaubwürdiger gefunden hätte. Doch hier, in dieser luxuriösen Umgebung und in dem Wissen, was er getrieben hatte, konnte sie der Welle der Abscheu, die über sie hinwegrollte, nichts entgegensetzen.

»Wir sind ja jetzt hier, wenn wir Ihnen also ein paar Fragen stellen könnten, dann sind wir auch schnell wieder weg.«

»Selbstverständlich. Bitte, legen Sie los.«

Er setzte sich auf das Sofa gegenüber, lehnte sich nach hinten und legte den rechten Fuß auf das linke Knie.

Kim beschloss, ganz am Anfang anzufangen. Sie verabscheute diesen Mann mit jeder Faser ihres Seins, doch sie würde nicht zulassen, dass ihre persönliche Meinung ihr professionelles Urteil trübte.

»Sie wissen, dass Teresa Wyatt kürzlich umgebracht wurde?«

»Schreckliche Sache. Ich habe Blumen geschickt«, sagte er und versuchte dabei empathisch zu klingen. Doch Kim nahm ihm sein Mitgefühl nicht ab.

»Gewiss ein netter Gedanke.«

»Das Mindeste, was ich tun konnte.«

»Und Sie wissen auch von Tom Curtis?«

Croft senkte den Kopf. »Ja. Furchtbar.«

Kim hätte ihr Haus darauf verwettet, dass er auch ihm Blumen geschickt hatte.

»Ist Ihnen bekannt, dass auch Mary Andrews kürzlich verstorben ist?«

»Nein.« Er schaute zu seinem Schreibtisch. »Ich muss mir eine Notiz machen, dass ich ...«

»... dass Sie Blumen schicken«, beendete Kim den Satz für

ihn. »Erinnern Sie sich an einen Mitarbeiter namens Arthur Connop?«

Croft schien einen Augenblick zu überlegen. »Ja, ja, er war einer der Nachtwächter.«

Kim überlegte, was für eine Art von Unterstützung dieser Mann ihnen angeboten hätte, hätte er nur die Zeit gefunden, das Revier aufzusuchen, denn jetzt war er alles andere als entgegenkommend.

»Wir haben vorhin mit ihm gesprochen.«

»Ich hoffe, es geht ihm gut.«

»Er hat Ihnen nicht gerade dasselbe gewünscht.«

Richard Croft lachte und griff nach seiner Tasse grünem Tee. »Ich habe festgestellt, dass die Leute sich selten mit Zuneigung an ihre Vorgesetzten erinnern. Besonders wenn diese Leute faul sind. Ich hatte bei mehr als einer Gelegenheit Grund, Mr Connop einen Rüffel zu erteilen.«

»Wofür?«

»Schlafen während der Arbeitszeit, schlampige Arbeit ...« Er beendete den Satz nicht, als gäbe es da noch mehr.

»Und?«

Croft schüttelte den Kopf. »Ganz alltägliche Maßregelungen.«

»Was ist mit William Payne?«

Kim bemerkte eine leichte Veränderung in seinem Blick.

»Was soll mit ihm sein?«

»Nun, er war der andere Nachtwächter. Wurde er ähnlich gerüffelt?«

»Keineswegs. William war ein vorbildlicher Mitarbeiter. Ich nehme an, Sie wissen um seine persönlichen Umstände?«

Kim nickte.

»William hätte niemals etwas getan, womit er seinen Job riskiert hätte.«

»Würden Sie sagen, er wurde wohlwollender behandelt als Arthur Connop?«, hakte Kim nach. Da war etwas. Sie spürte es.

»Wenn ich ehrlich bin, haben wir ein- oder zweimal ein Auge zugedrückt.«

»Zum Beispiel?«

»Also, wir haben gewusst, dass William ab und zu in der Nacht kurz zu Hause nach dem Rechten sah, wenn es seiner Tochter besonders schlecht ging oder wenn die Nachbarin nicht auf sie aufpassen konnte, aber er ließ die Mädchen nie unbeaufsichtigt, also haben wir ein Auge zugedrückt. Ich meine, wir haben es gewusst, aber ...« Er hob hilflos die Hände. »Wer möchte schon mit ihm tauschen?«

»Sonst noch etwas? Arthur hat angedeutet ...«

»Ehrlich, Detective, ich glaube, Arthur Connop ist schon verbittert zur Welt gekommen. Wenn Sie ihn kennengelernt haben, wissen Sie, dass er sich schon sein ganzes Leben lang als Opfer fühlt. Alles Schlechte, was ihm je im Leben widerfahren ist, war die Schuld anderer und entzog sich seiner Kontrolle.«

»Und heute hat er damit womöglich recht gehabt, als ihn jemand mit dem Auto angefahren und liegen gelassen hat.«

Richard Croft schluckte. »Ist er ... tot?«

»Wir wissen es noch nicht, aber es hat nicht gut ausgesehen.«

»Mein Gott, was für ein tragischer Unfall.« Er seufzte tief. »Also, in dem Fall schadet es wohl nichts, wenn ich ganz ehrlich zu Ihnen bin, Detective.«

»Bitte«, sagte Kim, auch wenn sie nicht wusste, was diesem plötzlichen Bekenntnisdrang zugrunde lag.

»Kurz vor dem Brand hatte man mich davon in Kenntnis gesetzt, dass Arthur einige Mädchen mit Stoff versorgt hat. Keine harten Drogen, aber doch illegale Substanzen.«

»Warum?«, fragte Kim. Wenn er aufgeflogen wäre, hätte ihn das seine Stelle gekostet, einen Eintrag im Strafregister und womöglich ein paar Monate im Gefängnis von Featherstone.

»William hat die Nachtschicht gemacht, seine zwei freien Nächte die Woche hat eine Aushilfskraft übernommen. Ab und zu ist Arthur eingesprungen, um sich ein paar Überstunden zu verdienen. Ohne dass die anderen Mitarbeiter davon Kenntnis hatten, verbrachte Arthur den ersten Teil seiner Schicht im Pub. Einige Bewohnerinnen kriegten das schnell spitz und nutzten die Situation zu ihrem Vorteil.«

»Sie erpressten ihn?«, fragte Bryant.

»Diesen Begriff würde ich ungern verwenden, Detective.«

Da er für die Einrichtung verantwortlich gewesen war, konnte Kim das durchaus nachvollziehen.

»Arthur schwieg, weil er fürchtete, seinen Job zu verlieren.«

»Und aus gutem Grund«, explodierte Kim. »Er war verantwortlich für die Sicherheit von fünfzehn bis zwanzig Mädchen im Alter zwischen sechs und fünfzehn Jahren. Diesen Mädchen hätte alles Mögliche zustoßen können, während er weg war.«

Croft betrachtete sie neugierig. »Sie billigen das Verhalten dieser Mädchen, Detective?«

Das tat sie keineswegs, doch sie wartete immer noch darauf, einem Menschen zu begegnen, dem diese Mädchen anvertraut worden waren und der sich tatsächlich einen Deut um sie geschert hatte.

Sie wählte ihre Worte mit Bedacht. »Das tue ich nicht. Doch wäre Arthur seiner Arbeit ordnungsgemäß nachgekommen, wäre er gar nicht in so eine Situation geraten.«

Er lächelte zustimmend. »Verstehe, Detective. Aber die betreffenden Mädchen waren keine Unschuldslämmer.«

Kim kämpfte gegen die in ihr aufsteigende Wut an. Das Verhalten der Mädchen machte sie also automatisch zu unmoralischen Straffälligen ohne Zukunft, ohne Aussichten. Und mit Rollenvorbildern wie Arthur Connop überraschte sie das nicht im Geringsten.

Kim wunderte sich darüber, dass Richard Croft ihnen ungefragt solche Enthüllungen über Arthur auftischte. Was hoffte er damit zu gewinnen?

Croft beugte sich vor. »Noch Tee?«

»Mr Croft, Sie wirken nicht sonderlich beunruhigt darüber, dass ihre ehemaligen Kolleginnen und Kollegen unnatürlich schnell hintereinander versterben?«

»Nach meiner Rechnung sind es zwei Morde, ein natürlicher Tod und ein Unfall, der tödlich ausgegangen sein kann oder auch nicht.«

»Was hat sich damals in Crestwood abgespielt?«, fragte sie scharf.

Richard Croft zögerte keinen Augenblick. »Ich wünschte, ich wüsste es, aber ich war nur die zwei letzten Jahre dort.«

»Und in dieser Zeit ist die Zahl der Mädchen, die wegliefen, deutlich angestiegen. Da stimmen Sie mir doch zu?«

Offen erwiderte er ihren Blick, doch darunter lag ein Anflug von Genervtheit, der an seiner maßvollen Gemütsruhe rüttelte. Ihre Fragetechnik war vom Allgemeinen zu insistierendem Bohren übergegangen. Und es gefiel ihm nicht, dass sie die Führung der Einrichtung während seiner Zeit infrage stellte.

»Manche jungen Leute mögen keine Regeln, da können die dahinterstehenden Absichten noch so gut sein.«

Wenn Kim sich recht erinnerte, dienten die meisten Regeln der Bequemlichkeit des Personals und nicht der Zöglinge.

»Sie haben über Arthur gesprochen, aber wie viel hatten Sie selbst mit den Bewohnerinnen von Crestwood zu tun?«

»So gut wie gar nichts. Ich wurde eingestellt, um organisatorische Entscheidungen zu treffen und die Einrichtung effizienter zu führen.«

So wie er unablässig den Begriff »Einrichtung« verwendete, klang es, als wäre Crestwood eine geschlossene Abteilung im Broadmoor Hospital gewesen und nicht ein Heim für verlassene und verwaiste Kinder.

»Mr Croft, haben Sie einen Grund zu der Annahme, einer

Ihrer Kollegen könnte einem der Mädchen etwas angetan haben?«

Er stand auf und fuhr sie an. »Selbstverständlich nicht. Wie können Sie so etwas überhaupt fragen? Wer in der Einrichtung gearbeitet hat, war dort, um sich um diese Kinder zu kümmern.«

»Für ein monatliches Gehalt«, rutschte es Kim heraus.

»Manche sogar ohne dass sie ein Gehalt dafür bekamen«, feuerte er zurück. »Aber zu einigen dieser Mädchen ist selbst der Pfarrer nicht durchgedrungen.«

»Was ist mit Arthur?«

»Er hat einen Fehler gemacht. Aber er hätte niemals jemandem etwas angetan.«

»Das kann ich nachvollziehen, Mr Croft, aber wir haben auf dem Gelände von Crestwood die Überreste einer Toten gefunden, vermutlich einer Teenagerin, und was ich mit absoluter Sicherheit ausschließen kann, ist, dass sie sich da selbst eingebuddelt hat.«

Er blieb stehen und fuhr sich mit den Fingern durch die Haare; die einzige körperliche Reaktion auf ihre Worte. Seine Miene war unter dem Botox schwer zu deuten.

»Mr Croft, haben Sie oder jemand, den Sie kennen, Einwände gegen Professor Miltons Grabungen auf dem Grundstück eingereicht?«

»Nein. Dazu hätte ich auch keine Veranlassung gehabt.«

Sie stand auf und sah ihn an. »Eine letzte Frage noch, bevor ich Sie in Ruhe lasse. Wo waren Sie in der Nacht, in der Teresa umgebracht wurde?«

Sein Gesicht wurde puterrot, und er zeigte in Richtung Tür. »Ich wäre Ihnen dankbar, wenn Sie mein Haus augenblicklich verlassen würden. Mein Angebot, Ihnen behilflich zu sein, ist hiermit widerrufen, und weitere Fragen richten Sie bitte an meinen Anwalt.«

Kim ging zur Tür. »Mr Croft. Ich bin mehr als bereit, das

Haus *Ihrer Frau* zu verlassen. Vielen Dank, dass Sie sich Zeit für uns genommen haben.«

Als Kim zur Haustür hinaustrat, fuhr gerade ein silberner Range Rover auf die Kiesfläche. Doch er parkte nicht auf der freien Stelle zwischen den beiden anderen Autos. Offensichtlich stand dort normalerweise etwas anderes.

Eine schlanke Frau stieg aus und holte eine Aktentasche vom Rücksitz. Sie trug ein schwarzes Kostüm mit Bleistiftrock, der gerade über die Knie reichte. Die Waden schwebten über Zehn-Zentimeter-Absätzen. Ihr schwarzes, glänzendes Haar war zu einem strengen Pferdeschwanz gebunden.

Im Vorbeigehen konnte Kim nicht umhin zu bemerken, dass die Frau absolut fantastisch aussah. Sie wurde mit einem großzügigen Lächeln und einem knappen Nicken belohnt.

»Okay, und was zum Teufel sieht *sie* in ihm?«, fragte Bryant.

Kim schüttelte den Kopf, als sie einstieg. Die Haustür fiel hinter den Eheleuten ins Schloss. Es gab doch noch ungelöste Rätsel auf der Welt.

Bryant warf den Wagen an und legte den Rückwärtsgang ein. »Guv, lernen Sie irgendwann mal, wie man nett ist?«

»Selbstverständlich, und zwar in dem Augenblick, in dem ich auf ein nettes Gegenüber treffe.«

Sie seufzte, als sie den Blick noch einmal auf das Haus richtete und kurz an William Payne und seine Tochter Lucy dachte. Das Schicksal war ganz eindeutig auch nicht besonders nett.

»Was denken Sie?«, fragte Bryant, als das Tor zur Seite glitt, um sie hinauszulassen.

»Ich denke an seine Reaktion auf die Nachricht, dass dort ein Mädchen verbuddelt wurde.«

»Was war damit?«

»Er hat nicht gefragt, ob wir sie identifiziert haben. Nichts von dem, was wir ihm gesagt haben, hat ihn schockiert. Das

Botox mag ja die Gesichtsmuskulatur lahmlegen, aber auf die Augenbewegungen hat es keinen Einfluss.«

Kims Bauch war Mr Richard Croft nicht gewogen gewesen. Er wusste etwas, da war sie sich sicher. Doch sie jagte immer noch hinter dem flüchtigen Faden her, dem letzten losen Baumwollfitzelchen, das herunterhing und an dem sich, wenn man daran zog, die Geheimnisse von Crestwood entwirren ließen.

NEUNUNDDREISSIG

»Was wollten die denn?«, fragte Nina Croft und stellte ihre Aktentasche im Flur ab.

»Sie haben nach Crestwood gefragt.« Richard folgte seiner Frau in die Küche. Selbst nach fünfzehn gemeinsamen Jahren gab es an ihr zwei Dinge, die ihn jedes Mal erstaunten, wenn er sich ihrer bewusst wurde.

Das Erste war, dass sie immer noch so fantastisch aussah wie an dem Tag, als sie sich zum ersten Mal begegnet waren. Er hatte sich Hals über Kopf in sie verliebt, und daran hatte sich, unglücklicherweise, bis zu diesem Tag nichts geändert.

Das Zweite war die eisige Distanz, die seit sieben Jahren unverändert in ihrem Blick lag.

Nina blieb an der Kochinsel mitten in der riesigen Küche stehen. Er war auf der anderen Seite. Sie sah ihn durch die hängenden LeCreuset-Töpfe an, in denen noch nie eine Mahlzeit gekocht worden war.

»Was hast du ihnen gesagt?«

Richard senkte den Blick. Vor sieben Jahren war er nach der Geburt seines zweiten Sohnes in eine unglaubliche Euphorie geraten. Mitanzusehen, wie seine schöne Frau ihren gemeinsamen Sohn zur Welt brachte, hatte einen solchen Beschützerinstinkt und eine solche Liebe in ihm geweckt, dass er gedacht hatte, das Band zwischen ihnen wäre unzertrennlich. Er hatte das Gefühl gehabt, er könnte ihr alles anvertrauen.

Zwei Tage später hatte Richard sich, nachdem er Harrison in sein Bettchen gelegt hatte, seiner Frau so nah gefühlt, dass er ihr die Geheimnisse von Crestwood anvertraut hatte. Danach hatten sie nie wieder das Bett miteinander geteilt.

Es hatte keine Wut gegeben, keine Vorwürfe und keine Drohung, ihn anzuzeigen. Es hatte sich nur ein kalter Nebel zwischen ihnen herabgesenkt und nie wieder gehoben.

»Was haben sie gefragt?«

Er rekapitulierte das Gespräch Wort für Wort. Sie zeigte keinerlei Gefühlsregung, erst bei den letzten beiden Fragen zuckte in ihrer Wange ein Muskel. Als er fertig war und auf ihre Reaktion wartete, spürte er, wie sich an seinem Haaransatz eine Schweißperle bildete.

»Richard, ich habe dir schon vor Jahren gesagt, dass ich es nicht dulden werde, dass deine Fehler aus der Vergangenheit mein Leben oder das meiner Kinder beeinträchtigen.«

»War das in der Nacht, in der du mein Bett für immer verlassen hast, Schatz?«

Ab und zu war ihr betont nachsichtiger Tonfall wie ein Tritt in die Magengrube, und manchmal meldete sich dann überraschend sein Rückgrat zu Wort.

»Ja, mein Lieber, jegliche Anziehungskraft, die ich empfand, erstarb angesichts deines nächtlichen Geständnisses. Es wäre skandalös genug gewesen, wenn durch eine Untersuchung über Crestwood herausgekommen wäre, dass du die Finger nicht aus den Taschen der Einrichtung lassen konntest.« Sie hob den Blick zur Decke, als spräche sie mit Harrison. »Geld zu stehlen, das für diese Mädchen bestimmt war, war sträflich, mein Lieber«, sagte sie eisig, »aber was du getan hast, um es zu verbergen ...«

Nicht zum ersten Mal verfluchte er seine absolute Ehrlichkeit in jener Nacht. Ja, er hatte sich hier und da etwas abgezwackt. Er hatte es verdient, und den Mädchen hatte es an nichts gefehlt. Ihre grundlegenden Bedürfnisse waren die ganze Zeit befriedigt worden.

Die Abneigung im Gesicht seiner Frau fand ihren Weg in ein Herz, das sich weigerte, sie loszulassen. Intuitiv stieg in Croft der Wunsch auf zurückzuschlagen. Ihr wehzutun, um wenigstens irgendeine Gefühlsregung zu provozieren.

Er neigte den Kopf zur Seite und lächelte. »Also, immerhin habe ich jemanden, der bereit ist, mich zu lieben, wenn meine Frau es schon nicht ist.«

Richard hielt die Luft an. Jede Reaktion, die wahre Gefühle offenbarte, war ihm willkommen. Irgendetwas, und wenn auch nur ein Rest dessen, was da einst gewesen war.

Sie lachte laut. Doch es war kein fröhliches Lachen aus Freude oder Glück. »Du meinst Marta?«

Mit einer solchen Reaktion hatte er nicht gerechnet. Ein verschlagenes Lächeln kroch über ihr Gesicht.

Die Wände rückten näher. »Du ... du weißt von Marta?«

»Ob ich von ihr weiß, mein Süßer ...? Ich entlohne sie auch noch fürstlich dafür.«

Richard machte einen Schritt nach hinten, als hätte sie ihn ins Gesicht geschlagen. Das war gelogen. Das konnte nicht wahr sein.

»Oh, Richard, du lächerlicher alter Narr. Marta hat zu Hause in Bulgarien eine große Familie, die sie mit ihrem Verdienst unterstützt. Ihr Gehalt sorgt dafür, dass sie etwas zu essen haben. Und mit ihren ... ähm ... *Überstunden* schickt sie ihre Brüder zur Schule. Wenn sie also scharf auf Sex mit dir ist, dann liegt das daran, dass sie stundenweise dafür bezahlt wird.

Und ich bezahle sie gern, denn jeder einzelne Penny ist hart verdient.«

Richard spürte, wie ihm die Röte ins Gesicht stieg, als ihm die hässliche Wahrheit dämmerte. Am Vormittag war Marta sehr beharrlich gewesen.

»Du kaltherziges Miststück.«

Ohne auf die Beleidigung einzugehen, wandte Nina sich der Kaffeemaschine zu. »Ich habe dir schon einmal gesagt, dass ich nicht den Hauch eines Skandals mit meinem Namen verknüpft haben will. Ich habe sehr hart gearbeitet, um dieses Leben führen zu können, und wegen deines öffentlichen Ansehens habe ich nichts dagegen, dich als Passagier dabeizuhaben. Solange du dich bedeckt hältst.«

Ein abgrundtiefer Ekel gegen dieses Leben ergriff von Richard Besitz. Er war seiner Frau nur von Nutzen wegen seines Prestiges als Parlamentsabgeordneter, das ihr eine gewisse Ehrbarkeit verlieh und einen Ausgleich zu ihren anrüchigen Mandanten.

»Sieh mich nicht so schockiert an, mein Lieber. Das Arrangement hat doch gut funktioniert und kann gern so weiterlaufen.«

Seine Haut kribbelte bei der Vorstellung, nach dem, was er eben erfahren hatte, noch einmal mit Marta zu schlafen. Manchmal hatte Richard das Gefühl gehabt, sie hätten eine echte Verbindung, dabei war er für sie nur ein kleiner Zusatzverdienst.

»Aber warum Marta?«, fragte er, immer noch wie vor den Kopf geschlagen über ihre Enthüllung.

»Ich lasse nicht zu, dass du mein Ansehen befleckst. Du bist ein Mann und hast bestimmte Bedürfnisse, doch ich würde es niemals dulden, dass du irgendeine infizierte Straßenhure bumst und meine Kinder in Gefahr bringst.«

Er sah zu, wie Nina ihr Handy herausholte.

»Und jetzt lauf und sei ein guter Junge, während ich mich weiter darum kümmere, dein Chaos zu beseitigen.«

Richard stand ganz kurz davor, eine Entscheidung zu treffen. Er hatte die Hände zu Fäusten geballt. Er konnte sich umdrehen und fortgehen, fort aus diesem Haus, fort von Ninas Kälte und Kontrolle.

Er konnte zur Polizei gehen und die Last, die ihn niederdrückte, abwerfen. Er konnte sich frei machen von dieser Frau und diesem Leben.

Er dachte über sein mageres Abgeordnetensalär von fünfundsechzigtausend Pfund nach. Selbst bei fantasievollem Umgang mit den Spesen reichte es kaum, um die Betriebskostenrechnung für das Haus zu decken. Das Einkommen seiner Frau beglich die Hypothek, unterhielt die Autos und die fünftausend Pfund Taschengeld, die am Ersten jeden Monats auf seinem Konto eingingen.

Richards Fäuste lösten sich. Er drehte sich um und ging ins Büro, und dabei trug er seine Eier auf einem neunkarätigen goldenen Essteller vor sich her.

Erst als die Tür hinter ihm ins Schloss gefallen war, wischte er sich die Schweißperle hinterm Ohr weg. Das letzte Fitzelchen Stolz, das er noch besaß, hatte ihn daran gehindert, es vor seiner Frau zu tun.

Teresa und Tom waren tot und Arthur so gut wie. Richard wollte glauben, dass sie zufällig so kurz nacheinander gestorben waren. Er musste es glauben … denn wenn er es nicht glaubte, konnte es nur eins bedeuten: dass er wahrscheinlich als Nächster dran war.

VIERZIG

Während Bryant am Drive-in-Schalter von McDonald's ihre Bestellung durchgab, wählte Kim Staceys Nummer. Sie hob beim zweiten Klingeln ab.

»Stace, wir brauchen so viele Adressen der ehemaligen Bewohnerinnen von Crestwood, wie Sie herausfinden können, denn die Angestellten gehen uns bald aus.«

»Ja, das haben wir schon gehört. Woody war eben hier und hat Sie gesucht.«

»Woody ist mir auf den Fersen«, flüsterte sie Bryant zu, als sie Staceys Tastaturgeklapper hörte.

Bryant verzog das Gesicht.

»Okay, die Erste auf der Liste ist … oh, das sind sogar zwei. Zwillinge namens Bethany und Nicola Adamson. Nicola wohnt in Brindleyplace in Birmingham.«

Kim wiederholte die Adresse laut, damit Bryant sie aufschreiben konnte.

»Okay, können Sie den Pfarrer ausfindig machen, von dem Sie schon mal gesprochen haben? Richard Croft hat ihn auch erwähnt, also könnte sich ein Besuch bei ihm lohnen. Vielleicht haben die Mädchen sich ihm anvertraut.«

»Bin schon dabei, Guv.«

»Danke, Stace. Irgendwas von Dawson?«

»Bei mir nicht.«

Kim trennte die Verbindung.

»Nach dem, was heute Mittag passiert ist, hätten wir wirklich zurück aufs Revier fahren sollen«, sagte Bryant.

Kim wusste sehr wohl, dass sie Woody über den Unfall mit Fahrerflucht hätten informieren sollen, wie es die Vorschriften für den Fall, dass man Zeuge eines »traumatischen Vorfalles« wurde, vorsahen, aber so wie sie ihre Leute kannte, wären sie dann gar nicht mehr vom Revier weggekommen.

»Ich schreibe später einen Bericht und gehe zu Woody, aber uns läuft die Zeit davon. Wir haben jetzt schon vier Menschen verloren, die zum Zeitpunkt der Schließung in Crestwood gearbeitet haben.«

Sie biss in ihren Chickenburger. Er schmeckte wie ein Stück Pappe zwischen zwei Holzfaserplatten. Sie legte ihn beiseite und holte ihr Handy heraus.

Dawson nahm sofort ab.

»Wie läuft's?«, fragte sie.

»Es geht seinen Gang. Cerys ist mit ihren Feinwerkzeugen in der Grube, wir kommen dem, was da unten ist, also langsam näher.«

Kim hörte die Erschöpfung in seiner Stimme. »Waren Sie bei William Payne?«

»Ja, Guv. Ich habe auch bei der Sicherheitsfirma angerufen, um mich davon zu überzeugen, dass die Alarmvorrichtung funktioniert. Ich habe die Bewegungsmelder vorn und hinten am Haus sauber gemacht und getestet. Sie reagieren in einem Umkreis von viereinhalb Metern. Ich habe ihn gebeten, ein paar Blumentöpfe vom Zaun abzurücken und die Batterie in Lucys Notfallsender zu wechseln, nur um ganz sicherzugehen. Oh, und ich habe die Polizisten, die die Grenzen des Geländes sichern, angewiesen, Paynes Haus in ihre Kontrollgänge mit einzubeziehen.«

Kim lächelte. Genau deswegen war er in ihrem Team. Es gab Zeiten, da war es mit Dawson, als hätte man es mit einem Kleinkind zu tun. An manchen Tagen strapazierte er ihre Geduld bis zum Limit, doch an anderen tat er seine Arbeit, und zwar ausgezeichnet.

»Nur damit Sie es wissen, Guv. Es kam über Funk. Arthur Connop ist gestorben.«

Kim sagte nichts. Sie hatte gewusst, dass er es nicht packen würde.

»Die Spurensicherung hat die Straße noch abgesperrt. Man weiß nie, vielleicht findet sich ja etwas.«

Kim verabschiedete sich und legte auf. »Connop«, flüsterte sie.

»Tot?«, fragte Bryant.

Kim nickte und stieß dann einen Seufzer aus. Wenn sie ganz ehrlich war, wusste sie nicht recht, wie sie zu dem Tod von Arthur Connop stand. Seine Frau war betont desinteressiert an seinem Verbleib gewesen. Niemand, mit dem sie gesprochen hatten, hatte die geringste Zuneigung für den Mann empfunden, weder die alten Bekannten von früher noch die von heute. Vielleicht würde Maureen seinen Verlust spüren, weil sie jetzt nicht mehr so viel Bier und Brötchen verkaufte, doch kaum einer würde sein Ableben ernsthaft betrauern.

Kim wäre gern davon ausgegangen, dass der unhöfliche, unerträgliche Mann einmal ein anständiger Mensch gewesen war, der mit der Zeit immer bitterer geworden war, doch dass er die ihm anvertrauten Kinder vor zehn Jahren so eklatant vernachlässigt hatte, machte jede falsche Hoffnung zunichte. Vermutlich hatte Maureen recht, und Arthur war immer schon egoistisch und gemein gewesen. Doch Kim stellte sich jetzt die Frage, ob er mehr gewesen war als das. Wie weit war er gegangen, um sein Tun zu verschleiern?

Während Bryant sich mit einer Papierserviette den Mund abwischte, schaute Kim auf die Uhr am Armaturenbrett. Es war kurz nach drei, und im Revier wartete ein Berg Schreibarbeit auf sie. Es war ein langer, anstrengender Tag gewesen, und durch die Liste der Bewohnerinnen konnte sie sich auch am nächsten Tag noch arbeiten. Ihren Körper verlangte es nach einer Dusche und ein wenig Schlaf.

»Soll ich dann zu dieser Adresse in Birmingham fahren, Guv?«

Sie lächelte und nickte.

EINUNDVIERZIG

Mit einer Fläche von fast sieben Hektar war Brindleyplace das größte Stadtsanierungsgebiet im ganzen Vereinigten Königreich. Alte Fabrikgebäude am Kanal und eine viktorianische Schule waren in den unterschiedlichsten architektonischen Stilen renoviert worden. Der Startschuss für das Projekt war 1993 gefallen; inzwischen bestand es aus drei unterschiedlichen Bereichen. Brindleyplace war eine Ansammlung niedriger Gebäude mit vornehmen Büros, Läden und Kunstgalerien, während Water's Edge Bars, Restaurants und Cafés beherbergte, und rund um den Symphony Court lagen Wohnhäuser.

»Guv, was zum Teufel machen wir eigentlich falsch?«, fragte Bryant, als sie im vierten Stock des King-Edwards-Wharf-Gebäudes standen.

Eine schlanke, sportliche Frau in schwarzen Leggings und einem engen Sporttop öffnete ihnen die Tür. Ihr Gesicht war gerötet, als hätte sie sich gerade angestrengt oder Sport getrieben.

»Nicola Adamson?«

»Und Sie sind?«

Bryant zeigte seinen Dienstausweis und stellte sie beide vor.

Sie trat zur Seite und hieß sie in einer offenen Penthousewohnung willkommen.

Kim schritt über Buchenholzdielen, die bis zum Küchenbereich führten. Weiße Ledersofas standen diagonal vor einer Wand mit einem großen Flachbildfernseher. Darunter waren diverse elektronische Geräte in die Wand eingelassen. Nirgendwo irgendwelche Drähte oder Kabel. In die Decke versenkt waren Spots, und über einer Kamineinfassung aus Kieselsteinen hingen zwei Scheinwerfer. Ein Esstisch aus Glas mit Teakstühlen markierte das Ende des Wohnbereiches. Unmittelbar dahinter schlossen Steinfliesen an die Holzdielen an. Kim schätzte, dass sie sich in einem etwa hundertvierzig Quadratmeter großen Wohnraum befand.

»Kann ich Ihnen etwas zu trinken anbieten? Tee, Kaffee?«

Kim nickte. »Kaffee, so stark wie möglich.«

Nicola Adamson lächelte offen. »So ein Tag, Detective?«

Die Frau ging in den Küchenbereich, der mit glänzenden weißen Schränken mit Akzenten aus braunem Holz eingerichtet war.

Kim antwortete nicht, sondern ging in dem Wohnraum herum. Die linke Wand war ganz aus Glas, unterbrochen nur von einigen runden Steinsäulen. Davor lag ein Balkon, und Kim konnte den Blick auf den Brindley-Loop-Kanal genießen, ohne nach draußen zu gehen.

Ein Stück weiter die Glaswand entlang stand ein Laufband, halb verborgen hinter einem orientalischen Paravent. Wenn man schon Sport trieb, sinnierte Kim, dann war das bestimmt nicht die schlechteste Art.

Eine beeindruckende Wohnung für eine Frau Mitte zwanzig, die mitten am Nachmittag zu Hause war.

»Was machen Sie?«, fragte Kim direkt.

»Verzeihung?«

»Sie haben hier eine sehr schöne Wohnung. Ich habe mich gerade gefragt, womit Sie so etwas finanzieren.«

Kims Takt und Diplomatie waren ihr wohl gegen elf Uhr am Vormittag abhandengekommen. Dieser Tag wuchs sich gerade zu einem sehr langen Arbeitstag aus, und die Frau würde entweder antworten oder nicht.

»Ich wüsste nicht, was Sie das angeht, denn meine Arbeit ist bestimmt nicht illegal. Aber ich bin Tänzerin, exotische Tänzerin, und zufälligerweise bin ich sehr gut.«

Das glaubte Kim ihr unbesehen, denn ihre Bewegungen waren von einer natürlichen Anmut und Geschmeidigkeit.

Sie brachte ein Tablett mit zwei dampfenden Bechern und einer Flasche Wasser. »Ich arbeite im Roxburgh«, sagte sie, als erklärte das alles, und für Kim tat es das tatsächlich. Der Club war nur für Mitglieder und bot Erwachsenenunterhaltung für Besserverdienende. Das strenge Management machte wenige Besuche der örtlichen Polizei notwendig, anders als in anderen Clubs im Stadtzentrum von Birmingham.

»Sie wissen, warum wir hier sind?«, fragte Bryant. Er hatte den Fehler gemacht, sich auf dem Plüschsofa nach hinten zu lehnen, und jetzt hatte er Mühe, sich vorzubeugen, denn das Möbelstück schien ihn regelrecht verschlucken zu wollen.

»Natürlich. Ich weiß nicht, ob ich Ihnen eine große Hilfe sein kann, aber fragen Sie ruhig.«

»Wie alt waren Sie, als Sie in Crestwood waren?«

»Wir waren nicht durchgehend dort, Detective. Meine Schwester und ich wurden ab dem Alter von zwei Jahren immer wieder vom Jugendamt in Obhut genommen.«

»Wie alt sind Sie auf dem Bild dort?«, fragte Kim und zeigte auf eine Fotografie in einem Silberrahmen auf dem kleinen Tisch neben ihr.

Die Züge der beiden Mädchen waren so identisch wie ihre Kleidung. Beide trugen die steifen weißen Blusen der kosten-

losen Schuluniform. Kim erinnerte sich gut an diese Sachen –
und an die Spötteleien, die es gratis dazugab.

Beide Schwestern trugen identische rosa Strickjacken mit
einer aufgestickten Blume auf der linken Seite. Alles war identisch, bis auf die Haare. Die eine trug ihre blonden Locken
offen, der anderen waren sie zu einem Pferdeschwanz
gebunden.

Nicola nahm das Foto zur Hand und lächelte. »An die
Strickjacken kann ich mich gut erinnern. Beth hat ihre irgendwann verloren und hat sich dann immer meine gemopst. Es war
ungefähr das Einzige, worüber wir uns je gestritten haben.«

Bryant öffnete den Mund, doch Kims Miene ließ ihn
schweigen. Ihr Gesicht hatte sich vollkommen verändert. Sie
blickte nicht mehr auf das Foto, sondern daran vorbei.

»Die sehen vielleicht nicht nach viel aus, aber diese Strickjacken waren kostbar. Mary fragte, ob es zwei Freiwillige gebe,
die sämtliche Schränke abwischen würden. Beth und ich
erboten uns, denn Mary war eine nette Frau, die ihr
Möglichstes für uns Mädchen tat. Am Ende des Tages gab sie
uns ein paar Pfund für unsere Arbeit.« Nicola hob endlich den
Blick. Ihre Miene war traurig und wehmütig. »Sie können nicht
ahnen, wie wir uns fühlten. Gleich am nächsten Morgen sind
wir nach Blackheath auf den Markt gefahren, wo wir den
ganzen Tag zwischen den Ständen rumgelaufen sind und überlegt haben, was wir uns kaufen wollten. Es ging gar nicht so sehr
um die Strickjacken, sondern darum, dass sie uns gehörten und
neu waren. Nicht von älteren Mädchen weitergereicht oder
gebrauchte Sachen aus dem Wohltätigkeitsladen. Sie waren
neu, und sie gehörten uns.«

Eine Träne hatte sich aus Nicolas rechtem Auge gelöst. Sie
stellte das Bild zurück und wischte sich über die Wange. »Es
klingt dumm, und Sie haben keine Ahnung, wie ...«

»Doch, habe ich«, sagte Kim.

Nicola lächelte nachsichtig und schüttelte den Kopf. »Nein, Detective, sie haben wirklich keine ...«

»Doch, das habe ich«, wiederholte Kim.

Nicola begegnete ihrem Blick und sah ihr ein paar Sekunden in die Augen, bevor sie nickte, weil sie begriff.

»Um Ihre Frage zu beantworten: Auf dem Bild sind wir vierzehn.«

Bryant sah Kim an, und sie bedeutete ihm fortzufahren. »Waren Sie immer in Crestwood, wenn Sie unter der Obhut des Jugendamts standen?«, fragte er.

Nicola schüttelte den Kopf. »Nein, unsere Mutter war heroinsüchtig, und ich würde gern behaupten, sie hätte ihr Bestes versucht, aber das hat sie nicht. Bis wir zwölf waren, war es ein Hin und Her zwischen Pflegeeltern, Kinderheimen und unserer Mutter, die einen Entzug machte und uns danach wieder zu sich holte. Im Einzelnen erinnere ich mich gar nicht mehr so genau.«

Ihre Augen verrieten Kim, dass ihr das Erinnern an sich nicht das geringste Problem bereitete.

»Aber Sie hatten einander?«, fragte Kim mit einem Blick auf das Foto. Sechs Jahre lang hatte sie dieses Gefühl auch gekannt.

Nicola nickte. »Ja, wir hatten einander.«

»Miss Adamson, wir haben Grund zu der Annahme, dass die menschlichen Überreste, die wir auf dem Gelände entdeckt haben, von einer ehemaligen Bewohnerin stammen könnten.«

»Nein«, sagte sie und schüttelte den Kopf. »Das ist nicht Ihr Ernst.«

»Können Sie sich an irgendetwas aus der Zeit erinnern, was uns weiterhelfen könnte?«

Nicolas Blick huschte hin und her, während sie in ihren Erinnerungen kramte. Weder Kim noch Bryant sagte ein Wort.

Langsam schüttelte Nicola den Kopf. »Mir fällt ehrlich

nichts ein. Beth und ich hielten uns abseits. Ich kann Ihnen nicht helfen.«

»Wie steht es mit Ihrer Schwester? Glauben Sie, Beth könnte uns helfen?«

Nicola zuckte die Achseln. In dem Moment fing Kims Handy an zu klingeln. Zwei Sekunden später klingelte auch Bryants. Sie kramten beide danach und wiesen die Anrufe ab.

»Tut mir leid«, sagte Bryant. »Was haben Sie gerade gesagt?«

»Vielleicht erinnert Beth sich an etwas. Sie wohnt momentan bei mir.« Nicola schaute auf die Uhr. »Sie müsste in einer halben Stunde hier sein. Wenn Sie warten möchten?«

Kims Handy begann in ihrer Tasche zu vibrieren. »Nein, das ist nicht nötig.« Sie stand auf.

Bryant tat es Kim nach und reichte Nicola die Hand. »Wenn Ihnen noch etwas einfällt, rufen Sie uns bitte an.«

»Selbstverständlich«, sagte sie und brachte sie zur Tür.

Kim wandte sich noch einmal um. »Erinnern Sie sich, ob irgendeines der Mädchen eine besondere Vorliebe für Modeschmuck aus Perlen hatte?«

»Perlen?«

»Vielleicht ein Armband?«

Nicola überlegte einen Augenblick und schlug sich dann die Hand auf den Mund. »Ja, ja, ein Mädchen namens Melanie. Sie war älter als ich, deswegen kannte ich sie nicht besonders gut. Sie war eine von den ›coolen‹ Mädchen, eine von den Unruhestifterinnen.«

Kim hielt die Luft an.

»Und ich kann mich auch an die Perlen erinnern. Sie hat ihren besten Freundinnen auch welche gegeben. Sie waren wie ein kleiner Club.« Jetzt nickte Nicola. »Ja, klar, sie waren zu dritt. Und sie hatten alle drei ein Perlenarmband.«

Kim hatte ein flaues Gefühl im Magen. Sie ging jede Wette ein, dass alle drei Mädchen weggelaufen waren.

ZWEIUNDVIERZIG

»Mist«, sagte Bryant, als sie ins Auto stiegen.

Kim war übel. »Denken Sie, was ich denke?«

»Wenn Sie denken, dass auf dem Grundstück womöglich noch eine dritte Leiche verscharrt ist, dann ja.«

»Setzen Sie statt womöglich das Wort *wahrscheinlich* ein, und wir liegen ganz auf einer Linie.« Kim legte den Sicherheitsgurt an und wandte sich ihm zu. »Sie haben die Namen notiert, nicht wahr?«

Bryant nickte, und sie holte ihr Handy heraus. Er tat es ihr gleich.

»Zwei verpasste Anrufe und eine Nachricht von Dawson«, sagte sie.

»Meine sind von Woody.«

Sie wählten beide ihre Mailbox an. Kim lauschte Dawsons nervöser Stimme und löschte die Nachricht. »Dawson will, dass ich sofort zu dem Grundstück komme.«

Bryant kicherte. »Woody will, dass ich Sie unverzüglich aufs Revier bringe. Mir ist zwar schon zu Ohren gekommen, dass Sie sehr talentiert sind, aber noch nicht, dass Sie die Fähigkeit besitzen, an zwei Orten gleichzeitig zu sein.« Er wandte sich ihr zu. »Also, Guv, Kästchen A oder Kästchen B?«

Kim sah ihn an und zog eine Augenbraue hoch.

»Ja, dachte ich mir schon, dass Sie das sagen würden.«

DREIUNDVIERZIG

Bryant lenkte den Wagen auf den unbefestigten Streifen Erde. Sie hatten für die dreizehn Kilometer vom Zentrum von Birmingham vierzig Minuten gebraucht.

Kim öffnete die Tür. »Sehen Sie nach Dawson, und überzeugen Sie sich davon, dass es ihm gut geht.«

»Mach ich, Guv.«

Sie ging zu dem dritten Zelt. Das Grundstück sah immer mehr nach einem Festivalgelände aus und nicht nach einem Tatort. Am Zelteingang blieb sie stehen, drehte sich um und ließ den Blick den Hügel runterschweifen zu dem mittleren Haus mit seiner Gefangenen darin. Sie winkte, nur für den Fall.

Als sie eintrat, drehte Cerys sich um.

Kim schaute in die Grube. »Wo ist sie?« Ohne darüber nachzudenken, hatte sie den menschlichen Überresten ein Geschlecht zugewiesen. Sie konnte nicht wissen, ob dieses zweite Opfer weiblich war, aber ihr Bauchgefühl sagte es, und das reichte normalerweise vollkommen.

»Dan hat die Knochen im anderen Zelt. Wir haben sie vor

einer halben Stunde geborgen. Bis jetzt konnten wir ein Drittel der Grube aussieben, und ich dachte, es würde Sie interessieren, dass wir weitere ...«

»Perlen gefunden haben«, beendete Kim den Satz für sie.

»Woher wissen Sie das?«

Kim ignorierte die Frage. »Sonst noch etwas?«

Cerys seufzte schwer und nickte langsam. »Wir haben inzwischen das ganze Gelände überprüft und sind ...«

»... auf noch eine Masse gestoßen«, fiel ihr Kim noch einmal ins Wort.

Cerys stemmte die rechte Hand in die Hüfte. »Soll ich jetzt einfach nach Hause gehen?«

Kim lächelte. »Tut mir leid, ich bin nur müde. Kein schöner Tag. Werden Sie mit diesem zweiten Bereich morgen fertig?«

»Morgen früh mache ich mich gleich an die Ausgrabung. Wir haben die dritte Fundstelle noch nicht markiert, um den Geiern keinen Vorsprung zu geben«, sagte Cerys in Anspielung auf die Presse. »Wir wissen noch nicht sicher, ob sich hinter dieser dritten Auffälligkeit tatsächlich weitere menschliche Überreste verbergen.«

Kim spürte die Gewissheit in der Magengrube.

»Die Presse beobachtet uns auf Schritt und Tritt, also habe ich die Jungs gebeten, die Untersuchung mit dem Magnetometer abzuschließen, das Gerät wegzupacken und sich von der betreffenden Stelle fernzuhalten, damit sie keinen Wind bekommt.«

»Wie wissen Sie denn morgen, wo Sie graben müssen, wenn Sie die Stelle nicht markiert haben?«, fragte Kim.

»Ich hab's von der Ecke des Zelts mit Schritten abgemessen. Vertrauen Sie mir, ich weiß, wo.«

Kim vertraute ihr.

»Die gute Nachricht ist, dass wir an Fundstelle eins morgen fertig werden und sie wieder aufgefüllt werden kann. Sobald ich die Papiere abgezeichnet habe, kann das erste Zelt abgebaut werden.«

»Haben Sie noch irgendetwas von Interesse gefunden?«

»Ein paar Kleidungsfetzen; alle etikettiert, eingetütet und ins Labor geschickt. Könnten bei der Identifikation helfen.«

Nach der Unterredung mit Nicola vermutete Kim, dass es eine von den dreien sein musste.

»Sonst noch etwas?«

Cerys schüttelte den Kopf und wandte sich ab.

Kim war froh über die Beharrlichkeit der Frau. Sie hatte eingesehen, dass sich ihr eigener Antrieb aus mehr speiste als allein aus der Notwendigkeit, den Fall aufzuklären. Sie konnte sich noch so sehr vom Gegenteil zu überzeugen versuchen, es war trotzdem so. Sie kannte den Schmerz, den diese Mädchen erlebt hatten. Keine von ihnen war eines Tages aufgewacht und hatte sich für die Zukunft entschieden, die ihnen vorgezeichnet war. Ihr Betragen konnte nicht auf ein bestimmtes Jahr, einen bestimmten Monat, einen bestimmten Tag und eine bestimmte Uhrzeit zurückgeführt werden. Es war ein unablässiges Auf und Ab gewesen, bis die Umstände schließlich jede Hoffnung zunichtegemacht hatten.

Und es waren nicht die großen Dinge gewesen. So erinnerte Kim sich zum Beispiel daran, immer nur »Kind« genannt worden zu sein. Alle waren »Kind« genannt worden, denn so mussten die Mitarbeiter sich nicht ihre Namen einprägen.

Kim begriff, dass ihre eigene Motivation aus dem Bedürfnis heraus kam, diesen vergessenen Kindern Gerechtigkeit widerfahren zu lassen, und dass sie keinen Gang zurückschalten würde, bevor ihr das nicht gelungen war.

Und sie war dankbar und froh über jeden, der ihr Tempo mithielt.

»Hey«, sagte sie beim Hinausgehen. »Danke.«

Cerys lächelte.

Kim ging zum Ausrüstungszelt. Daniel hatte ihr den

Rücken zugewandt, doch sie sah, dass er und zwei andere damit beschäftigt waren, Plastiktüten zu beschriften.

»Hey, Doc, was haben Sie?«

»Wie ...? Keine Beleidigungen, keine Beschimpfungen?«

»Also, ich bin müde, aber ich könnte bestimmt ...«

»Nein, schon gut. Heute komme ich ausnahmsweise auch mal ohne klar.«

Kim entging nicht, dass der Doktor verdrossener wirkte als sonst. Seine Schultern hingen ein wenig herab, als er die Plastiktüte mit dem Schädel verschloss. Auf weißen Klebestreifen waren mit schwarzem Marker die Fundstelle und die Art der Knochen festgehalten.

Sein Assistent wollte nach dem Deckel für die Aufbewahrungsbox greifen, doch Daniel schüttelte den Kopf. »Noch nicht.«

Kim war irritiert. Sie hatte schon gesehen, wie menschliche Überreste eingepackt wurden: Die schweren Knochen kamen ganz unten in die Kiste und dann die leichteren obendrauf, damit die winzigen, zerbrechlichen Knochen keinen Schaden nahmen. Normalerweise war der Schädel dennoch das Letzte, was eingepackt wurde.

Sie trat neben Doktor Bate, als er nach einem Behälter von der Größe einer Frühstücksbox griff, der bereits mit Seidenpapier ausgelegt war. Ganz rechts auf dem Tisch lag ein Haufen kleiner Knochen. Seine Hand zitterte leicht.

»Erwachsen oder nicht erwachsen?«, fragte Kim.

»Eindeutig nicht erwachsen. Im Augenblick kann ich Ihnen noch nicht sagen, wie sie starb. Die erste Inaugenscheinnahme hat keine offensichtlichen Verletzungen ergeben.«

Er sprach leise und kontrolliert.

Kim stutzte. »Moment mal, Doc. Unser erstes Opfer war ein Teenager, und ich konnte Sie mit noch so vielen Drohungen nicht dazu bringen, eine Geschlechtsbestimmung vorzunehmen. Und jetzt bezeichnen Sie dieses Opfer hier ganz plötzlich als weiblich, bevor Sie die Knochen überhaupt mit ins Labor genommen haben?«

Er setzte die Brille ab und rieb sich die Augen. »Das stimmt. Bei Opfer Nummer zwei zögere ich keine Sekunde, Detective.« Er richtete den Blick wieder in die Frühstücksbox. »Denn diese junge Dame war schwanger.«

VIERUNDVIERZIG

»Was für ein verdammter Tag«, sagte Bryant, als er den Wagen hinter dem Revier parkte. Es waren die ersten Worte, die fielen, seit sie das Stück Brachland verlassen hatten. »Dawson war ganz schön still da oben.«

»Überrascht Sie das?«

Dawson hatte den Blick nicht von dem kleinen Behälter lösen können, bis die Knochen zu denen der Mutter in die größere Kiste gepackt worden waren.

»Fahren Sie nach Hause, Bryant. Ich gehe noch zu Woody, und dann fahre ich auch heim.«

Es war kurz nach sieben, und sie waren schon zwölf Stunden im Dienst, den sechsten Arbeitstag am Stück. Bryant würde, genau wie sie, nicht lockerlassen. Aber er hatte Familie. Sie nicht.

Das letzte bisschen Energie brauchte sie auf, als sie die Treppe in den dritten Stock hinaufstieg. Sie klopfte und wartete.

Als Woody »Herein« rief, staunte sie darüber, wie viel kontrollierte Wut in zwei einfachen Silben enthalten sein konnte.

Der Anti-Stress-Ball war schon in seiner Hand, als sie Platz nahm.

»Sie wollten mich sehen, Sir?«

»Vor drei Stunden, als ich anrief, hätte besser gepasst«, knurrte er.

Kim richtete den Blick auf seine rechte Hand. Sie hätte schwören können, dass sie den Anti-Stress-Ball um Gnade winseln hörte.

»Es gab Entwicklungen auf dem Grundstück, die es erforderlich gemacht haben ...«

»Stone, Sie waren in einen traumatischen Vorfall verwickelt.«

»So schlecht sind Bryants Fahrkünste gar nicht«, witzelte sie matt. Es war ein langer Tag gewesen.

»Halten Sie den Mund. Sie kennen die Verfahrensvorschriften und wissen, dass Sie aufs Revier kommen müssen, um befragt zu werden und damit man Sie untersuchen kann, ob es Ihnen gut geht.«

»Mir ging es gut, fragen Sie Bryant ...«

»Sie werden verzeihen, wenn ich meine Zeit nicht damit vergeude.« Er lehnte sich zurück und nahm den Ball in die linke Hand. Verdammt, noch war sie wohl nicht aus dem Schneider.

»Ich habe eine Fürsorgepflicht für meine Leute, der nachzukommen Sie mir schier unmöglich machen. Wir müssen Ihnen Unterstützung und Beratung anbieten.«

Kim verdrehte die Augen. »Wenn ich jemanden brauche, der mir sagt, wie ich mich fühlen müsste, dann sage ich Ihnen auf jeden Fall Bescheid.«

»Dass Sie nichts empfinden, mag sehr wohl das Problem sein, Stone.«

»Für mich nicht, Sir.«

Er beugte sich vor und durchbohrte sie mit seinem Blick.

»Im Moment nicht, aber irgendwann wird all das Negative Sie beeinträchtigen, und dann funktionieren Sie nicht mehr.«

Das bezweifelte Kim. Es war einfach ihre Art, mit Dingen umzugehen. Das Schlechte wurde in Schachteln gepackt und versiegelt. Der Trick war, diese Schachteln niemals zu öffnen, und die einzige Frage, die sich *ihr* stellte, war die, warum nicht mehr Leute das so machten.

Ein altes Sprichwort behauptete, die Zeit heile alles. Und Kim hatte die Kunst gemeistert, die Zeit zu manipulieren. In der realen Zeit war es ihr vor sieben Stunden nicht gelungen, Arthur Connop das Leben zu retten, doch die ganzen Aktivitäten, die sie in die dazwischenliegenden Stunden gepackt hatte, hatten die Erinnerung daran in weite Ferne gerückt. In ihrer Vorstellung hätte der Unfall auch letzte Woche passiert sein können. Für sie lag alles schon sehr viel weiter zurück, als Woody ahnte.

»Sir, vielen Dank für Ihre Besorgnis, aber es geht mir wirklich gut. Ich weiß, dass ich nicht jeden retten kann, und ich mache mir keine Vorwürfe, wenn Menschen sterben.«

Der Chief Inspector hob die Hand. »Stone, das reicht. Ich habe meine Entscheidung getroffen. Sobald dieser Fall abgeschlossen ist, gehen Sie zur Therapie, sonst droht Ihnen die Suspendierung.«

»Aber ...«

Er schüttelte den Kopf. »Wenn nicht, wird das Schlechte Sie von innen zerstören.«

Was sie in ihrem Innern festhielt, bereitete ihr keine Sorgen, denn es war gut verpackt und versiegelt. Sie hatte einzig Angst davor, es herauszulassen. Wenn sie es herausließe, wäre das für sie der Anfang vom Ende.

Kim seufzte schwer. Diesen Kampf musste sie ein andermal ausfechten.

»Es wird keine weitere Diskussion über die Angelegenheit geben, aber bevor Sie gehen, ist da noch etwas anderes.«

Großartig.

»Ich habe einen Anruf vom Superintendent bekommen, der seinerseits vom Chief Superintendent angerufen worden war. Die beiden wollen, dass Sie von diesem Fall abgezogen werden.« Er lehnte sich zurück. »Also, erzählen Sie mir, wem Sie heute auf die Füße getreten sind.«

Ihn anzulügen hatte keinen Sinn. Da hatte sie wohl jemanden so richtig auf die Palme gebracht.

»Sir, ich könnte Ihnen eine Liste geben, aber die wäre sicher nicht vollständig. Doch die einzige Person, bei der ich mir bewusst bin, dass ich sie so sehr verärgert habe, ist Richard Croft. Allerdings kann ich mir nicht vorstellen, dass er so großen Einfluss besitzt.«

Es gab eine kurze Pause, in der sich ihre Blicke begegneten. Dann sagten sie gleichzeitig: »Seine Frau.«

»Was haben Sie zu ihm gesagt?«

Sie zuckte mit den Schultern. »Alles Mögliche«, antwortete sie und dachte, dass Crofts Frau ihn wohl doch sehr lieben musste.

»Zeuge oder Verdächtiger?«

Sie verzog das Gesicht. »Ein bisschen von beidem.«

»Verdammt, Stone. Wann lernen Sie endlich, dass polizeiliche Ermittlungen auf dieser Ebene auch etwas mit Politik zu tun haben?«

»Nein, Sir, auf *Ihrer* Ebene mag die Polizeiarbeit etwas mit Politik zu tun haben. Auf meiner geht es immer noch darum, die Wahrheit herauszufinden.«

Woody bedachte sie mit einem finsteren Blick. So wie es rausgekommen war, hatte Kim es gar nicht gemeint. Sie verließ sich darauf, dass er das wusste, und machte lieber nicht noch einmal den Mund auf, um die Gangart zu wechseln.

Sie schob das Kinn vor. »Werden Sie den Anweisungen folgen und mich von dem Fall abziehen?«

»Stone, Sie müssen mich nicht aufstacheln, Gebrauch von

meinem vollkommen gesunden Rückgrat zu machen. Die beiden sind bereits informiert worden, dass Sie den Fall weiterhin leiten.«

Kim lächelte. Sie hätte es wissen sollen.

»Der Councillor hat eindeutig etwas zu verbergen, sonst hätte er nicht seinen Wachhund von der Kette gelassen.« Zum ersten Mal seit Tagen deutete er ihr gegenüber ein Lächeln an. »Also ist es wohl an der Zeit, meinen ebenfalls loszulassen.«

»Ja, Sir«, pflichtete Kim ihm mit einem Schmunzeln bei.

FÜNFUNDVIERZIG

Kim blickte von Bryant zu Stacey. »Okay, neuer Tag. Dawson fährt direkt raus zur Ausgrabungsstelle. Er ruft an, sobald es etwas Neues gibt. Um es noch einmal zusammenzufassen: Von den sechs Mitarbeitern, die wir identifizieren konnten, sind nur noch zwei am Leben, Richard Croft und William Payne. Richard Croft mag mich nicht besonders, also glaube ich nicht, dass wir aus ihm viel rauskriegen. Aber er verheimlicht uns etwas.«

»Guv, zwei der Einwände gegen die Grabungen des Professors kamen von der Anwaltskanzlei Travis, Dunne und Cohen.«

»Crofts Frau?«

Stacey nickte. »Sie arbeitet unter ihrem Mädchennamen Cohen.«

»Was auch immer er verbirgt, sie weiß es.«

»Ist es einen Besuch in ihrer Kanzlei wert, Guv?«, fragte Bryant.

Kim schüttelte den Kopf. »Sie hat schon versucht, mir den Fall entziehen zu lassen, und ich werde ihr keine weitere Angriffsfläche bieten.« Sie zuckte die Achseln. »Von ihr haben wir keine Hilfe zu erwarten. Was auch immer Croft uns verheimlicht, seine Frau steckt mit ihm unter einer Decke und wird uns alle möglichen Steine in den Weg legen.«

»Was glauben Sie, wie weit sie dabei gehen wird?«, fragte Stacey.

»Kommt auf das Ausmaß des potenziellen Schadens an«, antwortete Kim und dachte an das gut gesicherte Haus und die teuren Autos, ganz zu schweigen von der Karriere.

Kim stand an der Tafel, die in zwei Hälften unterteilt worden war. Die erste Hälfte war noch einmal in Viertel unterteilt. Die Einzelheiten über Teresa Wyatt und Tom Curtis nahmen die beiden oberen Felder ein. Die unteren beiden Felder waren Mary Andrews und Arthur Connop vorbehalten.

»Haben wir von der Kriminaltechnik schon etwas über Connop?«, fragte Kim.

»Scherben vom Scheinwerfer auf der Beifahrerseite und einige Abplatzer von weißem Lack an seinem Hosenbein. Sie sind gerade dabei, den Wagentyp zu bestimmen.«

Kim blickte konzentriert auf die linke Seite der Tafel. Auch wenn sie die Morde an Mary Andrews und Arthur Connop nicht nachweisen konnte, wusste sie, dass ihr Ableben mit etwas Schlimmem in Verbindung stand, das sich vor zehn Jahren ereignet hatte.

Was habt ihr getan?, fragte sie sie im Stillen.

Die andere Seite der Tafel war in zwei Felder unterteilt, für die beiden Opfer, die bislang geborgen worden waren. Kim wusste, dass die Tafel noch einmal geteilt werden würde, bevor der Tag zu Ende ging.

Am Rand standen drei Namen:

Melanie Harris

Tracy Morgan

Louise Dunston

»Gibt es Fortschritte bei der Identifikation?«, fragte Stacey, die Kims Blick gefolgt war.

Sie wandte sich nicht um. »Anscheinend haben die drei eine verschworene kleine Gruppe gebildet. Ich hoffe, Doktor Bate kann uns mehr Hinweise darauf liefern, welches Mädchen welches ist.«

»Glauben Sie, es sind mehr als drei, Guv?«, fragte Stacey.

Kim schüttelte den Kopf. Es gab sicher einen Grund dafür, dass eine bestimmte Gruppe von Mädchen zu Opfern wurde. »Können Sie auf Facebook mehr über die drei herausfinden, ohne aufzufliegen?«

»Klar. Als ich gefragt habe, ob sich jemand an mich erinnert, hat eine gemeint, ob ich das schüchterne kleine Mädchen mit der dicken Brille und dem Stottern gewesen wäre. Und ich hab mit Ja geantwortet.«

Kim verdrehte die Augen. »Was haben Sie über den Pfarrer herausgefunden?«

»Der einzige Pfarrer mit einer Verbindung zu Crestwood, den ich gefunden habe, ist Victor Wilks, der Typ, der diese Wohltätigkeitswanderung organisiert hat. Sein Name taucht in ein paar Posts auf. Die Mädchen bezeichnen ihn alle liebevoll als ›Vater‹. Er hat das Heim einmal im Monat besucht, um eine kurze Messe für die Mädchen zu lesen.«

»Hintergrund?«

»Schwer zu sagen. Bis jetzt weiß ich nur, dass er ein paar Jahre in Bristol war, zwei in Coventry und eins in Manchester. Ich habe ein paar E-Mails rausgeschickt, um zu sehen, ob jemand anbeißt.«

»Wo ist er jetzt?«

»Dudley.«

»Seit wann?«

Stacey tippte auf ihrer Tastatur. »Seit zwei Jahren.«

»Haben Sie eine Adresse?«

Stacey reichte Kim ein Blatt, als Bryants Telefon klingelte. Er ging ran und legte schon nach wenigen Sekunden den Hörer wieder auf.

»Guv, das war der Empfang. Sie haben Besuch.«

Kim runzelte die Stirn. Sie hatte zu viel zu tun, um alles stehen und liegen zu lassen, nur weil jemand unangekündigt vorbeischaute.

»Rufen Sie zurück und ...«

»Die lässt sich nicht abwimmeln, Guv. Ihre Besucherin ist Bethany Adamson, und sie ist mächtig sauer.«

SECHSUNDVIERZIG

»Kann ich Ihnen helfen?«, fragte Kim am Empfang.

Als die Frau sich umdrehte, staunte Kim nicht schlecht. Nicht darüber, wie sehr sie Nicola ähnelte, sie waren schließlich eineiige Zwillinge. Sie war eher überrascht, wie *wenig* sie einander glichen.

Die Frau reichte ihr nicht die Hand. »Ich heiße Bethany Adamson, und ich möchte mit Ihnen reden.«

Kim wandte sich wieder dem Flur zu und bedeutete Bethany, ihr zu folgen.

Ein regelmäßiges *Tock, Tock, Tock* begleitete sie zu Vernehmungszimmer zwei. Kim gab den Sicherheitscode ein und hielt der Frau die Tür auf. Sie ging an ihr vorbei, rechts auf einen Gehstock gestützt.

Bethanys Stiefel waren flach und praktisch und reichten ihr bis zu den Knien. Darunter trug sie schwarze, weit geschnittene Jeans. Eine weite Winterjacke hüllte die schlanke Gestalt ein, die gebrechlicher zu sein schien als ihre Schwester.

»Ich habe nicht viel Zeit, Miss Adamson.«

»Was ich zu sagen hab, dauert nich lange, Detective.«

Überrascht registrierte Kim den breiten Black-Country-

Einschlag. Sie bedeutete der Frau mit einem Nicken, fortzufahren, während sie ihre äußere Erscheinung betrachtete. Hätte sie nicht gewusst, dass die beiden Zwillinge waren, hätte sie wohl angenommen, Bethany wäre Nicolas Schwester, allerdings sehr viel älter.

Die blonden Haare waren fest nach hinten gekämmt und zu einem Pferdeschwanz gebunden, die Ansätze ungewaschen und fettig. Das Gesicht, wenn auch von gleicher Struktur, wirkte schmaler und schroffer als das ihrer Schwester. Vitalität und Charisma waren zwischen den Zwillingen sehr ungleich verteilt, und nicht zu Bethanys Vorteil.

Kim bemerkte, dass die Frau sich mit dem ganzen Gewicht auf den Gehstock stützte. Sie zeigte auf den Stuhl, doch ihr Gegenüber schüttelte den Kopf. Also blieb Kim ebenfalls stehen. Sie sahen einander über den Metalltisch des Vernehmungszimmers hinweg an.

»Sie haben gestern mit meiner Schwester gesprochen.«

Kim war schockiert über die Härte, die im Gesicht dieser Frau durchschien. Ihre Lippen waren schmal, und ein Stirnrunzeln schob die Augenbrauen dicht zusammen.

Kim nickte. »Ihr Name und der Ihrer Schwester sind im Rahmen einer aktuellen Ermittlung aufgetaucht.«

»Wir haben Ihnen nix zu sagen.«

Kim war fasziniert. »Woher wollen Sie das wissen?«

Bethany Adamson suchte Kims Blick, und sie sahen einander fest in die Augen. Die Pupillen waren kalt und gefühllos. Nicht einmal wütend oder leidenschaftlich. Nur tot und unnachgiebig. Wenn sich ein Gesicht als Ganzes aus seinen individuellen Zügen zusammensetzte, dann hatte diese Frau in ihrem ganzen Leben keinen einzigen freudvollen Augenblick erlebt.

»Ich weiß es halt.«

Kim verschränkte die Arme. »Ihre Schwester war ein wenig entgegenkommender.«

»Na, die kapiert's ja auch nich, oder?«

»Was kapiert sie nicht?«

Beth seufzte schwer. »Unsre ersten Jahre waren schwer. Unsere Mutter war 'ne Crackhure, die uns ins Heim brachte und wieder abholte wie Bücher aus der Bücherei. Je älter wir wurden, desto kleiner wurde unsere Chance auf irgendein Leben, denn keiner hat uns nich gewollt. Wir hatten nur uns.«

»Das verstehe ich, Miss Adamson, aber ...«

»Unsre Zeit in Crestwood war nich grad die glücklichste, und Sie wiss'n nich, wie das is, wenn die eigene Mutter einen nur fürs Kindergeld will.« Sie sah Kim immer noch in die Augen und ließ ihren Blick nicht los. »In unserer Kindheit gab's keine Liebe und nix Stabiles, und wir wollen uns nich mehr daran erinnern. Ich nich und Nicola auch nich.«

Kim verstand mehr, als sie jemals zugeben würde. Trotz ihres aggressiven Auftretens hatte Kim das Bedürfnis, die Hand nach ihr auszustrecken. Sie verstand, woher die Feindseligkeit kam, doch sie hatte schon genug damit zu tun, die Todesfälle – alte wie neue – aufzuklären.

»Was hat sich in diesem Heim abgespielt, Beth?«, fragte sie leise.

»Miss Adamson, wenn Sie erlauben. Das rauszufinden is ja wohl Ihre Aufgabe, Detective. Aber halten Sie mich und meine Schwester da raus. Da hat keine von uns was von.«

»Auch nicht, wenn es helfen würde, einen Mörder zu fangen?«

Das tote Gesicht zeigte keinerlei Gefühlsregung. »Nich mal dann. Meine Schwester is zu höflich, darum zu bitten, aber ich nich. Lassen Sie uns in Ruhe.«

»Wenn die Ermittlungen es erforderlich machen, dass ich noch einmal mit einer von Ihnen spreche ...«

»Ich würd's lassen, wenn ich Sie wär. Wenn Sie uns nich in Ruhe lassen, wird's Ihnen noch leidtun.«

Mit überraschender Geschwindigkeit legte Bethany

Adamson die Entfernung zur Tür zurück. Sie war fort, bevor Kim begriff, dass sie ihr gerade gedroht hatte.

Doch statt sie einzuschüchtern, hatten die Worte der Frau genau das Gegenteil bewirkt.

Jetzt brannte in Kim eine andere Frage.

Nicola und Beth hatten dieselbe Kindheit erlebt, doch sie waren wie entgegengesetzte Jahreszeiten. Also, was zum Teufel war passiert, dass aus Bethany Adamson so ein feindseliger, hasserfüllter Menschen geworden war?

SIEBENUNDVIERZIG

Die Wohnsiedlung Hollytree lag zwischen Brierley Hill und Wordsley. Die Anfang der Siebzigerjahre erbaute Sozialwohnungssiedlung erstreckte sich über gut drei Kilometer. Inzwischen lebten dort mindestens drei registrierte Sexualstraftäter.

Wenn sie in die Siedlung hineinfuhr, fühlte Kim sich immer an Dantes Kreise der Hölle erinnert. Den äußeren Ring bildeten graue Fertighäuser, deren Fenster entweder geborsten, vernagelt oder vergittert waren. Zäune, die die Grundstücke voneinander trennten, gab es längst nicht mehr. Die Gärten verlassener Häuser wurden zum Wohle der örtlichen Gemeinde als praktische Müllabladeplätze genutzt. Alte Autos mit bunt zusammengewürfelten Karosserieteilen müllten die Straße zu.

Den inneren Ring bildeten Reihenhäuser mit zwölf Wohneinheiten pro Block. Auf sämtlichen Außenmauern wetteiferten aufgesprayte Obszönitäten um die größte Aufmerksamkeit und boten dabei mehr Einzelheiten über Bienchen und Blümchen als die schulischen Lehrpläne. Die Stadtverwaltung hatte den Kampf gekämpft und verloren. Kim musste nicht aus dem Auto steigen, um den fauligen Gestank der Flure zu wahrzunehmen, in denen mehr Drogen gehandelt wurden als in mancher düsteren Gasse.

Im Zentrum der Siedlung hielten drei Hochhäuser Wache, die die restlichen Gebäude weit überragten. Auch wenn der Stadtrat etwas anderes behauptete, lebten dort die, die aus anderen Sozialwohnsiedlungen in der Gegend rausgeflogen waren. Die Jahre, die die Bewohner als Freiheitsstrafen abgesessen hatten, würde aneinandergereiht locker bis zurück in die Eiszeit reichen.

»Wissen Sie, Guv, wenn es stimmt, dass Tolkien das Schwarze Land Mordor nach dem Black Country benannt hat, hat er bestimmt in diese Richtung hier geschaut.«

Kim widersprach ihm nicht. Es war das Land, das selbst von der Hoffnung vergessen worden war. Sie wusste es, denn sie hatte die ersten sechs Jahre ihres Lebens in Hollytree verbracht.

Bryant parkte vor einer Reihe von Gebäuden, die einst Läden für die alltäglichen Bedürfnisse der Bewohner beherbergt hatten. Der Letzte, der geschlossen hatte, war der Zeitungsladen am Ende gewesen, nachdem er von zwei zwölfjährigen Jungen mit gezückten Messern überfallen worden war.

Das mittlere Gebäude, in dem früher eine Imbissbude gewesen war, wurde einmal die Woche morgens als Beratungsstelle für Obdachlose und Arbeitssuchende geöffnet. Sieben Mädchen im Teenageralter hingen am Eingang herum. Sie verstellten die Tür nicht nur physisch, sondern auch mit ihrer rotzigen Haltung.

Bryant sah Kim an, und sie lächelte als Antwort.

»Tun Sie ihnen nicht zu arg weh, ja, Guv?«

»Ich doch nicht.«

Bryant blieb zurück, während Kim vor die Rädelsführerin trat. Ihr Haar war in drei verschiedenen Lilatönen gefärbt, und die makellose Haut ihres Gesichts war mit Metall gespickt.

Sie streckte die rechte Hand aus. »Eintritt.«

Kim begegnete ihrem Blick und hatte Mühe, sich ein Lächeln zu verkneifen. »Wie viel?«

»Hundert?«

Kim schüttelte den Kopf. »Nee, zu viel. Wir haben grad Krise, weißt du.«

Das Mädchen grinste und verschränkte die Arme. »Deswegen muss ich ja meine Preise hochhalten.«

Ihre Anhängsel kicherten und stupsten einander.

»Okay, beantworte mir eine einfache Frage, und die Sache ist geritzt«, bot Kim an.

»Ich beantworte gar keine Frage nich, denn du Schlampe kapierst es wohl nich.«

Kim zuckte die Achseln und machte Anstalten, sich abzuwenden. »Schön, dann geh ich eben wieder, aber so hättest du wenigstens 'ne Chance auf einen Hunderter gehabt.«

Das Zögern dauerte eine Sekunde. »Na gut, also los.«

Kim drehte sich wieder um und blickte in ein Gesicht, in dem deutlich die Gier nach Geld stand. »Wie viel müsste ich bezahlen, wenn du mir fünfzehn Prozent Nachlass gewähren würdest?«

Verwirrung machte sich auf den Zügen des Mädchens breit. »Keine Ahnung, wie ...«

»Siehst du, wenn du in der Schule wärst, könntest du den Leuten noch viel mehr abpressen.« Kim beugte sich weiter vor und schob ihr Gesicht bis auf zwei Zentimeter vor das des Mädchens. »Und jetzt geh mir aus dem Weg, bevor ich dich an deinem Nasenring zur Seite schleife.« Kim sprach mit leiser Stimme und überließ die Schwerarbeit ihrem Blick.

Das Mädchen starrte eine ganze Minute zurück. Kim blinzelte nicht.

»Kommt, Mädels, die Schlampe isses nich wert«, sagte sie und trat nach links. Die anderen folgten ihr.

Sobald die Tür frei war, drehte Kim sich um. »Hey, Lady, einen Zehner, wenn ihr aufs Auto aufpasst.«

Das Mädchen zögerte, doch eine Kumpanin stupste sie von hinten, und sie knurrte: »Abgemacht.«

Bryant folgte Kim in die Hülle eines Gebäudes. Alles, was von Wert war, schien entfernt worden zu sein, einschließlich der Deckenplatten. Ein zwei Meter langer Riss führte von der rechten Ecke zur Mitte der hinteren Wand. Vor ihr stand ein klappriger Tisch mit einer einfachen Kaffeemaschine, darum einige Stühle.

In der gegenüberliegenden Ecke standen drei Männer. Sie drehten sich um. Zwei gerieten augenblicklich in Panik und gingen an ihnen vorbei zur Tür. Solche Berufsganoven waren wie Bluthunde, sie witterten Polizisten auf hundert Meter gegen den Wind.

»Haben wir euch was getan, Jungs?«, frotzelte Bryant. Einer saugte als Zeichen der Missachtung die Luft durch die Zähne, und Kim schüttelte den Kopf. Das Gefühl beruhte durchaus auf Gegenseitigkeit.

Den dritten Mann, der zurückgeblieben war, erkannte Kim vom Krematorium an dem Tag, an dem sie hinter der Leiche von Mary Andrews hergejagt waren.

»Pastor Wilks, ohne Ihre Amtstracht hätte ich Sie beinahe nicht erkannt«, witzelte Bryant.

Victor Wilks lächelte mit kaum verhohlener Nachsicht über eine Bemerkung, die er sicher schon oft zu hören bekommen hatte. Obwohl Bryant so falsch nicht lag. Im Priestergewand war Wilks augenblicklich eine Figur des Respekts. Hier, in einer normalen Umgebung, sah er aus wie ein ganz gewöhnlicher, durchschnittlicher Mann. Bei ihrem ersten Zusammentreffen im Krematorium hatte Kim ihn auf Ende fünfzig geschätzt, doch ohne seine Amtstracht wirkte er leicht zehn Jahre jünger. Die lässige Kleidung aus heller Jeans und blauem Sweatshirt betonte seinen recht kräftigen, muskulösen Körperbau.

»Kann ich Ihnen etwas zu trinken anbieten?«, fragte er und zeigte auf die Kaffeemaschine.

Kims Blick fiel auf die letzten beiden Finger der rechten Hand. Sie waren wie ein Haken gekrümmt. Solche Verletzungen hatte sie schon einmal bei Boxkämpfern gesehen, die mit bloßen Fäusten kämpften. Angesichts seiner überdurchschnittlichen Körpergröße vermutete sie, dass er irgendwann in seinem Leben mal geboxt hatte.

Kim schaute auf die Kaffeemaschine und gab Bryant einen Stups, der antwortete. »Nein, vielen Dank, Pastor ... Pfarrer ...«

»Victor, bitte.«

»Was zum Teufel machen Sie hier?«, fragte Kim. Kein Mensch, der bei Verstand war, hielt sich freiwillig an so einem Ort auf.

Er lächelte. »Ich versuche, ein bisschen Hoffnung zu geben, Detective. Diese Gegend ist eine der benachteiligsten im ganzen Land. Ich versuche ihnen zu zeigen, dass es einen anderen Weg gibt. Es ist leicht, diese Leute zu verurteilen, aber in jedem steckt etwas Gutes, man muss nur genau hinsehen.«

Aha, da ist sie, dachte sie, als seine Stimme in den Predigermodus schaltete.

»Wie hoch ist Ihre Erfolgsrate?«, fragte Kim leicht gereizt. »Wie viele von diesen Seelen haben Sie schon gerettet?«

»Ich führe keine Statistiken, meine Liebe.«

»Ein Glück«, sagte sie und wanderte durch den Raum.

Bryant brachte das Gespräch auf ihre Ermittlungen. »Wir haben gehört, dass Sie Crestwood früher regelmäßig besucht haben, um mit den Mädchen zu sprechen und kurze Messen abzuhalten?«

»Das stimmt.«

»Wir haben auch gehört, dass Sie ab und zu für William Payne eingesprungen sind?«

»Das stimmt ebenfalls. Wir haben uns alle erboten, ab und zu für ihn einzuspringen. Er ist nicht zu beneiden um seine Situation, da werden Sie mir sicher zustimmen. Wie er sich um seine Tochter kümmert, ist bewundernswert. Er ist unendlich dankbar für Lucys Leben. Er pflegt sie unermüdlich. Alle Mitarbeiter haben ihr Möglichstes getan, um ihn zu unterstützen.« Er überlegte einen Augenblick und fügte dann hinzu: »Also, jedenfalls die meisten.«

Kim beendete ihre Runde durch den Raum und trat neben Bryant. »Wo wir gerade von den Mitarbeitern reden, können Sie uns sagen, wer in der Zeit, da Sie mit Crestwood zu tun hatten, dort war?«

Victor ging zu der Kaffeemaschine, und Kim konnte nicht umhin, sich zu wundern, dass das Gerät noch nicht gestohlen worden war, allein wegen seines Schrottwerts.

Er gab einen Teebeutel in einen Plastikbecher und bedeutete ihnen mit einer Geste, sich mit ihm an den Tisch zu setzen. »Richard Croft hatte gerade seinen Posten als Geschäftsführer angetreten. Seine Rolle schien vorrangig eine administrative zu sein. Ich glaube, er war damit betraut, das Budget zu straffen und die Effizienz zu verbessern. Er hatte wenig Kontakt zu den Mädchen und wollte es auch so. Ich hatte immer das Gefühl, er hat sich nie richtig darauf eingelassen, er hatte es immer eilig, seine Arbeit zu erledigen, seine Ziele zu erreichen und wieder zu gehen.«

»Was ist mit Teresa Wyatt?«

»Nun, natürlich gab es Spannungen zwischen den beiden. Teresa wurde bei der Besetzung des Leitungspostens übergangen und nahm es Richard übel, dass er ihn bekommen hatte.« Wilks rührte seinen Tee, um dem Teebeutel ein wenig Aroma zu entlocken. »Teresa war keine besonders warmherzige Frau. Sie und Richard haben sich sofort in die Haare gekriegt. Sie haben einander gehasst, und das wusste jeder.«

Alles sehr interessant, dachte Kim, aber keine Erklärung dafür, dass auf dem Grundstück vermutlich drei tote Mädchen vergraben worden waren. »Wir gehen davon aus, dass Teresa ein hitziges Naturell hatte.«

Victor nickte langsam.

»Sind Sie je Zeuge davon geworden?«

»Ich persönlich nicht.«

»Aber andere?«, hakte Kim nach.

Er zögerte, und dann öffnete er die Hände. »Ich wüsste nicht, was es jetzt noch schaden könnte. Einmal hat Teresa mit mir über eine drohende Beschwerde über sie gesprochen. Ich hatte munkeln hören, dass ihr schon mal die Hand ausrutschte, wenn das Temperament mit ihr durchging, aber das war etwas anderes: Sie hatte ein Mädchen so fest in den Bauch geboxt, dass sie Blut hustete.«

Kim fing unwillkürlich an mit dem Fuß zu wippen. Sie legte die Hand auf ihr Knie, damit es aufhörte.

»Und darum drehte sich die Beschwerde?«

Er schüttelte den Kopf. »Nein, Teresa sorgte sich nicht so sehr um den tätlichen Angriff an sich, sondern darum, welche Rückschlüsse aus der Beschwerde abgeleitet werden könnten.«

»Und das wäre?«

»Dass Teresa das Mädchen geschlagen hatte, weil es sich geweigert hatte, Sex mit ihr zu haben.«

»Und, war es so?«

Victor wirkte unsicher. »Ich glaube, nicht. Teresa war ehrlich zu mir, was den tätlichen Angriff anging. Sie gab zu, was sie gemacht hatte, aber sie schwor, es sei nicht um Sex gegangen. Sie wusste, dass eine solche Anschuldigung ihr Ende wäre. So eine Verunglimpfung würde wie ein Blutegel für den Rest ihres Lebens an ihrem Namen kleben.«

Kim schloss die Augen und schüttelte den Kopf. Ein Geheimnis nach dem anderen kam ans Licht.

»Wer hat sich beschwert?«, fragte sie. Sie hätte ihr Motorrad, ihr Haus und ihren Job darauf verwettet, dass es eines der drei Mädchen gewesen war.

»Das hat sie nicht gesagt, Detective. Bei unserem Gespräch ging es nur um sie. Sie hat das Gespräch darüber gesucht, um es für sich zu klären.«

Selbstverständlich wollte sie das, dachte Kim. Gott bewahre, dass Teresa Wyatt einen Gedanken darauf verschwendet hätte, die Wahrheit zu sagen.

»Was ist mit Tom Curtis?«, fragte Bryant.

Victor musste einen Augenblick überlegen. »Oh, Sie meinen den Koch? Das war eher einer von den Stillen. Der ist mit niemandem aneinandergeraten. Eher ein Mitläufer, falls man ihn so nennen kann. Wurde ein-, zweimal gerügt, weil er ein bisschen zu vertraulich mit den Mädchen wurde.«

»Tatsächlich?«, hakte Kim nach.

»Er war Mitte zwanzig, der jüngste von den Mitarbeitern, er konnte sich eher in sie hineinversetzen. Manche fanden vielleicht, zu gut – aber es waren nur Gerüchte. Mehr möchte ich dazu nicht sagen.«

»Aber Sie haben sich doch sicher eine Meinung gebildet?«

Victors Züge wurden hart, als er die rechte Hand hob. »Ich werde nicht den Namen eines Toten durch den Schmutz ziehen, wenn ich nicht mit eigenen Augen Beweise für irgendwelche Unschicklichkeiten gesehen habe.«

»Was heißt, dass andere durchaus etwas gesehen haben?«, hakte Kim nach.

»Dazu kann ich nichts sagen, und spekulieren werde ich gewiss nicht.«

»Ich verstehe, Victor«, beschwichtigte Bryant ihn. »Fahren Sie bitte fort.«

»Mary Andrews war eher der sachliche Typ; sie schenkte den Mädchen wahrscheinlich die meiste Aufmerksamkeit. Sie war streng, aber liebevoll und auch zugänglich. Für Mary war es mehr als ein Job.«

»Und Arthur Connop?«

Victor lachte. »Ach, Arthur. Den hätte ich beinahe vergessen. Ein recht bedauerliches Geschöpf, hatte ich immer das Gefühl. Ich habe mich oft gefragt, was ihm zugestoßen ist, dass er so bitter und feindselig wurde. Seltsamer kleiner Mann, hat niemanden gemocht.«

»Besonders William Payne nicht?«, fragte Bryant.

Der Geistliche runzelte die Stirn. »Ach, ich glaube nicht, dass es etwas Persönliches war. William kann man kaum nicht mögen. Ich glaube, Arthur hatte etwas dagegen, dass die anderen Kollegen William ab und zu mal ein wenig unterstützten. Er konnte es nicht leiden, wenn ein anderer etwas bekam und er nicht.«

»Wie ging er mit den Mädchen um?«

»Wer, Arthur? Gar nicht. Er hasste jedes einzelne von ihnen. Weil er so war, wie er war, wurde er leicht zur Zielscheibe. Sie haben ihm Streiche gespielt, sein Werkzeug versteckt und so.«

»Haben sie William auch Streiche gespielt?«

Victor überlegte einen Augenblick. Ein Ausdruck huschte für einen Moment über sein Gesicht, doch er schüttelte den Kopf.

»Eher nicht. William hat ja nur Nachtdienst gemacht und hatte daher wenig Kontakt zu den Mädchen.«

Kim beugte sich vor. Irgendetwas verheimlichte er ihnen. »Was können Sie uns über die Mädchen sagen?«

Er lehnte sich zurück. »Sie waren keine schlechten Kinder. Einige waren nur vorübergehend da, weil es in der Familie Probleme gab. Manche wurden wegen Kindesmissbrauch in Obhut genommen. Andere blieben, bis ein anderes Familienmitglied sich ihrer annahm, und manche hatten gar keine Familie mehr.«

»Erinnern Sie sich an die Zwillinge Nicola und Bethany?«

Ein Lächeln trat in seine Augen. »O ja. Hübsche kleine Mädchen. Wenn ich mich richtig erinnere, war Nicola die kontaktfreudigere der beiden. Bethany hat sich oft hinter ihrer

Schwester versteckt und ihr das Reden überlassen. Sie haben sich nicht viel mit den anderen Mädchen abgegeben. Vermutlich, weil sie einander hatten.«

»Es gab also keine Problemkinder?«, fragte Kim. Das klang ganz und gar nicht nach dem Kinderheim, in dem sie gewesen war.

»Natürlich gab es schwierigere Mädchen. Junge Damen, die vollkommen unzugänglich waren. Besonders drei ... Tut mir leid, an ihre Namen kann ich mich nicht erinnern. Einzeln waren sie schon schlimm genug, aber in dem Moment, wo sie zusammenkamen, bildeten sie eine verschworene kleine Gemeinschaft. Sie stachelten einander an und machten alle möglichen Probleme: stehlen, rauchen, Jungs ...« Er wandte den Blick ab. »Und anderes.«

»Was?«, fragte Bryant.

»Das kann ich Ihnen nicht sagen.«

»Haben sie jemandem wehgetan?«, warf Kim ein.

Victor stand auf und trat ans Fenster. »Nicht so sehr körperlich, Detective.«

»Wie dann?«, fragte sie und sah Bryant an.

Victor seufzte schwer. »Sie waren grausamer als die meisten, besonders als Trio.«

»Was haben sie gemacht?«, drängte Kim.

Victor blieb am Fenster stehen. »Eins von den Mädchen hat in der Gegend gewohnt und wusste von Lucy. Eines Tages boten die drei William an, mit der Kleinen zu spielen, damit er ein paar Besorgungen erledigen konnte. Vertrauensselig wie er war, nahm er die Gelegenheit wahr, in den Supermarkt zu gehen. Als er eine knappe Stunde später wiederkam, waren die Mädchen nirgends zu sehen und Lucy auch nicht. Er durchsuchte das Haus vom Dach bis in den Keller.« Victor drehte sich um und kam auf sie zu. »Wissen Sie, wo er sie fand?«

Kim spürte, wie ihr Kiefer hart wurde.

»Sie hatten sie nackt ausgezogen und ihren kleinen Körper

in den Mülleimer gezwängt. Und sie besaß nicht genug Muskelkraft, um hinauszuklettern.« Er schluckte. »Sie hat fast eine Stunde da dringesteckt, zwischen den Abfällen, Essensresten und ihren eigenen schmutzigen Windeln. Da war das arme Mädchen gerade mal drei Jahre alt.«

Kim spürte, wie Übelkeit in ihr aufstieg. So weit sie auch versuchten, das Gewebe dieses Falls zu dehnen, sprang es immer wieder zurück zur Schwelle von William und Lucy Payne.

Es wurde Zeit, sich noch einmal mit ihm zu unterhalten.

ACHTUNDVIERZIG

»Was zum Teufel ist hier los?«, rief Kim, als sie vor dem Haus der Paynes hielten, wo schon ein Notarztwagen und ein Krankenwagen parkten. Die Hecktüren des Krankenwagens standen sperrangelweit offen.

Als sie um das Fahrzeug herumlief, kamen gerade zwei Sanitäter mit einer Trage aus dem Haus.

Lucys kleine, gebrechliche Gestalt wirkte winzig auf der schmalen Liegefläche. Sie trugen sie, als wäre sie ein Baby. Die Atrophie ihrer Glieder fiel außerhalb des Rollstuhls noch mehr ins Auge. Auf ihrem kleinen Gesicht saß eine Sauerstoffmaske, doch Kim konnte ihre Augen sehen und die Angst, die darin aufschien. Sie berührte leicht ihren Arm, doch die Sanitäter hatten es eilig, sie in den Krankenwagen zu verfrachten.

William Payne kam aus dem Haus gelaufen. Sein Gesicht war kreidebleich, die Augen voller Angst, weit aufgerissen.

»Was ist passiert?«, fragte Kim.

»In der Nacht hatte sie Atemprobleme, aber heute Morgen schien es ihr besser zu gehen. Ich war oben, um die Betten abzuziehen, und da muss sie wieder Probleme bekommen haben, konnte aber keinen Laut von sich geben. Sie konnte mich nicht alarmieren.« Sie traten an die hinteren Türen des Krankenwagens. Die Sanitäter schnallten gerade die Trage fest. Williams Augen röteten sich, er kämpfte gegen die Tränen. »Aber sie hat es geschafft, den Notfallknopf zu drücken, und ich habe aus der Ferne die Sirenen gehört. Als ich runterkam, wurde sie schon blau.« Er schüttelte den Kopf; jetzt liefen die Tränen. Seine Stimme war heiser und voller Angst. »Sie stirbt womöglich, weil ich ihren Hilfeschrei nicht gehört habe.«

Kim öffnete den Mund, um ihm etwas Beruhigendes zu sagen, doch ein Sanitäter sprang aus dem Wagen.

»Sir, wir müssen ...«

»Ich muss los. Bitte entschuldigen Sie ...«

Kim schob ihn in den wartenden Krankenwagen.

Die Türen schlossen sich hinter ihm, und der Wagen schoss mit Sirenen und Blaulicht davon.

Kim schnürte es schmerzhaft die Kehle zu, als sie dem Fahrzeug hinterherblickte, bis es außer Sichtweite war.

»Sah nicht gut aus, was, Guv?«

Kim schüttelte den Kopf und ging die Straße hoch zu der Grabungsstelle.

Sie betrat das Zelt über Opfer Nummer zwei. Cerys, die in der Grube kniete, wandte sich um und lächelte.

Kim streckte ihr eine Hand entgegen. Cerys streifte den Latexhandschuh ab, fasste Kims Hand und ließ sich von ihr heraushelfen. Ihre Hand war warm und weich und mit Talkumpuder aus dem Handschuh bestäubt.

Cerys trat an das Kopfende der Grube. »Ich habe Sirenen gehört. Alles in Ordnung?«

Kim zuckte die Achseln. Es hatte wenig Sinn, ihr von Lucy zu erzählen. Mit diesem Teil der Ermittlungen hatte Cerys nichts zu tun, und warum sie so emotional auf das kleine Mädchen reagierte, verstand Kim selbst nicht recht, wie sollte sie es da einem anderen erklären?

»Grabung eins ist also abgeschlossen?«, fragte Kim. Die

erste Grube war wieder aufgefüllt und mit Grassoden abgedeckt worden. Es sah aus wie eine leicht missratene Haartransplantation. Das Zelt war entfernt worden, doch dafür war weiter hinten ein anderes aufgebaut worden.

»Ist da oben etwas?«

»Das werden wir bald wissen. Die Daten deuten darauf hin, dass etwas keine sechzig Zentimeter tief vergraben ist.«

Im Gegensatz zu Cerys, die als Wissenschaftlerin erst dann von menschlichen Überresten ausging, wenn sie Knochen sah, wusste Kim im Bauch längst, dass es das dritte Mädchen war. Jetzt war nur noch die Frage, wer wer war.

»Hier können wir später abschließen und heute Nachmittag wieder auffüllen.«

»Sonst noch etwas?«

»Wir haben die Perlen aus Grab Nummer zwei«, sagte sie und trat an einen Falttisch. »Elf Stück. Und das hier.« Cerys hielt eine Plastiktüte hoch.

Kim nahm sie und fühlte den dicken Stoff darin.

»Ich tippe auf Flanell«, meinte Cerys.

»Schlafanzug?«

»Könnte sein, aber nur das Oberteil.«

»Keine Hose?«

Cerys schüttelte den Kopf.

Kim sagte nichts. Dass die Hose fehlte, beschwor in ihrem Kopf ein Bild herauf, bei dem sie unwillkürlich mit den Zähnen knirschte.

»Die könnte aber auch aus einem anderen Stoff gewesen sein, nicht zusammenpassende Nachtwäsche. Das Material kann sich schon zersetzt haben.«

Kim nickte. Hoffen konnte sie. »Sonst nichts?«

Cerys reichte ihr eine Tupperdose mit erdverschmierten Bröckchen.

»Kleine Metallstücke, aber ich glaube, die haben nichts mit ihrer Ermordung zu tun.«

»Und als Nächstes?«

Cerys wischte sich die Hände an ihrer Jeans ab. »Gehe ich hoch zu Stelle Nummer drei. Kommen Sie mit?«

Kim folgte ihr zu dem letzten Zelt.

»Gerade rechtzeitig, Guv«, sagte Dawson, als sie eintrat.

Sie blickte auf Knochen hinunter, die aus der dunklen Erde ragten und unverkennbar zu einem Fuß gehörten.

Sieben Menschen im Zelt hatten den Blick auf das flache Grab gesenkt. Es spielte keine Rolle, dass sie auf das gestoßen waren, womit die meisten bereits gerechnet hatten. Jeder Tote verdiente einen Augenblick des Respekts, eine stumme Erklärung der Einheit, in der alle Beteiligten schworen, ihren Teil dazu beizutragen, dass der Täter seiner gerechten Strafe zugeführt wurde.

Cerys drehte sich zu Kim um, die ihren Blick erwiderte. Er war voller Schmerz, aber fest.

Mit tiefer, belegter Stimme sprach sie laut aus, was alle im Kreis dachten: »Kim, Sie müssen den Scheißkerl finden, der das getan hat.«

Kim nickte und verließ das Zelt. Genau das hatte sie vor.

NEUNUNDVIERZIG

»Guv, ich habe gerade eine Nachricht bekommen«, sagte Bryant, als sie das Zelt verließen. »Doktor Dan hat etwas, was er uns gern zeigen würde.«

Kim ging schweigend den Hügel hinunter. Bryant warf den Motor an und lenkte den Wagen in Richtung Russells-Hall-Krankenhaus. Er wusste, wann er sie besser in Ruhe ließ.

In ihr baute sich gerade ein gewaltiger Zorn auf. Egal was diese Mädchen gemacht hatten, den Tod hatten sie nicht verdient. Dass jemand das Gefühl gehabt hatte, ihr Leben sei wertlos, drehte ihr den Magen um. Sie war eines dieser Mädchen gewesen – und auch wenn sie am Rand der Gesellschaft gestanden hatten, so hatten sie doch eine Chance verdient.

Ein schlechter Start ins Leben stellte nicht zwingend die Weichen für die Zukunft. Dafür war Kim ein gutes Beispiel. Ihre frühen Jahre hätten leicht in ein Leben voller Verbrechen, Drogen, Selbstmordversuche und womöglich noch Schlimmerem führen können. Alle Schilder hatten in Richtung Zerstörung gewiesen, entweder die ihres eigenen Lebens oder des eines anderen, und doch hatte sie ihrer vorherbestimmten Existenz den Stinkefinger gezeigt. Nichts deutete darauf hin, dass ihre drei Opfer nicht dasselbe hätten erreichen können.

Bryant hielt vor dem Haupteingang des Krankenhauses.

Sie sprang hinaus und marschierte los. Vor den Aufzügen holte Bryant sie ein.

»Himmel, immer langsam, Guv. Beim Rugby komme ich klar. Aber mit Ihnen Schritt zu halten ist echt was anderes.«

Sie schüttelte den Kopf. »Na, komm schon, Opa, beeil dich.«

Kim betrat den Sektionssaal, wo die Knochen von Opfer Nummer zwei auf einem Tisch neben Opfer Nummer eins ausgelegt worden waren.

Auch wenn sie lange tot waren, war Kim erleichtert, dass Opfer Nummer eins nicht mehr allein in der kahlen, klinischen Kälte des rechtsmedizinischen Labors war. Sie waren im Leben Freundinnen gewesen, und jetzt waren sie wieder zusammen.

Doch die Erleichterung schlug in dem Moment in Entsetzen um, als ihr Blick auf das Häuflein winziger Knochen neben dem zweiten Opfer fiel.

»Das Ungeborene?«, fragte sie.

Daniel Bate nickte.

Sie tauschten weder Nettigkeiten aus noch einen Gruß.

Kim sah genauer hin. Die Knochen waren so klein, dass sie gar nicht recht zu bestimmen waren, was Kim noch trauriger stimmte.

Es war Daniels Aufgabe, die Knochen auf Spuren zu untersuchen und so zu tun, als wären sie nicht das Skelett eines Ungeborenen. Hier war wissenschaftliche Objektivität gefordert, von allen. Man musste die Gefühle abschalten. Doch ihm oblag die Aufgabe, die Überreste eines Lebens, das nie eines gewesen war, auf Spuren zu untersuchen. Das hätte sie nicht gekonnt.

Heute würden hier keine frechen Sprüche fliegen.

»Wie alt?«, fragte sie.

»Die Knochen entwickeln sich ab der dreizehnten Woche. Bei der Geburt hat ein Neugeborenes rund dreihundert Knochen. Ich schätze dieses Würmchen irgendwo zwischen der zwanzigsten und der fünfundzwanzigsten Woche.«

Also eindeutig ein Mensch, dachte Kim. Ethisch wie rechtlich. Nach der zwölften Woche wurden normalerweise keine Abtreibungen mehr durchgeführt, es sei denn, es bestand ein beträchtliches Risiko für die Mutter.

»Dann ist es also ein Doppelmord, Guv, Mutter und Kind?«

Kim nickte. Ihre Hand fuhr wie automatisch zu den Knochen. Sie wollte sie zudecken. Warum, wusste sie nicht.

Daniel ging um den Tisch herum und blieb zwischen den beiden Mädchen stehen. »Ich weiß nicht, ob es hilft, aber ich habe noch zusätzliche Informationen zu Opfer Nummer eins. Sie war ungefähr einen Meter dreiundsechzig groß und nicht nur schlecht ernährt, sondern unterernährt.«

Bryant holte sein Notizbuch heraus.

»Ihre Zähne waren ungepflegt, und die unteren mittleren Schneidezähne standen über. Irgendwann hatte sie sich einmal zwei Finger der linken Hand gebrochen, und auch ihr rechtes Schienbein weist einen Bruch auf. Diese Verletzungen hat sie sich lange vor ihrem Tod zugezogen.«

»Kindesmisshandlung?«

»Mehr als wahrscheinlich«, antwortete er und wandte sich ab, doch Kim hatte gesehen, dass er schwer geschluckt hatte.

Er wandte sich Opfer Nummer zwei zu. »Hier habe ich noch nicht so viele Einzelheiten, aber etwas möchte ich Ihnen doch zeigen.« Er ging an das Kopfende des Tisches und bewegte behutsam den Unterkiefer von Opfer Nummer eins. »Sehen Sie sich mal die Innenseite der Zähne genau an.«

Kim beugte sich darüber. Sie sah, dass die unteren Schneidezähne, wie Daniel angemerkt hatte, schief standen, doch abgesehen davon, dass kein Gaumen und keine Haut dran war, sahen die Zähne recht normal aus.

»Und jetzt sehen Sie sich Opfer zwei an.«

Kim drehte sich um und beugte sich über den Schädel des zweiten Mädchens. Die Zähne waren einigermaßen gerade, und sie entdeckte auch keine Verletzungsspuren, doch der Zahnschmelz hatte eine andere Farbe, er war dunkler.

»Wurden die Knochen von Opfer eins bereits gesäubert?«, fragte sie.

Daniel schüttelte den Kopf.

Kims Geduld für Ratespiele war schnell erschöpft. »Sprechen Sie es aus, Doc.«

»Die Erde an den Zähnen von Opfer Nummer eins fand im Laufe der Zeit ihren Weg in die Mundhöhle, als das Fleisch verweste, wahrscheinlich fünf bis sechs Jahre nach dem Tod. Die Erde an den Zähnen unseres zweiten Opfers war von dem Tag an dort, als sie im Boden verscharrt wurde.«

Kim verband rasch die Punkte, die Daniel ausgestreut hatte. Es gab nur eine Erklärung dafür, dass die Erde so rasch an die Innenseite der Zähne gekommen war.

Das Mädchen war lebendig begraben worden.

FÜNFZIG

Tracy war die Erste, die »weglief«, und es gab Zeiten, da wünschte ich, sie hätte es nicht getan. Das schmerzliche Bedauern, das ich danach empfand, war so überraschend und so fremd, dass ich Mühe hatte, es zu benennen.

Normalerweise blickt ein Psychopath nicht zurück, es sei denn, es geht etwas schief – und dann denkt er rein analytisch, nicht emotional.

Die Welt kippte leicht in ihrer Achse, und ich kämpfte den Eindringling zu Boden. Da begriff ich, dass ich nicht bedauerte, was ich getan hatte, sondern nur, dass ich sie nie wiedersehen würde, dass ich nie wieder den Schwung ihrer Hüften sehen würde, wenn sie sich durch den Raum bewegte.

Dass das Bedauern nur etwas damit zu tun hatte, was ich verloren hatte.

Die Welt richtete sich wieder auf.

Trotzdem wusste ich, dass Tracy anders war. Es gibt Frauen, die fallen schon als junge Mädchen auf. Sie betreten ein Zimmer, und Köpfe drehen sich, Blicke schweifen. Es hat nichts mit Schönheit zu tun, sondern einem inneren Kern, einem Geist, der nicht gebrochen werden kann. Einer Entschlossenheit, die dafür sorgt, dass die Person erreicht, was sie sich in den Kopf setzt.

Es ist attraktiv und erregend.

Ich weiß, dass Dina, ihre Mutter, Tracys neunjährigen Körper für fünfunddreißig Pfund verkaufte. Als Dina ihren Marktwert begriff, wurde er eine Woche später schon für beträchtlich mehr verkauft.

Zwei Tage nach ihrem vierzehnten Geburtstag nahm das Jugendamt Tracy ihrer Mutter weg. Man brachte sie nach Crestwood und setzte sie zwischen andere Mädchen, die geschlagen, vergewaltigt und vernachlässigt worden waren.

Sie war keineswegs dankbar.

Sie war kein Opfer, und sie hatte bleiben wollen, wo sie war.

Nachdem sie auf die harte Tour gelernt hatte, dass sie niemandem vertrauen konnte, hatte Tracy zwei Jahre lang einen Teil ihres Verdienstes vor Dina versteckt. Tracy beklagte sich nicht über die Herausforderungen des Lebens. Sie machte einfach das Beste daraus.

Sie erzählte mir alles über ihr frühes Leben. Es kam mir vor wie ein Tatsachenbericht, der aus einem Buch vorgelesen wird. Vielleicht stockte ihre Stimme ein- oder zweimal, doch sie fing sich schnell wieder und fuhr fort.

Ich hörte zu und nickte und bot ihr meine Unterstützung an.

Und dann hatten wir Sex. Genauer gesagt, ich hatte Sex, und sie wehrte sich. Vergewaltigung ist ein hässliches Wort, das nicht erfasst, was zwischen uns geschah.

Danach stand sie auf und sah mir in die Augen. Ihr Blick war kalt und berechnend und passte nicht zu so einem jungen Gesicht.

»Das wird nicht billig«, sagte sie.

Ich hatte keine Angst, dass Tracy jemandem erzählen würde, was zwischen uns vorgefallen war. Sie vertraute niemandem, nur sich selbst. Sie würde eine Möglichkeit finden, es so gegen mich zu verwenden, dass sie auch etwas davon hatte.

Ich bewunderte ihren jugendlichen Optimismus und war nicht überrascht, als sie mich ein paar Monate später in die Enge trieb.

»Ich bin schwanger, und es ist deins«, sagte sie triumphierend.

Ich war amüsiert, auch wenn ich beide Aussagen anzweifelte. Was ich an Tracy mochte, war ihre Fähigkeit, jede beliebige Situation zu ihrem Vorteil zu manipulieren.

»Aha?«, meinte ich nur. Es war klar, dass die Verhandlungen eröffnet waren.

»Ich will Geld«, sagte sie.

Ich lächelte. Natürlich wollte sie Geld. Die eigentliche Frage war doch, wie viel. Aufgrund vergangener Geschäfte hatte ich eine Zahl im Kopf. Der Preis für eine Abtreibung und noch ein bisschen was extra. Die normalen Kosten bei so etwas.

Ich setzte das mächtigste Verhandlungswerkzeug ein und schwieg.

Sie neigte den Kopf zur Seite und wartete. Sie kannte es auch.

»Wie viel?«, fragte ich nachsichtig. Dieses Mädchen hatte was.

»Genug.«

Ich nickte. Natürlich würde ich ihr genug geben.

»Sind fünfhundert ...«

»Nicht einmal annähernd«, erwiderte sie und kniff die Augen zusammen.

Es war ein niedriges Eröffnungsgebot wert gewesen. Man konnte nie wissen. Zweimal hatte es schon funktioniert ...

»Was hattest du denn im Sinn?«

»Fünftausend, oder ich mach den Mund auf.«

Ich lachte laut. Das war mehr als ein bisschen extra. »Abtreibungen sind nicht ...«

»Ich lass doch nich abtreiben, verdammt. Ausgeschlossen.

Ich will Geld, um abzuhauen.« Sie tätschelte ihren Bauch. »Um noch mal ganz von vorn anzufangen.«

Niemals. Ich bin ein vernünftiger Mensch. Ich wusste, wenn sie jetzt Anschuldigungen vorbrächte, würde niemand ihr glauben; doch sobald meine DNA irgendwo herumlief, würde ich niemals mehr frei sein. Mit dem Tag seiner Geburt wäre das Kind eine ständige Bedrohung.

Ausgeschlossen, dass dieses Baby auf die Welt kam.

Ich nickte als Zeichen, dass ich verstanden hatte. Ich brauchte Zeit zum Nachdenken, Zeit, um mich vorzubereiten.

Später an dem Abend war ich bereit.

»Wir sollten zum Abschied noch mal anstoßen«, sagte ich und schüttete großzügig Wodka in ein bisschen Cola.

»Hast du mein Geld?«, fragte sie und hob das Glas.

Ich nickte und klopfte auf meine Tasche. »Was hast du vor?«

»Ich geh nach London, besorg mir 'ne Wohnung und 'nen Job, und dann geh ich wieder zur Schule und mach meinen Abschluss.«

Sie redete weiter, und ich schenkte ihr nach. Zwanzig Minuten später waren ihr Blick verschleiert und ihre Aussprache verschwommen.

»Komm, ich will dir was zeigen.« Ich bot ihr meine Hand an. Sie ignorierte sie, stand auf und plumpste wieder hin. Es dauerte ein paar Augenblicke, bevor sie es noch einmal probierte. Diesmal schlängelte sie sich zur Tür wie ein Hund beim Hindernisparcours.

Ich trat vor und öffnete die Hintertür. Frische Luft schlug ihr entgegen, und sie taumelte in meine Arme. Ich stützte sie, doch die Beine knickten unter ihr weg, und sie fiel zu Boden.

Sie lachte und versuchte aufzustehen. Ich lachte mit, packte sie an den Oberarmen und marschierte mit ihr über die Wiese.

Fünfundzwanzig Schritte nordwestlich ließ ich sie fallen. Sie stürzte rücklings in das Loch. Wieder kicherte sie. Ich auch.

Ich kniete mich in die Grube neben sie und legte ihr die

Hände um den Hals. Die Berührung ihrer Haut erregte mich, selbst als sie versuchte, meine Hände abzuwehren. Sie hatte die Augen geschlossen und wand sich halb bei Bewusstsein unter mir. Die Bewegung ihrer Hüften und das Wogen ihrer Brüste hatten etwas Hypnotisierendes. So etwas konnte nicht unbeachtet bleiben. Ihre hauchdünnen Shorts riss ich mit einem Ruck entzwei und war in einer raschen Bewegung in ihr.

Ihr Körper war geschmeidig in meinen Händen. Sie trieb in die Bewusstlosigkeit und tauchte wieder daraus hervor, bewegte sich wie in einem Traumzustand. Sie wehrte sich nicht wie beim ersten Mal.

Als ich aufstand, hatte sie die Augen nach hinten verdreht. Ich hockte mich in die enge Grube neben sie und nahm die zerrissenen Shorts. Die würde ich behalten. Sie würden mir helfen, mich zu erinnern.

Wieder fanden meine Hände ihren Hals. Meine Daumen schwebten über ihrem Kehlkopf, doch sie wollten nicht zudrücken. Ihr hübsches Gesicht lächelte immer noch benommen.

Frustriert sprang ich aus dem Loch. Die erste Schaufel Erde landete auf ihrem Leib. Auch da schlug sie nicht die Augen auf.

Ich arbeitete wie besessen und füllte das Loch innerhalb von Minuten. Diese Beseitigungsmethode war neu.

Ich trampelte die Erde fest und legte die Grassoden wieder darüber.

Eine halbe Stunde blieb ich noch bei ihr. Ich wollte sie nicht allein lassen.

Ich saß neben dem Grab und verfluchte sie dafür, dass sie mich gezwungen hatte. Wäre sie doch nicht so gierig gewesen. Hätte sie das Geld für die Abtreibung akzeptiert, wäre alles gut gewesen.

Ausgeschlossen, dass dieses Kind auf die Welt kam.

EINUNDFÜNFZIG

Bryant seufzte schwer und steckte sich ein Hustenbonbon in den Mund, wie immer, wenn er eine rauchfreie Zone verlassen hatte.

»Können Sie sich etwas Schlimmeres vorstellen, als lebendig begraben zu werden?«, fragte er, als sie ins Auto stiegen.

»Ja: mit Ihnen zusammen lebendig begraben zu werden«, antwortete Kim in dem Versuch, ihre eigene düstere Stimmung zu vertreiben.

»Vielen Dank dafür, Guv, aber ich meine, können Sie sich das *überhaupt* vorstellen?«

Sie schüttelte den Kopf. So zu sterben war zu grausam, um es sich überhaupt auszumalen. Die meisten Menschen wollten wohl am liebsten friedlich im Schlaf sterben. Sie hatte es immer vorgezogen, erschossen zu werden.

Opfer Nummer zwei musste irgendwie bewusstlos oder wehrlos gemacht worden sein, als sie in das Loch gelegt worden war. Dann hatte sie das Bewusstsein wiedererlangt und war von der dichten, kompakten schwarzen Erde eingehüllt gewesen. Sie hatte weder sehen noch hören noch einen Muskel bewegen können. Womöglich hatte sie versucht zu schreien, eine natürliche Reaktion auf etwas so Entsetzliches. Im Nu war ihr Mund voller Erde gewesen, und mit jedem mühsamen Atemzug verstopfte sie ihr noch mehr Nase und Hals. Langsam war der Atem aus ihrem Körper gewichen, während ihr gierender Mund nichts als Erde schluckte.

Kim schloss die Augen und versuchte sich in die Angst hineinzuversetzen, die schiere Panik, die das halb entkleidete fünfzehnjährige Mädchen gelähmt haben musste. So etwas Entsetzliches konnte Kim sich einfach nicht vorstellen.

»Wie kann ein Mensch so böse werden? Ich meine, wo fängt so etwas an?«, fragte Bryant.

Kim zuckte die Achseln. »Edmund Burke hat das ganz richtig formuliert, als er sagte: *Das Böse triumphiert allein dadurch, dass gute Menschen nichts unternehmen.*«

»Was wollen Sie damit sagen, Guv?«

»Ich will sagen, dass diese Opfer nicht seine ersten gewesen sein können. Kaltblütiger Mord ist selten das erste Zeichen für einen bösen Charakter. Es muss schon früher Hinweise gegeben haben, die entschuldigt oder ignoriert wurden.«

Bryant nickte und sah sie an. »Was glauben Sie, wie lange es gedauert hat, bis sie tot war?«

»Nicht lange«, sagte sie, doch in Gedanken fügte sie hinzu, dass es dem Mädchen sicher vorgekommen war wie eine Ewigkeit.

»Gott sei Dank.«

»Ich kann das nicht mehr, Bryant«, sagte sie und schüttelte den Kopf.

»Was, Guv?«

»Ich kann diese Opfer nicht länger mit Nummern bezeichnen, Opfer eins, Opfer zwei. So wurden sie lange genug behandelt, als sie noch lebten. Wir haben drei Leichen und drei Namen, und ich muss sie jetzt endlich zuordnen.«

Kim richtete den Blick aus dem Fenster, denn plötzlich

stieg eine Erinnerung in ihr auf. Ihr fünfzehnter Geburtstag war zwischen Pflegefamilie fünf und sechs gefallen. Am Tag zuvor war ein Mitarbeiter des Kinderheims zu ihr gekommen. »Kim hat morgen Geburtstag, und wir sammeln für ein Geschenk. Willst du was geben?«, hatte er sie gefragt. Sie hatte ihn eine ganze Minute lang angestarrt, um zu sehen, ob er kapierte, dass er sie gerade gefragt hatte, ob sie etwas zu ihrem eigenen Geschenk beitragen wolle. Seine Miene war vollkommen ausdruckslos geblieben.

»Wohin, Guv?«, fragte Bryant, als sie vom Parkplatz des Krankenhauses fuhren.

Auf dem Hintergrund der Informationen, die sie mittlerweile von Daniel Bate erhalten hatten, gab es nur einen Menschen, der ihnen jetzt weiterhelfen konnte, ungeachtet der Drohung, die am Morgen gegen Kim ausgesprochen worden war.

»Brindleyplace, denke ich, Bryant. Zeit, den Zwillingen einen Besuch abzustatten.« Sie richtete den Blick auf die Straße. »Ich muss wissen, wer wer ist.«

ZWEIUNDFÜNFZIG

Als Nicola Adamson ihnen nach dem zweiten Klopfen die Tür öffnete, trug sie einen Satinschlafanzug und hatte zerzauste Haare. Sie begrüßte sie mit einem breiten Gähnen.

»Tut mir leid, falls wir Sie geweckt haben«, sagte Bryant.

Das »falls« stand eigentlich außer Frage, auch wenn es längst nach Mittag war.

Sie gähnte noch einmal und rieb sich die Augen. »Im Club ist es spät geworden. Ich bin erst gegen fünf heute Morgen heimgekommen oder fünf Uhr gestern Nacht oder wann auch immer.«

Nicola schloss die Tür und ging direkt in den Küchenbereich. Obwohl Kim selbst erst vierunddreißig war, überlegte sie, ob es je eine Zeit gegeben hatte, in der sie so fantastisch ausgesehen hatte, wenn sie gerade aus dem Bett gestiegen war.

»Ich rede gern mit Ihnen, aber lassen Sie mich zuerst einen Kaffee machen.«

Kim stellte eine Handtasche zur Seite und setzte sich auf das Sofa. »Ihre Schwester war heute Morgen bei mir.«

Nicolas Kopf schoss herum. »Was?«

»Sie war nicht besonders begeistert von der Vorstellung, dass Sie uns helfen.«

Nicola schüttelte den Kopf und wandte den Blick ab. Die Dose mit löslichem Kaffee landete mit einem Rums wieder im Schrank.

Kim gewann den Eindruck, dass es nicht das erste Mal war, dass Beth sich eingemischt hatte.

»Was hat sie zu Ihnen gesagt?«

»Sie hat mich angewiesen, Sie beide in Ruhe zu lassen und keine alten Wunden aufzureißen.«

Nicola nickte, die Spannung schien aus ihrem Körper zu weichen. »Sie will vermutlich nur auf mich aufpassen. Ich weiß, dass sie schroff rüberkommt, aber sie ist nur überfürsorglich.« Sie setzte sich. »So sind Zwillinge.«

Ja, dachte Kim.

»Aber ich bin ein großes Mädchen, und ich habe Ihnen meine Hilfe angeboten, wenn Sie mich also irgendetwas fragen möchten: Bitte schön.« Sie lächelte. »Besonders jetzt, da ich Kaffee habe.«

»Hat Ihre Schwester sich kürzlich am Bein verletzt?«, fragte Kim und überlegte, ob die Verbitterung der Frau darin begründet lag.

»Nein, das ist eine Verletzung aus der Kindheit. Sie war auf einen Apfelbaum geklettert und ist bös gefallen. Da waren wir acht. Ihre Kniescheibe war zertrümmert. Sie haben es irgendwie wieder geflickt, aber bei kaltem Wetter hat sie immer Schmerzen. Also, was kann ich für Sie tun?«

Bryant holte sein Notizbuch heraus. »Wir haben inzwischen weitere Informationen über unsere Opfer und dachten, Sie könnten uns bei der Identifikation helfen.«

»Selbstverständlich.«

»Unser erstes Opfer war wahrscheinlich die Größte. Sehr wahrscheinlich dünn, und ihre unteren Schneidezähne standen schief ...«

»Melanie Harris«, sagte Nicola mit Bestimmtheit.

»Ganz sicher?«

Nicola nickte. »O ja. Sie hat viel gelitten wegen dieser Zähne. Bis sie sich mit den anderen beiden zusammengetan hat, ist sie von den Mädchen in der Schule ständig deswegen gehänselt worden. Danach hat sie keiner mehr schikaniert. Neben den anderen beiden hat sie immer ein bisschen komisch ausgesehen, weil sie viel größer war, fast wie ein Bodyguard.« Nicola wurde ernst. »Uns hat man gesagt, sie wäre weggelaufen.«

Kim und Bryant schwiegen.

Nicolas Kopf ging von einer Seite zur anderen. »Wer hätte denn Melanie etwas antun wollen?«

»Das versuchen wir herauszufinden.«

»Es gibt ein zweites Opfer, Nicola«, sagte Kim leise. »Und sie war schwanger.«

Nicola beugte sich über den Tisch, nahm die Handtasche, die Kim zur Seite gelegt hatte, und holte eine Schachtel Zigaretten und ein Einwegfeuerzeug heraus. Als sie am Tag zuvor hier gewesen waren, war Kim nichts aufgefallen, was darauf hingedeutet hatte, dass sie rauchte.

Sie steckte sich eine Zigarette zwischen die Lippen, und ihr Daumen friemelte an dem Feuerzeug herum. Beim dritten Versuch flammte es endlich auf.

»Tracy Morgan«, flüsterte Nicola.

Kim sah Bryant an, der eine Augenbraue hochzog. »Sind Sie sicher?«, fragte sie dann.

»Ja, ganz sicher. Ich bin nicht besonders stolz darauf, aber ich war als Kind schrecklich neugierig. In meinen Zeugnissen stand immer so etwas wie: ›Nicola würde gut daran tun, sich um ihre eigenen Angelegenheiten genauso zu kümmern wie um die ihrer Mitschüler.‹«

Bryant lachte auf. »Ja, so eins habe ich auch zu Hause.«

Nicola zuckte die Achseln. »Ich bin oft rumgeschlichen und habe an Türen gelauscht. Und ich erinnere mich, dass ich gehört habe, wie Tracy den anderen beiden erklärte, sie hätte ›einen Braten in der Röhre‹, wie sie es ausdrückte.«

»Haben Sie eine Ahnung, mit wem sie zusammen war?«, fragte Kim. Es konnte eine Spur sein.

»Nein. Ich habe nur gehört, wie sie sagte, sie würde mit dem Vater sprechen, aber ich bin nicht dageblieben, weil ich Angst hatte, sie würden mich entdecken.« Nicola zog an der Zigarette, während es ihr allmählich dämmerte. »Es gibt noch ein drittes Opfer, nicht wahr?«

Sie sagten nichts und gewährten ihr eine Minute, die Nachricht zu verdauen.

»Können Sie uns etwas sagen, was ...«

»Das andere Mädchen hieß Louise. An ihren Nachnamen kann ich mich nicht erinnern, aber sie war die Rädelsführerin, die härteste von den dreien. Mit Louise hat sich keine angelegt. Selbst nachdem die anderen beiden weggelaufen waren ... tut mir leid, nachdem die anderen beiden *fort* waren, hat sich keine getraut, ihr dumm zu kommen.« Sie unterbrach sich kurz. »Wissen Sie, wenn ich jetzt darüber nachdenke: Sie hatte immer darauf beharrt, ihre Freundinnen seien nicht weggelaufen.«

»Gibt es an Louise irgendetwas, was uns helfen könnte, sie zu identifizieren?«

Nicola drückte die Zigarette in einem Aschenbecher aus geschliffenem Glas aus. »O ja. Louise hatte eine Zahnprothese. Bei einem Kampf mit Mädchen aus einer anderen Schule sind ihr drei Zähne ausgeschlagen worden. Sie fand's schrecklich, wie sie ohne aussah. Eines Nachts hat eins von den anderen Mädchen in Crestwood sie zum Spaß versteckt. Zum Dank hat Louise ihr die Nase gebrochen.«

»Wissen Sie irgendetwas über einen Vorfall im Zusammenhang mit der Tochter von William Payne?«

Nicola runzelte kurz die Stirn. »Oh, Sie meinen den Nachtwächter?« Sie schüttelte den Kopf. »Den haben wir kaum zu

Gesicht bekommen. Ich habe nie etwas Konkretes gehört, aber ich weiß noch, dass die dreimal für irgendetwas einen Monat Hausarrest bekommen haben. Aber die haben andauernd irgendwelchen Blödsinn angestellt. Trotzdem ... das hatten sie nicht verdient.«

Bryant blätterte in seinem Notizbuch um. »Haben Sie irgendwelche Erinnerungen an Tom Curtis?«

Nicola kniff die Augen zusammen. »Er war jünger als die anderen, die dort arbeiteten. Er wirkte ein wenig schüchtern, und viele Mädchen waren etwas verknallt in ihn.« Nicolas Hand flog zu ihrem Mund. »O nein, Sie glauben doch nicht, er könnte der Vater von ...« Ihre Worte verhallten, als könnte sie es nicht einmal zu Ende denken.

Der Gedanke war Kim auch schon durch den Kopf gegangen, doch sie sagte lieber nichts.

Sie stand auf, weil sie das Gefühl hatte, dass Nicola ihnen im Augenblick nicht weiterhelfen konnte. »Vielen Dank für Ihre Hilfe, Nicola. Bitte, sprechen Sie mit niemandem darüber, bis die Mädchen offiziell identifiziert worden sind.«

»Natürlich.«

Kim ging zur Tür und drehte sich um. »Welches Mädchen ging zuerst?«

»Verzeihung?«

»Wer verschwand zuerst, Melanie oder Tracy?« Dass Louise die Letzte gewesen war, hatte Nicola ihnen schon gesagt.

Sie verzog nachdenklich das Gesicht. »Tracy verschwand zuerst, denn Melanie und Louise dachten, sie wäre weggelaufen, weil sie schwanger war.«

Kim nickte und war schon halb zur Tür hinaus.

»Detective ...«

Sie drehte sich um.

»Ungeachtet dessen, was meine Schwester zu Ihnen gesagt hat: Ich helfe Ihnen wirklich gern, wenn ich kann.«

Kim nickte zum Dank und ging.

»Wohin jetzt, Guv?«, fragte Bryant, als sie wieder im Wagen saßen.

Ein Blick auf die Uhr verriet Kim, dass es nach drei war. »Fahren Sie zurück aufs Revier.«

Sie holte ihr Handy heraus und rief Dawson an.

»Hey, Guv«, antwortete er.

»Wie ist die Situation vor Ort, Kev?«

»Das zweite Grab wurde wieder aufgefüllt, und Cerys hat das dritte Opfer halb freigelegt. Doktor Bate ist unterwegs. Sie ist nicht so tief vergraben, deswegen hoffen sie, sie bis heute Abend rauszuhaben.«

Kim war sich bewusst, wie hart sie ihr Team rangenommen hatte. »Sobald der Doc da ist, können Sie für heute Schluss machen. Mit allem anderen können wir uns gleich morgen früh befassen.«

»Guv, ich würde lieber bleiben, wenn das okay ist.«

Dass Dawson nicht Feierabend machte, wenn es ihm angeboten wurde, war Kim neu. »Ist alles okay mit Ihnen?«

Sie hörte, dass seine Stimme plötzlich belegt war.

»Guv, ich habe hier mit angesehen, wie die Überreste von zwei jungen Mädchen aus der Erde geborgen wurden, und wenn es für Sie okay ist, würde ich lieber bis zum Ende dableiben.«

»Okay, Kev. Ich ruf Sie später noch mal an.« Kopfschüttelnd legte sie auf.

»Überrascht Sie das wirklich so?«, fragte Bryant.

»Nein. Er ist ein guter Kerl, auch wenn es ihm ab und zu an Urteilsvermögen mangelt.«

»Ich würde ihn jederzeit in meinem Team haben wollen«, schloss Bryant.

Oft waren die beiden sich nicht einig, doch wenn es sein musste, konnte Bryant objektiv sein.

Kim stieg aus dem Wagen, und Bryant schloss ab.

»Gehen Sie zu Stacey, und schreiben Sie die Namen auf die Tafel.« Sie wollte die Mädchen so schnell wie möglich aus ihrer Anonymität holen. »Und dann fahren Sie nach Hause.«

Kim ging zu ihrem Motorrad und verharrte mitten in der Bewegung, als sie das Schloss am Helm aufschloss.

Irgendetwas bei Nicola war falsch gewesen. Irgendetwas ließ ihr keine Ruhe, etwas, was ihr hätte auffallen müssen.

Es war, als hätten ihre Augen etwas gesehen, was ihr Gehirn nicht erfasst hatte.

DREIUNDFÜNFZIG

Zum zweiten Mal an einem Tag fuhr Kim auf den Haupteingang des Russells-Hall-Krankenhauses zu. Sie lenkte das Motorrad auf den gepflasterten Bereich, wo sie ein Bußgeld wegen Falschparkens riskierte.

Zum Betreten des Krankenhauses musste sie sich durch Patienten und Besucher schieben, die unter dem »Rauchen verboten«-Schild vor dem Eingang pafften.

Sie trat an den Empfangstresen zu ihrer Linken. Eine Frau, deren Namensschild sie als Brenda auswies, lächelte zu ihr hoch.

»Wo finde ich Lucy Payne, sie wurde heute eingeliefert?«

»Sind Sie eine Verwandte?«

Kim nickte. »Cousine.«

Brenda schlug ein paar Tasten an. »Station C5.«

Kim ging am Café vorbei und sah auf der Übersichtstafel nach. Dann nahm sie den Aufzug in den zweiten Stock und ging den westlichen Flügel hinunter, wo sie zur Seite treten musste, weil ein Bett aus dem OP-Saal zurück auf Station geschoben wurde.

Sie folgte dem Bett auf die Station. Überall dezent surrende

Maschinen und leise Stimmen. Ein Medikamentenwagen wurde von einem Krankenzimmer mit sechs Betten in ein anderes gerollt.

Sie hatte gerade das Ende der Besuchszeit erwischt. Verwandte saßen still um Betten herum, hatten alles gesagt, was ihnen einfiel, und warteten jetzt nur noch darauf, dass die Uhr vorrückte.

Kim ging zum Schwesternzimmer. »Lucy Payne?«

»Den Flur dort auf der Seite rein, die zweite Tür.«

Kim ging an der ersten Tür vorbei, die offen stand und in eine winzige Küche führte. An der zweiten Tür, die ebenfalls geöffnet war, hob sie schon die Hand, um zu klopfen. Doch kurz bevor der Knöchel auf das Holz traf, hielt sie inne.

Lucy schlief friedlich in dem großen Bett, den Kopf auf fünf Kissen gestützt. Ein Monitor war mit ihrem rechten Zeigefinger verbunden. Neben ihr piepste rhythmisch eine Maschine. Auf dem hohen Nachttisch eine »Werd bald gesund«-Karte, daneben ein grauer Teddybär.

Kim betrat den Raum und ging an William Payne vorbei, der in dem Lehnstuhl in der Ecke leise schnarchte. Sie trat an das Bett und betrachtete das schlafende Mädchen. Lucy sah um einiges jünger aus als fünfzehn Jahre. Und doch hatte sie schon so viel durchgemacht. Das Mädchen hatte nicht um diese grausame Krankheit gebeten, die ihr langsam ihre Kraft und ihre Mobilität geraubt hatte, und auch nicht um eine Mutter, die sie im Stich lassen würde. Und bestimmt hatte sie nicht von drei dummen Mädchen in eine Mülltonne gesteckt werden wollen.

Heute war Lucy beinahe gestorben. Sie hatte versucht zu schreien, und alles, was herausgekommen war, war Stille.

Ihr Leben war nicht gerade leicht, und trotzdem hatte dieses tapfere, entschlossene Mädchen gekämpft. Sie hatte sich von der Schwelle des Todes nach oben gekämpft, schlicht und einfach, weil sie leben wollte. Dass sie es geschafft hatte, den Notrufknopf zu drücken, war der Beweis dafür.

Als man Kim aus der Hochhauswohnung in Hollytree getragen hatte, waren ihre Überlebenschancen auch nicht gerade hoch gewesen. Stummes Kopfschütteln und tiefe Seufzer hatten sie zum Krankenhaus begleitet, wo man sie intravenös ernährt hatte, ohne wirklich mit einem Erfolg zu rechnen. Ihr sechs Jahre alter Körper hatte gerade einmal neuneinhalb Kilo gewogen. Die Haare waren ihr büschelweise ausgefallen, und sie hatte nicht sprechen können. Doch am dritten Tag hatte sie sich aufgesetzt.

Kim nahm ein Papiertaschentuch und wischte Lucy einen dünnen Speichelfaden vom Kinn.

Endlich begriff sie, warum sie eine solche Zuneigung zu diesem Mädchen empfand, das sie erst seit ein paar Tagen kannte. Lucy war eine Kämpferin. Sie ergab sich nicht dem, was das Schicksal ihr zugeteilt hatte. Sie kämpfte jeden Tag, um zu leben, auch wenn ihre Chancen noch so schlecht standen. Am Vormittag hätte sie entscheiden können, nicht den Notrufknopf zu drücken. Sie hätte sich ihrer Krankheit ergeben und den Pfad einschlagen können, der ihr endlich Frieden bringen würde, doch das hatte sie nicht, und dafür gab es nur einen Grund: Hoffnung.

Kann diese junge Frau eine bessere Lebensqualität erreichen als im Augenblick?, überlegte Kim. Gibt es eine Möglichkeit, ihr Leben sicherer und angenehmer zu machen? Kim hatte keine Ahnung, doch sie wusste, dass dieses zierliche Mädchen im Inneren eine Kraft und eine Entschlossenheit besaß, die sie nur bewundern konnte.

Als Kim das Papiertaschentuch auf den Nachttisch legte, wurde sie gewahr, dass das leise Schnarchen hinter ihr aufgehört hatte.

Sie drehte sich nicht um. »Sie wissen, dass wir uns unterhalten müssen?«, fragte sie leise.

»Ja, Detective, ich weiß«, antwortete William mit belegter Stimme.

Kim nickte und verließ den Raum. Es war Zeit, nach Hause zu fahren.

Auf sie wartete noch eine Menge Arbeit.

VIERUNDFÜNFZIG

Beth blätterte in einer Zeitschrift. Sie hatte keine Ahnung, was sie da vor sich hatte, doch hier ging es ums Prinzip.

Sie spürte Nicolas Ängstlichkeit. Sie hatten kein Wort miteinander gewechselt, seit Nicola zurückgekommen war. Aber sie kannte ihre Schwester. Nicola hätte sie gern gefragt, was los war, doch sie hatte Angst vor der Antwort. Mit der Antwort würde sie nämlich nicht klarkommen.

Nicola hatte es immer schon schrecklich gefunden, wenn jemand sauer auf sie war. Sie wollte es immer allen recht machen und tat alles dafür, dass alle glücklich waren. Dieser Wesenszug war sie teuer zu stehen gekommen. Er war sie beide teuer zu stehen gekommen.

Und ihr Eifer, anderen zu gefallen, würde sie auch jetzt wieder teuer zu stehen kommen.

Beth war so wütend, dass sie nicht einmal den Kopf zu heben vermochte. Sie starrte auf die Zeitschrift. Lange würde Nicola nicht mehr den Mund halten können. Lässig schlug sie die nächste Seite um.

»Myra hat mich gestern angesprochen«, sagte Nicola. »Sie hat gemeint, du seist sehr unhöflich zu ihr gewesen.«

»Stimmt«, erwiderte Beth. Wenn ihre Schwester über Belanglosigkeiten reden wollte, statt sich mit den wahren Problemen zwischen ihnen zu befassen – ihr sollte es recht sein. Irgendwann würde Nicola schon einknicken.

»Warum bist du so gemein? Die Frau hat dir doch nichts getan.«

»Sie ist 'ne neugierige alte Kuh, die sich in alles einmischt. Was schert es dich überhaupt, was die denkt?«

»Sie ist meine Nachbarin, und ich möchte hier wohnen bleiben.« Nicola machte eine Pause. »Hast du ihr erzählt, ich würde dich in den Mietvertrag aufnehmen lassen?«

Beth lächelte in sich hinein. Der kleine Brocken hatte die dumme Kuh sicher stundenlang wach gehalten.

»Ja.«

»Versuchst du absichtlich, mir das Leben schwer zu machen, solange du hier bist?«

»Weißt du, Nic, ich hab dich gebeten, was zu tun, und du hast mich ignoriert. Du hast mich gebeten, nett zu der alten Hexe zu sein, und ich hab dich ignoriert. Wo is der Unterschied?«

»Um Himmels willen, Beth, ich weiß, dass du sauer auf mich bist. Verrätst du mir endlich mal, warum?«

Bett lächelte innerlich. Sie kannte ihre Schwester in- und auswendig. Das war schon immer so gewesen.

Sie blätterte noch einmal um. »Welchen Grund willste hören?«

»Irgendeinen. Irgendetwas, was dieses strafende Schweigen beendet. Du weißt, dass ich es nicht leiden kann, wenn du sauer auf mich bist.«

O ja, das wusste Beth nur allzu gut.

»Ich hab dir gesagt, du sollst nich mit ihr reden.«

»Mit wem?« Nicolas fragender Tonfall klang unaufrichtig. Sie wusste ganz genau, von wem ihre Schwester sprach.

Beth blätterte noch eine Seite um, denn sie wusste, dass das

Nicola noch weiter frustrieren würde. Nicola wollte ihre volle Aufmerksamkeit. Sie fand es schrecklich, dass Beth still sitzen und sich auf etwas anderes konzentrieren konnte, statt sich vollkommen von der angespannten Atmosphäre zwischen ihnen gefangen nehmen zu lassen. Wie sie selbst.

»Du meinst die Polizistin?«, fragte Nicola.

»Mhm.«

»Himmel, Beth, wie kannst du so kalt sein? Die haben dort, wo wir mal gelebt haben, vergrabene Leichen gefunden.«

»Und?«

»Wir haben diese Mädchen gekannt. Wir haben mit ihnen geredet und beim Essen mit ihnen an einem Tisch gesessen. Wie kannst du so gleichgültig sein?«

»Weil es nix mit mir zu tun hat. Ich mochte die nich mal, also, warum sollt ich mich drüber aufregen?«

»Weil sie tot sind und weil sie es nicht verdient hatten zu sterben, egal was sie falsch gemacht haben. Irgendein Monster hat sie einfach in der Erde verbuddelt und vergessen. Ich muss versuchen zu helfen.«

»Machst dir mehr Sorgen um die als um mich.«

»Was redest du da?«

Diesmal war Nicolas Verwirrung echt. Aber genau das war es doch. Solange Nicola nicht zugab, was sie gemacht hatte, würden sie keinen Schritt vorankommen.

»Verdammt, du weißt, was die mit mir gemacht haben, Nic, und du hast keinen Scheißdreck nich dagegen unternommen.«

»Beth, ich weiß nicht, wer was mit dir gemacht hat. Sag es mir!«

Sie schlug noch eine Seite der Zeitschrift um und schüttelte den Kopf. »Frag doch die Polizistin. Vielleicht sagt die dir ja, was du gemacht hast, wo du doch ganz wild drauf bist, dich einzumischen.«

»Nur weil ich weiß, dass es irgendetwas mit uns zu tun hat!«

Beths Hand verharrte mitten in der Luft. Die Seite glitt ihr aus den Fingern. Dass ihre Schwester die Verbindung hergestellt hatte, war ein Fortschritt. Sie wollte, dass Nicola sich erinnerte. Sie wollte, dass sie sich entschuldigte. Sie wollte die Worte hören, auf die sie seit zehn Jahren wartete.

Aber noch nicht.

»Ich sag dir, Nic, lass es gut sein.«

»Aber ich will, dass alles ans Licht kommt.«

Beth hörte die Gefühle in der Stimme ihrer Schwester. Sie blickte nicht auf. Sie konnte nicht aufblicken.

»Beth, ich wünschte, ich wüsste, womit ich dir so wehgetan habe. An welcher Stelle ich dich so schrecklich im Stich gelassen habe. Du bist meine Schwester. Zwischen uns sind zu viele Geheimnisse. Ich liebe dich, und ich will einfach die Wahrheit wissen.«

Beth knallte die Zeitschrift in die Ecke und stand auf. »Sei bloß vorsichtig, was du dir wünschst, Nic ... denn du könntest es kriegen.«

FÜNFUNDFÜNFZIG

Kim hatte eine späte Einsatzbesprechung angesetzt. Der Fall ging ihnen allen an die Nieren. Das Mindeste, was Kim tun konnte, war, ihrem Team ein, zwei Stunden mehr Schlaf zu gewähren.

Bis sie Woody über die letzten Entwicklungen in Kenntnis gesetzt hatte, waren Bryant, Stacey und Dawson an ihren Schreibtischen.

»Guten Morgen. Sie wissen sicher alle, dass das Medieninteresse an unserem Fall zugenommen hat. Die Errichtung eines dritten Zelts hat für Aufregung gesorgt. Der Fall ist jetzt auf sämtlichen Titelseiten und wurde gestern Abend auf Sky News diskutiert.«

»Ja, ich hab's gesehen, Guv«, stöhnte Bryant.

»Ich muss Sie sicher nicht daran erinnern, dass Sie nicht mit der Presse reden, auch wenn sie noch so beharrlich ist. Dieser Fall ist viel zu brisant, um ihn durch eine falsch zitierte Bemerkung von einem von uns in Gefahr zu bringen.« Kim schloss sich selbst in diese Anweisung mit ein. Sie wusste, dass sie leicht in Gefahr geriet, wenn sie von Presseleuten aufgestachelt wurde, und hielt sich deshalb wohlweislich von Journalisten fern. »Und wenn jemand von Ihnen eine Erinnerung daran braucht, wie miserabel wir momentan dastehen, dann tun Sie sich keinen Zwang an: Gehen Sie in Woodys Büro, und lesen Sie irgendeinen beliebigen Artikel.«

Der Schreibtisch ihres Chefs war wie die Auslage eines Zeitungsladens gewesen, und bei ihrem Treffen vorhin war er sämtliche Artikel mit ihr durchgegangen.

»Im Ernst, Guv?«, fragte Dawson.

Kim nickte. Es war besser, wenn sie wussten, dass sie in der öffentlichen Kritik standen. »Sie wissen doch, wie das läuft, Kev. Am dritten Tag ist es immer unsere Schuld, und seit der Entdeckung der ersten Knochen haben wir es schon bis zu Tag fünf geschafft, also würde ich sagen, wir schlagen uns ganz gut.« Kim spürte, dass eine Welle der Negativität durch den Raum schwappte. Sie seufzte. »Wenn Ihnen Medienaufmerksamkeit so wichtig ist, dann hätten Sie eine Karriere im Showgeschäft einschlagen sollen. Wir sind Polizeibeamte. Niemand mag uns.«

»Es ist trotzdem nervig, Guv. Versetzt dem Enthusiasmus doch einen kleinen Dämpfer«, warf Stacey ein.

Kim musste zugeben, dass aufmunternde Worte nicht ihr größtes Talent waren. »Sehen Sie bitte alle an die Tafel. Ich meine, schauen Sie ganz genau hin.«

Jetzt, da die Mädchen Namen hatten, fiel es Kim nicht mehr so schwer, den Blick auf die Weißwandtafel zu richten. Sie war in drei Spalten unterteilt.

Opfer 1 – Melanie Harris

Alter: 15
überdurchschnittlich groß, unterernährt, schief stehende
Zähne, Schmetterlingssocke
enthauptet

Opfer 2 – Tracy Morgan

Alter: 15
schwanger, Schlafanzughose fehlt
lebendig begraben

Opfer 3 – Louise Dunston?

Alter: 15
Zahnprothese für drei obere Schneidezähne

»Diese drei Mädchen haben ihr Leben an einen Unmenschen verloren. Sie wurden vergewaltigt, geschlagen, erstickt und verscharrt. Für sie war das nicht bloß eine Sensationsgeschichte in der Presse. Es waren ihre Leben, ihre Realität. Und wir stehen jeden Morgen auf, um den zu finden, der gedacht hat, er käme mit diesen Verbrechen durch. Vor ein paar Tagen waren diese Kinder anonym, vergessen und stumm. Das sind sie nicht mehr. Melanie, Tracy und Louise haben jetzt eine Stimme, und das ist unser Verdienst. Seien Sie versichert, dass wir den Scheißkerl finden, der das getan hat.« Kim unterbrach sich und ließ den Blick durch den Raum schweifen. »Wenn Ihnen das nicht Motivation genug ist, haben Sie den falschen Beruf.«

»Danke, Guv«, sagte Bryant mit einem Nicken.

»Ich bin dabei«, fügte Stacey mit einem Lächeln hinzu.

»Allerdings«, pflichtete Dawson bei.

Kim nahm ihren gewohnten Platz auf der Kante des freien Schreibtischs ein. »Okay, Kev, Fortschritte auf dem Grundstück?«

»Doktor Dan hat die Überreste des dritten Mädchens gegen zwei heute Morgen geborgen. Cerys hat eine erste Untersuchung des Grabs vorgenommen, und das Erdreich wird heute Vormittag durchgesiebt.«

»Hat der Doc irgendetwas von einer Zahnprothese gesagt?«

»Er hat eigentlich gar nichts gesagt. Ein ganz seltsamer Typ, Guv.«

»Sprechen Sie Cerys darauf an. Die Prothese könnte noch im Grab sein.«

Dawson nickte.

»Stace, irgendetwas Neues?«

»Ich habe das Handy von Tom Curtis ausgewertet. Er hatte in den zwei Stunden, bevor er starb, über fünfzig verpasste Anrufe.«

Kim beugte sich vor. »Fahren Sie fort.«

»Sie kamen alle von Crofts Handy.«

»Gütiger Himmel«, fuhr Kim auf. »Sonst noch etwas?«

»Die Videokassette aus dem Altenheim ist nutzlos, also haben wir nichts Belastendes zum Tod von Mary Andrews.«

»Hat die Auswertung der Spuren zu Arthur Connop etwas gebracht?«

»Die Analyse des Farbabplatzers hat ergeben, dass er von einem Audi TT stammt, zugelassen zwischen September 2009 und März 2010.«

»Sonst noch etwas?«

»Ja, die vorliegenden Akten über Crestwood von der Stadtverwaltung sind absoluter Mist, wie meine inoffiziellen anonymen Recherchen bei Facebook ergeben haben. Offiziell habe ich aber natürlich ehemalige Bewohnerinnen angerufen. Einige der als Ausreißer eingetragenen Mädchen waren an dem Abend des Feuers wohl noch dort, und einige auf der Liste waren in der Woche zuvor schon fort.«

Kim fragte sich, ob sie es hier mit grobem Schlendrian seitens der Stadtverwaltung zu tun hatten oder mit dem bewussten Versuch, die tatsächliche Belegung zu vertuschen. An diesem Punkt war beides denkbar.

Obwohl Kim sich nicht ganz wohlfühlte bei dem Gedanken, dass Stacey anonym bei Facebook aktiv war, schienen dort mehr nützliche Informationen zu kriegen zu sein als in den offiziellen Akten.

»Stace, erkundigen Sie sich mal möglichst unauffällig nach Tom Curtis. Finden Sie heraus, wie nah er den Mädchen war. Ich möchte wissen, ob es Gerüchte über unangemessenes Verhalten gab.«

»Geht klar, Guv.«

»Kev, Sie fahren zu dem Grundstück, und Bryant, ich glaube, wir beide sollten Councillor Croft noch einmal einen Besuch abstatten.«

»Ähm ... Guv, da ist noch etwas«, sagte Stacey. »Ich habe hier drei Adressen. Die jeweils letzte bekannte Anschrift der Familie unserer Mädchen.«

Kim tauschte einen Blick mit Bryant. Das machte kein Polizist gern. Unter welchen Umständen die Mädchen auch immer ins Kinderheim gekommen waren, Kim war überzeugt, dass es lebende Familienangehörige gab, die es zutiefst erschüttern würde, wenn sie erfuhren, dass sie eines gewaltsamen Todes gestorben waren.

Bryant nahm im Vorbeigehen die Liste von Staceys Schreibtisch.

Zuerst würden sie nach den Lebenden sehen und sich dann um die Toten kümmern.

SECHSUNDFÜNFZIG

Mit einem Nicken wies Kim auf den Streifenwagen, der vor dem Tor parkte. Eine Rund-um-die-Uhr-Bewachung für Richard Croft hatte die West Midlands Police nicht genehmigt, doch die Kollegen, die Streife fuhren, waren angewiesen worden, über die Gegensprechanlage regelmäßig zu fragen, ob alles in Ordnung war, wenn sie in der Gegend waren.

Bryant drückte die Klingel und wartete darauf, dass das Tor aufging. Er wartete eine Weile, dann drückte er noch einmal.

Sie sahen einander an. Bei ihrem letzten Besuch waren sie zügig eingelassen worden.

»Klingeln Sie noch mal«, sagte Kim und stieg aus.

Sie ging zu dem Streifenwagen. Der Beamte kurbelte das Fenster herunter.

»Wann haben Sie das letzte Mal nachgefragt?«

»Vor ungefähr zwanzig Minuten. Er hat gesagt, er würde heute Vormittag zu Hause arbeiten und erst später ins Büro fahren. Ein paar Minuten danach ist ein Auto rausgekommen. Ich glaube, die Kinderfrau.«

Kim lief zu Bryant. Richard Croft war seit mindestens zwanzig Minuten allein im Haus. »Tut sich was?«

Er schüttelte den Kopf.

»Okay, wir gehen rein.«

Eine Sekunde lang überlegte sie, wo sie über das schmiedeeiserne, mit überladenen Blumen, Ranken und Blättern verzierte Tor klettern sollte. Ihre Augen suchten eine Trittspur für ihre Füße nahe der Wand auf der linken Seite, dann rüttelte sie mit beiden Händen am Tor. Es war stabil.

In dem Moment kam Kim eine Geschichte in den Sinn, die ihr Pflegevater Keith ihr einmal erzählt hatte: Vor Jahren war ein örtlicher Hochöfner an seiner Schubkarre hängen geblieben, als er eine Ladung Schrott in den Schmelzofen kippte, und mit hineingefallen. Der örtliche Vikar wurde herbeigerufen, um über dem geschmolzenen Eisen ein Gebet zu sprechen, als es in die Formen gegossen wurde. Damals hatte sie gehofft, dass etwas Hübsches aus ihm gefertigt worden war.

Tut mir leid, Kumpel, dachte sie, als sie sich an den Aufstieg machte. Sie schwang das rechte Bein über die dreißig Zentimeter hohen Zacken, die das Tor oben abschlossen.

»Keine Chance«, sagte Bryant von unten.

»Jetzt kommen Sie schon, Sie großes Mädchen«, versetzte Kim.

»Wenn ich das versuche, bin ich danach bestimmt eins.«

Während Kim die zweieinhalb Meter auf der anderen Seite hinunterstieg, hoffte sie, dass Richard Croft mit ein wenig Glück irgendwo im Haus Musik laufen ließ und das Klingeln nicht gehört hatte. Oder dass das Hightech-Zugangssystem kaputt war und er gleich zu Fuß die Einfahrt runterkommen würde, um sie einzulassen. Leicht genervt war er ihr auf jeden Fall lieber als tot.

Sie lief die Einfahrt hoch und spürte die Steigung, die im Auto kaum wahrnehmbar gewesen war, in den Beinen. Als sie sich dem Haus näherte, entdeckte sie nichts, was auf irgendwelche Aktivitäten im Inneren des Hauses hindeutete.

Sie hämmerte gegen die Tür und klingelte gleichzeitig.

Dann trat sie zurück, um zu schauen, wohin die Überwachungskameras gerichtet waren. Eine zielte aufs Eingangstor und die andere auf die verdammten Autos.

»Klopfen Sie weiter«, wies sie Bryant an, der sie eingeholt hatte. Wie es schien, hatte er die Kletterpartie heil überstanden.

Sie lief seitlich ums Haus herum und stolperte über eine Schaufel, die an der Wand gelehnt hatte.

Sie spürte das Knirschen unter den Füßen, bevor sie die kaputte Glasscheibe entdeckte.

»Bryant!«, schrie sie aus vollem Halse.

Er tauchte von der anderen Seite auf.

Die Tür zu der Orangerie, die sich entlang des ganzen Hauses erstreckte, war eingeschlagen.

Beinahe wäre sie ins Haus getreten, doch sie verharrte, bevor sie den Fuß aufsetzte.

»Kommen Sie mit«, sagte sie zu Bryant und lief zurück zur Vorderseite. Unterwegs schnappte sie sich die Schaufel, über die sie gestolpert war, und gab sie Bryant. »Schlagen Sie das Fenster ein. Ich will an der Hintertür keine Spuren verwischen, bevor die Spurensicherung hier ist.«

Bryant trat so weit wie möglich nach hinten und schwang die Schaufel. Die Glasscheibe barst.

Kim nahm einen großen Stein aus dem Blumenbeet und schlug die spitzen Scherben am Rand ab, damit sie sich nicht verletzten, wenn sie durch das Loch stiegen.

Sie stellte sich auf einen Terrakottatopf und stützte sich auf Bryants Schulter. Mit dem Fuß ertastete sie auf der anderen Seite etwas Festes unter dem Fenster und verlagerte das Gewicht darauf. Es hielt. Erst als sie drinnen war, sah sie, dass es ein antiker Sekretär war und dass sie durch das Arbeitszimmer ins Haus eingedrungen war.

Sobald sie festen Boden unter den Füßen hatte, streckte sie die Hand aus, um Bryant, der ihr folgte, zu stützen. Die schwere Eichentür führte sie in den Flur. Sie wandte sich nach links, und Bryant ging die Treppe hinauf. Das nächste Zimmer, das sie betrat, war das Wohnzimmer, an das sie sich von ihrem letzten Besuch erinnerte. Sie überflog es mit einem raschen Blick.

»Wohnzimmer sauber!«, rief sie, als sie wieder in den Flur ging. Sie hörte Bryant rufen, dass das Schlafzimmer ebenfalls leer war.

Kim trat in die Bibliothek und verharrte mitten in der Bewegung.

Auf dem Teppich lag Richard Croft, ein Küchenmesser im Rücken.

Sie rief nach Bryant und kniete sich dann hin, wobei sie darauf achtete, nichts zu berühren. Das Blut war auf beiden Seiten unter ihm in den Teppich gesickert.

Bryant trat neben sie. »Verdammte Scheiße!«

Kim legte Richard Croft zwei Finger an den Hals. »Er lebt noch.«

Bryant holte sein Handy heraus und rief einen Krankenwagen.

An der Gegensprechanlage, die Kim an der Wand neben einem überdimensionierten Smeg-Kühlschrank fand, drückte sie auf einen Knopf und sah auf dem Monitor zu, wie das schmiedeeiserne Tor zur Seite glitt.

Ihr fiel auf, dass die Alarmanlage ausgeschaltet war. Kim wunderte sich, dass Menschen so eine Alarmanlage zwar zum Schutz ihrer Besitztümer nutzten, wenn sie nicht zu Hause waren, aber nicht für den Schutz des eigenen Lebens, wenn ehemalige Kollegen mit unnatürlicher Häufigkeit starben.

Sie schüttelte den Kopf, lief zur Haustür und riss sie auf, damit die Sanitäter Zugang zum Haus hatten.

Dann eilte sie erneut hinter das Haus und blieb knapp zwei Meter von dort stehen, wo der Täter ins Haus eingedrungen war. Sie drehte sich um und ließ den Blick durch den rückwärtigen Garten schweifen. Auf Anhieb entdeckte sie keinen

Schwachpunkt. Die Rückseite des Grundstücks wurde nicht von einer Mauer abgegrenzt, sondern von einem zwei Meter hohen Zaun, auf dem zusätzlich ein dekoratives Gitter saß, das die Barrikade noch einmal um einen halben Meter erhöhte. Die Zaunlatten wirkten unbeschädigt.

»Okay, du Scheißkerl, wenn du nicht obendrüber gekommen bist, dann bist du wohl durch den Zaun gekommen.«

Sie fing beim obersten Zaunelement an, arbeitete sich nach links vor und drückte dabei gegen jedes einzelne. Die Pfosten waren aus Holz, aber sehr solide. Vor der linken Hälfte des Zauns befanden sich keinerlei Sträucher, nur ein niedriger Kräutergarten. Ein Eindringling würde von der Rückseite des Hauses aus leicht entdeckt.

Kim betrachtete den Zaun am unteren Ende des Grundstücks. Alle drei Meter standen Nadelbäume, die sich rund viereinhalb Meter in die Höhe reckten. Die meisten standen mittig vor einem Zaunelement, bis auf den vierten. Hinter ihm verbargen sich ein Zaunelement und ein Pfosten.

Kim ging dreißig Meter zum Fuß des Gartens und drückte mit dem Zeigefinger leicht gegen die Zaunlatte. Sie bewegte sich unter dem sanften Druck, und Kim sah, dass sie nicht mehr am Pfosten befestigt war.

Sie hörte Schritte, die seitlich um das Haus herumgelaufen kamen.

»Madam?«, rief ein Beamter, womit er bewies, wie klug gewählt der Zugangspunkt und das potenzielle Versteck waren.

Kim trat hinter dem Baum hervor.

»Was kann ich tun, Madam?«

»Bewachen Sie die Hintertür. Lassen Sie niemanden in die Nähe.«

Er nickte, ging zur Tür und stellte sich mit dem Rücken zum Haus davor.

Kim ging noch einmal hinter den Nadelbaum und drückte

gegen das Zaunelement. Es ließ sich leicht bewegen und durch die entstandene Lücke konnte ein Mensch mühelos kriechen.

»Verdammt«, sagte sie. Dieser Scheißkerl war schlau. Sie trat zurück und ging wieder in den Garten, um den Kollegen die Sicherung von Beweisen nicht weiter zu erschweren.

Sie kletterte gerade auf das Schaukelgerüst, als Sirenen mit hoher Geschwindigkeit die Einfahrt heraufkamen und vor dem Haus hielten, Kim schaute über den Zaun und sah, dass das Gelände auf der anderen Seite steil abfiel und an die Rückseite eines Gewerbegebietes grenzte. Dahinter lag eine Wohnsiedlung, ein undurchdringliches Gewirr aus Straßen, Abflussschächten und Sackgassen.

Ein bisschen wie dieser verdammte Fall, dachte Kim, als sie wieder hinunterkletterte.

Langsam ging sie zur Hintertür und blickte dabei sorgfältig nach links und rechts.

Einen guten Meter vor dem Polizeibeamten blieb sie stehen.

»Wie geht es Ihnen heute, Madam?«

Kim öffnete den Mund, um ihn zu fragen, was zum Teufel er wohl glaube, wie es ihr gehe, doch da dämmerte ihr, dass das der Constable sein musste, mit dem Bryant kürzlich gesprochen hatte. Und er tat genau das, was ihm aufgetragen worden war – er versuchte eine Unterhaltung mit ihr zu beginnen.

Kim verdrehte die Augen, schüttelte den Kopf und ging zur Vorderseite des Hauses, wo Bryant zusah, wie die Hecktüren des Krankenwagens zugeschlagen wurden.

»Und?«

»Er atmet noch, Guv. Das Messer steckt noch. Die Sanitäter wollten es nicht entfernen, bevor sie nicht wissen, was es zusammenhält. Verrückt, aber es kann gut sein, dass das Tatwerkzeug ihn im Augenblick am Leben hält.«

»Was für eine Ironie«, sagte sie und setzte sich auf die Steinstufen.

»Hier kommt die Haushälterin«, sagte Bryant, als ein Vauxhall Corsa auf dem Kies so abrupt bremste, dass die Steine flogen. Die Frau, von der sie wussten, dass sie Marta hieß, stieg aus. Ihr Gesicht war kreidebleich.

»Was ... was ...?«

Kim blieb sitzen, aber Bryant ging auf die junge Frau zu.

»Mr Croft ist schwer verletzt worden. Sie müssen seine Frau anrufen und ihr sagen, sie soll so schnell wie möglich ins Krankenhaus fahren.«

Sie nickte und wankte ins Haus.

Zwei weitere Streifenwagen kamen die Einfahrt hoch, gefolgt vom Transporter der Spurensicherung.

»Polizisten sind doch wie Busse«, bemerkte Bryant, als Kim aufstand. »In der einen Minute weit und breit keiner zu sehen und in der nächsten ...«

»Sergeant Dodds«, sagte ein stämmiger Beamter, die Hände in den Taschen seiner Stichschutzweste. Bryant nahm ihn zur Seite, um ihm die Sachlage zu erläutern, während sich Kim den Leiter der Spurensicherung schnappte, als der aus dem Transporter stieg.

»Kommen Sie mit«, sagte sie, ohne sich vorzustellen. Sie ging ums Haus herum und führte den großen blonden Mann zum Fuß des Gartens. Dort zeigte sie hinter den Baum. »Durch das kaputte Zaunelement dahinten ist der Täter auf das Grundstück gelangt.« Sie zeigte auf die Hintertür. »Und da ist er ins Haus.«

»Alles klar, Madam.«

Sie ging zurück vors Haus, wo sie von Marta empfangen wurde, die ihr ein Handy hinhielt.

»Mrs Croft möchte mit Ihnen sprechen.«

Kim nahm das Telefon. »Ja?«

»Detective Inspector, wie ich von Marta höre, gibt es erhebliche Beschädigungen an meinem Haus.«

»Nicht so viele wie an Ihrem Mann.«

»Ich erwarte eine Erklärung, was Sie auf meinem Grundstück machen. Ich habe ausdrücklich darum ersucht, dass man Sie ...«

»Russells Hall, falls es Sie interessiert«, sagte Kim und beendete das Gespräch.

Sie gab Marta das Handy zurück. Bryant kam aus dem Haus.

»Fertig?«, fragte er.

Sie nickte, und sie gingen zurück zu ihrem Wagen am Ende der Einfahrt.

»Sie bauen also Brücken mit Mrs Croft, was, Guv?«

»O ja, wir kommen uns mit jeder Minute näher«, entgegnete Kim mürrisch.

»Und wohin jetzt?«

»Hollytree Estate«, antwortete Kim leise. Sie konnten sich nicht länger vor der Aufgabe drücken. »Einer Familie den Tag verderben.«

SIEBENUNDFÜNFZIG

Bryant lenkte den Wagen durch das Gewirr kleiner Straßen zu dem Trio der Hochhäuser im Zentrum, die insgesamt mehr als fünfhundert Wohneinheiten beherbergten.

Zwei größere kriminelle Banden sorgten unter den Bewohnern für das rechte Maß an Angst und Schrecken. Die »Deltas« waren junge Männer aus dem Postleitzahlengebiet von Dudley. Die »Bee Boys« lebten zwei Straßen weiter, wo der Postleitzahlbereich von Sandwell begann.

Bryant parkte den Wagen neben dem Spielplatz. Dort standen zwar eine Schaukel, eine Wippe und ein paar Bänke, aber auf dem Platz war seit Jahrzehnten kein Kind mehr gesichtet worden. Er wurde von den meisten nur »die Grube« genannt, und es war der Ort, wo die Vertreter der beiden Banden sich trafen, um ihre Angelegenheiten zu regeln.

Soweit Kim wusste, waren in der Grube in den letzten zwei Jahren drei Leichen gefunden worden, und bei allen dreien hatte niemand etwas gesehen. Wenn sie richtig gezählt hatte, hatte man von sieben Häusern freien Blick auf das Gelände. Trotzdem hatte es keine Zeugen gegeben.

Sie betraten das mittlere Hochhaus ungehindert. Polizeipräsenz war in dieser Gegend zwar nicht gerade beliebt, wurde aber nicht eingeschränkt. Die Gemeinschaft war von der Welt draußen abgetrennt, und Straftaten, die innerhalb der Enklave begangen wurden, wurden auch darin geklärt. Die Bandenführer konnten sich sicher fühlen in dem Wissen, dass hier keiner offen mit der Polizei reden würde.

»Du meine Güte«, sagte Bryant und hielt sich die Nase zu. Kim hatte tief durchgeatmet, bevor sie das Gebäude betreten hatten. Der Eingangsbereich war klein und fensterlos. Zwei kaputte Glühbirnen waren nicht ersetzt worden, und das einzige Licht stammte von einer gelben Neonröhre hinter einem quadratischen Gitter an der Decke.

»Welcher Stock?«, fragte Kim.

»Siebter. Treppe?«

Kim nickte und wandte sich zur Treppe. Die Aufzüge in diesen Häusern waren notorisch anfällig, und falls sie zwischen zwei Etagen stecken blieben, war es unwahrscheinlich, dass ihnen jemand zu Hilfe kam.

Müde laufen oder sich dem Tod überantworten? Die Wahl fiel leicht.

Bis zum dritten Stock hatte Bryant schon sieben Spritzen, drei kaputte Bierflaschen und zwei benutzte Kondome gezählt.

»Na, wer hat behauptet, es gäbe keine Romantik mehr?«, fragte er, als sie den siebten Stock erreichten. »Gleich da, Guv.« Er zeigte auf Wohnung 28C.

Auf der Tür, die von einem Mädchen geöffnet wurde, das Kim auf drei oder vier schätzte, prangten Spuren eines Fausthiebs. Das Mädchen lächelte nicht und sagte nichts, es nuckelte nur an einem Babyfläschchen mit Saft.

»Rhianna, geh von der verdammten Tür weg!«, rief eine weibliche Stimme.

Bryant trat vor und schob die Kleine aus dem Weg. Kim ging um sie herum und schloss die Tür.

»Verzeihung«, rief Bryant, als sie in dem schäbigen Flur standen. »Polizei ... Können wir ...«

»Was zu Teufel ...«, hörten sie inmitten eines hektischen Tumults.

»Wir haben's schon gerochen«, rief Kim und schob sich an Bryant vorbei ins Wohnzimmer. Die Vorhänge waren bis auf einen schmalen Spalt zugezogen.

Ein Mädchen mit Kreolen und käsiger Haut stand auf und wedelte mit den Händen herum. In der Luft hing schwer der Geruch nach Gras.

»Was zum Teufel machen Sie 'n hier? Sie ham kein Recht ...«

»Rhianna hat uns hereingebeten«, sagte Kim und stolperte beinahe über eine Wippe mit einem Neugeborenen. »Wir sind hier, um mit Brian Harris zu sprechen.«

»Das is mein Vater. Der is noch im Bett.«

Es war kurz vor zwölf.

»Dann sind Sie Melanies Schwester?«, fragte Bryant.

»Wem seine Schwester?«, fragte sie mit einem spöttischen Lächeln.

Kim hörte, wie im Flur eine Tür geöffnet wurde. Ein halb angezogener Mann kam zornig auf sie zu. »Was zur Hölle machen Sie hier?«

»Mr Harris«, sagte Bryant freundlich, trat vor Kim, hielt seinen Dienstausweis hoch und stellte sie beide vor. »Wir sind nur hier, um mit Ihnen über Melanie zu sprechen.«

Er verharrte mitten in der Bewegung und runzelte die Stirn.

Kim bekam allmählich das Gefühl, sie waren bei der falschen Adresse. Doch Melanie hatte ihre Körpergröße eindeutig von ihrem Vater geerbt. Er war gut über einen Meter achtzig. Sämtliche Rippen waren zu erkennen, und der Bund seiner Jeans umspannte schmächtige Hüften. Seine mageren Arme waren von oben bis unten mit selbst gemachten Tätowierungen bedeckt.

»Was hat das kleine Luder denn jetzt schon wieder angestellt?«, fragte er und schaute über die Rückenlehne des Sofas. Kim folgte seinem Blick. Ein dunkelbrauner Staffordshire Bullterrier lag japsend in einem Käfig, der allenfalls einem großen Yorkshire Terrier ausreichend Platz geboten hätte. Ihre Zitzen waren rot geschwollen. In einem Pappkarton neben dem Käfig kuschelten sich vier Welpen eng aneinander. Kim konnte nicht sagen, ob sie die Augen schon geöffnet hatten, doch dass sie schon von ihrer Mutter getrennt worden waren, hatte seinen Grund. Wenn ein Welpe zu früh von seiner Mutter getrennt wurde, führte das später zu Verhaltensauffälligkeiten, die die Deltas an ihren Statussymbolen sicher gerne sahen.

Kim blickte der Hündin in die Augen. Sie würde bei der frühestmöglichen Gelegenheit wieder werfen müssen. Dann schaute sie zu Bryant, dessen Blick ebenfalls auf den Hunden ruhte. Sie sahen einander an.

»Egal was das Mädchen gemacht hat, es hat nix mit mir zu tun«, sprach der Mann jetzt weiter. »Die hab ich schon vor Jahren weggegeben.«

Das Baby in der Wippe am Boden fing an zu weinen. Die Frau setzte sie mit dem Fuß in Bewegung, holte ein iPhone heraus und fing an, darauf herumzutippen.

Brian Harris setzte sich neben seine Tochter und versetzte ihr einen kräftigen Stoß. »Setz Teewasser auf, Tina.«

»Mach's selbst, du fauler Sack.«

»Mach's, oder nimm deine verdammten Kinder und scher dich mit denen zu Teufel.«

Tina bedachte ihn mit einem rotzigen Blick, ging aber in die Küche. Rhianna tapste hinter ihr her.

Harris beugte sich vor, zündete sich eine Zigarette an und blies den Rauch über den Kopf des Babys.

Bryant setzte sich auf das Sofa gegenüber und schlug einen betont ruhigen Tonfall an. Kim blieb stehen.

»Können Sie uns sagen, wann Sie Ihre Tochter das letzte Mal gesehen haben, Mr Harris?«

Er zuckte die Achseln. »Kann ich nich genau sagen. Sie war 'n Kind.«

»Wie alt war sie, als Sie sie weggaben?«, fragte Kim.

Der Hieb löste bei Brian Harris nicht die geringste Gefühlsregung aus. »Keine Ahnung, is 'ne ganze Weile her.«

»War sie ein schwieriges Kind?«

»Nee, sie hat nur viel gegessen. Verfressene kleine Ziege.« Er schmunzelte über seinen Scherz.

Weder Bryant noch Kim sagte ein Wort.

»Ich musst mich um zwei Kinder kümmern. Ihre Mutter, die Schlampe, ist einfach abgehau'n. Ich hab mein Bestes getan.« Er zuckte erneut die Achseln, als würde er dennoch bald den Titel »Vater des Jahres« verliehen bekommen.

»Sie hatte also einfach Pech?«, hakte Kim nach.

Er verzog das Gesicht und entblößte dabei eine Reihe gelber Zähne. »Sie sah ulkig aus. Nur Beine und nix auf den Rippen. Sie war nich grad 'ne Schönheit.«

Bryant beugte sich vor. »Haben Sie sie überhaupt jemals besucht, nachdem Sie sie in die Obhut des Jugendamtes gegeben hatten?«

Er schüttelte den Kopf. »Hätt's ihr nur schwerer gemacht. Musst 'nen klaren Bruch machen. Weiß nich mal, wo die sie hingebracht ham. Kann gut da sein, wo jetzt gegraben wird.« Er zog an seiner Zigarette.

»Und Sie sind nicht auf die Idee gekommen, sich mit der Polizei in Verbindung zu setzen, um herauszufinden, ob Ihre Tochter unter den Opfern von Crestwood ist?«, fragte Kim aufgebracht. Ein Hauch von Gefühl hätte ihren Glauben an die Menschheit wiederhergestellt.

Er beugte sich vor. »Is Melanie denn eine von 'n Toten?«

Endlich, dachte Kim, ein Funke Interesse am Wohlbefinden der Tochter, die er vor vielen Jahren im Stich gelassen hat.

Seine Miene wurde zu einem Stirnrunzeln. »Das kost mich doch jetzt nix, oder?«

Kim schob die Fäuste tief in die Taschen. Es gab Zeiten, da wünschte sie, sie könnte sie einfach so in den Knast stecken.

Tina kam zurück und reichte ihrem Vater einen dampfenden Becher. Bei dem Gesicht, das sie machte, würde Kim nicht darauf vertrauen, was darin war.

»Mr Harris, es tut uns leid, Sie darüber informieren zu müssen, dass wir den Verdacht haben, dass Melanie eines der Mädchen ist, die wir gefunden haben. Es ist natürlich noch eine offizielle Identifizierung erforderlich.«

Brian Harris versuchte, ein ernstes Gesicht zu machen, doch die Selbstsucht in seinen Augen war stärker. »Ich hab sie vor Jahren weggegeben, das hat nix mit mir zu tun.«

Kim sah zu, wie Rhianna um das Sofa herum zu dem Käfig ging. Sie steckte die Finger durch die Stäbe und zupfte an den Backen des Hundes, der nirgendwohin ausweichen konnte. Kim rutschte ein wenig zur Seite und schob das Kind mit dem rechten Fuß ein Stück von dem Käfig weg. Das Mädchen ging zu dem Karton mit dem Welpen, doch jetzt musste Kim nicht eingreifen.

»Tina, hol sie da weg.«

Tina knurrte noch einmal und stand auf. Sie nahm ihre Tochter an der Hand und ging mit ihr ins Schlafzimmer. Sobald das Kind aus dem Zimmer war, konnte Kim sich nicht mehr beherrschen. Sie konnte nicht die Fäuste einsetzen, doch sie hatte noch andere Werkzeuge zur Hand.

»Mr Harris, bevor wir gehen, würde ich Ihnen gern noch etwas vor Augen führen. Als letzte Erinnerung sozusagen. Ihre fünfzehnjährige Tochter ist auf schreckliche Weise ums Leben gekommen. Irgendein kranker Scheißkerl hat ihr die Fußknochen zertrümmert, sodass sie nicht weglaufen konnte, während er ihr den Kopf abgeschlagen hat. Sie hat sich gewehrt und geweint und vielleicht nach Ihnen gerufen, während der Scheißkerl sie in Stücke gehauen hat.« Kim beugte sich vor, ganz dicht an das Gesicht dieses armseligen Vaters heran. »Und diese Information kostet Sie keinen verdammten Penny.«

Sie sah Bryant an. »Wir sind fertig.«

Kim ging an ihm vorbei in Richtung Wohnungstür. Bryant folgte ihr, zögerte aber, bevor er die Tür hinter ihnen schloss. »Warten Sie hier, ich will ihn noch kurz was fragen.«

Während sie wartete, ging Kim auf, dass sie soeben eine Familie nicht gerade lehrbuchmäßig über den Tod einer nahen Angehörigen informiert hatte. Doch wenn sie auch nur auf ein Gramm Liebe oder Zuneigung oder wenigstens Bedauern gestoßen wäre, hätte sie sich an die Vorschriften gehalten. Sie beschloss, dass jemand anderes die anderen Familien informieren musste. Sie vertraute einfach nicht darauf, dass sie ruhig bleiben würde, wenn sie noch einmal mit so viel Gleichgültigkeit konfrontiert wäre.

Die Wohnungstür ging wieder auf, und entsetzt sah sie ihren Kollegen an, der aus der Wohnung kam.

»Bryant, das ist jetzt nicht Ihr Ernst.«

ACHTUNDFÜNFZIG

»Hier, Sie nehmen die Welpen und ich die Mutter.«

Bryant drückte ihr den Karton in die Hand. Die vier Welpen bewegten sich, und Kim sah, dass sie die Augen offen hatten. Gerade eben so.

»Wie zum Teufel ...«

»Ich habe ihm erklärt, ich wäre bereit, bei dieser Gelegenheit über das Ausmaß an kriminellen Aktivitäten in seiner Wohnung hinwegzusehen, wenn er mir die Hunde überlässt.« Er folgte ihr die Treppe hinunter. »Aber vom Sozialamt habe ich nichts gesagt.«

Am Wagen blieb Kim stehen. »Ähm ... und jetzt, Doktor Doolittle?«

Er legte die Hündin auf den Rücksitz und stellte den Karton daneben. »Sie fahren.«

»Wohin?«, fragte sie und stieg ein.

»Kommen Sie, Guv, Sie wissen, wo ich wohne.«

»Himmel«, rief sie und legte einen Gang ein. Sie suchte sich den Weg aus der Wohnsiedlung und warf einen kurzen Blick nach hinten. Die Hündin spähte über den Rand des Kartons. Ein Welpe reckte sich ihrer Nase entgegen.

»Nennen Sie mich nie wieder impulsiv, Bryant. Was wird denn Ihre Frau dazu sagen?«

Er zog die Schultern nach oben. »Ich hatte doch keine Wahl, oder?«

Kim sagte nichts. Sosehr sie es sich auch wünschte, wusste sie doch, dass sie nicht die ganze Welt retten konnten. Aber manchmal musste man sich wenigstens um das kümmern, was man direkt vor der Nase hatte.

An einer Ampel blieb Kim stehen.

»Guv, sehen Sie«, sagte Bryant.

Kim schaute noch einmal nach hinten. Die Hündin leckte an dem Welpen, an den sie drankam. Die anderen versuchten, an der Seite des Kartons hochzuklettern.

Fünf Minuten später fuhr sie vor seiner Doppelhaushälfte mit den drei Schlafzimmern in Romsley vor.

Er stieg aus. »Okay, wenn Sie den Karton ...«

»Ausgeschlossen«, erwiderte Kim. »Da müssen Sie allein durch.«

»Feigling.«

»Ganz richtig.«

Bryant nahm die Leine der Hündin. Sie sprang aus dem Auto und blieb stehen. Er klemmte sich den Karton unter den linken Arm und ging zur Haustür.

Kim schickte ein stilles Gebet gen Himmel. Sie hatte Bryants Frau schon erlebt, wenn sie schlecht gelaunt war, und sie fürchtete, ihren Kollegen nicht lebend wiederzusehen. Sie gab ihm zehn Minuten, dann würde sie nachsehen.

Sie holte ihr Handy heraus und rief das Sozialamt an. Nach ein paar Augenblicken beendete sie das Gespräch. Wenn ein Polizeibeamter dort anrief und erklärte, dass Kinder in Gefahr waren, setzte sich schlagartig eine ganze Maschinerie in Bewegung. Innerhalb einer Stunde würde ein Sozialarbeiter an die Tür klopfen. Für Tina konnten sie vermutlich nichts mehr tun, doch Rhianna und das Baby hatten noch eine Chance.

Bryants Haustür ging auf, und er kam heraus. Kim war sich nicht ganz sicher, doch seine Gliedmaßen schienen unversehrt.

»Immer noch verheiratet?«, fragte sie und rutschte auf den Beifahrersitz.

»Mutter und Welpen sind in der Küche auf einer Decke an der Heizung wiedervereint. Hühnchen mit Reis steht auf dem Herd und die Frau recherchiert im Internet, was Welpen so brauchen.«

»Sie behalten sie?«

Er nickte. »Vorerst. Bis sie alt genug sind.«

»Wie haben Sie denn das so schnell hingekriegt?«

Er zuckte die Achseln. »Ich hab ihr gesagt, wie's war, Guv«, sagte er schlicht.

Kim sah förmlich vor sich, wie die Hunde in seinem Haus verhätschelt und verwöhnt wurden.

Verzweifelt schüttelte sie den Kopf. »Okay, Sie setzen mich jetzt am Revier ab und fahren dann ins Krankenhaus. Einer von uns muss da sein, um Croft zu befragen, sollte sich die Gelegenheit ergeben.«

»Sie kommen nicht mit?«

Kim schüttelte erneut den Kopf. »Wahrscheinlich keine gute Idee. Vielleicht bin ich ja paranoid, aber ich glaube, Mrs Croft mag mich nicht besonders.«

NEUNUNDFÜNFZIG

Das Dröhnen der Ninja erstarb, als Kim auf den unbefestigten Streifen fuhr. Sie setzte den Helm ab und hängte ihn über das rechte Ende des Lenkers.

Vom Hügel aus ließ sie den Blick über die Fläche schweifen. Die Grabungsstellen eins und zwei waren wieder der Landschaft übergeben worden, und das Ausrüstungszelt war abgebaut. Kein mobiler Absperrzaun säumte mehr das Grundstück, und die Presse war abgezogen. Die Polizeiwache war fort, und ein paar Ausrüstungsgegenstände hatte man in der oberen Ecke des Geländes zusammengestellt. Es war wieder ein leeres Stück Brachland im Besitz der Stadt, wo jedes Jahr der Jahrmarkt seine Zelte aufschlug, um die Bewohner zu unterhalten. Nur ein paar Teddybären und zerrupfte Blumen am Fuß des Hügels deuteten noch auf die Ereignisse der vergangenen Tage.

Dieser Teil der Ermittlungen war abgeschlossen. Die Hinweise, die die Toten geben konnten, waren eingesammelt worden, und jetzt war es an ihr und ihrem Team, das Puzzle zusammenzusetzen.

Eines Tages würden die Namen dieser drei Mädchen auf einer Wikipedia-Seite stehen, die mit dem Hauptartikel über die Geschichte des Black Country verlinkt sein würde. Der Dreifachmord würde für immer ein Makel in der Geschichte der Region sein. Achtlos würden Leser an dem Artikel über die Leistungen der Kettenschmiede von Netherton vorbeiscrollen, die die Anker und Ankerketten für die *Titanic* geschmiedet hatten, und über die zwanzig Shire Horses, die die hundert Tonnen schwere Ladung durch die Stadt gezogen hatten. Die Metallindustrie, die bis ins sechzehnte Jahrhundert zurückreichte, würde angesichts einer so sensationellen Überschrift zur Bedeutungslosigkeit verblassen, auch wenn die ganze Sache wahrlich nicht zu den Glanzpunkten der Historie des Black Country zählte.

»Dachte ich mir doch, dass Sie das sind, Guv«, sagte Dawson und kam aus dem Zelt über der dritten Fundstelle.

Er hatte dunkle Ringe unter den Augen, seine Jeans war schmutzig und sein Pullover zerknittert, doch angesichts der vielen Stunden vor Ort und seines Engagements für den Fall hatte er wohl das Recht, ein wenig derangiert auszusehen.

Kim wollte ihm ein Lob aussprechen für seine gute Arbeit, doch irgendwie blieben ihr die Worte im Hals stecken. Denn kaum klopfte sie ihm anerkennend auf den Rücken, fand er normalerweise prompt am nächsten Tag eine Möglichkeit, sie wieder gegen sich aufzubringen.

»Dawson, ich muss sagen, Sie enttäuschen mich. Sie sind ein verdammt guter Polizist, aber manchmal führen Sie sich auf wie ein Dreijähriger.« Sie hielt inne. Das war nicht ganz so rausgekommen, wie sie es beabsichtigt hatte. »Also, ich weiß, dass die Woche hart für Sie war, aber Sie waren trotzdem verdammt gut.«

Dawson warf den Kopf in den Nacken und lachte. »Danke, Guv. Aus Ihrem Mund bedeutet das sehr viel.«

»Ich mein's ernst, Kev.«

Ihre Blicke begegneten sich. Er verstand es.

»Machen Sie morgen frei. Wir haben alle acht Tage durchgearbeitet. Am Samstagmorgen setzen wir uns ein paar Stunden bei Kaffee und Muffins zusammen – Bryant gibt einen aus. Und dann analysieren wir, was wir haben, und machen einen Plan für nächste Woche.«

»Das war vielleicht eine Woche, Guv. Wollen Sie die Morde immer noch mir anhängen, weil wir den Täter noch nicht haben?«

Sie schüttelte den Kopf. »Nein, ich glaube, Bryant passt besser ins Schema.«

Sie betrat das Zelt und fand Cerys allein an einem Klapptisch neben dem Grab.

»Haben alle Sie im Stich gelassen, Cerys?«, fragte Kim.

Sie drehte sich um und lächelte. »Meine Leute sind im Hotel und packen, um sich bald auf den Weg zu machen. Es waren anstrengende Tage.«

Kim nickte beipflichtend. »Und Sie?«

Cerys seufzte tief. »Noch nicht ganz. Mit dem Grab hier bin ich in zwei Stunden fertig. Ich glaube allerdings nicht, dass ich noch was finde. Unser drittes Opfer wurde nicht so tief vergraben wie die anderen, aber ich bin gern gründlich.«

»Dann fahren Sie auch heute noch?«, fragte Kim.

Cerys schüttelte den Kopf. »Nein. Ich mache noch den Papierkram fertig. Das wird sicher spät.« Sie griff nach einer kleinen Tupperdose. »Wieder Perlen, aber das haben Sie natürlich schon gewusst. Im Bereich des Körpers haben wir auch Überreste von Kleidung gefunden, doch die hat Daniel mit ins Labor genommen. Der Stoff war zu mürbe, um ihn hier vor Ort von den Knochen abzulösen.«

»Sonst noch etwas?«

Cerys zeigte auf eine Ecke des Grabs von ungefähr dreißig Quadratzentimetern, die noch mehr Erde enthielt als der Rest des Bereichs. Ihr Gesicht war abgehärmt und müde. »Falls da nicht noch etwas Interessantes drin ist, dann wohl nicht.«

»Haben Sie eine Zahnprothese gefunden, eine Teilprothese der oberen Schneidezähne?«

Cerys runzelte die Stirn. »Nein. Hätte ich eine finden sollen?«

»Sie würde uns bei der Identifizierung helfen, und ich hatte gehofft, Sie hätten sie gefunden.«

»Falls sie überhaupt da drin war, hat sie sich sicher nicht von der Leiche gelöst.«

Verdammt, ohne dieses letzte Stück konnte sie sich, was die Identifizierung von Nicola anging, nicht ganz sicher sein.

Kim nickte, um anzudeuten, dass sie verstand, und verließ das Zelt. Sie verharrte und ging dann wieder hinein.

»Cerys, geht es Ihnen gut?«

Die Archäologin drehte sich um, entweder überrascht über die Frage oder über die Person, die sie stellte. Sie lächelte, doch es war ein gezwungenes Lächeln ohne Wärme.

»Wissen Sie, Kim, ich weiß es ehrlich nicht. Ich bin von einer Wut durchdrungen, die ich einfach nicht abschütteln kann. Es ist mir vollkommen egal, was diese Mädchen getan haben oder nicht. Ich weiß nur, dass sie behandelt wurden, als wären sie keine Menschen. Man hat sie gequält und in der Erde verbuddelt und verrotten lassen. Dabei waren sie doch nur Kinder. Ich will dabei sein, wenn Sie den Scheißkerl finden, der das getan hat. Ich würde ihm am liebsten dasselbe antun. Und was mir wirklich Sorgen macht, ist, dass ich das Gefühl habe, ich wäre zu diesen Grausamkeiten sogar imstande.«

Kim sah zu, wie die Spannung aus ihr wich. Manchmal vergaß sie, dass Cerys noch nicht viel Erfahrung mit Tatorten hatte, und ein so schrecklicher Tatort wie dieser war eine verdammt harte Initiation.

Cerys sah sie an und schüttelte den Kopf. »Wie machen Sie das, Kim? Wie können Sie jeden Morgen aufwachen und diesen Job machen, ohne völlig den Verstand zu verlieren?«

Kim dachte darüber nach. »Ich baue Sachen. Ich nehme

einen Haufen Rost und Schmutz und baue daraus etwas Schönes. Ich schaffe etwas, was die Hässlichkeit dessen, was wir tun, ausgleicht. Es hilft. Aber wissen Sie, was mir wirklich hilft?«

»Was?«

»Das Wissen, dass ich ihn fangen werde.«

»Glauben Sie?«

Kim lächelte. »O ja, denn meine Wille, ihn zu kriegen, ist um einiges stärker als die Energie, die er braucht, um mir zu entkommen. Ich gebe keine Ruhe, bis er die Strafe für das bekommt, was er getan hat. Und alles, was Sie hier geleistet haben, jede Spur, die Sie entdeckt, jeder Knochen, den Sie geborgen haben, wird mir dabei helfen. Es ist verdammt schwer, Cerys, aber es lohnt sich.«

Cerys lächelte und nickte. »Ich weiß, und ich glaube Ihnen: Sie kriegen ihn.«

»Verlassen Sie sich darauf. Und dann richte ich ihm schöne Grüße von Ihnen aus.«

Schweigen senkte sich herab. Kim hatte keine Fragen mehr an die junge Frau, die tagelang unermüdlich gearbeitet hatte und körperlich wie emotional mitgenommen war. Sie trat näher und reichte ihr die Hand. Cerys Haut war stellenweise rau und schwielig, doch ihr Händedruck war sanft und warm.

»Danke für alles, Cerys, und kommen Sie gut nach Hause. Ich hoffe, wir sehen uns mal wieder.«

Sie lächelte. »Ganz meinerseits, Detective.«

Kim nickte und verließ das Zelt.

Sie musste eine Zahnprothese finden.

SECHZIG

Daniel und Keats hockten über einem Schnellhefter am Tisch, als Kim eintrat.

Der Pathologe drehte sich um. »Oh, Detective, wie schön, Sie zu sehen.«

Kim starrte ihn finster an.

»Nein, ehrlich, ich mein's ernst. In Ihrer Abwesenheit hat sich mein Herz eindeutig für Sie erwärmt. Ich glaube, meine sensible, zarte Natur könnte Ihre scharfe Zunge tatsächlich erträglich finden.«

»Sie hatten eine recht entspannte Woche, was?«, fragte sie und zog die Augenbrauen hoch.

»Das hatte ich in der Tat, Detective.« Er zählte an den Fingern ab. »Ich hatte eine doppelte Messerstecherei in Dudley, einen älteren Mann, der bei dem Fest anlässlich seines fünfundachtzigsten Geburtstags über seinem Essen zusammengebrochen ist, und zwei unklare Todesfälle. Oh, und die ganzen Leichen, die Sie in Ihrem Fahrwasser hinterlassen haben.«

»Freut mich ja, dass ich dafür sorgen konnte, dass bei Ihnen keine Langeweile aufkam, aber haben Sie denn auch irgendetwas nur im Entferntesten Nützliches herausgefunden?«

Er überlegte einen Augenblick und schüttelte dann den Kopf. »Nein, ich habe es mir anders überlegt. Jetzt wird mir klar, dass ich Sie kein bisschen vermisst habe.«

»Keats«, knurrte sie ungeduldig.

»Die Ergebnisse der Obduktion habe ich heute Morgen in Ihr Büro geschickt. Teresa Wyatt wurde, wie Sie ja bereits wissen, unter Wasser gedrückt. Es gab keinen großen Kampf, denn das Opfer lag ja schon in der Wanne. Ich habe am Körper weder weitere blaue Flecken gefunden noch Spuren sexueller Gewalt. Sie war für ihr Alter bei recht guter Gesundheit. Ich glaube, über die Todesursache von Tom Curtis bestand kein Zweifel, doch ich kann Ihnen immerhin sagen, dass die Flasche Whisky ihn sehr wahrscheinlich ebenfalls umgebracht hätte. Sein Herz war in einem so schlechten Zustand, dass er wohl kaum mehr seinen fünfundvierzigsten Geburtstag gefeiert hätte. Oh, und seine letzte Mahlzeit bestand aus Salat und Steak. Oberschale, glaube ich.«

Kim verdrehte die Augen.

»Bei Mary Andrews sind Sie definitiv zu spät zum Krematorium gekommen. Um eine begründete Aussage über die Todesursache machen zu können, brauche ich eine Leiche. Arthur Connop starb an schweren inneren Verletzungen aufgrund eines heftigen Zusammenpralls mit einem Auto. Seine Leber war schon vor dem Unfall jenseits von Gut und Böse, aber seine anderen wichtigen Organe waren für einen Mann seines Alters recht gesund.« Keats hob die Hände, wie um zu sagen: *Das ist alles.*

»Ansonsten keine Beweise, keine Spuren, nichts?«

»Nein, Detective, denn Sie produzieren keinen Fernsehkrimi. Wenn wir eine Stunde kitzelnde Fernsehunterhaltung machen müssten, würde ich vielleicht plötzlich feststellen, dass Teresa Wyatt eine Teppichfluse geschluckt hatte, die aus dem Haus Ihres Verdächtigen stammt. Ich würde an der Leiche von

Tom Curtis vielleicht sogar ein Haar finden, das dem Täter ausgefallen ist, samt Wurzel. Aber ich bin keine TV-Serie.«

Kim stöhnte. Sie hatte mal einen vereiterten Zahn gehabt, aber der hatte nicht annähernd so gepeinigt wie ein Monolog von Keats. Seine gerunzelte Stirn verriet ihr, dass er noch nicht ganz fertig war. Sie lehnte sich an die Edelstahlarbeitsfläche und verschränkte die Arme.

»Wie viele Frauen hat der Yorkshire Ripper umgebracht?«, fragte Keats.

»Dreizehn«, antwortete Dan.

»Und wie wurde er erwischt?«

»Als zwei Polizeibeamte ihn verhafteten, weil er mit gefälschten Nummernschildern fuhr.«

»Dreizehn Leichen, und er war immer noch nicht mittels Haaren oder Teppichfusseln überführt worden. Ich kann nur weitergeben, was die Leiche mir verrät. Die forensische Auswertung von Spuren, welcher Art auch immer, kann die gute alte Polizeiarbeit nicht ersetzen: Schlussfolgerungen, Bauchgefühl und Intelligenz, praktisches Denken. Was mich daran erinnert: Wo ist Bryant?«

Kim bedachte ihn mit einem Blick, und er drehte sich wieder zum Arbeitstisch. Sie sah, dass das Etikett seines weißen Kittels hinten aus dem Kragen schaute. Mit dem Zeigefinger schob sie es hinein.

Er drehte sich um. Sie zog eine Augenbraue hoch. Keats lächelte und wandte sich wieder ab. Er blätterte in einem Eisenwarenkatalog.

Kim wandte sich an Daniel. »Doc, haben Sie eine Zahnprothese gefunden?«

Er begegnete ihrem Blick, und Kim war verblüfft über die Müdigkeit in seinen Augen. Er hatte bis nachts auf dem Grundstück gearbeitet, um die Überreste des dritten Opfers zu bergen. Genau wie sie selbst es getan hätte.

»Wie, heute kein bisschen Sarkasmus, keine scharfen Bemerkungen?«

Sie spürte, dass er ihr sehr ähnlich war. Sobald Fragen aufgeworfen wurden, verlangte er Antworten, und er würde keine Ruhe geben, bis er sie hatte. Bei einem Fall wie diesem spielten Dienstpläne, Einstempeln und Ausstempeln keine Rolle. Da zählte nur das Bedürfnis, das Rätsel aufzuklären. Sie begriff.

Kim neigte den Kopf zur Seite und lächelte. »Nein, Doc. Heute nicht.«

Er erwiderte ihren Blick und lächelte. »Keine Zahnprothese«, sagte Daniel.

»Verdammt.«

»Aber Sie haben recht, Detective, es müsste eine geben. Ihr fehlten drei obere Schneidezähne.«

Kim seufzte schwer. Jetzt hatte sie die Namen aller drei Mädchen. Dies war unwiderlegbar Louise.

»Haben Sie mit Cerys gesprochen?«, fragte er.

»Sie hat auch keine gefunden.«

»Da hätten wir sie«, sagte Keats ungewohnt leise vor sich hin.

Daniel beugte sich wieder über den Tisch und schaute, worauf er mit dem Zeigefinger wies. Dann nickte er langsam.

»Was?«, fragte Kim.

Keats drehte sich um, unfähig, einen Ton herauszubringen. Kim war verunsichert. Dieser Mann hatte Leichen im schlimmsten Stadium des Zerfalls gesehen. Er wurde spielend mit entsetzlichen Tatorten, Verwesung und den darauffolgenden Lebensformen fertig. Sie hatte miterlebt, wie er bei einer vorläufigen Untersuchung einer Leiche die vorhandenen Maden als »kleine Burschen« bezeichnet hatte. Was zum Teufel konnte ihn dermaßen erschüttern?

»Sehen Sie, hier.« Daniel ging zu einem der Obduktionstische und zeigte auf das Schambein.

Kim sah, dass mitten durch den Knochen ein Riss führte. Sie hob den Kopf. »Das Becken ist gebrochen?«

»Sehen Sie ganz genau hin.«

Kim beugte sich noch weiter darüber und bemerkte, dass der Riss am Rand Kerben aufwies. Sie zählte insgesamt sieben Stück. Die in der Mitte war tiefer als die anderen. Auf beiden Seiten des Bruchs war ein Zickzackmuster auszumachen. Die Zacken verliefen über eine Breite von fast zweieinhalb Zentimetern, bevor sie auf den Riss im Knochen trafen.

Entsetzt trat Kim einen Schritt zurück und sah von Daniel zu Keats und wieder zurück, unfähig zu begreifen, was sie da vor Augen hatte.

»Ja, Detective«, sagte Keats heiser. »Der Scheißkerl hat versucht, sie zu zersägen.«

Schweigen senkte sich herab, als alle drei auf das Skelett blickten, das einst ein junges Mädchen gewesen war. Kein Engel und nicht ohne Fehler, aber dennoch ein junges Mädchen.

Kim machte einen Schritt zur Seite und stolperte beinahe in Daniel.

Er fing sie auf. »Alles in Ordnung mit Ihnen?«

Sie nickte und löste sich aus seinen Armen. Sie wagte nicht zu sprechen, bis die Übelkeit vorüber war.

Beim Klingeln ihres Handys fuhren alle zusammen und wurden schlagartig aktiv, als wäre der Pausenknopf gedrückt gewesen und nun wieder gelöst.

Es war Bryant, er rief von irgendwo im Gebäude an. Kims Mund war trocken, als sie sich meldete.

»Guv, ich vergeude hier meine Zeit.«

»Ist er noch im OP?«, fragte sie und sah auf ihre Uhr. Wenn das der Fall war, sah es nicht gut aus für Richard Croft.

»Nein, er wurde vor einer Stunde auf die Station gebracht. Das Messer ist raus, ich habe es eingetütet. Er ist die meiste Zeit noch bewusstlos und kommt ab und an zu sich, aber Mrs Croft lässt mich nicht in seine Nähe.«

»Bin unterwegs«, sagte sie und beendete das Gespräch.

»Wohin gehen Sie jetzt?«, fragte Keats.

Sie blickte auf Opfer Nummer drei und atmete tief durch. »Mich mit jemandem anlegen.«

EINUNDSECHZIG

Ich habe gespürt, dass Louise mir auf der Spur war. Sie war anders als die anderen beiden. Melanie war schüchtern und bedürftig gewesen, verzweifelt um Zuneigung und Bestätigung bemüht. Tracy war mit allen Wassern gewaschen und sinnlich, aber Louise hatte eine gemeine Ader, die durch sie hindurchlief wie Blei.

Louise war nicht wie die anderen beiden. Sie war nicht missbraucht, verlassen oder vernachlässigt worden. Ihr hatten nur die neuen Regeln nicht gefallen, die mit dem Stiefvater und dem neuen Geschwisterchen Einzug hielten.

Louise hatte gern das Sagen, das habe ich vom ersten Tag gemerkt, als sie entschied, welches Bett sie nehmen würde. Das Mädchen, das bisher dort geschlafen hatte, wagte es, sich zu widersetzen, und wurde dafür mit einem gebrochenen Handgelenk belohnt.

Man konnte sich leicht vorstellen, wie gewalttätig sie gegenüber ihrem sieben Monate alten Bruder gewesen war, woraufhin man sie von zu Hause entfernt hatte.

Im Gegensatz zu Tracy hatte Louise keine Balance, sie war

nur brutal. Sie besaß keine Sinnlichkeit und nicht den geringsten Humor. Allein ihr Anblick war mir unerträglich.

Mit Louise legte sich niemand an. In ihr war eine Wut, die einfach rausmusste. Unter dem Schmerz und dem Groll brodelte es.

Aber ich wusste etwas über sie, was sonst niemand wusste.

Louise war gemein, und sie war gewalttätig. Und sie machte ins Bett.

Mithilfe einer vibrierenden Armbanduhr verließ Louise jeden Morgen um vier Uhr ihr warmes Bett und ging zur Toilette. Sie kam erst zurück, wenn ihre Blase leer war.

»Hallo, Louise«, sagte ich eines Nachts, als sie von der Toilette kam.

»Was wollen Sie?«, fragte sie und hielt sich die Hand vor den Mund.

»Ich finde, wir sollten uns ein wenig unterhalten. Du hast bedrückt gewirkt in letzter Zeit.«

»Finden Sie?«, antwortete sie und stemmte die Hand in die Hüfte. »Meine Freundinnen verkrümeln sich eine nach der anderen.«

»Sie mögen dich offensichtlich nicht genug, um dazubleiben«, entgegnete ich gleichgültig.

Ihr Gesicht schien sich in der Mitte zusammenzuziehen, als sie die Lippen schürzte und die Augen zusammenkniff. »Ja. Vielleicht hatten sie aber auch gar nichts dabei mitzureden.«

Oh, volle Punktzahl. Ein Psychopath erkennt den anderen.

Es gab keinen Grund, mit Louise Spielchen zu spielen. Ihr Schicksal war besiegelt. Aber ich ließ mir Zeit, um mich noch ein bisschen zu amüsieren.

»Wie das?«, fragte ich.

»Ich weiß, dass Sie was damit zu tun haben. Sie tun, als wären Sie nett, aber irgendwas stimmt mit Ihnen nicht.«

Ich gratulierte Louise im Stillen zu ihrem feinen Gespür.

»Das sagst ausgerechnet du? Wer hat denn seinem kleinen

Bruder absichtlich wehgetan? In dir ist etwas Böses, was alle auf Abstand gehen lässt. Ich wette, deine Freundinnen sind weg, weil sie dich nicht mehr ertragen haben. Selbst deine Familie hasst dich.«

Sie schob das Kinn vor. »Ist mir doch egal.«

»Und warum machst du dann immer noch ins Bett?«

Sie stürzte sich auf mich, die Fäuste auf dem Weg in mein Gesicht, doch ich war darauf gefasst. Ich packte sie am Handgelenk, drehte sie so, dass sie gegen mich fiel, und drückte ihr mit dem Unterarm die Kehle zu. Sie warf den Kopf von einer Seite zur anderen, aber ich stemmte das Kinn von oben auf ihren Kopf. Als sie schreien wollte, hielt ich ihr mit der linken Hand den Mund zu.

Ich schob sie vorwärts, und sie versuchte, mir in die Hand zu beißen. Sie schlug mit den Armen um sich, aber damit konnte sie nichts gegen mich ausrichten.

Als ich mit ihr nach draußen ging, wehrte sie sich schon nicht mehr so sehr. Ich legte die rechte Hand auf ihre Schulter und packte fester zu.

Den letzten Atemhauch schüttelte ich aus ihr heraus wie aus einer Puppe. Ich spürte das Ende ihres irdischen Daseins, als ihr Körper gegen mich sackte, als hätte ihr jemand die Knochen aus dem Leib gesaugt.

Ich legte die Hand auf ihren Hals, nur um sicherzugehen.

Die Haut lag reglos unter meinen Fingerspitzen.

Ich warf sie mir über die Schulter und trug sie raus zu dem wartenden Loch.

Anders als bei den anderen beiden empfand ich nichts für das Fleisch, das ich zu Boden fallen ließ. Von Melanies Bedürftigkeit war mir schlecht geworden. Beim Anblick ihres unterwürfigen Gesichts hatte ich Gänsehaut bekommen. Tracy hatte Begehren in mir geweckt. Ihre Gier hatte zu ihrem Ende geführt. Aber bei Louise war gar nichts. Sie war Mittel zum Zweck.

Sie war Versicherung.

Ihre Todesart würde in die Irre führen.

Also schob ich ihre Beine auseinander und griff nach der Säge.

ZWEIUNDSECHZIG

Zum zweiten Mal in zwei Tagen ging Kim die Flure des Russells-Hall-Krankenhauses hinunter. Da sie außerhalb der Besuchszeit kam, gab sie sich an der Gegensprechanlage als Polizistin zu erkennen.

Die erste Sorge der Pflegekräfte galt natürlich den Patienten, doch der Polizei waren sie nach Möglichkeit behilflich.

Kim ging an dem kleinen Warteraum am vorderen Ende der Station vorbei. Bryant stand auf, als er sie sah. Sie bedeutete ihm, sich wieder zu setzen.

Am Schwesternzimmer blieb sie stehen. »Richard Croft?«

Die Frau in Dunkelblau war klein und rund. Ein Gürtel mit Gummieinsatz suchte irgendwo in der Mitte ihres Dienstkittels nach einer Taille und versagte elendiglich.

»Detective, ich glaube, er ist noch nicht ganz bereit für Ihre Fragen.«

Kim nickte, um anzudeuten, dass sie Verständnis hatte, doch sie wollte ebenfalls verstanden werden. Sie beugte sich vor und sagte: »Schwester, diese Woche hatte ich es mit mehr als sechs Leichen zu tun, und die verlangen alle nach einer

Antwort. Richard Croft wäre beinahe Nummer sieben geworden und kann mir womöglich helfen.«

Die Furchen auf der Stirn der Frau wurden tiefer.

Kim hob die Hand. »Ich versichere Ihnen, dass ich nichts tue, was ihm in seinem Zustand schaden könnte.«

Das war nicht gelogen, denn Kim hatte nicht die Absicht, überhaupt etwas zu tun.

Die Schwester wies mit einem Nicken auf die dritte Tür in dem breiten Flur. »Aber nur ein paar Minuten, okay?«

Kim nickte und ging leise den Flur hinunter.

In der offenen Tür blieb sie stehen, doch sie betrachtete nicht die reglose Gestalt in dem Bett, sondern seine Frau in dem Sessel, die gerade völlig in ihr Handy vertieft war.

Als Kim sich an den Türrahmen lehnte, hob sich der glänzende schwarze Schopf. Nina Crofts starre Miene war höflich, aber auch eine Spur herablassend. Eindeutig der Blick, den sie für das Personal reserviert hatte. Als sie Kim erblickte, fielen sämtliche Spuren von Höflichkeit von ihr ab.

Im ersten Augenblick war Kim überrascht, wie sehr sich ein so attraktives Gesicht von dem inneren Gift in Mitleidenschaft ziehen ließ. Plötzlich verblasste alle Schönheit, und es blieben nur noch zusammengekniffene Augen und schmale, gemeine Lippen.

»Was zum Teufel wollen Sie hier?«

»Mrs Croft, wir müssen Ihren Mann befragen.«

»Nicht jetzt, Detective Stone, und definitiv nicht Sie.«

Nina Croft stand auf. Genau wie Kim gehofft hatte.

Richard Croft stöhnte. Kim machte einen Schritt auf das Bett zu, und Nina trat ihr sofort in den Weg.

»Raus hier«, fauchte sie.

Kim wollte um sie herumgehen, doch Mrs Croft packte sie grob am Arm und zog sie zur Tür. Wäre sie nicht im Dienst gewesen, hätte Kim der Frau eine in die Fresse gegeben. Manchmal war es das Opfer einfach nicht wert.

»Verschwinden Sie augenblicklich aus diesem Zimmer, und lassen Sie meinen Mann in Ruhe.« Sie zerrte Kim zur Eingangstür der Station. Als sie am Warteraum vorbeigingen, schaute Kim hinein und fand Bryants Blick. Mit einem Nicken wies sie den Flur hinunter in Richtung des unbewachten Krankenzimmers.

Sobald sie außerhalb der Station waren, schleuderte die Frau Kims Arm von sich weg, als wäre er mit aussätzigem Schorf überzogen.

»Ich mag Ihre Methoden nicht, Detective, und ich mag Sie nicht.«

»Sie dürfen mir glauben, wenn ich Ihnen sage, dass mir das keine schlaflosen Nächte bereitet.«

Nina Croft drehte sich um und wollte wieder auf die Station gehen.

»Und in Wirklichkeit sind es auch nicht meine Methoden, die Ihnen missfallen, nicht wahr, Mrs Croft?« Sie drehte sich um und kam zurück. Gut. »Sie sind nicht dumm. Sie haben sich über mich schlaugemacht, bevor Sie den Anruf getätigt haben, um mich von dem Fall abziehen zu lassen. Es ist wohl eher meine Aufklärungsquote, die Ihnen nicht passt.«

Nina trat näher. »Nein, es passt mir nicht, dass Sie meinem Mann das Gefühl geben, ein Verdächtiger zu sein. Denn das sagt mir, dass Sie nicht das Zeug haben, diese Ermittlungen zu leiten. Sie sind eindeutig un...«

»Warum wollen Sie mich von dem Fall abziehen lassen, wo Sie doch ganz genau wissen, dass ich ihn aufkläre, egal wie lange es dauert?« Nina Croft sah sie weiter finster an. »Besonders da Sie wissen, dass Ihr Mann beinahe der Nächste geworden wäre. Jede normale Frau würde wollen, dass der Täter so schnell wie möglich gefasst wird, damit ihr geliebter Ehemann nicht mehr in Gefahr ist.«

»Passen Sie gut auf, was Sie sagen, Detective Stone.«

»Wovor haben Sie Angst, Mrs Croft? Warum haben Sie

solche Panik, dass ich das Rätsel aufklären könnte? Und was zum Teufel hat Ihr Mann damals gemacht?«

Sie trat zurück und verschränkte die Arme. »Sie werden niemals beweisen können, dass er irgendetwas Unrechtes getan hat.«

»Interessant, dass Sie nicht behaupten, er hätte nichts Falsches getan, sondern nur, dass ich es nicht beweisen kann.«

»Sie drehen mir die Worte im Mund herum, Detective.«

»Ihr Mann weiß etwas darüber, was vor zehn Jahren in Crestwood passiert ist, und während er sich im Augenblick noch ans Leben klammert, hatten andere nicht so viel Glück.«

Nina Croft wirkte ungerührt. Kim war sich nicht sicher, ob sie jemals einer Frau begegnet war, die so wenig Mitgefühl besaß wie sie.

Ungläubig schüttelte Kim den Kopf. »Sie haben die Ermittlungen auf Schritt und Tritt behindert. Sie haben erfolglos versucht, mich von dem Fall abziehen zu lassen. Sie haben Ihren juristischen Einfluss geltend gemacht, um gegen die archäologischen Ausgrabungen vorzugehen ...« Kims Worte versiegten, als ihr etwas dämmerte. »*Sie* haben den Hund des Professors umgebracht! Als die juristischen Einwände nichts halfen, haben Sie eine andere Strategie eingeschlagen, um diese Ausgrabungen zu verhindern. Gütiger Himmel, was stimmt denn nicht mit Ihnen?«

Nina zuckte die Achseln. »Verhaften Sie mich doch wegen des unsachgemäßen Gebrauchs eines Tackers, Detective.«

Eine Bewegung hinter Nina Crofts Kopf verriet Kim, dass Bryant das Patientenzimmer verlassen hatte.

Sie machte einen Schritt nach vorn und blieb dicht vor ihrer Widersacherin stehen. »Sie sind eine skrupellose, kalte, erbärmliche Person. Ihnen liegt an nichts und niemandem etwas. Ich glaube, Sie wissen genau, was damals passiert ist, und der einzige Mensch, den Sie schützen wollen, sind Sie selbst. Aber eines kann ich Ihnen versprechen: Der Tag wird kommen, an dem ich Sie wieder besuche, und dann wird es eine sehr öffentliche Verhaftung wegen Behinderung polizeilicher Ermittlungen geben.« Kim machte eine Pause, als sie Bryant näher kommen sah. »Und jetzt haben Sie einen Grund, Beschwerde einzulegen. Also, bitte, geben Sie Ihr Bestes.«

Bryant trat neben sie.

»Haben Sie, was Sie wollten?«, fragte sie ihn.

Bryant nickte und wandte sich an Mrs Croft. »Ihr Mann fragt nach Ihnen.«

Sie blickte vom einen zur anderen, während ihr aufging, dass sie ausgetrickst worden war. Sämtliche Farbe wich aus ihrem Gesicht. Nina Croft war keine gute Verliererin.

»Sie verschlagenes kleines Miststück ...«

Kim drehte sich um und ging davon.

»Die Freundschaftsbande vertieft, Guv?«

»Ja, wir sind jetzt die besten Freundinnen. Was haben Sie erfahren?«

»Absolut gar nichts.«

Kim blieb stehen. »Machen Sie Witze?«

Bryant schüttelte den Kopf. »Nein.«

»Aber er ist ein wichtiger Zeuge! Croft ist unser einziger Überlebender eines Scheißkerls, der mindestens zwei weitere Menschen auf dem Gewissen hat, und er kann uns keinen Schritt weiterhelfen?«

»Guv, er kriegt kaum zwei Worte raus, aber über Ja-oder-nein-Fragen habe ich erfahren, dass er mit dem Gesicht zur Tür stand, als ihm das Messer in den Rücken gestoßen wurde. Er ist nach vorn gefallen und hat sofort das Bewusstsein verloren.«

Kim pustete Luft durch die Lippen. »Minuten, Bryant. Wir müssen ihn um Minuten verpasst haben. Wer auch immer er ist, er hat gewusst, dass er nur eine kurze Zeitspanne hatte, während Marta zum Einkaufen war, und er kannte den einzigen Weg, um unentdeckt rein- und rauszukommen.«

Als sie das Krankenhaus verließen, war es dunkel.

»Also, Bryant, ich hab's Kev auch schon gesagt. Machen Sie morgen frei. Am Samstag hocken wir uns hin und tragen alles zusammen. Es war eine verdammt harte Woche.«

Ausnahmsweise widersprach Bryant ihr nicht.

Kim ging ums Krankenhaus herum, dahin, wo sie ihr Motorrad abgestellt hatte. Sie bog um die Ecke in die Dunkelheit.

Als sie nach dem Helm greifen wollte, der am Reifen angeschlossen war, fing ihr Handy an zu klingeln.

DREIUNDSECHZIG

Sie nahm den Anruf entgegen. Das Akkulämpchen leuchtete rot auf.

»Was gibt's, Stace?«

»Guv, ich bin ein paar alte Posts auf Facebook noch mal durchgegangen und bin da auf etwas gestoßen, was Sie, glaube ich, wissen sollten.«

»Fahren Sie fort.«

»Vor ungefähr acht Monaten hat eine der jungen Frauen im Zoo in Dudley Tom Curtis mit seiner Familie gesehen. Sie hat sich in einem Post über sein Gewicht ausgelassen und gefragt, warum sie ihn damals alle so toll fanden. Darauf folgten ein paar kindische Witze darüber, dass er seinen Hotdog in fremde Brötchen gesteckt hat, und ähnlicher Mist, aber dann kam die Rede auch auf die drei Mädchen.«

Kim schloss die Augen gegen das, was jetzt kam.

»Es besteht kein Zweifel, dass eine von ihnen Sex mit ihm hatte, Guv.«

Kim dachte an die schwangere Fünfzehnjährige. »Wurde Tracy namentlich erwähnt?«

»Nein, das ist es ja. Tom Curtis hat mit *Louise* geschlafen.«

Kim schüttelte nur den Kopf, während Zorn in ihr aufstieg.

»Geht es Ihnen gut, Guv?«

»Alles in Ordnung, Stace. Gute Arbeit, und jetzt machen Sie …«

Ihre Worte blieben ungehört, denn in dem Moment gab der Akku den Geist auf.

Sie steckte das Handy in die Tasche und trat gegen die Wand. »Verdammt, verdammt, verdammt.«

Der Zorn, der durch ihre Adern strömte, fand kein Ventil. Man hatte diesen Scheißkerlen die Sicherheit dieser Mädchen anvertraut, und sie hatten alle miteinander jämmerlich versagt. Es schien, als hätte jeder einzelne von ihnen eine Möglichkeit gefunden, diese Kinder weiter auszunutzen und zu missbrauchen.

Kindesmissbrauch wurde gemeinhin in vier Kategorien unterteilt: körperlicher Missbrauch, sexueller Missbrauch, emotionale Misshandlung und Vernachlässigung. Nach Kims Einschätzung hatte das Personal von Crestwood so ziemlich alle Bereiche abgedeckt. Die Ironie lag darin, dass die meisten Mädchen nach Crestwood gebracht worden waren, um sie aus Missbrauchssituationen herauszuholen.

Keines der Mädchen war aus freien Stücken in Crestwood gewesen. Kim wusste aus eigener Erfahrung, dass solche Heime wie Müllkippen waren, wie Abfallhöfe, wie Schuttplätze. Ein Ort für ungewollte und kaputte Individuen, wo Kinder im besten Falle entmenschlicht und ihrer Identität beraubt und im schlimmsten Falle noch weiter missbraucht wurden.

Sie hatte es mit eigenen Augen gesehen. Man rechnet damit, schlecht behandelt zu werden. Und wie ein Pflock, der Schlag für Schlag in den Boden gerammt wird, kann man den Kopf nur eine bestimmte Zeit über der Erde halten.

Kim ging um das Motorrad herum und versuchte, die Hitze aus ihren Adern zu vertreiben. Sie ballte die Hände zu Fäusten und löste sie wieder, um die Spannung loszuwerden.

Melanie war von ihrem Vater einfach so weggegeben worden. Ein Geschenk an den Staat, damit er an seinem Tisch ein Maul weniger zu stopfen hatte. Und das Auswahlkriterium? Sie war das weniger hübsche Kind gewesen. Und das hatte Melanie gewusst. Wie war sie damit zurechtgekommen? Weggeworfen von dem Mann, der sich um sie hätte kümmern sollen, und das nur, weil sie hässlich war?

Das Kind hatte um ein bisschen Aufmerksamkeit gebettelt, ein wenig Bestätigung, dass sie ein Mensch war, der Zuneigung verdiente. Sie hatte sogar versucht, Freundschaft zu kaufen, um ihren Platz zu finden. Zufrieden damit, der Kümmerling des Abschaums zu sein, solange der Abschaum sie nur akzeptierte.

Das war Melanies Geschichte. Doch es gab noch so viele mehr. Alle Kinder im System hatten eine Geschichte. Auch Kim. Doch als ihre begonnen hatte, war sie nicht allein gewesen.

Mikeys Bild schwebte ihr vor Augen. Es war nicht das Bild, das sie sich wünschte, doch das, das ihr stets präsent war. Sie machte einen Schritt nach hinten in die dunkle Ecke, denn die Gefühle schnürten ihr die Kehle zu.

Mikey und sie waren drei Wochen zu früh auf die Welt gekommen und nicht bei bester Gesundheit gewesen. Kim hatte sich recht bald aufgerappelt, hatte Gewicht zugelegt und starke Knochen entwickelt. Mikey nicht.

Ihre Mutter, Patty, hatte sie mit nach Hause genommen, als sie sechs Wochen alt waren, in eine Wohnung in einem Hochhaus in Hollytree.

Kims erste Erinnerung reichte zurück bis zu dem Tag drei Tage nach ihrem vierten Geburtstag: Da hatte ihre Mutter ihrem Zwillingsbruder ein Kissen fest aufs Gesicht gedrückt. Seine kurzen Beine hatten zappelnd auf dem Bett herumgeschlagen, während seine Lunge japsend nach Luft schnappte. Kim hatte versucht, ihre Mutter wegzuziehen, doch ihr Griff war fest gewesen.

Sie hatte sich auf den Boden geworfen, den Mund weit aufgemacht und ihrer Mutter die Zähne in die Wade geschlagen wie ein wütender Kläffer. Sie biss mit aller Kraft zu und ließ nicht mehr los. Ihre Mutter schoss herum, und das Kissen flog zu Boden, doch immer noch ließ Kim nicht los. Ihre Mutter taumelte schreiend durchs Zimmer und versuchte, sie abzuschütteln, doch erst als sie einen sicheren Abstand vom Bett hatten, löste Kim ihren Kiefer.

Sie erinnerte sich, dass sie zum Bett gelaufen war und Mikey wach geschüttelt hatte. Spuckend und hustend hatte er nach Luft gerungen. Kim schob ihn hinter sich und starrte zu ihrer Mutter hinauf. Der Hass in den Augen der Frau, die sie zur Welt gebracht hatte, verschlug Kim den Atem. Sie rutschte rückwärts aufs Bett und schob Mikey hinter sich.

Ihre Mutter kam näher. »Du dumme kleine Göre. Weißt du nicht, dass er der Teufel ist? Er muss sterben, damit die Stimmen aufhören. Kapierst du das nicht?«

Kim schüttelte den Kopf. Nein, das begriff sie nicht. Er war nicht der Teufel. Er war ihr Bruder.

»Ich krieg ihn, ich versprech's dir, ich krieg ihn.«

Von diesem Augenblick an musste Kim ihrer Mutter unablässig einen Schritt voraus sein. Im Laufe des folgenden Jahres gab es weitere Versuche, doch Kim wich nicht von Mikeys Seite.

Tagsüber hatte sie immer einen Button in der Tasche, mit dessen Nadel sie sich in den Unterarm piekste, um wachsam zu bleiben. Nachts nahm sie ganze Hände voll Kaffeepulver aus der Dose und steckte sie sich in den Mund, um die bitteren Körnchen mit der Zunge auszusaugen. Erst wenn sie das rhythmische Schnarchen ihrer Mutter hörte, erlaubte sie sich einzuschlafen.

Gelegentlich kam das Jugendamt zu Besuch. Eine überarbeitete Person, die mit einem mentalen Klemmbrett eine flüchtige zehnminütige Inspektion vornahm – ein Test, den sie irgendwie immer überstand.

Kim hatte sich seither oft gefragt, wie niedrig die Standards sein mussten, dass man sie in der Obhut ihrer Mutter gelassen hatte.

Keine Anzeichen für Crack – abgehakt.

Keine Anzeichen dafür, dass die Mutter taumelt und betrunken ist – abgehakt.

Kinder weisen keine offensichtlichen Verletzungen auf – abgehakt.

Eine Woche nach ihrem sechsten Geburtstag kam Kim aus dem Bad und fand ihren Bruder mit Handschellen an die Heizung gefesselt.

Entsetzt blickte sie zu ihrer Mutter, denn im ersten Moment begriff sie gar nicht, was sie da sah. Mehr Zeit brauchte Patty nicht. Kim wurde von hinten an den Haaren gepackt. Fest schloss die Faust sich darum und schleifte sie zur Heizung, wo Patty sie an ihren Bruder fesselte.

»Wenn ich dich kriegen muss, um ihn zu kriegen, dann geht's eben nicht anders.«

Das waren die letzten Worte, die sie je von ihrer Mutter gehört hatte.

Am Ende des Tages war es Kim gelungen, den rechten Fuß unter das Bett zu zwängen und eine Packung mit fünf Crackern und eine halbe Flasche Cola darunter hervorzubugsieren.

Zwei Tage lang war sie überzeugt gewesen, ihre Mutter würde zurückkommen. Sie würde einen ihrer seltenen klaren Augenblicke haben und sie befreien.

Am dritten Tag begriff sie, dass ihre Mutter nicht zurückkommen würde und sie dem Tod überlassen hatte. Es waren nur noch zwei Cracker und ein paar Schlückchen Cola übrig, und so hörte Kim ganz auf zu essen. Sie zerteilte die letzten beiden Cracker mehrfach, bis es acht Bissen für Mikey waren.

Alle paar Stunden versuchte sie, die Hand aus der Handschelle zu ziehen, doch sie rieb sich nur die Haut auf.

Am Ende von Tag fünf waren die Cracker alle, und in der Colaflasche war nur noch ein winziger Schluck.

Mikey wandte ihr das Gesicht zu, so schmal, so blass. »Kimmy, ich hab schon wieder gepieselt«, flüsterte er.

Sie sah ihm in die Augen. Wie besorgt er war über eine weitere Pfütze in dem Schmutz unter ihnen. Beim Anblick seines ernsten Gesichts musste sie laut lachen. Und als sie einmal angefangen hatte zu lachen, konnte sie nicht mehr aufhören. Obwohl er nicht wusste, warum, lachte Mikey mit, bis ihnen die Tränen über die Wangen kullerten.

Und als die Tränen versiegt waren, drückte sie ihn an sich. Denn sie wusste es schon. Sie flüsterte ihm ins Ohr, ihre Mummy sei unterwegs mit etwas zu essen, er müsse nur durchhalten. Sie drückte ihm einen Kuss an die Schläfe und sagte ihm, dass sie ihn liebte.

Zwei Stunden später starb er in ihren Armen.

»Schlaf gut, süßer Mikey«, flüsterte sie, als der letzte Atemhauch seinen misshandelten, geschwächten Körper verließ.

Stunden oder Tage später gab es einen Riesentumult, und plötzlich waren überall Menschen. Sehr viele Menschen. Zu viele. Sie wollten ihr Mikey wegnehmen, und sie war zu schwach, um sie wegzuscheuchen. Sie musste ihn loslassen. Wieder.

Die vierzehn Tage im Krankenhaus waren ein einziger Nebel aus Schläuchen, Nadeln und weißen Kitteln. Die Tage verschmolzen miteinander.

Tag fünfzehn war viel klarer. Sie wurde vom Krankenhaus ins Kinderheim gebracht. Und sie bekam Bett Nummer neunzehn.

»Verzeihung, Miss, geht es Ihnen gut?«, fragte eine Stimme von oben.

Kim erkannte verdutzt, dass sie an der Wand des Krankenhauses nach unten geglitten war und auf dem Boden saß.

Sie wischte die Tränen weg und sprang auf. »Ja, mir geht's gut, danke. Mir geht's gut.«

Der Krankenwagenfahrer zögerte einen Moment, nickte dann aber und wandte sich ab.

Kim atmete ein paarmal tief durch, um die überwältigende Traurigkeit zu vertreiben, während sie die Erinnerungen zurück in die Schachtel packte. Niemals würde sie sich verzeihen, dass sie ihren Bruder nicht hatte beschützen können.

Sie sperrte das Schloss auf, mit dem der Helm am Reifen gesichert war. Ihr Körper war jetzt voller Kampfbereitschaft und Entschlossenheit.

Nein, das würde sie nicht zulassen. Kim würde diese Mädchen nicht im Stich lassen, denn, verdammt, es gab jemanden, dem etwas an ihnen lag. *Ihr* lag, verdammt noch mal, etwas an ihnen.

VIERUNDSECHZIG

Stacey lehnte sich auf ihrem Stuhl nach hinten und reckte sich. Ihre Nackenmuskeln waren so verspannt, dass sie brannten. Langsam rollte sie den Kopf nach rechts und nach links. In ihrem rechten Schulterblatt knackte es.

Kim hatte gesagt, sie solle nach Hause gehen, und das hatte sie auch vor.

Sie schloss die Facebook-Seite und das E-Mail-Programm. Ein paar Mails waren noch fett als ungelesen markiert, doch um die würde sie sich am Samstagmorgen kümmern. Jetzt sehnte sie sich nur noch nach einem heißen Schaumbad, einer Pizza und einer Folge *Real Housewives*. Es war ihr egal, welche.

Das Surren des Computers verstummte, und Stille senkte sich über den Raum.

Sie schob die Füße in die Schuhe unter dem Tisch. Dann zog sie ihre Jacke an und ging zur Tür.

Die linke Hand zögerte über dem Lichtschalter, denn im Hinterkopf beschäftigte irgendetwas sie noch. Etwas, was sie gesehen hatte, dessen Bedeutung sie aber noch nicht recht verstand.

Sie murrte und ging zurück an ihren Schreibtisch. Als sie

den Computer wieder einschaltete, kam ihr das Surren viel lauter vor als eben, als würde er sich dagegen sträuben, noch einmal hochzufahren. Aber das bildete sie sich vermutlich nur ein.

Sie loggte sich ein und öffnete sofort ihre E-Mails. Es war die zweite ungelesene Nachricht, die ihr Herz schneller schlagen ließ. Sie las sie Zeile für Zeile, die Augen weit aufgerissen.

Als sie das Ende des Textes erreicht hatte, war ihr Mund ganz trocken.

Mit zitternder Hand griff sie zum Telefonhörer.

FÜNFUNDSECHZIG

Kim parkte das Motorrad seitlich an dem eingezäunten Gebäude. Sie stieg ab und trat an den Zaun.

Es war erst zwanzig Uhr, doch es kam ihr viel später vor. Die kalte Nachtluft war schon unter den Gefrierpunkt gesunken, und Familien schlossen die Türen ab, zogen die Vorhänge vor und machten es sich vor dem flackernden Kamin bei einem abendlichen Film gemütlich.

Der Gedanke war Kim gekommen, als sie kurz zu Hause gewesen war. Sie hatte ihre Wohnung die ganze Woche kaum betreten, doch sie wusste, dass sie sowieso keine Ruhe finden würde.

Immer mehr Antworten tauchten aus dem Nebel auf, doch ein Teil fehlte noch, und das bereitete ihr Bauchschmerzen.

Das Stück Brachland, auf dem gegraben worden war, lag jetzt leer und verlassen. Alle Spuren von Aktivität waren beseitigt worden. Das Grundstück so verlassen zu sehen war gruselig. Die weißen Zelte waren wieder im Lagerraum verstaut und warteten auf ihren nächsten Einsatz. Die archäologische und forensische Ausrüstung war zusammengepackt worden und würde morgen die Stadt verlassen. Zusammen mit Cerys.

Für das bloße Auge und im Dunkeln sah das Stück Brachland nicht anders aus als vor einer Woche. Selbst die Blumensträuße und Teddybären waren verschwunden. Doch Kim wusste, dass sie zu allen drei Gräbern gehen und ihre exakte Lage identifizieren konnte. Das würde so bleiben, selbst wenn das Gras längst wieder verheilt war.

Sie konnte nicht umhin, sich zu fragen, wie lange die drei noch dort gelegen hätten, wäre der Professor nicht so entschlossen gewesen, vergrabene Münzen zu finden. Doch wegen seiner Beharrlichkeit würden junge Mädchen, die unter diesem nichtssagenden Flecken Erde begraben gewesen waren, jetzt eine anständige Beerdigung erhalten. Und Kim würde an jeder einzelnen teilnehmen.

Der Fall war ihnen allen unter die Haut gegangen. Cerys hatte die Überreste aus der Erde geborgen. Daniel hatte die Knochen untersucht, um die Todesart zu bestimmen, und jetzt war es an ihr, alles zusammenzusetzen.

Sie schaute zu dem mittleren Haus hinüber. Drinnen war Bewegung zu erkennen. Lucy und William Payne waren aus dem Krankenhaus zurück, und ihr gemeinsames Leben ging – vorerst – seinen gewohnten Gang.

Kim löste den Blick von dem beleuchteten Fenster. Es war an der Zeit, ein sehr schwieriges Gespräch mit William zu führen, doch er würde ihr nicht weglaufen, und ihr fehlte noch ein Puzzlestück, das sie zuerst finden musste.

Die Zahnprothese war hier irgendwo, und irgendwie war sie wichtig. Dass sie weder an dem Schädel noch im Grab gefunden worden war, konnte nur bedeuten, dass sie noch irgendwo im Gebäude war. Die Stelle, wo sie lag, würde ihr alles verraten. Und diesmal war Kim vorbereitet.

Aus ihrer Satteltasche holte sie einen Hammer. Wenn sie ein paar Bretter löste, konnte sie sicher durch das Loch einsteigen. Sie zog die schwarzen Lederhandschuhe aus und steckte sich den Gaslöter zwischen die Lippen. Mit dem Nagelheber des Hammers entfernte sie die Nägel, die die Bretter an den senkrechten Pfosten hielten.

Die ersten beiden lösten sich leicht. Sie versuchte, das Brett vom Pfosten zu ziehen, doch die beiden Nägel auf der anderen Seite saßen noch zu fest. Das oberste Brett löste sich problemlos, doch das untere wollte sich nicht vom Fleck rühren. Schließlich gelang es ihr, es nach unten zu ziehen, bis es senkrecht hing, immer noch mit einem störrischen Nagel fixiert.

Es war offensichtlich, dass das Budget der Stadtverwaltung für anständige Handwerksarbeit vor zehn Jahren weit höher gewesen war als für anständige Materialien.

Kim wiederholte das Ganze beim zweiten Brett, und dann hatte sie ein Loch, das groß genug war, um hindurchzuklettern. Sobald sie auf der anderen Seite war, schüttelte sie die Hände und hielt sie vor den Mund. Die Fingerspitzen waren taub von dem rauen, eisigen Wind.

Sie hatte absichtlich weder Bryant noch den Rest des Teams über ihre Pläne informiert. Sie hatte nicht die Befugnis, das Gebäude zu betreten, und eine richterliche Anordnung hätte viel zu lange gedauert.

Woodys Botschaft über die Loyalität ihres Teams war laut und unmissverständlich bei ihr angekommen.

Ohne Tageslicht musste sie sich auf ihre Erinnerung stützen, was die Aufteilung des hinteren Teils des Gebäudes betraf. Mit der Taschenlampe leuchtete sie auf den Boden. Das Gelände war überwuchert und mit Backsteinen und Abfall übersät.

Kim richtete die Taschenlampe auf das offene Fenster, durch das sie das Gebäude bei ihrem ersten Besuch betreten hatte. Sie versuchte, sich einen direkten Weg dorthin zu bahnen, doch sie stolperte über einen Porenbetonstein. Fluchend ging sie weiter.

Als sie vor dem Fenster stand, fiel ihr wieder ein, dass sie den Mülleimer, mit dessen Hilfe sie eingestiegen war, auch benutzt hatte, um über den Zaun zurückzuklettern. Sie ging also zum Zaun zurück, machte einen weiten Bogen um den Porenbetonstein, holte den Mülleimer und stellte ihn unter das kaputte Fenster.

Mit der Taschenlampe fuhr sie den Rand der Öffnung ab, um zu sehen, ob noch irgendwo Scherben steckten. Dann nahm sie die Lampe zwischen die Zähne und zog sich mit beiden Händen durch das kaputte Fenster.

Ja, sie war drin.

SECHSUNDSECHZIG

Ich wusste, dass ich recht gehabt hatte, als ich sie zum ersten Mal sah. Ihre Sorgfalt und ihre Beharrlichkeit haben ihr gute Dienste geleistet. Vielleicht zu gute. Denn sie haben sie zu mir zurückgebracht.

Ursprünglich hatte ich gedacht, wir würden uns nicht mehr begegnen, doch das hatte sich geändert.

Meine Versicherung, meine schlaue Irreführung, hat nicht ausgereicht. Einigen hätte sie genügt. Ihr nicht.

Hier war sie, allein, spät in der Nacht, und verschaffte sich auf der Suche nach Antworten Zugang zu einem verlassenen Gebäude. Sie würde nicht eher ruhen, als bis sie die Geheimnisse aufgedeckt hatte.

Alle.

Es war nur eine Frage der Zeit, bis ihre methodischen Schlussfolgerungen sie zu mir führen würden. Das Risiko konnte ich nicht eingehen.

Wäre sie nicht so klug gewesen, hätte ich sie am Leben gelassen. Die Leute müssen die Verantwortung für ihr Tun übernehmen.

Ich erinnere mich an einen Vorfall im Speisesaal, als ich

zwölf war. Robbie hatte ein Sandwich mit Hühnchensalat. Es sah viel leckerer aus als meins mit Schinken und Käse. Ich bat ihn, mit mir zu tauschen, und er lachte mir ins Gesicht. Eine angeknackste Rippe, ein blaues Auge und zwei gebrochene Finger später hatte ich sein Sandwich, und es schmeckte gut.

Dabei hätte das gar nicht sein müssen. Wenn er einfach getauscht hätte, wäre ihm nichts passiert. Ich habe es den Lehrern zu erklären versucht, aber sie haben mich einfach nicht verstanden. Sie brachten alle möglichen Entschuldigungen für meine fehlenden Gewissensbisse vor.

Ich war nicht verstört. Ich suchte nicht nach Aufmerksamkeit. Ich spielte mich nicht auf, weil meine Großmutter gestorben war.

Ich wollte nur das Sandwich.

Eigentlich schade, dass die Polizistin sterben muss. Man wird ihren scharfen Verstand, ihre Zielstrebigkeit und ihren Tatendrang vermissen, doch das hat sie allein sich selbst zuzuschreiben.

Es ist nicht meine Schuld.

Meine Schuld liegt einzig in dem Fehler, der mir vor einigen Jahren unterlaufen ist, doch diesen Fehler habe ich seither nicht mehr gemacht.

Und selbst die klügsten Köpfe machen gelegentlich Fehler.

Als ich zusah, wie sie durch den Zaun kletterte, wurde mir klar, dass die Polizistin gerade ihren letzten gemacht hatte.

SIEBENUNDSECHZIG

Mit den Füßen landete Kim auf der Resopal-Arbeitsplatte, und Glas knirschte unter ihren Stiefeln wie Kies. In der dunklen Stille war der Krach ohrenbetäubend.

Sie ließ sich auf den Boden hinunter und leuchtete mit der Taschenlampe durch den Raum. Nichts hatte sich verändert in den paar Tagen, seit sie das letzte Mal hier gewesen war, und dies war auch nicht der Bereich, für den sie sich interessierte.

Trotzdem verharrte sie einen Augenblick und rief sich die Mädchen vor Augen, die durch die Tür hereinschlichen, wenn niemand da war, um sich eine Tüte Chips zu holen oder etwas zu trinken. Wie oft war Melanie hier drin gewesen, bevor sie so brutal enthauptet worden war?

Kim durchquerte die Küche und fuhr zusammen, als sich ihr etwas aufs Gesicht legte. Sie tastete nach ihrer Wange, wo sich weiche Fäden lösten, und richtete die Taschenlampe auf ein ovales Loch in einem Spinnennetz im Türrahmen. Sie schüttelte den Kopf und rieb sich über Gesicht und Haare. Ein einzelner Faden kitzelte noch am Ohr.

Als sie aus dem Eingangsbereich in den Flur ging, kam von oben ein Windstoß heruntergefegt, der durch die kaputten

Fenster ins Gebäude drang. Über ihrem Kopf knarrte ein Balken.

Eine Sekunde lang fragte sich Kim, ob es wirklich vernünftig gewesen war, mitten in der Nacht allein hierherzukommen, doch sie würde sich nicht von Spinnen und Wind ins Bockshorn jagen lassen.

Sie ging den Flur hinunter und achtete darauf, die Taschenlampe abzuschirmen, wenn sie an den offenen Türen der nach vorn gelegenen Räume vorbeikam. Das Gebäude war zwar von einem Zaun umgeben, doch sie konnte nicht riskieren, dass das Licht von der Straße oder den Häusern gegenüber bemerkt wurde.

Links kam sie an einer Waschküche vorbei, rechts lag der Gemeinschaftsraum. Sie stellte sich vor, wie Louise in diesem Raum Hof gehalten hatte, die Anführerin, die ihre Truppen um sich versammelte, bis irgendein Scheißkerl versucht hatte, sie in Stücke zu sägen.

Sie ging weiter in das Zimmer am Ende des Flurs. Dort hatte der Brand seinen Ausgang genommen. Vor dem Büro des Geschäftsführers.

Beim Eintreten schaltete sie die Taschenlampe aus. Eine Straßenlampe neben der Bushaltestelle warf ein Rechteck aus Licht in den Raum.

Hast du hier gestanden und ihn um Hilfe gebeten?, fragte Kim Tracy stumm. Bist du zu Richard Croft gegangen und hast ihn um Rat gefragt, bevor du lebendig begraben wurdest? Vermutlich nicht.

Kim schüttelte den Gedanken ab und überflog den Raum. Hinter der offenen Tür standen zwei Aktenschränke. Sie zog nacheinander sämtliche Schubladen auf. Das Licht der Straßenlampe reichte nicht bis hierher. Sie tastete mit der Hand suchend in den Schubladen herum.

Nichts.

Sie trat an das Bücherregal auf der anderen Seite der Tür.

Es war schwer und aus Holz und endete fünfzehn Zentimeter unter der Decke. Mit der Hand strich sie über sämtliche leeren Regalbretter und stieg auf eines der unteren Bretter, um an das oberste zu gelangen. Ihre Hand war schwarz von Ruß und Staub, doch es war nichts zu finden. Sie pustete das schwarze Pulver fort und wischte den Rest an ihrer Jeans ab.

Dann ging sie zu dem Tisch am Fenster und zog die Schubladen auf. In der untersten entdeckte sie eine Portokasse. Sie schüttelte sie ein wenig. Leer.

Kim stand auf und ließ den Blick durch den Raum schweifen. Die Zahnprothese war hier. Sie spürte es. Wo würde man sie hintun, damit sie von dem Feuer auch sicher zerstört wurde?

Ihr Blick wanderte zurück zu dem Bücherregal neben der Tür. Der Brand hatte im Flur vor der Bürotür angefangen, an dem Punkt, der am weitesten von den Schlafzimmern der Mädchen entfernt war. Doch die Flammen hatten ihren eigenen Weg gewählt; sie waren den Flur hinuntergeeilt und hatten Crofts Büro unversehrt gelassen.

Sie steckte die Taschenlampe in die Hosentasche und trat noch einmal an das Regal. Diesmal untersuchte sie die Unterseiten sämtlicher Regalböden sowie die Seitenteile. Sie kniete sich auf den Boden und tastete in einen Spalt unter dem untersten Brett.

Nichts.

Sie nieste, als Staub und Ruß aufwirbelten.

Kim stellte sich vor das Regal und öffnete die Arme weit. Sie kriegte das ganze Ding gerade so mit beiden Händen gepackt. Zuerst zog sie an der einen Seite, dann an der anderen und rückte es so zentimeterweise von der Wand. Nach einigem Ruckeln hatte sie das Regal etwa zwanzig Zentimeter abgerückt. Nicht viel, doch genug, um dahinterzutasten.

Kim strich mit der Hand von einer Seite zur anderen über die Rückwand aus Sperrholz. Um an den entferntesten Punkt zu gelangen, drückte sie das Gesicht an die Seitenwand.

Ihre Fingerspitzen glitten über etwas Glattes, was nicht zu dem rauen Sperrholz passte. Sie dehnte die Schulter und schob die Hand so weit wie möglich hinein. Sie strich noch einmal darüber. Tesafilm. Sie hatte die Ecke eines Stücks Tesafilm ertastet. Mit einem kräftigen Ruck zwängte sie sich noch weiter in die Ecke.

Augenblicklich war sie an Pflegefamilie Nummer drei erinnert, wo man als Strafe in die Ecke musste. Sie schätzte, dass sie ungefähr ein Drittel ihrer fünf Monate dort mit dem Gesicht in der Ecke verbracht hatte. Und es war nicht immer ihre Schuld gewesen. Manchmal hatte man es einfach so auslegen wollen.

Kim erstarrte, als ihre Finger über die unverwechselbare Form eines Zahns strichen.

Das Wort *Strafe* schoss ihr durch den Sinn, und sie schloss die Augen. Ungläubig schüttelte sie den Kopf. Warum zum Teufel hatte sie es nicht längst begriffen? Es hatte sie doch von der Weißwandtafel angestarrt. Enthaupten, lebendig begraben, Tod durch Zersägen – das alles waren Formen der Todesstrafe.

Sie zog den Arm hinter dem Bücherregal hervor. Die Zahnprothese konnte warten. Sie war nicht mehr so wichtig.

Sie musste Verstärkung rufen. Endlich hatte sie alles zusammen, um den Fall aufzuklären. Ein letzter Besuch noch, dann konnten die Mädchen in Frieden ruhen.

Zu spät sah Kim den Schatten, den die Straßenlampe in den Flur warf.

Und dann sah sie nichts mehr.

ACHTUNDSECHZIG

Als Kim die Augen aufschlug, spannte sich über ihren Mund ein Stoffstreifen, der am Hinterkopf verknotet war. Sie lag auf der Seite, und Hände und Füße waren in einem Bündel aus Gliedmaßen zusammengebunden, die Knie unter das Kinn gezwängt. Doch der Schmerz in ihrem Körper verblasste gegen das Pochen in ihrem Kopf. Es ging vom Scheitel aus und kroch wie Tentakel über Schläfen, Ohren und Kiefer.

Von dem Betonboden stieg eine Eiseskälte auf, die ihr durch die Kleider in die Knochen drang.

Im ersten Augenblick wusste sie weder, wo sie war, noch, warum. Nach und nach blitzten einzelne Bilder der vergangenen Stunden vor ihrem inneren Auge auf, doch ohne Zusammenhang. Sie sah Richard Croft bäuchlings in einer Pfütze aus Blut am Boden liegen. Sie erinnerte sich vage an eine Einsatzbesprechung, aber sie war sich nicht sicher, ob das nicht schon am Vortag gewesen war. Sie spürte, mehr als dass sie sich wirklich erinnerte, dass sie noch einmal zu dem Stück Brachland gefahren war und mit Cerys gesprochen hatte.

Als sich die Schnappschüsse allmählich in eine zeitliche Abfolge sortierten, fiel Kim wieder ein, dass sie nach Crestwood gekommen war, um die Zahnprothese zu finden. Und in all dem Nebel erinnerte sie sich auch, dass sie sie gefunden hatte – bevor sich Dunkelheit herabgesenkt hatte.

Sie hatte keine Ahnung, wie lange sie bewusstlos gewesen war, doch sie erkannte, dass sie im Büro des Geschäftsführers lag. Staub und Ruß klebten auf ihrer Haut.

Ihr Blickfeld wurde klarer, und ihre Augen gewöhnten sich an die Düsternis. Der Raum war unverändert, und die Straßenlampe draußen warf ein dunstiges Licht in den Raum.

Die Stille wurde nur unterbrochen durch das Tropfen eines Wasserhahns irgendwo im Gebäude. Seine unaufhörliche Regelmäßigkeit hatte etwas Gruseliges.

Kim zog an den Fesseln. Sie schnitten ihr ins Fleisch, doch sie hielten stand. Sie zog noch einmal, versuchte den Schmerz zu ignorieren, aber das Seil brannte auf ihrer verletzten Haut.

Sie kramte in ihren Erinnerungen, ob sie in dem Raum etwas gesehen hatte, was ihr jetzt vielleicht helfen konnte. Nichts. Doch sie wusste, dass sie nicht einfach still liegen und abwarten konnte.

Etwas strich an ihrem Kopf vorbei, woraufhin sie augenblicklich aktiv wurde. Sich windend wie ein ausgedörrter Wurm, versuchte sie ein Stück nach vorn zu rutschen. Frischer Schmerz schoss in Wellen durch ihren Schädel, und Gallenflüssigkeit brannte in ihrer Kehle. Sie betete, dass sie sich nicht übergeben musste und daran erstickte.

Plötzlich hörte sie etwas und verharrte, alle Sinne auf Empfang.

Sie verdrehte den Hals, um zur Tür zu blicken. Dort tauchte eine Gestalt auf, die ihr vertraut war.

Kim blinzelte durch die Dunkelheit, als ihr Angreifer in das Licht trat, das durchs Fenster in den Raum fiel.

Ihr Blick wanderte von den Füßen die Beine hinauf, über den Körper zu den Schultern und direkt in die Augen von William Payne.

NEUNUNDSECHZIG

William Payne trat langsam auf sie zu. Sein Blick war ausdruckslos, und ihr Kopf bewegte sich unwillkürlich von einer Seite zur anderen. Nein, das stimmte nicht. Ihr Magen revoltierte bei dem Szenario, das sich ihr aufdrängte. Ihn hatte sie nicht erwartet.

Er bückte sich neben ihr und machte sich daran, den Knoten zu lösen, mit dem sie wie ein Stück Vieh verschnürt war. Seine Finger arbeiteten schnell, aber unbeholfen.

Sie wollte etwas sagen, doch durch den Knebel in ihrem Mund war ihre Frage nicht zu verstehen.

Er schüttelte den Kopf. »Wir haben nicht viel Zeit«, flüsterte er.

Er wollte den Mund öffnen, um noch etwas zu sagen, doch da drang vom oberen Flur ein leises Pfeifen an ihre Ohren.

William legte einen Finger an die Lippen und trat zurück in den Schatten des Raumes.

Das leise Pfeifen wurde lauter. Die Schritte, die näher kamen, waren ganz anders als die von William Payne. Sie waren bestimmt, selbstsicher, zielbewusst.

Wieder füllte ein dunkler Schemen die offene Tür, doch diesmal musste Kim nicht warten, bis die Person in das hereinfallende Licht trat.

Ihn hatte sie erwartet.

»Bryant, du musst die Chefin finden«, bellte Stacey in den Hörer. »Es ist der Pfarrer. Es ist Wilks. Er hat die Mädchen umgebracht, und ich krieg Kim nicht ans Telefon.«

»Langsam, langsam, Stace«, entgegnete Bryant. Der Lärm des Fernsehers im Hintergrund wurde leiser. Vermutlich ging er mit dem Telefon in ein anderes Zimmer. »Was redest du da?«

»Die E-Mails, die ich rumgeschickt habe, nur so ins Blaue. Vor zwölf Jahren gab es in Bristol einen Riesenaufstand, als eine Familie in der Asche eines Verwandten einen Eisennagel fand. Das Krematorium wurde beschuldigt, bei der Einäscherung die Toten vertauscht zu haben, doch daraufhin hat Wilks ziemlich eilig die Stadt verlassen.«

»Stace, nichts für ungut, das heißt aber doch noch lange nicht, dass er ...«

Stacey verbiss sich ihren Frust. Dazu war jetzt keine Zeit. »Ich habe in den Zeitungsarchiven nachgeschlagen: Zwei Wochen vorher war ein Mädchen namens Rebecca Shaw aus dem Kinderheim in Clifton weggel...«

»Wieso ist das denn in die Zeitung gekommen?«, fiel Bryant ihr ins Wort.

»Weil sie schon mal in den Schlagzeilen gewesen war, als sie überfahren wurde. Böser Bruch der Kniescheiben ...«

»Dafür wäre ein Nagel notwendig gewesen«, schloss Bryant.

Stacey hörte, wie die Teile an den richtigen Stellen einrasteten.

»So ist er sie früher losgeworden«, sagte Stacey. »Aber das konnte er nicht mehr riskieren.«

Sie hörte Bryant tief seufzen. »Himmel, Stace, von wie vielen ...«

»Bryant, du musst die Chefin suchen. Ihr Handy hat schlappgemacht, als ich heute Nachmittag mit ihr gesprochen habe, und sie klang irgendwie komisch.«

»Was meinst du damit?«

»Keine Ahnung, sie war irgendwie durcheinander, aufgeregt. Ich glaube nicht, dass sie nach Hause gefahren ist. Ich mache mir Sorgen ...«

»Gib an die Streifenkollegen weiter, dass sie vermisst wird. Falls sie wohlbehalten irgendwo hockt, nehme ich den Anschiss gern auf mich.«

»Mache ich, aber Bryant ...«

»Ja?«

»Finde sie.«

Das Wort *lebend* blieb unausgesprochen.

»Mach ich, Stace, versprochen.«

Stacey legte auf. Sie glaubte ihm. Bryant würde Kim finden.

Sie hoffte nur, dass er sie rechtzeitig fand.

Er kam herein und lehnte eine Schaufel an die Wand.

Kim sah, wie seine Füße auf sie zukamen. Sie konnte den Hals nicht so weit verdrehen, dass sie nach oben schauen konnte, obwohl sie es unbedingt wollte. Sie wollte dem niederträchtigen Scheißkerl, der versucht hatte, ein Mädchen zu zersägen, in die Augen sehen.

Seine Stimme war tief und jovial, als unterhielten sie sich nur darüber, wohin sie am Abend zum Essen gehen wollten. »Sehr freundlich von Ihren Kollegen, ein paar Löcher für mich zu graben. Das Letzte war sehr leicht wieder auszuheben. Ich glaube, Sie werden da sehr glücklich sein.«

Kim zerrte an den Fesseln und versuchte, den Knebel auszuspucken. Sie spürte, dass das Seil um ihr rechtes Handgelenk sich ein wenig lockerte, aber nicht genug.

Victor Wilks lachte laut. »Das ist für Sie sicher etwas Neues, Detective. Normalerweise haben Sie ja die Kontrolle, aber damit ist jetzt Schluss.«

Kim spürte, wie der Frust in ihr wuchs. Mann gegen Mann konnte sie ihn überwältigen. Sie würde ihm ordentlich eine in die Fresse geben. Er hatte sie nur unter Kontrolle, weil er sie verschnürt hatte wie einen verdammten Truthahn.

Er kniete sich neben sie, und endlich konnte sie ihm in die Augen sehen. In seinem Blick lag ein triumphierendes Leuchten.

»Ich habe viel über Sie gelesen, Detective. Ich verstehe Ihre Leidenschaft, ich verstehe, was Sie antreibt. Ich verstehe sogar die Zuneigung, die Sie womöglich für die jungen Opfer empfinden.« Seine Stimme war melodiös, als hielte er einen Gedenkgottesdienst für die kürzlich Verstorbenen. »Sie waren eines dieser Mädchen, nicht wahr, meine Liebe? Aber im Gegensatz zu ihnen haben Sie sich zu einem anständigen Menschen entwickelt.«

Kim stemmte sich gegen das Seil. Sie hätte Wilks am liebsten den Hals umgedreht und ihm das blasierte Grinsen aus dem Gesicht geprügelt.

Er trat einen Schritt nach hinten und lachte. »Ach, Kim. Ich wusste, dass Sie eine Kämpferin sind. Ihr Feuer habe ich schon gespürt, als wir uns das erste Mal begegnet sind.«

Kim raunte gegen den Stoffstreifen.

Er neigte den Kopf zur Seite und las den Zorn in ihren Augen. »Sie glauben, damit komme ich nicht durch?«

Kim nickte und raunte noch einmal.

»O doch, meine Liebe, das tue ich. Diesen Boden wird nie wieder jemand umgraben. Jedenfalls nicht, solange ich lebe.« Er kicherte. »Und bestimmt auch nicht, solange Sie leben. Dieses Stück Land ist jetzt die ursprüngliche Begräbnisstätte von drei ermordeten Teenagern. Hier wird nie wieder jemand die Erlaubnis erhalten, die Erde aufzuwühlen. Also, erinnern Sie mich noch einmal, wer weiß, dass Sie hier sind?«

Kim schob sich auf ihn zu. Den Schatten von William Payne, der hinter der Tür stand, konnte sie deutlich erkennen. Sie musste den Pfarrer dazu bringen, woanders hinzugehen, damit er ihn nicht bemerkte.

Doch ob ihrer Bewegung wechselte Victor nur das Standbein. Er stand immer noch schräg zur offenen Tür.

»Und Sie vergessen ein entscheidendes Detail, meine Liebe. Ich habe das schon öfter gemacht. Mindestens dreimal – Sie werden also feststellen, dass ich recht gut ...«

Seine Worte verloren sich, als der Schatten zu seiner Linken sich aus der Dunkelheit löste.

Kim stöhnte, als sie die Bewegung hörte. Sie wusste, dass William zu früh gehandelt hatte. Die drei Schritte, die er gebraucht hatte, um zu Victor Wilks zu gelangen, hatten dem Pfarrer Zeit gegeben, sich ihm zuzuwenden und sicheren Stand zu finden.

Williams ersten Schlag lenkte Wilks mühelos ab. William war zwar jünger und größer, doch Victor Wilks' beträchtlicher Körperumfang bestand hauptsächlich aus Muskelmasse.

Der Pfarrer nutzte den Schwung, mit dem William nach hinten taumelte, und stürzte sich in der nächsten Sekunde auf ihn. Er hob die Faust und versetzte William einen Hieb an die Schläfe. Sein Kopf flog zur Seite.

Dann versetzte Victor ihm einen linken Haken, und Williams Kopf flog in die andere Richtung. Die Körperhaltung des Pfarrers verriet Kim, dass sie richtig gelegen hatte mit ihrer Vermutung und er tatsächlich einmal im Boxring gekämpft hatte. William hatte keine Chance.

Sie versuchte, sich weiter in den Raum hineinzuschieben, in der Hoffnung, Victor Wilks würde über sie stolpern und William bekäme so die Oberhand.

Noch nie im Leben hatte Kim sich so verdammt nutzlos gefühlt.

»Sie sollten dankbar sein für das, was ich für Sie getan habe, Sie jämmerlicher kleiner Scheißkerl«, sagte Wilks, als William an der Wand runterrutschte. »Nach dem, was die kleinen Schlampen Ihrer Tochter angetan haben. Sie sollten mir danken.«

William war halb die Wand hinuntergeglitten, doch er stürzte noch einmal nach vorn, um den Pfarrer an den Eiern zu packen.

Kim brauchte ein paar Sekunden, um die Sterne fortzublinzeln, doch sie sah, wie Wilks William am Hals packte und in eine stehende Position hob. Mit der linken Hand nagelte er William mit dem Hals an die Wand. Voller Entsetzen sah sie zu, wie seine Augen nach hinten rollten.

Victor führte einen letzten Schlag gegen Williams Kopf, dann ließ er ihn los.

Kim schrie laut auf, als William Payne sich an die Brust fasste und zu Boden sank.

ZWEIUNDSIEBZIG

Nachdem William unter Wilks' Schlag zu Boden gegangen war, lag er mit dem Gesicht nur wenige Zentimeter von Kim entfernt. Sie schaute rasch nach Lebenszeichen, doch im Düstern war es schwer zu sagen.

Victor Wilks beugte sich zwischen ihnen hinunter und zog den reglosen William von ihr fort wie einen Sack Kartoffeln.

Sie beobachtete, wie er zwei Finger an Williams Hals legte. »Er lebt. Noch.«

Erleichtert atmete Kim auf.

Victor kniete sich neben sie, zog ein Messer aus der Tasche und legte ihr die Klinge an den Hals.

»Ich bin mir sicher, dass Ihr letzter Wunsch ist, mit mir zu reden, Detective. Und ich gewähre Ihnen diesen Wunsch, aber wenn Sie schreien, schneide ich Ihnen die Kehle durch. Haben wir uns verstanden?«

Kim rührte sich nicht, sondern starrte weiter in seine seelenlosen Augen. Er war nicht mehr der leutselige Seelsorger, der leise zu einer Trost suchenden Trauergemeinde sprach. Und auch der selbstgefällige Triumph war verschwunden. An seine Stelle war das finstere Herz eines Killers getreten.

Wilks zog ihr den Knebel aus dem Mund. Er fiel runter und baumelte um ihren Hals.

»Sie werden büßen für das, was Sie getan haben, Sie Scheißkerl«, fuhr sie ihn an. Die Worte kamen krächzend aus ihrer Kehle. Von dem Knebel war ihr Mund trocken und rau wie Schmirgelpapier. Sie schluckte mehrmals, um ihren trockenen Mund zu befeuchten.

Wilks kniete neben William, die Klinge schwebte über seiner Halsschlagader. »Oh, ich glaube nicht, meine Liebe. Sie sind die Einzige, die mich überhaupt in Verdacht hatte. Ich habe es neulich in Ihrem Gesicht gesehen. Es war Ihnen nicht mal richtig bewusst. Aber da wurde *mir* klar, dass es nicht mehr lange dauern würde, bis Sie eins und eins zusammenzählten.«

»Sie haben drei unschuldige Mädchen getötet?«

»Ich würde sie kaum unschuldig nennen.«

Kim war klar, dass sie ihn so lange wie möglich hinhalten musste. Niemand wusste, wo sie war. Er hatte recht, dass niemand kommen würde, um ihr zu helfen. Ihre einzige Chance zu entkommen lag bewusstlos zwei Meter weiter.

Sie musste ihn am Reden halten. Solange er redete, atmete sie.

Kim verfluchte sich, dass sie nicht schneller dahintergekommen war. Etwas, was Nicola gesagt hatte, hatte nicht ganz richtig geklungen. Tracy Morgan hatte bestimmt nicht gesagt, sie würde Geld »von dem Vater« des Kindes bekommen. Sie hätte eher »dem Dad von dem Baby« gesagt oder den Mann beim Namen genannt. Sie hatte gesagt, der Vater würde ihr Geld geben, und damit hatte sie Pfarrer Wilks gemeint.

»Tracys Kind war von Ihnen?«

»Natürlich. Das dumme kleine Flittchen dachte, es könnte mich erpressen. Sie wollte das Kind behalten und sich ein neues Leben aufbauen.«

»Haben Sie sie vergewaltigt?«

»Sagen wir mal, sie hat sich geziert.«

Mit sämtlichen Fasern ihres Seins gierte Kim danach, sich das Messer zu schnappen und es ihm tief zwischen die Augen zu stoßen. »Sie Scheißkerl. Wie konnten Sie nur?«

»Sie war ein Nichts, Detective. Sie hatte niemanden, wie die meisten anderen auch. Ihr Leben war sinnlos.«

»Warum hat sie Sie nicht angezeigt?«

Kim wusste die Antwort schon, bevor sie die Frage zu Ende gesprochen hatte.

»Weil sie das Gefühl hatte, sie hätte es verdient. Tief in ihrem Innern wusste sie, dass sie ein Nichts war. Ihr Leben – genauer gesagt, ihr nicht vorhandenes Leben – berührte niemanden. Niemand weinte, niemand trauerte um sie. Sie war wertlos.«

In Kim stieg unermesslicher Zorn auf. Sie verstand dieses Gefühl. Zu wissen, dass die einzigen Menschen, die da waren, nur da waren, weil sie dafür bezahlt wurden, nagte an einem. Das Gefühl der Wertlosigkeit sickerte in einen ein und ging nie mehr ganz weg. Und jeden Tag passierte etwas, was es bestätigte.

»Dann war Tracy die Erste?«, fragte Kim. Sie musste ihn auf der Spur halten, während sie fieberhaft überlegte, wie sie sich befreien konnte.

»Ja, Tracy war die Erste. Ihren kleinen Freundinnen wäre nichts passiert, wenn sie nicht so beharrlich gewesen wären. Aber sie mussten ja immer wieder beteuern, Tracy wäre nicht weggelaufen.«

»Sie haben sie lebendig begraben«, warf Kim ungläubig ein.

Wilks zuckte gleichgültig die Achseln, doch Kim sah etwas in seinen Augen.

»Sie konnten sie nicht mit eigenen Händen töten?«, fragte sie überrascht. »Sie wollten sie gar nicht lebendig begraben. Sie wollten sie umbringen, aber Sie haben es nicht über sich gebracht. O Gott, Sie haben tatsächlich etwas für das Mädchen empfunden.«

»Reden Sie keinen Blödsinn«, fuhr er auf. »Gar nichts habe ich für sie empfunden. Ich habe ihr bloß Wodka eingeflößt, um leichter mit ihr fertigzuwerden. Da hatte ich längst entschieden, was ich mit ihr machen wollte.«

Galle stieg in Kims Kehle auf. Vor ihren Augen waberte das Bild von Tracy Morgan, betrunken, nachgiebig. Es war zu verlockend, als dass der teuflische Scheißkerl widerstehen konnte.

»Sie haben sie noch einmal vergewaltigt, nicht wahr?«

Sie sah sein Lächeln. »Sehen Sie, Detective. Ich hatte recht, was Sie angeht. Sie wissen eindeutig ihr Köpfchen da oben zu nutzen.«

»Aber Sie sind doch ein Mann Gottes?«

»Und er kennt mich besser als jeder andere und hat mir doch diese Gelegenheiten geboten. Wenn er das Gefühl hätte, ich würde etwas Falsches tun, würde er mich daran hindern. Die anderen zwei haben nicht geglaubt, dass sie weggelaufen war. Alle anderen schon. Es ging das Gerücht, sie wäre schwanger gewesen, also dachten alle, sie wäre entweder mit dem Vater des Kindes durchgebrannt oder irgendwohin gegangen, wo man sich um sie kümmert.«

»Aber ihre Freundinnen nicht?«

»Nein, die sturen kleinen Schlampen haben einfach keine Ruhe gegeben.«

»Haben Sie den Verdacht absichtlich auf William Payne gelenkt?«

»Bei Tracy nicht. Die wollte ich nur loswerden. Aber irgendwann ging mir auf, dass dieselben drei Mädchen, die mir das Leben schwer machten, seiner Tochter etwas Abscheuliches angetan hatten, und da beschloss ich, eine kleine Versicherung abzuschließen.«

Kim begriff. Von dem Punkt an hatte er William, wenn der Nachtdienst hatte, ab und zu einen kleinen Besuch abgestattet und ihm angeboten, für ihn die Stellung zu halten, damit er nach Hause gehen und nach seiner Tochter sehen konnte.

Wenn die festen Mitarbeiter davon erfuhren, drückten sie wegen Lucys Krankheit ein Auge zu. Victor wusste, dass der erste Verdacht damit auf William Payne fallen würde.

»Wer hat die Zahnprothese gefunden?«, fragte Kim.

»Teresa Wyatt. Sie wusste, dass Louise ohne die Zahnprothese freiwillig nirgendwohin gegangen wäre. Sie hat sie nur zum Schlafen rausgenommen. Also hat Teresa eins und eins zusammengezählt und exakt das Ergebnis rausgekriegt, das ich im Sinn hatte. Sie hat die Dienstpläne überprüft und festgestellt, dass die drei Mädchen alle in Nächten verschwunden waren, in denen William Dienst hatte. Von dem Vorfall mit Lucy wussten natürlich alle. Von da war es nur ein kleiner Schritt zu der Annahme, er hätte die Verbrechen verübt.«

»Also haben die anderen Mitarbeiter es vertuscht?«

Victor kicherte. »O ja, Detective, das haben sie gewiss.«

»Um William zu schützen?«

»Ach was, keine Minute. Oh, nach außen hin hatten natürlich alle Mitleid mit ihm. Er war ja auch nicht zu beneiden. Er musste mit ansehen, wie sein Kind mit jedem Tag mehr verfiel, und konnte nichts dagegen tun. Lucy hatte nur ihn. Aber sie haben es nur für sich getan.«

Kim gefiel nicht, dass er in der Vergangenheitsform von William sprach. Sie überlegte, ob er das Grab breit genug für zwei ausgehoben hatte.

»Ich bin mir sicher, Sie kennen ihre Geheimnisse schon. Bei einer offiziellen Untersuchung wären sie alle erledigt gewesen. Richards Veruntreuung wäre aufgeflogen. Teresa hätte eine Anklage wegen Misshandlung und sexueller Nötigung von Melanie zu erwarten gehabt. Es wäre aufgeflogen, dass Tom mit Louise geschlafen hatte, und wer hätte geglaubt, dass es einvernehmlich geschah? Arthur hat die drei inbrünstig gehasst. Sie haben ihm das Leben zur Hölle gemacht. Und die Mädchen waren bereits tot, also war eh nichts zu gewinnen.«

In der Ferne hörte Kim eine Sirene, doch die konnte nicht

für sie sein. Hektisch überlegte sie, ob sie es sich dennoch irgendwie zunutze machen konnte. Doch dann zwang sie sich, bei der Sache zu bleiben.

»Wer war der Anführer?«

»Sie haben gemeinsam die Entscheidung getroffen, dass nichts zu gewinnen war, wenn sie zur Polizei gingen. Die übrigen Mädchen mussten so schnell wie möglich getrennt werden und sämtliche belastenden Unterlagen vernichtet.«

»Der Brand?«

So ist es. Ihnen war klar, dass das Chaos und die Verteilung der Mädchen zu einem administrativen Albtraum führen würden.«

»Hat niemand mit William gesprochen?«

»Das war nicht nötig. Ein paar Worte von mir über seine Gemütsverfassung und seine Empörung über die Mädchen haben die Sache besiegelt.«

»Dann wurde der Brand gelegt?«

»Ja, aber die Mädchen waren nie in Gefahr. Der Brandherd war weit weg von ihren Räumen. Der Alarm ging sofort los, und Arthur Connop stand bereit, um die Mädchen aus dem Gebäude zu bringen.«

»Also, drei Mädchen haben ihr Leben verloren. William hat seine Arbeit verloren, und einige Mitarbeiter haben mehr oder weniger den Verstand verloren. Und Sie sind einfach so davonspaziert?«

»Wie gesagt, der Herr ist auf meiner Seite.«

»Und war er auch in Manchester, Bristol und wo auch immer Sie sonst noch waren, auf Ihrer Seite?«

»Er ist immer bei mir«, sagte Victor mit einem Lächeln.

»Sind Sie sich da ganz sicher?«, fragte Kim.

Sie sah Zweifel über Victors Gesicht huschen, denn die Sirene wurde lauter. Kim wusste, dass sie keine zweite Chance kriegen würde, das hier zu überleben. Sehr bald würde er das

Messer gegen sie richten und sie in dem ehemaligen Grab eines seiner alten Opfer verscharren.

Sie musste ihn so sehr in Panik versetzen, dass er etwas Dummes tat.

Die Sirene wurde immer lauter, und plötzlich hatte Kim eine Idee.

»Aber eine wichtige Sache haben Sie vergessen, Victor.« Sie lächelte breit. »Und die wird Ihren Untergang besiegeln.«

Als Victor sich vorbeugte, um sie trotz der Sirene noch zu verstehen, rollte William sich stöhnend auf den Rücken.

Sie sah, dass er Lucys Notfallknopf um den Hals hängen hatte. Er hatte sich gar nicht an die Brust gefasst.

»Was habe ich vergessen, Detective?«

Sein Gesicht war dicht vor ihrem.

»Sie haben doch selbst gesagt, dass ich mein Köpfchen zu nutzen verstehe.«

Kim legte den Kopf in den Nacken und riss ihn dann mit aller Wucht nach vorn. Ihre Stirn traf auf seinen Nasenrücken. Ein Feuerwerk schoss durch ihren Kopf, und im ersten Augenblick wusste sie nicht, ob es ihre Knochen waren, die da knackten, oder seine.

Das Schmerzensgejammer aus Wilks' Mund verriet ihr, dass es aller Wahrscheinlichkeit nach seine waren.

Instinktiv hob er die Hände ans Gesicht, und das Messer fiel nicht weit von ihren gefesselten Händen zu Boden. Er stand auf, und sie schob sich mühsam näher an das Messer.

»Du verdammte Schlampe«, schrie er und taumelte durchs Zimmer.

Just als ihre Hände den Messergriff zu fassen kriegten, bemerkte Victor, dass es nicht mehr in seinem Besitz war.

Die Hände immer noch vor dem Gesicht, ging er zur Tür, wo der Spaten an der Wand lehnte.

Ihm die Nase zu brechen hatte Kim eine Minute Aufschub gebracht, doch so wehrlos, wie sie am Boden lag, musste er ihr nur einmal die Schaufel über den Kopf ziehen, und sie war tot.

Die Sirene war jetzt ohrenbetäubend.

Sie drehte das Messer zu sich und stach auf das Stück Seil an ihren Unterarmen ein, das William schon ein wenig gelockert hatte. Sie schnitt es durch, doch weder Arme noch Beine kamen frei. Aber sie gewann ein paar Zentimeter mehr Bewegungsfreiheit.

Kims Hände arbeiteten schnell. Noch zwei Schritte, und Wilks war über ihr.

Da schoss Williams rechte Hand hoch und packte den Knöchel des Pfarrers. Er stolperte und fiel, kam aber schnell wieder auf die Beine.

Mit dem Mittelfinger zog Kim das Seil an einer Stelle ganz fest an. Es schloss sich enger um Hand- und Fußgelenke, denn es war das Seil, mit dem Hände und Füße zusammengebunden waren.

Sie mühte sich mit aller Kraft. Ihr Atem ging jetzt in kurzen, heftigen Stößen, als sie sämtliche Energie, die sie hatte, darauf konzentrierte, dieses Stück Seil durchzuschneiden.

Victor stand über ihr. Wut brannte in seinen Augen, aus seiner Nase tropfte Blut. Im Licht der Straßenlaterne hatte es ihm einen Schnurrbart ins Gesicht gemalt.

Er hob die Schaufel hoch in die Luft und ließ sie heruntersausen. Kim rollte sich nach links, und die Schaufel krachte zwei Zentimeter von ihrem Kopf entfernt auf den Boden. Der Aufschlag explodierte in ihrem Ohr.

Endlich lockerte sich das Seil und die Fasern fransten unter dem Druck der Klinge. Doch nicht schnell genug.

Wieder hob Wilks den Spaten hoch über den Kopf, eine mörderische Wut in den Augen.

Der nächste Schlag würde nicht danebengehen.

Die Sirene war verstummt, die plötzliche Stille war unheimlich.

Victor packte die Schaufel noch fester, ein triumphierendes Glimmen in den Augen.

Kim sah das Schaufelblatt auf ihren Kopf herabsausen.

Sie hatte keine Zeit mehr. Sie ließ das Messer fallen, riss mit aller Kraft die Hände auseinander und betete, dass sie das richtige Stück Seil angeschnitten hatte.

Ihre Hände und Beine flogen auseinander, und sie stürzte sich auf Wilks' Knie, doch die Abwärtsbewegung der Schaufel war nicht mehr aufzuhalten. Sie traf sie mit Wucht im Kreuz.

Kim schrie auf vor Schmerz, während sie ihm die Beine wegzog. Er stolperte rückwärts zu Boden. Im Fallen schlug er mit dem rechten Ellbogen gegen die Wand.

Kim ignorierte die Schmerzen in ihrem Rücken, denn sie musste die Gelegenheit nutzen. Die Verletzungen, die sie ihm zugefügt hatte, würden ihn nicht lange außer Gefecht setzen.

Sie stürzte sich auf seine Beine und zog sich an seinem Körper hoch. Er wollte den Oberkörper heben, doch Kim war schneller.

Jetzt saß sie rittlings auf ihm. Er drehte und wand sich unter ihr, doch sie hatte ihm die Knie fest in die Rippen gerammt.

Aus der Küche hörte Kim Lärm: Stiefel, die über Glasscherben trampelten.

»Hier drin«, rief sie.

Kim blickte Wilks in die Augen, in denen jetzt nur die Angst um sich selbst stand. Sie lächelte auf ihn hinunter. »Sieht so aus, als hätte er da oben auch genug von Ihren Verbrechen.«

Wieder versuchte Wilks, sich mit dem ganzen Körper unter ihr zu drehen und sie abzuwerfen.

Sie ballte die Hand zur Faust und versetzte ihm einen Hieb auf die Nase, genau da, wo sie sie ihm schon gebrochen hatte.

Er schrie auf vor Schmerz.

»Das waren Kinder, du Scheißkerl.«

Sie schlug ihn noch einmal. »Und der ist von Cerys.«

Der helle Schein einer Taschenlampe traf sie. Ein Sanitäter ließ den Lichtkegel durch den Raum schweifen.

»Ähm ... die Polizei ist unterwegs«, sagte er und verharrte, offensichtlich unsicher, was sich hier abgespielt hatte.

»Gott sei Dank«, sagte sie und holte ihren Dienstausweis heraus.

Er blickte darauf. »Okay, was zum Teufel ...«

Sie zeigte auf William, der stöhnend neben ihr lag. »Kümmern Sie sich zuerst um ihn. Kopfverletzungen, beide Seiten.«

»Brauchen Sie ...?«

»Mir geht's gut. Kümmern Sie sich um ihn.«

Victor wand sich unter ihr. »Ach, halten Sie still«, sagte sie und drückte ihm das rechte Knie noch fester in die Rippen. Der zweite Sanitäter kam hereingestürmt.

»Die Polizei ist unterwegs.« Er sah Kim zweifelnd an.

Warum stempelten auf den ersten Blick beide sie als die Böse ab?

»Sie *ist* die Polizei, Mick«, sagte der erste Sanitäter mit leichtem Unglauben in der Stimme, woraufhin Mick sich auf der anderen Seite von Williams Kopf auf den Boden kniete. Kim erkannte den zweiten Sanitäter von Lucys letztem Vorfall und fragte sich unwillkürlich, wie oft sie schon zu dem armen Mädchen gerufen wurden.

»Lucy«, murmelte William.

»Ihr geht's gut. Sie hat uns mitgeteilt, wo Sie sind«, sagte Mick.

Was für ein Mädchen, dachte Kim.

»Sie ... werden niemals ... beweisen ...«, murmelte Victor.

»Halten Sie das Maul«, sagte Kim und setzte noch einmal ihr Knie ein.

In der Ferne hörte sie weitere Sirenen, die rasch lauter wurden.

Dann verstummten sie, und Sekunden später donnerten Schritte durch den Flur.

Bryant und Dawson platzten herein. Und verharrten mitten im Schritt.

Kim lächelte. »Guten Abend, Männer. Vielen Dank, dass Sie gekommen sind, aber zehn Minuten früher wäre wirklich schön gewesen.«

Bryant streckte ihr die Hand hin, um ihr aufzuhelfen, während Dawson Wilks' Arme hinter den Kopf zog.

Sie ignorierte die ausgestreckte Hand und drückte sich hoch. Sie konnte keinen Körperteil benennen, der nicht Schmerzbotschaften an ihr Gehirn sandte, doch der Rücken tat wahrscheinlich am meisten weh. Als sie sich aufrichtete, verzog sie das Gesicht.

»Woher haben Sie es gewusst?«, fragte sie.

»Stacey hat eine E-Mail von einem Pfarrer in Bristol bekommen. Die Einzelheiten erkläre ich Ihnen später, aber, Guv, da ist noch mehr. Sie zu beerdigen war nicht sein normaler Modus Operandi. Davor hat er sie verbrannt.«

Kim war nicht überrascht. Sie schloss die Augen und sandte ein stummes Gebet gen Himmel für all die, die niemals gefunden werden würden.

Dann atmete sie tief durch. »Hoch mit ihm, Kev.«

Dawson und Bryant packten je einen Arm und hievten Wilks hoch.

Die Feindseligkeit in seinem Blick brannte sich in ihre Haut. Wenn er glaubte, sie damit zu beeindrucken, sollte er noch einmal gründlich nachdenken. Er hatte wohl noch nicht erlebt, wenn Woody richtig schlechte Laune hatte. Das war etwas ganz anderes.

»Victor Wilks, ich verhafte Sie wegen des Verdachts auf Tötung von Tracy Morgan und ihres ungeborenen Kindes, Melanie Harris und Louise Dunston. Sie müssen nichts sagen, aber wenn Sie etwas sagen, kann es gegen Sie verwendet werden, Sie teuflischer, mörderischer Scheißkerl.«

Sie genoss es, wie er sie ansah, in seinen Augen der blanke Hass. »Schaffen Sie ihn mir aus den Augen, Männer.«

Bryant zögerte. »Guv ...«

Sie hob die Hand. »Mir geht's gut. Bringen Sie ihn nur sicher aufs Revier. Ich komme gleich nach.«

Sie sah die Besorgnis in den Augen ihres Kollegen. Wenn sie zuließ, dass er noch länger blieb, würde er sie noch ins Krankenhaus schleifen. Und dafür hatte sie jetzt keine Zeit.

Kim beugte sich über William und verzog dabei vor Schmerz das Gesicht.

Der Sanitäter neben ihr sah sie an. »Miss, Sie müssen versorgt werden ...«

Kim ignorierte den Ratschlag und wies mit einem Nicken auf William. »Wie geht es ihm?«

»Schwere Gehirnerschütterung. Glaubt, ich halte acht Finger an einer Hand hoch. Er muss auf jeden Fall ins Krankenhaus.«

»Lucy«, sagte William noch einmal.

Kim berührte leicht seine Hand. »Ich kümmere mich um sie.«

Sie bedankte sich bei den Sanitätern und verließ das Gebäude. Sämtliche Knochen in ihrem Körper brannten vor Schmerz. Sie trat gerade rechtzeitig nach draußen, um zu sehen, wie Victor Wilks davongefahren wurde.

Kim überlegte, wie viele Menschen er wohl getötet hatte. Wie viele andere verletzliche, verlassene Mädchen er missbraucht hatte. Und ob sie es je erfahren würden.

»Aber damit ist jetzt Schluss, Victor«, sagte sie, als das Auto um die Ecke verschwand. »Du kriegst keine mehr.«

DREIUNDSIEBZIG

Kim lief über die Straße und drückte die Klinke der Haustür hinunter. Es war offen.

Sie schloss die Tür hinter sich und wandte sich zum Wohnzimmer.

»Oh, verdammt, nein!« Kim stürzte ins Zimmer.

Lucy lag vor ihrem Rollstuhl bäuchlings auf dem Boden.

Kim beugte sich über sie, da schoss der Schmerz ihr ins Kreuz.

»Lucy, es ist alles gut.« Sie strich dem Mädchen über die Haare. Dann stand sie auf und überlegte, wie sie Lucy am besten hochheben konnte.

Sie kniete sich wieder hin und drehte Lucy behutsam um, sodass sie auf dem Rücken lag. In ihren jungen Augen stand Panik.

»Es ist alles gut, Schätzchen. Kannst du mir ein Zeichen für Ja geben?«

Lucy blinzelte zweimal.

»Ich packe dich unter den Armen, ist das okay?«

Blinzel, blinzel.

Kim beugte sich vor, legte eine Hand unter Lucys Hals

und hob ihren Oberkörper an, bis sie sie in einer gut gestützten sitzenden Haltung hatte. Sie wusste, dass Lucys Muskeln ihr Gewicht nicht tragen konnten, also zog sie sie an sich, bis Lucy so an ihr lehnte, dass sie nicht nach hinten fallen konnte.

Dann schob sie eine Hand unter ihre Achseln und hievte sie hoch. Ihr Körper war schlaff und bot keinen Widerstand. Obwohl sie bei Weitem nicht so viel wog wie eine gesunde Fünfzehnjährige, hätte Kim angesichts der Schmerzen in ihrem verletzten Rücken beinahe laut aufgeschrien.

»Weißt du was, bei diesem Tanz führe ich«, sagte Kim, drehte Lucy herum und setzte sie behutsam in den Rollstuhl.

Sie zog einen Stuhl heran, nahm die rechte Hand des Mädchens und hielt sie fest.

»Geht es dir gut? Bist du verletzt?«

Kein Blinzeln. Kim merkte schnell, dass sie zwei Fragen auf einmal gestellt hatte.

»Tut mir leid, geht es dir gut?«

Blinzel, blinzel.

»Hast du versucht, zu deinem Vater zu gelangen?«

Eins, zwei.

Kim drückte die Hand fester. Himmel, das Mädchen hatte Mumm.

»Es geht ihm bald wieder besser. Er hat einen Schlag gegen den Kopf bekommen, und sie bringen ihn ins Krankenhaus, um ihn zu untersuchen, aber es geht ihm gut.«

Erleichterung schien in den Augen des Mädchens auf.

Dann wies Lucy mit dem Kopf leicht auf Kim.

»Lucy, es tut mir leid, ich verstehe dich nicht.«

Kim sah die Verärgerung im Gesicht des Mädchens. Lucy wiederholte die Bewegung, doch diesmal mit mehr Nachdruck.

»Oooooo«, stieß sie aus.

Kim spürte den Frust und die Qualen des armen Mädchens. Ihr Gehirn funktionierte einwandfrei, doch seine

Gedanken nicht kommunizieren zu können war ein Gefängnis, wie Kim sich kein schlimmeres vorstellen konnte.

Lucy wiederholte die Bewegung und den Laut, und die Intensität ihres Blickes verriet Kim, was sie wollte.

Es schnürte ihr die Kehle zu. »Du willst wissen, ob es mir gut geht?«

Blinzel, blinzel.

Kim senkte den Blick auf die zarte Hand, die sie hielt. Sie verschwamm vor ihren Augen, doch sie ging mit einem Husten darüber hinweg.

»Mir geht's gut, Lucy, und das verdanke ich deinem Vater.« Kim dachte an die wertvollen Sekunden, die er ihr verschafft hatte, indem er Victor an den Knöcheln gepackt hatte. »Er hat mir mehr oder weniger das Leben gerettet.«

Stolz schien in den ausdrucksstarken Augen auf.

»Leider muss ich jetzt gehen. Gibt es jemanden, den ich benachrichtigen kann, damit er nach dir sieht?«

Lucy fing an zu blinzeln, da ging die Haustür auf. Eine weibliche Stimme rief aus dem Flur.

»Also, ich weiß ja nicht, was für ein Zirkus da drüben los ist, aber ...« Eine stämmige Frau Ende fünfzig blieb in der Tür stehen und verschränkte die Arme. »Und wer sind Sie?«

»Detective Inspector Stone.«

»Hmmm ... wunderbar.«

Sie trat vor Kim, um Lucy gründlich zu inspizieren. »Geht's dir gut, Luce?«

Lucy hatte wohl Ja signalisiert, denn die Frau trat zur Seite, den Blick fest auf Kim gerichtet.

»Wo ist William?«

»Er musste ins Krankenhaus«, antwortete Kim schnell.

»Was zum Teufel haben Sie ihm angetan?«, fragte sie streng. »Geht es ihm gut?«

»Es geht ihm gut, aber wahrscheinlich muss er die Nacht im Krankenhaus verbringen.«

»Also, dann ist es ja gut, dass ich hergekommen bin, was? Ich setze Teewasser auf, und dann bestelle ich uns was Leckeres zu essen, Lucy. Pizza, deine Lieblingssorte.« Die Frau ging in die Küche, doch sie war immer noch zu hören. »Ich weiß nicht, was Sie da drüben machen, Polizei, Krankenwagen, Geräte, Zelte. Ich dachte, es wäre alles erledigt, aber nein, Sie müssen heute Abend wieder von vorn anfangen ...«

Kim verbarg ein Lächeln, bis sie Lucy ansah, die die Augen verdrehte. Das Lachen platzte aus ihrem Mund hervor.

»Ich muss gehen, Lucy, okay?«

Blinzel, blinzel.

»Brauchst du noch etwas?«

Blinzel, blinzel.

Die dröhnende Stimme war immer noch aus der Küche zu hören. Kim verstand und legte eine Hand auf das rechte Ohr.

Blinzel, blinzel.

Sie stand auf und nahm den iPod vom Fensterbrett. Sie setzte Lucy die Ohrstöpsel ein und legte den iPod auf die Armlehne des Rollstuhls dicht an Lucys rechte Hand.

»Richtig?«

Blinzel, blinzel. Ein freches Glitzern in den Augen. Kim musste unwillkürlich kichern.

Sie zeigte zur Tür. »Ich muss ...«

Blinzel, blinzel.

Sanft berührte Kim Lucys Arm und ging zur Tür.

Der Krankenwagen setzte sich gerade in Bewegung, als ein zweiter Streifenwagen vorfuhr.

Kim ging über die Straße zurück zu dem ehemaligen Kinderheim. Da, wo der Krankenwagen durch den Holzzaun gebrettert war, befand sich ein großes Loch, wie eine Zahnlücke.

Sie ging auf die Beamten zu, die dem Streifenwagen entstiegen. »Leute, im Büro am Ende des Flurs steht neben der Tür ein Bücherregal. Dahinter finden Sie eine Zahnprothese. Tüten Sie sie ein, etikettieren Sie sie, und bringen Sie sie ins Labor.«

Die Polizisten nickten und gingen ins Gebäude.

Plötzlich war es wieder still. Nichts deutete darauf hin, was hier eben passiert war. Keine Tatort-Nummerntafel bezeichnete den Ort, an dem Kim beinahe das Leben verloren hatte. Und der Grund, warum sie noch lebte, war ein Notrufknopf .... Ein einfaches Hilfsmittel, das Lucy bei der Bewältigung des Alltags half, hatte ihr das Leben gerettet.

Kim verharrte, als ihr aufging, was sie nicht begriffen hatte. Übelkeit überwältigte sie schier, als auch noch die allerletzten Puzzleteilchen an die richtige Stelle rückten.

»Oh, Himmel ...«, flüsterte sie in die Dunkelheit.

»Wir haben die Zahnprothese gefunden, Madam«, sagte einer der Polizisten, die um das Gebäude herumkamen.

Da ging Kim auf, dass auf sie noch jede Menge Arbeit wartete und dass es nur einen Menschen gab, der ihr dabei helfen konnte.

»Constable, wären Sie so freundlich, mir Ihr Handy zu borgen?«

Als das Motorrad schnurrend auf dem gekiesten Platz zum Halten kam, fühlte Kim sich wieder wie sie selbst. Als sie nach Hause gekommen war, hatte sie geduscht und sich umgezogen, doch die Augen zuzumachen hatte keinen Sinn gehabt. Mit sämtlichen Zellen ihres Körpers hatte sie sich gewünscht, die Dunkelheit am Himmel möge sich verziehen, damit sie zurück auf das Grundstück konnte, um diesen Fall abzuschließen. Sie hatte die Triumph poliert, bis sie wie ein Museumsstück glänzend in der Garage stand.

Kim entdeckte Cerys am unteren Ende des Grundstücks, kurz hinter der Lücke, die die Sanitäter vor ein paar Stunden in den Zaun gerissen hatten. Die Sonne war noch nicht aufgegangen, doch lange würde es nicht mehr dauern.

»Sie haben also nicht gelogen, als Sie mich letzte Nacht anriefen. Wir sind wirklich allein, wir zwei?«, fragte Cerys.

»Ja«, antwortete Kim. Sie war im Begriff, etwas zu tun, was sie teuer zu stehen kommen konnte, und Woodys Worte hallten ihr noch in den Ohren. Sie würde ihr Team nicht mit sich in den Abgrund reißen.

»Ich habe Dan getroffen, als ich das Hotel verlassen habe.

Er hat Ihnen einen Bericht geschickt. Er hat bestätigt, dass die Zahnprothese, die Sie gefunden haben, zweifelsfrei Louise Dunston gehörte.«

Kim nickte.

Cerys drückte Knöpfe an dem Gerät und trug Zahlen in ein kleines Notizbuch ein. »Okay, ich bin so weit. Aber wie sicher sind Sie, dass wir etwas finden?«

Kim atmete tief durch, schloss die Augen und zog ihr Bauchgefühl zurate. »Sicherer, als mir lieb ist.«

»Ihnen ist aber klar, dass es vor Gericht nicht standhält, falls wir tatsächlich etwas finden?«

Kim nickte. Wenn sie recht hatte, würde es nie vor Gericht kommen.

Sie trat vor und streckte die Hände aus. »Geben Sie mir das Ding, und sagen Sie mir, was ich tun muss. Ich glaube, ich habe Sie diese Woche schon genug in Schwierigkeiten gebracht.«

»Ich bin ein großes Mädchen, und ich kann auf mich selbst aufpassen«, fuhr Cerys auf. »Und nichts für ungut, aber das hier ist ein sehr teures Instrument, das ich Ihnen nicht anvertrauen werde.«

Kim seufzte frustriert. »Cerys, würden Sie einfach ...«

»Halten Sie den Mund. Geben Sie mir zuerst den Rucksack.«

Kim bückte sich und hob den Rucksack hoch, damit Cerys die Arme in die Träger schieben konnte.

Cerys schnallte sich den Monitor um die Taille. Kim nahm den Gurt mit der Metallsonde und hängte ihn ihr über die Schulter.

Sie trat zurück. »Dabei hätte ich Sie eher für den Prada-Typ gehalten.«

Cerys schüttelte den Kopf. »Okay, hier liegt eine Menge Müll herum. Das muss alles weg.«

»Das ist dann vermutlich meine Aufgabe?«

»Sehen Sie hier sonst noch jemanden?«

»Okay, wo fangen wir an?«

»Ich überprüfe zuerst die Rückseite des Gebäudes. Die Vorderseite blickt direkt auf die Straße und auf Häuser, wenn wir also nach dem suchen, was Sie vermuten, dann wäre der Bereich vorn viel zu gut einsehbar.«

»Kann ich helfen, Detective?«

Kim drehte sich um. William Payne war um den Zaun herumgekommen. Er wirkte blass und müde. Kim trat auf ihn zu.

»Wie geht es Ihnen?«

Er lächelte. »Mir tut alles weh, aber es gibt keine bleibenden Schäden. Sie haben mich vor zwei Stunden nach Hause geschickt.«

»Und Lucy?«

»Sehen Sie selbst.«

Kim trat an den Rand des Zauns. Der Vorhang war zur Seite gezogen, und Lucy spähte zum Fenster heraus.

Kim winkte und wandte ihre Aufmerksamkeit dann wieder William zu. »Ich glaube, Sie sind nicht in einem Zustand ...«

»Detective, ich weiß nicht, was Sie heute hier machen, aber ich weiß, dass Lucy und ich irgendwie zu einem Teil des Ganzen geworden sind. Ich würde wirklich gern helfen.«

Kim war hin- und hergerissen.

»Es waren nur Kinder, Detective«, setzte William an. »Abgebrühte, verlassene, vernachlässigte Kinder. Was sie Lucy angetan haben, war falsch, das weiß ich, und das haben sie auch gewusst. Die drei sind am nächsten Tag aus freien Stücken zu mir gekommen und haben sich entschuldigt für das, was sie gemacht hatten.«

»Und Sie haben ihre Entschuldigung angenommen?«

Er zuckte die Achseln. »Spielt keine Rolle. Lucy hat ihnen verziehen.«

Kim schüttelte staunend den Kopf. »Wissen Sie, dass Ihre Tochter eine wahre Inspiration ist?«

»O ja.« Er lächelte stolz. »Sie ist mein Antrieb, jeden Morgen aufzustehen.«

Kim neigte den Kopf. »Und Sie sind auch nicht schlecht. Wenn es Ihnen letzte Nacht nicht gelungen wäre, das Seil ein wenig zu lockern oder sich Victors ...«

»Das hatte nichts mit Mut zu tun, Detective. Ich habe gesehen, wie Sie in das Gebäude gegangen sind, und bin nur rübergekommen, um zu schauen, ob Sie vielleicht Hilfe brauchten. Dann habe ich gesehen, wie Victor Wilks ein Loch gegraben hat ...«

Seine Worte verstummten, und er wurde rot. Kim begriff, dass er unabsichtlich zum Helden geworden war. Dennoch, er hatte ihr das Leben gerettet.

»Trotzdem ...«

»Das reicht«, sagte William und hob die Hände. »Wenn Sie mir jetzt bitte sagen, was ich tun soll.«

Kim schmunzelte in sich hinein. Dieser Mann wollte keinen Dank, kein Lob und kein Mitleid.

»Okay, sehen Sie den Mülleimer da am Fenster? Wir müssen alles reinschmeißen, was das Gerät stören könnte.«

William fing auf der linken Seite an, Kim auf der rechten. Sie arbeiteten sich vom Zaun zur Mitte vor und hoben alles auf, was im Weg war.

»Leute, das Gerät arbeitet viel genauer, wenn das Gras nicht so hoch ist«, rief Cerys vom Rand.

Kim sah sich um. An einigen Stellen war das Unkraut kniehoch. Sie bückte sich und fing an zu rupfen, als das Gerät plötzlich Laut gab.

Kim richtete sich auf und blickte zu Cerys.

Sie ging drei Meter zurück und langsam wieder vor. Wieder gab das Gerät Laut.

Cerys schaute zu Kim. »Sieht so aus, als hätte Ihr Bauch recht gehabt.«

FÜNFUNDSIEBZIG

Cerys schaute von Kim zu William und wieder zurück.

Kim ging zu William und nahm ihm das Unkraut aus der Hand. »William, ich muss Sie bitten, das Grundstück jetzt zu verlassen.«

Er richtete einen gequälten Blick auf den Fleck, für den Cerys sich interessierte, und nickte.

Sie nahm seine rechte Hand. »William, nichts von alldem ist Ihre Schuld, das dürfen Sie sich nicht einreden. Niemand ist Ihretwegen gestorben. Ein böser, hinterhältiger Mann ohne jedes Gewissen hat es nur so aussehen lassen.«

Er begegnete ihrem Blick. Er würde Zeit brauchen, es zu glauben.

»Dann lasse ich Sie jetzt mal Ihre Arbeit tun, Detective.«

Sie drückte seine Hand. »Mein Name ist Kim, und ich möchte Ihnen für alles danken, was Sie getan haben.«

William wurde rot vor Verlegenheit. Sie ließ seine Hand los. »Und jetzt gehen Sie heim zu Ihrer wunderbaren Tochter.«

Er lächelte breit. »Danke, Det... Kim. Mache ich.«

Kim wartete, bis er fort war, dann ging sie dahin, wo Cerys das Gerät abgelegt hatte.

Cerys drehte sich zu ihr um. »Was auch immer da unten ist, es ist nicht sehr tief.«

Kim nickte und schluckte.

Cerys reichte ihr die Schlüssel zum Lieferwagen. »Hintendrin sind Schaufeln. Gehen Sie sie holen, während ich die Abmessungen bestimme.«

Kim lief zum Wagen, schnappte sich zwei Schaufeln und lief den Hügel wieder hinunter. Die Wirkung des Schmerzmittels, das sie eingenommen hatte, ließ allmählich nach, und der Schmerz pochte in ihrem unteren Rücken.

Cerys hatte den Bereich markiert. Kim sah sofort, dass die Stelle kleiner war als die anderen.

Cerys schaute noch einmal auf die Werte, die das Magnetometer ausgespuckt hatte, und zeigte auf den Boden. »Arbeiten Sie von dieser Seite aus, aber stoßen Sie nicht zu fest zu.«

Kim stieß die Schaufel in den Boden. Ein Schmerz schoss ihr quer über den Rücken, doch sie ignorierte ihn und konzentrierte sich ganz auf ihre Aufgabe.

Die nächste halbe Stunde arbeiteten die beiden, ohne zu reden.

»Okay, Kim, hören Sie auf, und gehen Sie ein Stück zurück«, sagte Cerys plötzlich.

Die Grube war etwa anderthalb Meter lang, einen knappen Meter breit und nicht tiefer als dreißig Zentimeter.

Haustiere wurden tiefer verbuddelt.

Cerys ging zweimal um die Grube herum, bevor sie hineintrat. Mit den Handwerkzeugen entfernte sie kleine Erdklumpen und legte sie am Rand der Grube ab.

Kim sagte nichts. Ihr Blick folgte der Archäologin.

Cerys grub weiter. Die Erdklumpen, die sie herausholte, wurden kleiner. Mit der Kante der kleinen Kelle kratzte sie über einen Bereich in der Mitte der Grube.

Beim dritten Kratzen tauchte etwas Weißes auf.

Cerys nahm eine weiche Bürste und fuhr über die Oberfläche. Mehr Weiß.

Kim drehte sich der Magen um, als sie ohne den Hauch eines Zweifels wusste, dass sie auf einen Knochen blickte.

»Das, Kim, ist ganz eindeutig ein Arm.«

Cerys kratzte und fegte weiter, bis sie etwas freigelegt hatte, was wie ein Schultergelenk aussah. Kim sah zu, wie ein Knochen nach dem anderen ans Licht kam.

»Was ist das, Cerys?«, fragte sie und starrte auf etwas, das von dem Schultergelenk aufragte.

Cerys staubte es ab, und da erkannte Kim, dass es Stoff war. Ihr Herz begann wild in ihrer Brust zu hämmern.

»Cerys, wischen Sie noch einmal darüber.«

Sie tat es, und Kim fluchte. Cerys drehte sich um, und ihre Blicke begegneten sich.

»Ist es das, wonach Sie gesucht haben?«

Kim nickte, während ihre Füße sich schon langsam auf ihr Motorrad zubewegten.

»Cerys ... ich muss ...«

»Fahren Sie.« Sie holte ihr Handy heraus. »Ich rufe an.«

Kim lief, so schnell ihre Beine sie trugen, den Hügel hinauf.

SECHSUNDSIEBZIG

Kim klopfte und atmete tief durch.

Die Tür ging auf.

»Detective, guten Morgen. Kommen Sie bitte herein.«

»Guten Morgen, Nicola«, sagte Kim und betrat die Wohnung.

Nicola schloss die Tür und blieb dahinter stehen. »Allein heute?«

Kim nickte. »Ich muss meinen Leuten auch mal ein bisschen freigeben.«

»Aber sich selbst nicht?«

»Bald, Nicola. Sehr bald.«

»Nehmen Sie bitte Platz.«

Kim setzte sich. Dabei ruhte ihr Blick auf der Sofakante, und jetzt wurde ihr auch die Bedeutung dessen klar, was sie bei ihrem letzten Besuch hier aus dem Augenwinkel wahrgenommen hatte.

»Was kann ich für Sie tun?«, fragte Nicola.

Kim nahm sich eine Sekunde, um die junge Frau eingehend zu betrachten. Ihre Miene war offen und ernst. Kim entdeckte keinerlei Falschheit. Verdammt.

»Wir haben noch eine Leiche gefunden.«

Nicolas Hand flog an ihren Mund. »O Gott, nein.«

Der Schock war echt.

»Nicola, haben Sie irgendeine Idee, wer das vierte Opfer sein könnte?«

Nicola stand auf und ging hinter dem Sofa hin und her. »Ich habe wirklich keine Ahnung, wer ...«

»Hatte die Gruppe noch ein viertes Mitglied?«

Nicola runzelte die Stirn. Ihre Augenbewegungen deuteten an, dass sie in ihren Erinnerungen kramte.

»Nein, Detective. Ich bin mir sicher, dass sie nur zu dritt waren.«

Kim seufzte und stand auf, als wollte sie gehen. »Oh, vielleicht erinnert Beth sich ja noch an ein anderes Mädchen?«, fragte sie hoffnungsvoll.

Nicola schüttelte den Kopf. »Beth ist gerade einkaufen, aber wenn sie zurückkommt ...«

»Sind Sie sich ganz sicher?«, fragte Kim.

»Natürlich bin ich mir sicher«, erwiderte Nicola lächelnd.

Kim wies mit einem Nicken auf die Sofaecke. »Und warum hat sie dann ihren Stock nicht mitgenommen?«

Nicolas Blick ruhte auf der Gehhilfe, die an der Rückenlehne des Sofas hing. Ihre Miene war ehrlich verdutzt.

Kim nutzte den Moment, stand auf und durchquerte den Raum. Sie hielt auf die erste Tür zu und hoffte einfach, dass es die richtige war.

»Vielleicht ist sie gar nicht weg. Vielleicht ...«

»Detective, gehen Sie da nicht rein. Beth mag es nicht ...«

Ihre Worte versickerten, als Kim die Tür öffnete.

Nicola trat zu ihr, und zusammen ließen sie den Blick durch den Raum schweifen. Das Einzelbett war ein Boxspringbett mit Matratze. Darauf lagen weder Laken noch Bettdecke. Neben dem unbenutzten Bett stand eine Kommode mit zwei Schubladen.

Kim ging zum Kleiderschrank in der Ecke und öffnete ihn. Sieben leere Kleiderbügel starrten sie an.

Sie blickte zu Nicola, die entsetzt in der Tür stand.

Kim wartete auf eine Reaktion, doch Nicola starrte nur in das leere Zimmer.

Eine einzelne Träne rollte über ihre Wange. »Sie ist schon wieder fort ... und sie hat sich nicht mal verabschiedet.«

Kim schob Nicola zur Tür hinaus und schloss diese hinter sich. Sie führte Nicola zum Sofa und setzte sich neben sie.

»Hat Beth das schon einmal gemacht?«, fragte sie sanft.

Nicola nickte. »Das macht sie jedes Mal so, seit wir aus Crestwood weg sind.« Frische Tränen rollten über ihre Wangen. Sie wischte sie mit dem Pulloverärmel fort. »Sie ist seit Langem schrecklich wütend auf mich, aber sie sagt mir nicht, warum. So macht sie das immer. Sie kommt zurück, und dann verschwindet sie einfach wieder. Das ist so unfair. Sie weiß doch, dass ich sonst niemanden habe.«

Kim ging in die Küche und riss ein paar Blatt von der Küchenrolle ab. Sie setzte sich und reichte Nicola die Papiertücher. Die Tränen waren noch nicht versiegt.

»Können Sie sich erinnern, wann sie das letzte Mal zurückgekommen ist?«

Nicola beruhigte sich ein wenig und überlegte. Sie schniefte und nickte. »Vor zwei Jahren, als ich Drüsenfieber hatte und ins Krankenhaus musste. Ich bin aufgewacht, und da saß sie an meinem Bett.«

»Und davor?«

»Da hatte ich einen Autounfall, eigentlich nur einen kleinen Auffahrunfall. Ich war gar nicht schlimm verletzt, aber damals hat es mir große Angst eingejagt. Ich hatte noch nicht lange den Führerschein.«

»Dann taucht sie, seit Sie aus Crestwood weg sind, immer mal wieder in Ihrem Leben auf und verschwindet dann wieder.

Und Sie haben gar keine Ahnung, warum sie so wütend auf Sie ist?«

Nicola schüttelte vehement den Kopf. »Sie will es mir nicht sagen.«

Kim hörte die Verzweiflung in Nicolas Stimme und begriff, dass dies noch schwerer werden würde, als sie es sich vorgestellt hatte.

Sie nahm Nicolas Hand. »Denken Sie einmal zurück an den Tag vor dem Brand. Ich glaube, da war etwas, was Sie vergessen haben. Glauben Sie, das können Sie, wenn ich hier bei Ihnen sitze?«

»Da ist nichts«, entgegnete sie verwirrt.

Kim drückte ihre Hand. »Es ist okay, Nicola. Ich bin hier. Erzählen Sie mir Schritt für Schritt, woran Sie sich an diesem Tag noch erinnern, und dann schauen wir, ob wir es zusammengesetzt kriegen.«

Nicola sah nach vorn, ihr Blick konzentrierte sich auf die Wand gegenüber. »Ich weiß, dass es kalt war, und Beth und ich hatten uns über etwas gestritten. Sie hat mich mit Schweigen bestraft, also bin ich ins Gemeinschaftszimmer gegangen.«

»Wer war dort?«, fragte Kim freundlich.

Nicola schüttelte den Kopf und runzelte dann die Stirn. »Niemand. Sie waren alle draußen und haben einen Schneemann gebaut.«

»Und was haben Sie gemacht?«

Nicola neigte den Kopf. »Ich hab Stimmen gehört und Gebrüll. Es kam aus Mr Crofts Büro.«

»Was genau haben Sie gehört, Nicola?«

Kim hielt Nicolas Hand fest, doch ihr Daumen lag auf dem schmalen Handgelenk. Der Puls hatte sich beschleunigt.

»Sie haben über William gesprochen und dass sie irgendetwas vertuschen müssen. Sie sagten, er würde sonst in Schwierigkeiten geraten, er käme ins Gefängnis. Sie sprachen darüber, was dann aus Lucy werden würde.«

»Erinnern Sie sich daran, wessen Stimmen Sie da drin gehört haben?«

»Mr Croft und Miss Wyatt haben sich gestritten. Vater Wilks sprach ruhig, und im Hintergrund hörte ich Tom Curtis und Arthur Connop.«

Fünf, dachte Kim. »Was ist mit Mary Andrews?«

Nicola schüttelte den Kopf. »Sie war krank. Grippe.«

»Was geschah als Nächstes, Nicola?«

»Vater Wilks hat die Tür geöffnet und mich gesehen. Er war wütend. Ich bin weggelaufen.«

Kim spürte, wie Nicolas Handfläche feucht wurde.

»Wo sind Sie hingelaufen?«

»Ich bin Beth suchen gegangen. Sie war in unserem Zimmer. Ich war es leid, dass alle wütend auf mich waren.«

Kims Stimme war nur mehr ein Flüstern. »Und was haben Sie da gemacht?«

»Ich hab ihr gesagt ... Ich hab ihr gesagt ...«

Kim drückte die Hand, doch Nicola schüttelte den Kopf. Ihr Blick schoss hin und her, während sie in ihren Erinnerungen kramte und hoffte, die Vergangenheit neu zu ordnen.

»Nein. Nein. Nein. Nein. Nein.«

Kim wollte sie festhalten, doch Nicola löste ihre Hand mühelos aus ihrem Griff.

Sie ging im Zimmer hin und her wie ein Tier im Käfig, das einen Platz sucht, an dem es sich verstecken kann.

Ihre Panik wuchs. Ihre Bewegungen wurden immer fahriger und hektischer.

»Nein, das kann nicht sein ... Ich kann unmöglich ...«

Nicola schlug mit den Händen auf den Frühstückstresen. Sie drehte sich um und fing an, mit den Händen auf die Wandschränke einzuschlagen, dann drosch sie auf ihren Kopf ein.

Kim lief zu Nicola, packte sie von hinten und drückte ihre Arme an den Körper, damit sie sich selbst nicht weiter verletzte.

»Was haben Sie zu Beth gesagt?«

Nicola kämpfte, um sich Kims Griff zu entwinden, doch die hatte die Finger fest verschränkt und würde unter keinen Umständen loslassen.

»Bitte, hören Sie auf, ich kann nicht ...«

Kims Stimme wurde lauter. »Nicola, Sie *müssen* sich erinnern. Was haben Sie zu Beth gesagt?«

Nicola warf den Kopf von links nach rechts. Kim beugte sich weit nach hinten, um keinen Schlag abzubekommen.

»Sagen Sie es mir, Nicola«, rief Kim ihr ins Ohr. »Was haben Sie zu Ihrer Schwester gesagt?«

»Ich habe ihr gesagt, sie könnte die verdammte Strickjacke haben, wenn es sie glücklich macht«, schrie Nicola.

Schweigen senkte sich herab. Plötzlich wich jede Kraft aus Nicola, und sie sackte nach unten und riss Kim mit.

Doch Kim ließ sie nicht los. Sie saß auf dem Boden und drückte Nicola fest an sich. Kim wusste, dass die Vorfälle von vor zehn Jahren sich endlich vor Nicolas geistigem Auge abspielten.

»Und sie hat sie genommen, nicht wahr?«

Nicola nickte, und Kim spürte die Tränen, die auf ihre Hände tropften.

»Und wegen der Strickjacke haben alle gedacht, Beth wäre Sie, nicht wahr?«

Nicola nickte wieder. »Die eine Minute guckte ich raus, und da spielte sie mit den anderen, und in der nächsten konnte ich sie nirgends finden. Ich habe alle nach ihr gefragt, und jeder wollte sie woanders gesehen haben. Am Ende bin ich in mein Zimmer gegangen und habe auf sie gewartet, aber sie ist nicht gekommen.« Sie schluckte, dann sprach sie weiter. »Kurz vor dem Brand habe ich die Erwachsenen dann vom Küchenfenster aus gesehen. Sie haben um ein Loch herumgestanden, und da wusste ich es. Aber ich wusste nicht, was ich machen sollte. Ich hatte Angst, sie würden zurückkommen und mich holen, und als es dann brannte, war ich nur erleichtert, dass sie mir nichts mehr tun konnten.«

Kim wusste, dass Beth niemals hätte weglaufen können. Mit ihrem Knie wäre sie bei der Kälte nicht weit gekommen.

»Wann ist Beth zurückgekehrt, Nicola?«

»Vor ungefähr zwei Wochen«, antwortete sie heiser.

Als öffentlich bekannt wurde, dass die Grabungsgenehmigung erteilt worden war, hatte Nicola Angst bekommen.

»Sie wissen, dass *Sie* sie zurückgeholt haben, nicht wahr, Nicola?«

»Neeeeeeeein ...«

Es klang wie die Totenklage eines Tieres. Eine arme, verletzte Seele, die sich unter Schmerzen wand. Kim hielt Nicola fest, während die dem, was sich in ihrem Kopf abspielte, zu entfliehen suchte.

Dies war nicht der rechte Augenblick, um darüber zu sprechen, was sie als Beth getan hatte. Diese Erkenntnis würde Nicola irgendwann unter der Fürsorge eines guten Psychiaters erlangen.

Während Kim die junge, gebrochene Frau wiegte, deren Schuldgefühle die Kontrolle über sie übernommen hatten, bezweifelte sie, dass Nicola je so weit gesund werden würde, dass man sie für die Ermordung von Teresa Wyatt, Tom Curtis und Arthur Connop vor Gericht stellen konnte.

Nach ein paar Minuten löste Kim behutsam ihren Griff und rückte von Nicola ab.

Es war Zeit für den Anruf.

William gab noch einen Tropfen kalte Milch in den Haferbrei. Er krümmte den kleinen Finger und tunkte den Knöchel kurz hinein. Perfekt.

Er lächelte. Lucys Lieblingsfrühstück.

Seine Tochter war inzwischen gewaschen und umgezogen und wartete auf ihr Frühstück. Danach würde er das Bad putzen und die Betten frisch beziehen. Nach dem Mittagessen war der Backofen reif für eine ordentliche Reinigung.

Er lächelte noch einmal. Er wusste, dass die Leute Mitleid mit ihm hatten und mit dem Leben, das er führte, doch diese Menschen kannten Lucy nicht. Seine Tochter inspirierte ihn jeden einzelnen Tag mit ihrem Feuer. Sie war der mutigste und aufmerksamste Mensch, dem er je begegnet war.

Er begriff sehr wohl, dass ihr Frust hauptsächlich daher stammte, dass sie nicht deutlich sprechen konnte, und dass die Anstrengung, all das, was in ihrem Kopf vor sich ging, durch Augenbewegungen zu vermitteln, sie an manchen Tagen schier erschöpfte. Doch sie hatten eine Abmachung. An den finsteren Tagen fragte er sie, ob sie genug hatte. William hatte ihr vor Jahren schon gesagt, er werde ihre Wünsche stets respektieren und ihr Leben niemals aus selbstsüchtigen Gründen gegen ihren Willen verlängern.

An finsteren Tagen stellte er ihr diese Frage und wartete mit angehaltenem Atem auf ihre Antwort. Das Zögern war länger geworden, während die Luft in seiner Lunge zu explodieren drohte, doch bis jetzt hatte er immer ein Blinzeln zur Antwort erhalten.

Ihm graute vor dem Tag, an dem ihr alles zu viel wurde und sie zweimal blinzeln würde. Er hoffte nur, dass er dann die Kraft hatte, sich an sein Versprechen zu halten. Um ihretwillen.

William schob den Gedanken beiseite. Der vorangegangene Tag war ein guter Tag gewesen. Lucy hatte Besuch gehabt. Auf Anhieb hatte William die junge Frau nicht erkannt, die sich als Paula Andrews vorstellte. Doch nachdem er sie ein paar Sekunden gemustert hatte, war ihm gedämmert, dass sie die Enkelin von Mary Andrews sein musste. Sie war früher oft mit ihrer Großmutter zu Besuch gekommen, um mit Lucy zu spielen. Er war sehr traurig gewesen, als Mary kürzlich verstorben war. Sie war ihm während seiner Jahre in Crestwood eine gute Freundin gewesen. Die Beisetzung ihrer Asche war erst ein paar Tage her. Er hatte zwar nicht daran teilgenommen, doch er hatte die Bestattung vom Schlafzimmerfenster aus beobachtet.

Lucy hatte Paula sofort erkannt und sich sehr über den Besuch gefreut. Innerhalb von Minuten hatten die beiden eine eigene Kommunikationsmethode ersonnen, bei der William außen vor blieb. Er war nie glücklicher gewesen und hatte sich für ein Weilchen in die Küche verdrückt, dennoch nervös um das Wohlergehen seiner Tochter besorgt. Niemals würde er jemanden daran hindern, sein Kind zu besuchen, doch es lag außerhalb seines Einflussbereiches, ob sie je wiederkamen. Aber er akzeptierte, dass er Lucy nicht vor allen Enttäuschungen des Lebens behüten konnte. Und es war Paula hoch anzurechnen, dass sie keinerlei Reaktion auf den körperlichen Verfall ihrer alten Freundin gezeigt hatte.

Irgendwie hatten die beiden Mädchen einen Weg gefunden, ein Brettspiel zu spielen. Er hatte Paula rufen hören: »Lucy Payne, du hast dich kein bisschen verändert. Du hast früher schon gern geschummelt.«

William hatte Lucys Gurgeln gehört, das, wie er wusste, ein Lachen war, und sein Herz hatte einen Satz gemacht.

Er hatte es gewagt, das Haus für eine halbe Stunde zu verlassen, und hatte in dem sicheren Wissen, dass es seiner Tochter gut ging, zwischen den Pflastersteinen ein wenig Unkraut gejätet. Schon diese paar Minuten in der kalten Morgenluft hatten ihm für den Rest des Tages frische Kraft gegeben.

Zwei Stunden später hatte Paula ihn gefragt, ob sie wiederkommen dürfe. Gerne hatte er es ihr erlaubt.

Er nahm den Porridge mit ins Wohnzimmer und setzte sich auf den Hocker, der vor dem Rollstuhl stand. Lucys Haut war rosig und strahlend, ihr Blick wach und konzentriert. Heute war ein guter Tag. Paulas Besuch hatte ihnen beiden gutgetan.

»Hast du nicht mal die Nase voll von Porridge?«

Blinzel.

Er verdrehte die Augen. Sie machte es ihm nach. Er lachte laut.

Er reichte ihr einen Löffel Porridge an. Sie aß ihn und verzog genüsslich das Gesicht. Der zweite Löffel war auf dem Weg, als es an der Tür klingelte. Er stellte die Schüssel aufs Fensterbrett.

Als er die Tür öffnete, stieg augenblicklich Panik in ihm auf.

Vor ihm standen ein Mann und eine Frau in schwarzen Anzügen. Er trug eine Aktentasche, sie hatte eine Schultertasche dabei.

Sofort dachte er an das Sozialamt, doch er erwartete keinen Besuch, und zudem kündigten die sich immer vorher an. In den ersten Tagen nach dem Fortgehen seiner Frau hatte er sich einen harten Kampf mit den Behörden liefern müssen, um seine Tochter behalten zu können. Er hatte sich verbogen und Kunststückchen gemacht wie ein Zirkustier, um zu beweisen, dass er sich um sie kümmern konnte. Das Jugendamt hatte seine Entschlossenheit gespürt und irgendwann angefangen, mit ihm zusammenzuarbeiten, damit die beiden zusammenbleiben konnten, und der Job in Crestwood hatte die Sache dann besiegelt. Doch die Angst, sie eines Tages zu verlieren, war immer gegenwärtig.

»Mr Payne, Mr William Payne?«

Er nickte.

Die Frau lächelte breit und holte eine Visitenkarte aus der Tasche. »Ich bin Hannah Evans von Enterprise Electronics. Wir möchten zu Lucy.«

»Aber ... ich weiß nicht ... Wie bitte?«

Sie rieb bibbernd die Hände aneinander und pustete hinein. »Mr Payne, können wir reinkommen?«

William trat zur Seite.

Hannah Evans ging ins Wohnzimmer und ging zu seiner Tochter. Der Mann setzte sich und öffnete seine Aktentasche.

»Guten Morgen, Lucy. Ich heiße Hannah, und ich freue mich sehr, dich kennenzulernen.«

Ihr Lächeln war offen und warm, ihr Tonfall freundlich und ruhig, weit entfernt von dem herablassenden Ton, den die meisten Erwachsenen Lucy gegenüber anschlugen.

»Geht es dir gut heute?«

Lucy blinzelte zweimal.

»Das bedeutet Ja«, half William.

Hannah blieb, wo sie war, und lächelte ihn an. »Ich weiß, Mr Payne. Die Kommunikation mittels Blinzeln ist bei Menschen mit solchen Problemen recht geläufig.«

Hannah Evans sah Lucy an und verdrehte die Augen, und die gluckerte als Antwort.

»Ähm ... Verzeihen Sie bitte«, sagte William, der völlig

verwirrt war. »Aber ich verstehe weder, wer Sie sind, noch, was Sie hier machen.«

»Es ist recht einfach, Mr Payne. Unsere Firma ist auf technische Systeme spezialisiert, die mit dem geringstmöglichen Aufwand an körperlicher Aktivität betrieben werden können. Wir sind darum bemüht, das Leben von Menschen mit körperlichen Einschränkungen um einiges aufregender und interessanter zu machen.«

Williams Kopf kam ins Trudeln. »Aber das verstehe ich nicht. Ich habe mit niemandem ... Ich habe kein Geld ...«

»Soweit ich weiß, ist die Kostenfrage bereits geklärt.« Sie hob die Hände. »Das ist nicht mein Aufgabenbereich, und ich habe meine Anweisungen.«

William hatte das Gefühl, in ein Paralleluniversum versetzt worden zu sein. Er kramte in seinem Kopf nach Antworten, fand aber keine.

Hannah wandte ihre Aufmerksamkeit wieder seiner Tochter zu.

»Lucy, ich habe eine Frage. Hast du Kontrolle über wenigstens einen Finger?«

Blinzel, blinzel.

Hannah schenkte William ein breites Lächeln. »Dann können wir, glaube ich, hier viel erreichen.«

ACHTUNDSIEBZIG

Kim betrachtete das Essen, das vor ihr stand, und kam zu dem Schluss, dass die Hersteller dieser Backmischung verdammte Lügner waren. Sie stellte die Schachtel daneben, um das Bild darauf mit ihrem eigenen Versuch zu vergleichen, den sie gerade aus dem Ofen geholt hatte. Nein, da war auch mit noch so viel Zuckerguss und glitzernder Deko nichts zu retten.

Kim warf die Schachtel in den Mülleimer. Sie fühlte sich an der Nase herumgeführt.

Sie hob den Blick zur Decke. »Ich versuche es, Erica. Ehrlich, ich geb mir Mühe.«

Sie hörte ein Klopfen an der Haustür.

»Es ist offen«, rief sie.

Bryant trat ein, er trug Jeans und ein Sweatshirt und hatte einen Pizzakarton in den Händen.

»Ich hab Sie heute im Büro vermisst«, sagte er und stellte den Karton auf die Arbeitsplatte.

Sie verdrehte die Augen. »Befehl von Woody. Und ich wage nicht, mich zu widersetzen, denn diese Katze hier ist bei ihrem siebten und letzten Leben angekommen.«

»Hat er das gesagt?«

Sie nickte und zählte an den Fingern ab. »Anscheinend gibt es zwei formelle Beschwerden wegen meines Verhaltens. Bei drei Gelegenheiten habe ich mich direkten Anweisungen widersetzt und mich nicht an die vorgeschriebenen Verfahrensweisen gehalten ...« Sie zählte noch ihre restlichen Fingern ab. »... Also, mindestens so oft.«

Bryant senkte den Kopf in die Hände. »War es schlimm?«

Kim überlegte einen Augenblick und nickte. »Ja, ziemlich. Er hatte sehr viel zu sagen.«

»Und was haben Sie gesagt?«

»Ich habe ihm gesagt, dass an dem Modell, das er gerade baut, die Blattfedern an der Hinterachse fehlen.«

Bryant lachte laut los, und sie stimmte mit ein. Im Rückblick war es tatsächlich ziemlich witzig.

Doch es war ihr Weg, Danke zu sagen. Sie machte sich keine Illusionen darüber, dass sie leicht ihren Job hätte verlieren können. Und Woody hatte mehr als deutlich gemacht, dass allein ihre Ermittlungsergebnisse sie gerettet hatten. Hätte sie einmal falschgelegen mit ihrem Gefühl, säße jetzt jemand anderes im Glaskasten. Über diesen Fall hätte sie also beinahe das Wichtigste in ihrem Leben verloren, und doch war es die Sache wert gewesen.

»Wie viel Zeit hat er Ihnen gegeben?«

Kim knurrte und holte zwei Becher aus dem Schrank. »Einen Monat.«

»Himmel! Und wie wollen Sie da wieder rauskommen?«

Kim hob ratlos die Hände. Sie hatte vier Wochen, um mit einem Psychologen zu sprechen, sonst drohte ihr die Suspendierung.

»Sie glauben doch nicht, dass er das wirklich durchzieht, oder?«

Kim führte sich Woodys resolutes Gesicht noch einmal vor Augen. »O doch. Allerdings.«

»Es wird Sie freuen zu hören, dass Richard Croft vorhin schon viel besser aussah.«

»Tatsächlich.«

»Ja, bis ich ihm seine Rechte vorgelesen habe.«

Da wäre Kim gern dabei gewesen. »Sagen Sie jetzt bitte, dass Mrs Croft auch anwesend war.«

»Aber sicher doch. Ein paar Sekunden lang erinnerte sie schwer an ein Kamel, das unter Verstopfung leidet, doch sie hat sich recht schnell erholt, hat ihren Laptop und ihre Unterlagen zusammengekramt und gesagt, ihr Anwalt werde sich melden.«

»Bei uns?«

»Bei Richard. Riecht schwer nach einer schnellen Scheidung.«

»Was hat er gesagt?«

»Oh, er hat bestätigt, dass Victor derjenige war, der Beth umgebracht hat. Die anderen haben nur geholfen, die Leiche zu verscharren. Er hat gesagt, Teresa Wyatt sei auf die Idee gekommen, den Brand zu legen, um für Durcheinander in den Unterlagen über die Ausreißerinnen und die Mädchen zu sorgen, die bereits woanders untergebracht waren.«

»Glauben Sie ihm?«

»Ich weiß nicht. Spielt eigentlich keine Rolle. Er besorgt sich einen anständigen Anwalt, aber in den Knast kommt er auf jeden Fall. Doch das Wichtigste ist wohl, dass er seinem schönen Leben Ade sagen kann. Frau, Haus, Karriere und vermutlich auch das Kind – alles weg.«

Kim schwieg. Was sollte sie auch sagen? Sie empfand nichts als Abscheu für Richard Croft. Er war mit dem Leben davongekommen.

Bryant wirkte nachdenklich. »Glauben Sie, Victor Wilks ist ein von Grund auf schlechter Mensch? Ich meine, ich weiß, was er gemacht hat, aber er arbeitet in der Sozialsiedlung und so. Vielleicht hat er ja auch eine gute Seite.«

Manchmal kam Bryant ihr schrecklich jung vor. Es tat ihr

nur leid, dass sie diejenige war, die ihm sagen musste, dass es den Weihnachtsmann nicht gab.

Sie schüttelte den Kopf. »Nein, Bryant. Er fühlte sich angezogen von Orten, wo Perspektivlosigkeit und Verzweiflung herrschen und wo er sich als Licht der Hoffnung zwischen die Elenden werfen konnte. Das war seine wahre Befriedigung, sein wahrer Powertrip. Sex mit verängstigten, verletzlichen jungen Mädchen erfüllte ihm ein körperliches Bedürfnis. Er hat sich in Kontexte begeben, wo Vergewaltigungsvorwürfe sehr viel schwerer zu beweisen waren, und die, die ihm Schwierigkeiten machten, die wurden einfach eliminiert. Er hat sie umgebracht und seinen Spaß daran gefunden. Er hat es getan, weil er es tun konnte und weil er sich im Recht sah, das Leben eines jeden Menschen auszulöschen, der sich ihm in den Weg stellte. Wir werden auch in Hollytree auf Opfer von Wilks stoßen, und auch wenn wir schwer daran zu schlucken haben, mag es gut sein, dass wir sie niemals alle finden.«

In dem Wohnviertel, in dem er tätig war, hatte es seit Wilks' Rückkehr vor zwei Jahren achtzehn Ausreißerinnen gegeben. Rechnete man noch die Mädchen hinzu, deren Familien ihr Verschwinden nicht bemerkt hatten oder denen es gleichgültig war, dann war die Zahl leicht doppelt so hoch.

»Scheißkerl«, murmelte Bryant.

Kim war ganz seiner Meinung, doch sie tröstete sich mit dem Gedanken, dass Victor Wilks nie wieder auf freien Fuß kommen würde.

»Haben Sie das Auto gefunden?«, fragte sie.

Er nickte. »Garage hinter den Wohnungen, eingetragen auf Nicola Adamson. Weißer Audi mit einem verbeulten vorderen Kotflügel.«

Kim schüttelte noch einmal den Kopf. Bei aller Liebe brachte sie für Teresa Wyatt, Tom Curtis, Richard Croft und Arthur Connop nicht das geringste Mitgefühl auf. Zusammen mit Victor Wilks hatten sie den gewaltsamen Tod dreier junger

Mädchen vertuscht und ein ganzes Jahrzehnt lang verhindert, dass ihnen Gerechtigkeit widerfuhr, nur um ihre eigenen schäbigen Geheimnisse zu verbergen. Jeder Einzelne hatte eine Möglichkeit gefunden, sie noch weiter zu missbrauchen.

Noch schlimmer aber war, dass sie alle eine nicht unwesentliche Rolle beim Tod eines weiteren unschuldigen Mädchens gespielt hatten, dessen einziges Verbrechen darin bestanden hatte, die rosafarbene Strickjacke seiner Schwester zu tragen.

»Ich bin neugierig, Kim. Wie sind Sie auf den Gedanken gekommen, wir könnten es mit zwei Tätern zu tun haben?«

»Todesart«, antwortete sie. »Als wir die Mädchen entdeckt haben, war offensichtlich, dass sie unter Einsatz großer körperlicher Gewalt ums Leben gekommen waren, doch bei den aktuellen Morden war das nicht der Fall. Um Teresa unter Wasser zu drücken, war nicht viel Kraft erforderlich. Tom wurde von hinten der Hals durchgeschnitten, Arthur wurde mit dem Auto überfahren und Richard ein Messer in den Rücken gestoßen. Alles Methoden, die Gerissenheit, Geduld und List erforderten, aber keine große körperliche Kraft.«

»Und der Brand in Teresa Wyatts Haus? Wozu diente der?«

»Auf dem Boden lag eine ganz dünne Schneedecke. Die Fußabdrücke und der Gehstock hätten deutliche forensische Spuren ergeben, aber acht Feuerwehrleute, zwei Tanklöschfahrzeuge und ein Wasserschlauch mit hohem Druck haben die schnell vernichtet.«

»Gerissen.«

»Genau. Es musste also eine Frau sein.«

»Ja, aber sie wurde geschnappt.«

»Ja, von einer Frau.«

Bryant verdrehte die Augen und stöhnte. Dann wurde er ernst. »Was glauben Sie, wie Nicola reagiert, wenn sie die Wahrheit begreift?«

Kim zuckte die Achseln. »Nicht Nicola hat das getan. Es war Beth.«

Bryant wirkte nicht recht überzeugt. »Das glauben Sie wirklich?«

Der Gute, er war ein schlichtes Gemüt.

»O ja, Bryant. Allerdings.«

»Für mich klingt das ein bisschen zu sehr nach *Akte X*.«

Kim seufzte. »Beth ist immer nur dann zurückgekommen, wenn es Nicola nicht gut ging, wenn sie krank war oder Angst hatte. Für Nicolas Unterbewusstsein war sie wie eine Schmusedecke. Nicola hat nie ganz akzeptiert, dass ihre Schwester tot war. Ihr Unterbewusstsein hat diese Erinnerungen ausgeblendet, sodass sie weiterleben konnte. Das hat sie vor den Schuldgefühlen beschützt. Und jetzt stellen Sie sich vor, dass Beth vollen Zugang zu Nicolas Erinnerungen hatte. Als Beth erinnerte sie sich daran, dass sie das Gespräch in dem Büro belauscht hatte. Als Beth wusste sie, was passiert war. Nicola hatte keinen Zugriff auf diese Erinnerungen, ihr Alter Ego dagegen sehr wohl.«

Kim glaubte wirklich, dass Nicolas Bewusstsein nichts davon geahnt hatte, dass ihr Unterbewusstsein Beth zurückbrachte. Und nachdem sie »Beth« kennengelernt hatte, zweifelte sie keinen Augenblick daran, dass es kein Schauspiel gewesen war.

Sie wandte sich an Bryant. »Versuchen Sie sich vorzustellen, die Psyche eines Menschen bricht in zwei Teile. Nicola hatte Kontrolle über ganz normale, alltägliche Aktivitäten. Sie hat funktioniert, aber die Kontrolle über ihr Unterbewusstsein hatte jemand anderes.«

Er schüttelte den Kopf. »Nein, also, das leuchtet mir einfach nicht ein ... Und ich glaube, einer Geschworenenjury auch nicht.«

Bryant hatte vermutlich recht, doch Kim bezweifelte, dass Nicola psychisch je in der Verfassung sein würde, um sie unter

Anklage zu stellen. Für Kim war der innere Kampf zwischen Nicola und Beth an den Tatorten von Teresa und Tom augenscheinlich gewesen. Das Eintreffen der Polizei war bei beiden beschleunigt worden. Ein Teil der gespaltenen Persönlichkeit hatte erwischt werden wollen.

Nicola war kein schlechter oder böser Mensch, und ihre Strafe würde sie bekommen, wenn die Erinnerungen zurückkehrten.

Kim wusste aus eigener Erfahrung, dass die Schuldgefühle des Überlebenden die Macht besaßen, einen Menschen zu formen. Und deswegen betete sie, dass ihre eigenen Schachteln niemals geöffnet wurden.

»Was glauben Sie, wie es Wilks gelungen ist, am Leben zu bleiben?«

»Mit mehr Glück als Verstand«, sagte Kim. »Er wäre der Nächste gewesen, und sie hätte ihn gekriegt.«

Bryant schüttelte den Kopf. »Was ich wirklich nicht verstehe, ist, wie zum Teufel es nach dem Brand unbemerkt bleiben konnte, dass nur ein Zwilling da war?«

»Die Unterlagen waren ein einziges Chaos, Bryant. Vergessen Sie nicht, dass die ersten Mädchen schon woanders untergebracht worden waren. Die Akten über die Ausreißerinnen waren nicht auf dem aktuellsten Stand, und in der Nacht des Brands hat mehr oder weniger jeder irgendwelche Listen geschrieben. Die Krankenwagen haben Mädchen zur Untersuchung mit ins Krankenhaus genommen. Es war ein einziges Chaos, und das war Absicht. Keine zwei Listen von dem Abend decken sich.«

»Aber warum hat Nicola nichts gesagt?«

»Sie hatte Angst. Sie war überzeugt, sie würden den Fehler mit der Strickjacke bemerken und sie auch noch umbringen.«

»Und Mary Andrews? Glauben Sie, das war Nicola oder Beth oder wer zum Teufel auch immer?«

»Kim schüttelte den Kopf. »Es gab keinen Hinweis darauf,

dass sie an etwas anderem gestorben ist als an ihrer Krankheit. Mary war die Einzige, die an dem Tag nicht zugegen war und deren Name nicht fiel, also hatte Nicola keinen Grund, ihr etwas anzutun.« Kim seufzte schwer. »Ich glaube, Mary Andrews war der einzige Mensch, dem die Mädchen überhaupt vertrauen konnten. Außer William, der nachts gearbeitet hat, hat jeder Einzelne von ihnen einen Weg gefunden, diese Mädchen auszunutzen. Wundert es da, dass sie keine braven Pfadfinderinnen waren?«

»Das ist aber sehr nachsichtig formuliert«, meinte Bryant.

Sie öffnete den Mund, um ihm zu widersprechen, und schloss ihn dann wieder. Bryant lebte in der Überzeugung, bei der Geburt werde dem Menschen ein Moralbegriff eingepflanzt. Er glaubte, dass es genauso genetisch bestimmt war wie Augenfarbe oder Körpergröße. Kim wusste, dass dem nicht so war. Das Gewissen und sein Gebrauch waren angelernt. Es resultierte aus guten Beispielen und starken Rollenvorbildern. Der Unterschied zwischen Richtig und Falsch wurde im Laufe eines Lebens vervollkommnet, er war nicht von Anfang an ins Gehirn eingeprägt.

Das soziale Umfeld von Tracy, Melanie und Louise hatte bestimmt, dass dieses Moralempfinden für immer verzerrt war. Genau wie missbrauchte Kinder oft ihrerseits wieder zu Tätern wurden.

Bryant würde sich niemals überzeugen lassen, doch Kim wusste es – denn sie hatte es erlebt. Und drei Jahre ihrer Kindheit hatten ihr mehr als das Leben gerettet.

Bryant trank einen Schluck Kaffee. »Und, was läuft zwischen Ihnen und dem Doc? Das war doch eindeutig so etwas wie eine geistige Verwandtschaft.«

»Bryant«, sagte sie drohend.

»Ach, kommen Sie, Kim. Ein bisschen mehr Zeit, und es hätte ordentlich geknistert, und Funken wären übergesprungen.«

»Und was passiert, wenn's knistert und Funken überspringen?«

»Es brennt«, sagte er und riss die Augen auf.

»Und haben Sie je ein Feuer erlebt, bei dem es keinen Schaden gab?«

Bryant öffnete den Mund, überlegte eine Sekunde und schloss ihn wieder. »Darauf gibt es keine Antwort.«

»Exakt.«

»Wahrscheinlich gut so«, fügte Bryant nachdenklich hinzu. »Der Doc war Ihnen ein bisschen zu ähnlich.« Er grinste breit. »Gütiger Himmel, stellen Sie sich nur vor, was das für Kinder geben würde ...«

»Bryant, ich finde wirklich, Sie sollten sich um Ihre eigenen Angelegenheiten kümmern«, fuhr sie ihn an. Manchmal kannte er sie einfach ein bisschen zu gut.

Und doch, wer weiß, wenn sie Daniel irgendwann wieder über den Weg lief ...?

»Ja, wahrscheinlich sollte ich das, aber es ist sehr unwahrscheinlich.«

Kim lächelte. »Wie ist das Leben in Battersea für Hunde?«

»Die Welpen machen sich prächtig. Sie sind alle vergeben. Meine Nichte nimmt Pebbles. Bam Bam geht an den Nachbarn. Yogi ist für die beste Freundin meiner Tochter reserviert, und Staceys Schwester nimmt Boo Boo.«

»Sie haben den armen Geschöpfen doch diese Namen nicht für den Rest ihres Lebens angehängt, oder?«

Bryant schüttelte den Kopf. »Nein, nur um sie fürs Erste auseinanderzuhalten.«

»Und die Mutter?«

»Die bleibt bei mir. Sie ist erst vier, und die Tierärztin schätzt, dass sie schon dreimal geworfen hat. Die hat genug geleistet.«

Eine Sekunde lang – nur eine ganz kurze, flüchtige Sekunde – hatte Kim das Bedürfnis, diesen Bär von einem

Mann mit dem großen Herzen zu umarmen. Er war ihr Kollege und ihr einziger wahrer Freund.

Doch sie ließ den Augenblick verstreichen.

Er stand vom Barhocker auf. »Und jetzt komme ich zum eigentlichen Grund meines Besuches. Sie ist fertig, nicht wahr?«

»Ja, Bryant, sie ist fertig.«

Er rieb sich die Hände. »Kann ich, kann ich, kann ich?«

Kim lachte über seine kindliche Aufregung.

Er schoss durch die Tür in die Garage.

Sie nahm die ausgekühlten Muffins und warf sie in den Mülleimer. Die Backform tunkte sie in heißes Seifenwasser.

Bryant tauchte wieder in der Tür auf. »Ähm ... Kim, sie ist nicht da.«

»Oh, ehrlich? Wie das denn?«

Er lehnte sich mit verschränkten Armen an den Türrahmen. »Sie haben sie verkauft, oder?«

Kim sagte nichts.

Bryant war enttäuscht. Das verstand er nicht. »Aber Sie haben dieses Motorrad geliebt wie ein Kind! Sie haben monatelang daran gearbeitet, um das verdammte Ding fahren zu können. Ich kapier das nicht. Sie hat Ihnen alles bedeutet.«

»Wissen Sie, Bryant, manche Sachen bedeuten mir einfach noch mehr.«

Sie wischte die Backform trocken und stellte sie weg. Bryant machte ein verwirrtes Gesicht. Das verstand er nicht.

Doch Kim verstand es – und das allein zählte.

Liebe Leserinnen und Leser,

auch euch möchte ich ein dickes Dankeschön sagen, dass ihr dieses Buch gelesen habt. Wenn euch das Buch gefallen hat und ihr über meine neuesten Veröffentlichungen informiert werden möchtet, meldet euch einfach unter nachstehendem Link an. Eure E-Mail-Adresse wird nicht weitergegeben und ihr könnt euch jederzeit wieder abmelden.

www.bookouture.com/bookouture-deutschland-sign-up

Ich hoffe, die erste Etappe von Kims Reise hat euch gefallen und ihr empfindet es ähnlich wie ich: Sie ist zwar nicht immer perfekt, aber sie ist doch jemand, den man in schwierigen Situationen gern an seiner Seite wüsste.

Wenn euch das Buch gefallen hat, wäre ich euch auf ewig dankbar, wenn ihr das in einer Bewertung festhaltet. Ich würde gern eure Meinung hören, und vielleicht entdecken andere Leserinnen und Leser über eure Rezension meine Bücher. Vielleicht könnt ihr sie auch im Freundeskreis und in der Familie empfehlen ...

Eine Geschichte beginnt als Samenkorn einer Idee, die damit wächst, dass man seine Umgebung beobachtet und belauscht. Jeder Mensch ist einzigartig, und eine Geschichte haben wir alle. Ich möchte so viele dieser Geschichten wie möglich einfangen, und ich hoffe, ihr begleitet Kim Stone und mich weiter auf unseren Reisen, wohin auch immer sie führen.

Ich würde wirklich gern von euch hören – über Facebook oder Goodreads, über Twitter oder über meine Webseite.

Vielen Dank für eure Unterstützung, sie bedeutet mir sehr viel.

Angela Marsons

www.angelamarsons-books.com

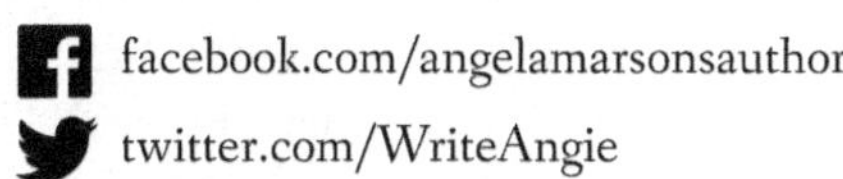

facebook.com/angelamarsonsauthor

twitter.com/WriteAngie

DANKSAGUNG

Dieses Buch hat im Laufe der Zeit viele Wandlungen durchgemacht. Kim Stone ist zu mir gekommen und hat sich geweigert, wieder wegzugehen. In meinem Kopf und auf dem Papier ist sie zu einer starken, intelligenten Frau herangewachsen, die nicht immer perfekt ist, aber ebenso leidenschaftlich wie zäh und jemand, den man gern an seiner Seite hat.

Ich möchte dem Team von Bookouture danken, dass es sich von meiner Leidenschaft für Kim Stone und ihre Geschichten anstecken ließ. Der Zuspruch, die Begeisterung und der Glaube, den ich von dort erhielt, waren ermutigend und überwältigend. Unendlich dankbar bin ich Oliver, Claire und Kim, und ich bin stolz darauf, mich Bookouture-Autorin nennen zu dürfen.

Besonders danken muss ich meiner wunderbaren Lektorin und guten Fee Keshini Naidoo, die mich mit Ermutigung, Zuversicht und Rat von unserem ersten Gespräch an auf einer sehr langen Reise begleitet hat und die, zusammen mit dem Team von Bookouture, dabei half, meine Träume wahr zu machen.

Danken möchte ich allen Bookouture-Autorinnen und -Autoren für ihre herzliche Aufnahme in die Bookouture-Familie. Ihre Unterstützung war absolut fantastisch. Caroline Mitchell und ich haben die #bookouturecrimesquad gegründet.

Schließlich möchte ich noch meiner Familie für ihren Glauben und ihr Vertrauen in mein Schreiben und meinen

Traum danken. Besonderer Dank gilt Amanda Nicol und Andrew Hyde für ihre unablässige Unterstützung.
Euch allen meinen herzlichen Dank.